Schweizer Lexikon der populären Irrtümer

Franziska Schläpfer

Schweizer Lexikon der populären Irrtümer

Missverständnisse und Vorurteile von Alpenklübler bis Zwingli

Pendo Verlag Zürich

2. Auflage 2004

Umschlaggestaltung: Diana Lukas-Nülle
Umschlagabbildung: © getty images
Zitat Erich Kästner aus: Erich Kästner, Kurz und bündig
© Atrium Verlag, Zürich und Thomas Kästner
Gesetzt aus der Angie und der Univers
Satz: Fuldaer Verlagsanstalt, Fulda
Druck und Bindung: GGP Media GmbH, Pößneck
Printed in Germany
ISBN 3-85842-569-9

Bildnachweise

Inschriften aus dem Berner Nordjura (Seite 9): Abdruck mit freundlicher Genehmigung des Bernischen Historischen Museums, Bern; »Knabenritt« in Tschudis Tierleben (Seite 41): Abdruck mit freundlicher Genehmigung des Naturhistorischen Musuems, Bern; Beromünster (Seite 43): © RDB/Lindroos; Karikatur von Warja Honegger Lavater (Seite 80): © ProLitteris, 2004, 8033 Zürich; Globi (Seite 96): ® + © Globi-Publishing Co., Zürich; Goldvreneli (Seite 110): © swissmint, Offizielle Münzstätte der Schweiz, Bern; Inserat (Seite 120), »Neue Zürcher Zeitung«, Nr. 60/1986; Logo von Benjamin Vautier (Seite 147); © ProLitteris, 2004, 8033 Zürich; Löwendenkmal (Seite 151): © Kantonale Denkmalpflege Luzern; Migros Reklame (Seite 165): Abdruck mit freundlicher Genehmigung von Migros-Genossenschafts-Bund, MGB-Archiv G 1266; Grafitti von Harald Naegeli (Seite 175): mit freundlicher Genehmigung von © Harald Naegeli; Professor Pilzbarth (Seite 191): © Margaretha Dubach; Dauermarke Sparschäler Rex (Seite 230): © Die Schweizerische Post; Schabziger (Seite 216): © Geska AG; Zwingli, Druck von E. Würtenberger zum 400. Geburtstag (Seite 270): © Graphische Sammlung der Zentralbibliothek Zürich

Vorwort

Irrtümer haben ihren Wert;
jedoch nur hie und da.
Nicht jeder, der nach Indien fährt,
entdeckt Amerika.
Erich Kästner

Dieses Buch will entwirren – und verwirren. Irrtümer sind nicht Dummheiten. Sie haben ihre eigene Logik. Und meist ihre mehr oder minder guten Gründe. Erst recht ihre lebenspraktischen Zwecke. Deshalb versteht sich dieses »Schweizer Lexikon der populären Irrtümer« nicht als Austreibung aller wissenschaftlich unhaltbaren Vorstellungen und Einbildungen. Es will die Schweiz nicht ein für allemal aus dem Dunstkreis der Mythen und Märchen ins helle Licht der reinen Vernunft führen. Eher verfolgt es die verschlungenen Wege, auf denen populäre Irrtümer entstanden, sucht nach dem Korn Wahrheit in Missverständnissen. Dummheiten sind blind für die Sache. Irrtümer sehen die Sache durchaus, allerdings aus ihrem speziellen, mal verschobenen mal verschrobenen Blickwinkel.

Im Mittelpunkt stehen deshalb nicht die bekannten *Fremd-Irrtümer*: Die reiche Schweiz, die schöne Schweiz, die freie, die wehrhafte, die freundliche Schweiz; die Schweiz der Berge, Banken, Käse, Schokoladen. Lauter Touristen-Klischees, exportorientierte Marken-Mythen, Drittels- bis Halbwahrheiten – durchgereicht bis zum Gähnen, entzaubert bis zur Unkenntlichkeit. Sie aufzuspiessen, bräuchte es kein neues Lexikon. Das Interessanteste daran ist: Durchschnitts-Schweizer sehen ihr Land mit derselben Farbbrille wie Durchschnitts-Briten. Das behauptet zumindest Peter Bichsel – und hat vermutlich Recht. Dennoch zielen manche Stichworte mehr auf Aussen- als auf Binnensichten:

»Bahnhofbuffet«, »Kuhschweizer«, »Landjäger«, »Hochpreisinsel« und »Heidi«.

Für Einheimische spannender wird der genaue Blick auf *Binnen-Irrtümer*: kulturbanausische Aargauer, lustige Appenzeller, langsame Berner, diebische Thurgauer; die heroischen Freiheitsschlachten gegen die habsburgischen Unterdrücker; die Modell-Schweiz als Wiege der Demokratie; der lamentable kulturelle Holzboden; das ganze Potpourri vermeintlich helvetischer Spezialitäten – Fondue, Geranie, Alphorn, Jassen, Wilhelm Tell ...

Ja, auch Tell ist mit von der Partie, diese Hauptfigur der eidgenössischen Ursprungsmythik. Immerhin glaubt noch im Frühjahr 2004 mehr als die Hälfte der Schweizer Bevölkerung an die Existenz des Nationalhelden. Auch Huldrych Zwingli, der die Orgeln aus den Kirchen entfernen liess – und sich privat beim Musizieren ergötzte; der rigorose Sittenmandate erliess – und den Reizen der Frauen erlag. Ein Lexikon der »populären« Irrtümer kann nicht für die geschrieben sein, die schon alles wissen.

Einschlägig Beschlagene sucht das Lexikon durch Vielfalt zu bestechen. Nachwuchs-Schweizer wissen doch kaum noch, gegen welchen Feind die »Anbauschlacht« geführt wurde, welche Oper den »Opernhauskrawall« auslöste, welche Aktion sich »Migros-Frühling« nannte. Politisch Kundigen ist vielleicht die epochale Bedeutung des »fleissigen Hausmütterchens« entgangen, literarisch Gewandten die Erfolglosigkeit der »Volksinitiative«. Soziologisch Gebildete irren wohl im »Sex Rouge«, Manager im »Alpenklübler«.

Auf diesem weiten Feld verlor sich der Rest eines Furors der Aufklärerin wie von selbst. Er wich der Lust am Jonglieren mit der Mannigfaltigkeit der Ansichten, Hinsichten, Aussichten, Vorsichten, Absichten. Kulinarisch triviale »Irrtümer« wirkten plötzlich so erhellend wie das Missverständnis der staatstragenden »Zauberformel«. Eines gab das andere, ein scheinbar willkürliches Puzzle spielte sich ein, ohne Anspruch auf Vollständigkeit. Doch gerade der Verzicht auf die Oberhoheit *einer* Perspektive eröffnet ein facettenreiches Gemälde der Schweizer Sichten auf Realitäten und Fiktionen.

Die Autorin ist keine ausgewiesene Irrtums-Spezialistin. Nicht einmal eine diplomierte Schweiz-Kennerin. Sie näherte sich den 312 Irrtümern auf journalistische Weise: mit Recherche und im Gespräch mit zahlreichen Fachleuten – vom Alphorn-Musiker über die Jass-Kundige, die Psychologin, den Sprachforscher, den Biologen bis zum Numismatiker, Statistiker, Mückenforscher und Schiffsmotor-Techniker. Ohne sie wäre dieses Buch nie zustande gekommen. Ihnen allen gilt der Dank. Namentlich Ludwig Hasler und Beatrice Jud für Anregung, Einspruch, Antrieb. Nicht zuletzt Lisa Briner, der Lektorin, für ihre engagierte Genauigkeit.

Die grösste Genugtuung der Autorin wäre: dass der Streit zwischen Laien und Gelehrten nicht immer zugunsten der Wissenschaftler endet. Die Laien haben ihre eigenen Gründe. Erstens sind manche Irrtümer menschenfreundlicher als die reine Wahrheit. Und zweitens ist die so genannte Wahrheit vielleicht auch nur die gerade fortgeschrittenste Form des Irrtums.

Franziska Schläpfer

A

Kulturkampf: Wer bestimmt die Normen, Staat oder Kirche?

Aargau

1. Aargauer sind Kulturbanausen

Der Aargau gab sich als erster Schweizer Kanton 1968 ein Kulturgesetz – erst noch ein einmaliges: ein Prozent der Steuereinnahmen für die Kultur! Die Mittel sind alljährlich vom Grossen Rat zu bewilligen und fliessen je zur Hälfte der bewahrenden und der aktuellen Kultur zu. Ausgeschöpft wurde das legendäre

»Kulturprozent« allerdings noch nie. 2002 lag der Betrag unter 0,8 Prozent; der Kultur entgingen 2,7 Millionen. Der Unmut darüber trieb 2003 das »Aargauer Kuratorium« (offizielle Förderin der Gegenwartskultur) zur Unterschriftenaktion. »Der Aargau bleibt Kulturkanton«. Fazit: 5129 Personen fordern das ganze Kulturprozent. Für den Regierungsrat ist eine Krediterhöhung illusorisch. Wichtige kulturelle Aufgaben finanziert der Aargau nach wie vor nicht aus den Steuereinnahmen, sondern aus dem Lotteriefonds.

Der Beiname »Kulturkanton« stammt aus der aufklärerischen Zeit um 1800. Der Aargau, politisch aufgeschlossen, ja revolutionär, versagte im so genannten »Kulturkampf« den Klöstern das Existenzrecht, akzeptierte aber schliesslich den neuen Staatenbund, in dem beide Konfessionen friedlich zusammenlebten. Historiker Karl Gautschi vermutet, die Charakterisierung »Kulturkanton« komme aus der »konservativen Innerschweiz«, die verärgert war, dass »der junge Kanton derart viele liberale Deutsche ins Land holte und ein reges kulturelles Leben entwickelte«. Heute liegt der Aargau mit seinen Pro-Kopf-Kulturausgaben an 19. Stelle der 26 Kantone.

Keine Glanzleistung. Aber auch kein Grund für die obligaten Hänseleien: Der Aargauer, Musterknabe der Eidgenossenschaft. Duldet Waffenplätze, Kernkraftwerke, radioaktive Zwischenlager, Sondermülldeponien. Langweiler. Schlechter Autofahrer. Trägt nur weisse Socken, eine Médisance der Zürcher. Wie das »Zürcher Grand Casino Baden«. »Für die Zürcher ist der Aargauer der Bünzli aus Bünzen, der seine WC-Rollen unter Häkelkäppchen versteckt, die Wilhelm-Tell-Ouvertüre als Klingelton aufs Handy lädt ...« So sieht es Lukas Häuptli, ein Aargauer, der in Zürich lebt. Doch Anpassung ist schliesslich die »Kernkompetenz« des Aargauers: Längst trägt er »nicht nur die gleich schwarzen Yves-Saint-Laurent-Socken wie Zürichs Lettengänger, sondern wechselt sie sogar häufiger als diese«.

Aargauer Kuratorium (Hg.): Aargauer Kulturblatt Nr. 44, 4/2003. Argumentarium zur vollen Ausschöpfung des Kulturprozents. Arteplage Aargau, Sonderausgabe Aargauer Zeitung/Zofinger Tagblatt zu 200 Jahre Kanton Aargau, 16.6.2003. Lukas Häuptli: Der schwarz besockte Aargauer, Tages-Anzeiger, 24.4.2003. Koordinationskommission für die Präsenz der Schweiz im Alltag: Die Schweiz aus eigener Sicht, Zürich 1992.

2. Aargau, der Rüeblikanton

Rüebli, Rüebli, guet fürs Büebli, / aber au für d Maiteli. / Rüebli rüschte, Rüebli choche, / feuf bis sächs Mol i de Wuche, / sones Wiib, s bliibt derbii, / muess e Frau im Aargau sii. (Volkslied)

Der Aargauer Mann wäre längst ausgewandert. Karotten werden nur noch auf 83 Hektaren angebaut, auf einer knappen Hektare die Rarität »Chüttiger Rüebli«. Insgesamt wachsen in der Schweiz auf 1100 Hektaren rund 50 000 Tonnen Rüebli. Des Schweizers liebstes Gemüse: Acht Kilo vertilgt er pro Jahr; süss, knackig, saftig, frisch will er es. Um Aufmerksamkeit für das »wirtschaftlich bedeutendste Schweizer Gemüse« werben Andreas Rüsch und Walter Koch, kantonale Gemüseberater am Zürcher Strickhof. Sie gründeten einen Rüebliklub und luden 2001 zur ersten Rüeblip rämierung. 130 Juroren knabberten an 41 Karotten aus 25 Betrieben. Das »Goldene Rüebli« ging an Christian Rathgeb im zürcherischen Unterstammheim. Bronze und Silber blieben ebenfalls im Kanton Zürich. Am erfolgreichsten war die Sorte »Bolero«: fünf der sechs prämierten Karotten, drei davon biologisch angebaut. 2002 schaffte es der Aargauer Hanspeter Meier zumindest auf Platz drei. Den Aargauern bleiben Rüeblitorte und Rüeblilied: »Dänksch a Aargau, dänksch a d Rüebli (...) Eusi Heimat, s bliibt derbii, muess es Land für d Rüebli sii.«

Martin Gmür: Das beste Rüebli ist ein biologisches, in: Paul Imhof (Hg.): Culinarium. Essen und Trinken in der Schweiz, Zürich 2003. Marianne Buser/Antonia Koch: Schweizer Rüebli-Kochbuch, Küttigen 1999. Schweizerische Zentralstelle für Gemüsebau (SZG). Strickhof, Landwirtschaftliche Schulen des Kantons Zürich, www.strickhof.ch.

Absinth

Wer Absinth trinkt, wird debil; wer Absinth brennt, wird bestraft

Der Handel mit dem verrufenen Getränk blüht. Allein in Môtier, der 850-Seelen-Gemeinde im Val de Travers, sind 17 Schwarzbrenner am Werk; insgesamt dürften es in diesem Jura-Tal zwischen 60 und 80 sein. Der Staat lässt sie gewähren, büsst vielleicht mal einen allzu kecken Brenner. Als François Mitterand 1983 in Neuenburg ein »soufflé glacé de la fée« serviert wurde, war allen klar, welche Fee da wirkte, auch der Untersuchungsrichterin Barbara Ott, die ein Strafverfahren einleitete ...

Im Paris des späten 19. Jahrhunderts war »L'heure verte« die Happy-hour der Absinthtrinker – der Dichter und Maler. Sie priesen und malten das verruchte Ritual mit dem Zucker auf gelochtem Löffel, über den das kalte Wasser in den Absinth rinnt. Erfunden wurde das Kultgetränk jedoch in der Schweiz. Vor über 200 Jahren tüftelte Henriette Henriod in Couvet (Val de Travers) das Rezept aus, hier fabrizierte Henri-Louis Pernod 1797 Absinth erstmals industriell. 97-prozentiger reiner Alkohol gehört ins Destillat einer veritablen »Fée verte«. Dazu Anis, Fenchel, Melisse und grosses Wermutkraut (*Artemisia absinthium L.*). In den Aufguss pontischer Wermut (*Artemisia pontica L.)* und Ysop.

Das Absinth-Verbot in der Schweiz erklären viele mit einem wirtschaftlichen Komplott. Absinth war des Teufels: für Abstinenzler – und für die Walliser Weinproduzenten. Als 1905 ein junger Bauer im Rausch Frau und Kinder erschoss, konnte er lange behaupten, er habe Weisswein getrunken. Das Waadtländer Kantonsparlament verbot den Detailverkauf von Absinth. Die eidgenössische Volksinitiative vom 5. August 1908, lanciert von Blaukreuzlern, verbot Herstellung, Verkauf und Transport – der Konsum blieb straffrei. Der Absinth-Artikel trat im Oktober 1910 in Kraft. Das Val de Travers verlor 300 Arbeitsplätze.

1999 wurde der Artikel aus der Bundesverfassung gekippt, doch auf Gesetzes- und Verordnungsebene bleibt der Trank verboten. Ob das psychoaktive Thujon des Wermutkrauts zum Delirium und allmählichen Zerfall führt, ist wissenschaftlich nicht belegt (Thujon wirkt auf dieselben Rezeptoren im Gehirn wie THC, der Wirkstoff von Cannabis). Den Gehalt regelt die Lebensmittelverordnung; deshalb fehlt heute selbst Schwarzgebranntem der magische Grünschimmer. Den »Extrait d'absinthe«, den Yves Kübler seit dem 6. Dezember 2001 mit dem Segen des Kantons Neuenburg produziert (45 Prozent Alkohol, geringste Thujonspuren), würden Traditionalisten nicht einmal geschenkt trinken.

Jetzt will der Ständerat das Verbot aufheben. Legal hergestellt, unterscheide sich Absinth nicht von anderen Spirituosen und bringe dem Val de Travers – das im

Übrigen längst als »Land der grünen Fee« kokettiert – wirtschaftlichen und touristischen Aufschwung. Ein arges Missverständnis für Absinth-Historiker Pierre-André Delachaux, Kurator des Musée régional d'histoire et d'artisanat, das die Absinth-Geschichte dokumentiert. Im Verbot liege der Reiz. Die Legalisierung wäre ein »zweiter Tod«, das Ende der meisten Schwarzbrenner, das grosse Geschäft für zwei, drei Hersteller eines alkoholarmen Allerwelts-Absinths.

Heinz Knieriemen: Artemisia, Natürlich 7/2003. Christophe Büchi: Die verbotene Frucht im Supermarkt, NZZ Nr. 219, 22.9.2003. Paul Imhof: Die grüne Fee erwacht aus ihrem Dornröschenschlaf, in: Culinarium. Essen und Trinken in der Schweiz, Zürich 2003.

Ackermann

Mode aus dem Versandhaus Ackermann ist hausbacken

Das war einmal. Das 160 Jahre alte Familienunternehmen im luzernischen Entlebuch präsentiert sich seit dem Herbst 2003 als Partner der »Neuen Familie« mit trendiger Markenmode im gestylten Katalog, sponsert den »Prix Prêt-à-porter« an der »Contemporary Designers Night« der internationalen Schweizer Modebühne »Gwand«. Die Kollektion des Gewinners ist im Jahr danach bei Ackermann zu kaufen.

Raf Simons gewinnt Hauptpreis der »Gwand«, NZZ Nr. 279, 1.12.2003.
www.ackermann.ch.

Adel

Die Schweiz kennt keine Königin

Immerhin den »combat des reines«, den Ringkuhkampf der Ehringerkühe im Wallis. Ein alter Brauch. Nach regionalen Ausscheidungen wird alljährlich am kantonalen Finale die Königin der Königinnen gekürt. Die dunkelbraunen Kampfgeister messen ihre Kräfte bis zum Ausscheiden, Umfallen oder bis zur Kapitulation. Die erfolgreichste Kuh mit Namen »Souris«, 700 kg schwer, wurde

1998 zum dritten Mal Königin und trat unbesiegt zurück. Die Rasse soll das Kämpfen im Blut haben. Dennoch stehen immer wieder Tiere im Ring, die keine Lust haben, »einfach herumstehen, grasen oder unbeteiligt in den Himmel glotzen« – und vom »Rabatteur« oder Treiber zu ihrem Glück gedrängt werden zu müssen.

Rebekka Haefeli: Die Königin der Königinnen, NZZ Nr. 105, 8.5.2003. Urs Hostettler: Anno domino, Schweiz. Ein Spiel, Bern 1989.

Agglomeration

Sie trennt Stadt und Land

Es gibt nichts mehr zu trennen. Die Schweiz ist eine einzige Agglomeration, überspitzt gesagt. Die klassische Polarisierung Stadt–Land gehört für Raumentwicklungs-Experte Angelus Eisinger zu den »Mythen«. Die Schweiz ist über weite Strecken verstädtert, »Schönschweiz« und »Verbrauchsschweiz« (Benedikt Loderer) sind ineinander gewachsen. 70 Prozent der Schweizer leben in Städten und deren Ausuferungen – auch die Hälfte der Alpenbewohner. Die Grossregion Zürich umfasst 133 Gemeinden in den drei Kantonen Zürich, Aargau, Schwyz: 3,5 Millionen Einwohner, 1,5 Millionen Arbeitsplätze. Städte wie Basel, Genf und Lugano sind verwoben mit dem benachbarten Ausland. Politische Gliederung, Siedlungslandschaft und Lebenswirklichkeit stimmen immer weniger überein. Was Architekt Armin Meili 1932 propagierte, die »weit dezentralisierte Grossstadt Schweiz« von St. Gallen bis Genf, ist Realität. Loderer: »Das Land ist bloss noch Landschaft, in der überall Stadt ist.«

Angelus Eisinger/Michel Schneider (Hg.): Stadtland Schweiz. Untersuchungen und Fallstudien zur räumlichen Struktur und Entwicklung in der Schweiz, Basel 2003. Die Schweiz als Stadt begreifen, NZZ Nr. 133, 12.6.2003. Benedikt Loderer: Der Untergang des Landes, Sonntagszeitung, 26.10.2003. Bundesamt für Raumentwicklung (Hg.): Monitoring urbaner Raum, Themenkreis B3: Metropolitanräume, Version Januar 2004, www.are.ch.

Alpenklübler

Mitglied des Schweizer Alpen-Clubs SAC

Eine kalt geräucherte Rohwurst aus 50 Prozent Kuhfleisch, je 25 Prozent Schweinefleisch und Rückenspeck, gewürzt mit Nitritpökelsalz, Salz, Pfeffer, Knoblauch, Rotwein, abgefüllt in Rindskranz- oder Kunstdarm. Eine so genannte Dauerwurst, Tourenproviant. Der Schluss liegt nahe, der Name sei in einer fröhlichen SAC-Hüttenrunde kreiert worden. Jedenfalls kennt auch der Verband Schweizer Metzgermeister keine andere etymologische Spur.

Alphorn

1. Das Alphorn ist made in Switzerland

Die Entstehungsgeschichte liegt im Dunkeln. Konische Holzhörner finden sich auf der ganzen Welt. Laut einer Sage warnte 1212 im Baltschiedertal ein Alphorn die Hirten vor den einfallenden Unterwaldnern. Das Rechnungsbuch 1527 des ehemaligen Klosters St. Urban hält eine Gabe von zwei Batzen für einen Bettelalphorner aus dem Wallis fest. Weil früher auch kürzere Hirtenhörner »Alphorn« genannt wurden, bleibt unklar, ob die schriftlichen Quellen ein Alphorn im heutigen Sinn meinen. Sicher ist: Die Hirten lockten damit ihr Vieh an, wie mit dem »Jauchzer«, »Juchzer« oder »Joler«, diesem Überschlag von der Brust in die Kopfstimme, der ebenfalls über weite Distanzen klingt. Auch das afrikanische Hirtenvolk der Pygmäen lockt seine Herden mit Jauchzern ...

Zur Musik ist kaum mehr bekannt, als dass die Hirten ihre »Kuhreihen« gesungen und geblasen haben. Die älteste in der Schweiz gefundene Notation eines Kuhreihens stammt aus Appenzell, aus der Zeit um 1700. Dass dieser sich im Tonraum der Naturreihe bewegt, ist für Alphorn-Fachmann Hans-Jürg Sommer ein weiteres Indiz für die musikalische Einheit: Alphornspiel als »geblasener Jodel«.

2. Das Alphorn ist aus einem Stück Holz

Früher diente eine am Hang und daher krumm gewachsene Tanne als Rohling. Heute werden Instrumente aus Kohlefasern fabriziert, die sich wie ein Teleskop ineinander schieben lassen. Oder aus schichtverleimtem Furnier. Hölzerne Instrumente sind aus diversen Holzstücken zusammengesetzt. Seit eine präzise Fertigung Instrumente reiner Grundstimmung liefert, ist das mehrstimmige Alphornblasen möglich.

3. Der Eidgenössische Verband hütet die wahre Tradition des Alphornspiels

Was heisst »Tradition«? Bis vor kurzem beharrte der Eidgenössische Jodlerverband (EJV), zu dem auch die Alphornbläser gehören, auf einer Tradition, die höchstens in die 1930er Jahre reicht. Er verbannte das berühmte »Alphorn-Fa« (elfter Ton der Naturtonreihe), weil es in temperiert geschulten Ohren falsch klang (als zu hohes F oder zu tiefes Fis). Als mustergültig und typisch galt der »Alphorn-Choral« – eine Erfindung aus den 1950er Jahren! Hans-Jürg Sommer: »Zu dieser Zeit lag die musikalische Kinderstube der Alphornbläser nicht mehr im Haus des Jodelgesangs, sondern im Haus der Blasmusik.« Der Stilwandel veränderte Melodik, Blastechnik und Interpretation. Blasmusikanten mieden die alphorntypischen Töne; die Stücke klingen »wie Prozessionsmärsche oder Wanderlieder«. Aus Furcht, Einheimisches werde durch die »Tirolerei« verdrängt, forderten die Verbandsstatuten die »Wahrung alter schweizerischer Eigenart und schweizerischen Volkstums durch Erhaltung, Pflege und Förderung des nationalen Brauchtums wie Jodeln, Alphornblasen und Fahnenschwingen«. Doch was »alt« und »echt schweizerisch« sei, wusste niemand so recht. Statt melodisch-musikalischen Kriterien galt der persönliche Geschmack der Juroren. Innovatives schmetterten sie als »unbrauchbar« oder »artfremd« ab. Was nicht nach »Alphorn-Choral« oder Schema X der Verbandsschule klang, war noch in den 1980er Jahren verdächtig. Auch Hans-Jürg Sommers »Moos-Ruef«. Das Stück »enthält wohl Musik, ist aber alles andere als Alphornblasen«.

Dabei wehte längst ein frischer Wind. In den 1970er Jahren brachte der ungarische Hornist Joszef Molnár das Alphorn als Soloinstrument in Kirchen und Konzertsäle; seit Pepe Lienhards »Swiss-Lady« (1976) zogen Alphorn und Büchel (die kurze, gewundene Form des Alphorns) ein in Rock- und Popmusik und Ethno-Jazz. Das Alphorn, belächelt als »Geröllhaldensaxofon«, beansprucht von Tourismus-Direktoren bis EU-Gegnern, »Spielzeug« aller beruflichen und sozialen Schichten, hatte ausgedient als Hirtenwerkzeug.

Der Verband sträubte sich weiterhin gegen neue Tendenzen. Hans-Jürg Sommer wurde Mitglied, plädierte für Toleranz, Innovation, Fantasie, Spielfreude, servierte kecke Stücke mit dem siebten und elften Naturton – und gehört heute zu den meistgespielten Komponisten; sein »Moos-Ruef« ist ein Klassiker. 2003 dann das »Alphorn-Happyend« (Martin Sebastian, Hans-Jürg Sommer) – das erste Alphorn-Musical der Welt.

Doch auch für Hans-Jürg Sommer bleibt Alphornmusik »aus tradierten Elementen« entwickelte Musik, vergleichbar einer schweizerischen Mundart. Die Kunst sei, das Typische des regionalen Volksmusikgesangs zu erkennen und auf dem Alphorn »nicht nur zu blasen, sondern im jeweiligen Dialekt singen zu lernen«. »Weltmusik, nicht Folklore« – so sieht es Balthasar Streiff. Er entlockt dem Alphorn nie gehörte Klänge, experimentiert im Duo »Stimmhorn« (mit Vokalakrobat Christian Zehnder) und Quartett »Hornroh«. Ein »einzigartiges Tonerlebnis«, schreibt die Münchner Abendzeitung, irgendwo zwischen alpenländischem »Senn-Buddhismus, Muezzin-Morgengebet und Mönchs-Choral«.

Hans-Jürg Sommer: Geschichte des Alphorns, Oensingen 2001. Alphornmusik – Musik für Alphorn. Ein Beitrag zur Diskussion über Tradition im Eidgenössischen Jodlerverband, Oensingen 1994. Die Wiege der Alphornmusik, Oensingen 2001. Stilistische Einordnung des Alphornspiels, Oensingen 1997. Stefan Schwietert: Das Alphorn, Musik der Alpen. Ein Kinofilm über alte und neue Sounds auf dem Schweizer Nationalinstrument, 2003. Brigitte Bachmann-Geiser: Volksinstrumente und instrumentale Volksmusik in der Schweiz, in: Paul Hugger (Hg.): Handbuch der Schweizerischen Volkskultur, Bd. 3, Zürich 1992.

Alpkäse

Alpkäse und Bergkäse sind einerlei

Als einziges Land unterscheidet die Schweiz zwischen Alp- und Bergkäse. Vor allem Älpler und Älplerinnen beharren darauf: »Alpkäse ist kein Bergkäse.« Bergkäse wird während des ganzen Jahres nach standardisiertem Verfahren in gewerblichen Dorfkäsereien im Tal produziert, auch im Winter, wenn die Kühe Heu fressen, teilweise mit pasteurisierter Milch. Echter Alpkäse hingegen entsteht nur im Sommer aus Rohmilch direkt in den Alpbetrieben. »Genuss, der von den Alpen kommt«. Alpkäse verkaufen heisst für den Alpwirtschaftlichen Verband SAV: Mythen vermarkten. Mythen? Nach jüngsten Studien taugt Alpkäse sogar als kardiologische Prophylaxe (→ Käse). Verständlich, wollen Bergkäs-Produzenten den Alpkäse gern mit im Topf haben. Als Bergkäse gilt Käse, der aus Berggebiets-Milch im Berggebiet hergestellt wird – auch Alpkäse. Ist nicht schon bei Gotthelf nachzulesen, guter Käse könne auf der Alp wie im Tal hergestellt werden? (»Die Käserei in der Vehfreude«)

An der zweiten Olympiade der Bergkäse im französischen Les Rousses (Oktober 2003) heimsten die Schweizer 20 Medaillen ein. Unter anderem für einen Tilsiter, einen Emmentaler, einen Sbrinz. Bergkäse? Die Einteilung ist Sache der Kantone; berücksichtigt werden Klima, Verkehrslage und Hangneigung. Berggebiet kann schon auf 700 Metern liegen.

Eidgenössische Verordnung über landwirtschaftliche Begriffe und die Anerkennung von Betriebsformen Art. 29. Die Abgrenzung der landwirtschaftlichen Erschwerniszonen in der Schweiz, Bundesamt für Landwirtschaft. www.zalp.ch. Hugo Loetscher: Lesen statt klettern, Zürich 2003.

Alpofon

Schalltrichter für den Alpsegen?

Die Telefon-Hotline für Älplerinnen und Älpler, installiert im Sommer 2001, lanciert von ein paar Mitgliedern der IG-Alp, die wissen, wie oft man aufgeschmissen ist, dringend eine Arbeitskraft braucht oder einen sachlichen Rat. 210

Mal läutete das Alpofon in den drei Monaten des Startsommers. Nicht Alpofon, sondern »Folle« heisst der hölzerne oder blecherne Milchtrichter, den der Senn als Megafon für den Alpsegen benützt, um Gott, Maria und die Heiligen zu bitten, »alles, was auf dieser Alp ischt und dazugehört, zu behüätä und zu bewahre« oder das Vieh »vor dem Wolf sin Rache« und »dem Bäre si Tatze« (Sarganserland) zu beschützen.

www.zalp.ch. Max Peter Baumann: Alpsegen, in: Historisches Lexikon der Schweiz, Bd. 1, Basel 2002, www.dhs.ch.

Anbauschlacht

1. Eine Kriegslist der Bauern

Ein Ernährungsfeldzug. Landwirtschaft als Bürgerpflicht im Zweiten Weltkrieg. Friedrich Traugott Wahlen, der spätere Bundesrat, stellte am 15. November 1940 seinen Anbauplan vor: bessere Selbstversorgung mit pflanzlichen Produkten. Die Führungsleute in Staat und Wirtschaft liessen sich überzeugen, wenngleich aus unterschiedlichen Motiven und Hoffnungen. Die Linke deutete den Plan Wahlen als Chance der Planwirtschaft, als Möglichkeit, die drohende Arbeitslosigkeit zu überwinden. Bäuerliche Stimmen glaubten, die Sonderanstrengung bringe die Schweiz auf den Weg »zur Scholle« zurück. Rechte Kreise sahen ein Symbol der »Erneuerung«, exportorientierte Unternehmer ein kriegswirtschaftliches Notprogramm, die jüngere Agrarelite schliesslich den Start einer neuen Agrarpolitik.

2. Die Anbauschlacht sicherte die Selbstversorgung während des Zweiten Weltkriegs

Bei weitem nicht. Die Anbaufläche stieg von 183 000 Hektaren auf 352 000, die Selbstversorgungsrate von 52 auf 59 Prozent, bei täglich 2200 statt 3200 Kalorien pro Person. Die angestrebten 500 000 Hektaren erreichte man bei weitem nicht, aber die Anbauschlacht »wurde zum Symbol für die Volksgemeinschaft, den Widerstandswillen und die Selbstbehauptung der Schweiz« (Albert Tanner). Dass der Mensch nicht vom Brot allein lebt, wusste auch der Bundesrat. Um die Moral der Soldaten zu stärken, bebauten 6800 Pflanzer 1451 Hektaren mit Tabak ...

Albert Tanner: Anbauschlacht, in: Historisches Lexikon der Schweiz, Bd. 1, Basel 2002, www.dhs.ch. Benedikt Loderer: Der Untergang des Landes, Sonntagszeitung, 26.10.2003.

Anker, Albert

1. *Der* Schweizer Nationalmaler

Anker war zu seinen Lebzeiten eine internationale Grösse. In Frankreich galt er wie kein anderer Schweizer Maler als französischer Maler. »Ich bin ebenso befriedigt von meinem Aufenthalt in Paris, dass ich mit Leib und Seele in Paris lebe und riskiere, ganz ein Pariser zu werden«, schrieb Anker im Herbst 1854. Bis 1890 verbrachte er die meisten Winter in der französischen Metropole. Er stellte regelmässig und erfolgreich am Pariser Salon aus. Napoleon III. schmückte seine Wände mit Anker-Werken.

2. Albert Anker ist der Chronist der ländlichen Welt

Ein verkürztes und einseitiges Etikett. Anker malte vor allem die schönen Seiten des dörflichen Lebens; mit der harten Wirklichkeit der Bauern haben seine Bilder wenig gemein. Werktätige kommen kaum vor. Anker hat sein Talent durchaus strategisch eingesetzt. Am Salon war vor allem »Nationalcharakter« gefragt. Bereits vor seinem Durchbruch 1859 verkaufte Anker an internationale Kunsthändler. Adolph Goupil vertrieb nicht nur seine Bilder, sondern kümmerte sich auch um die grafische und fotografische Reproduktion. Zwischen 1864 und 1879 erwarb er fast jedes Jahr mindestens ein Anker-Bild inklusive Vermarktungsrechte.

Themen wie Techniken passte Anker den Bedürfnissen der Kunden an. Flexibel bewegte er sich zwischen den Gattungen, bediente mit raffiniert komponierten Genrebilder eine bürgerliche Klientel, die für die ländlichen Idyllen fette Preise zahlte, befriedigte das Bedürfnis der neuen Wirtschaftselite nach historischer Kontinuität in einer Wirklichkeit, die sich rasant veränderte.

Matthias Frehner/Theres Bhattacharya-Stettler/Marc Fehlmann: Albert Anker und Paris. Zwischen Ideal und Wirklichkeit, Bern 2003.

Ansermet, Ernest

Der legendäre Dirigent war *der* Förderer zeitgenössischer Musik

Nur der französischen – und der russischen. Aus Paris brachte Ernest Ansermet (1883-1969) die Musik nach Genf, zur Wiederbelebung einer Tradition, welche »die deutschsprachige Musik in ihrer Entwicklung erstickt hatte« (Philippe Albèra). 1915 bis 1923 Orchesterchef der »Ballets Russes« von Sergej Diaghilew, gründete Ansermet 1918 das Orchestre de la Suisse Romande (OSR). Er brach mit dem herkömmlichen Konzertprogramm, auch mit der romantischen und postromantischen Tradition und zwang einem »widerspenstigen Publikum« (Frank Martin) zeitgenössische Werke auf. Aber er ignorierte die Wiener Musik: Mahler, Zemlinsky, Schreker, Schönberg, Webern. Einzige Ausnahme war Berg. Nach dem Zweiten Weltkrieg entwickelte Ansermet seine Theorie über die Dekadenz der westlichen Werte. Die zwei wichtigsten Zeichen sah er im dodekaphonen Dogmatismus Schönbergs und neoklassizistischen Formalismus Strawinskys. »Mit Argumenten, die er entweder der Sartre'schen Phänomenologie oder den Theorien Spenglers und Keyserlings oder – schlimmer noch – den reaktionären und antisemitischen Schriften Chamberlains entlieh, verurteilte er die atonale Musik als den natürlichen Grundsätzen der Wahrnehmung zuwiderlaufend«, schreibt Philippe Albèra, Gründer und Leiter von »Contrechamps«. Er strich diese »Nicht-Musik« aus dem Programm des OSR – die atonalen und seriellen Werke der Wiener Schule sowie das Schaffen von Varèse, Messiaen, Boulez, Stockhausen, Berio, Nono, Maderna, Zimmermann, Ligeti.

Philippe Albèra: Schweizer Musik in diesem Jahrhundert, in: Dominique Rosset (Hg.): Musikleben in der Schweiz, Zürich 1991/2001. Schweizer Musiklexikon, Zürich 1964.

Apfel

Immer dieselben paar Sorten in den Läden; die alten Apfelsorten sind ausgestorben

Sie werden nicht gekauft – auch nicht beim Bio-Bauer auf dem Wochenmarkt. »In der Schweiz wachsen noch immer 1500 Apfelsorten, Lokalsorten inbegriffen«, sagt Frits Brunner, Obstfachmann der Stiftung Pro Specie Rara, die sich seit 1982 für alte Obst- und Gemüsesorten engagiert und im Auftrag des Bundesamtes für Landwirtschaft (BLW) eine Obstdatenbank führt. »Um 1910, zur Zeit der grössten Obstsortenvielfalt, gab es in der Schweiz wohl zwischen 2000 und 2500 Apfelsorten. Damals war auch der Reichtum an Birnen annähernd so gross wie derjenige der Äpfel. Heute wachsen noch 500 Birnensorten.« Viele alten Sorten seien auf sterbenden Bäumen zu finden; die erhaltenswerten würden in Sortengärten bewahrt. Dahinter steht der Nationale Aktionsplan zur Erhaltung der Sortenvielfalt bei den Kulturpflanzen (NAP 8). Die Vereinigung zur Förderung alter Obstsorten (Fructus) inventarisiert seit 2000 systematisch die Hochstammbäume in Zusammenarbeit mit der Eidgenössischen Forschungsanstalt für Obst-, Wein- und Gartenbau (Wädenswil). Erst kürzlich wurde in der Ostschweiz der Hagenwylerapfel wieder entdeckt.

Doch nicht alles, was im Privatgarten gedeiht, taugt zur Vermarktung en gros. Der Apfel ist ein Modeartikel, einmal schmeckt der grüne Granny Smith, dann wieder der rote Idared. Der Weg zu einem neuen Apfel ist lang und mühselig. Unter 10 000 Sämlingen macht höchstens einer das Rennen. 15 bis 20 Jahre dauert die Züchtung einer neuen Sorte, weitere fünf bis zehn Jahre, bis der Apfel in ausreichender Menge in den Regalen liegt.

Frits Brunner im mündlichen Gespräch. Bernhard Matuschak: Obst-Rettung macht Fortschritte, Natürlich 9/2003. Marc Zollinger: Der Abfall fällt nicht weit vom Stamm, in: Paul Imhof (Hg.): Culinarium. Essen und Trinken in der Schweiz, Zürich 2003. Lucas Rosenblatt: Öpfel-Chochbuech, Küttigen 1999.

Appenzeller

1. Sie sind witzig, lustig, lebensfroh

Sie haben die höchste Selbstmordrate. Und das schon 1876, als das Bundesamt für Statistik die Suizide erstmals erfasste. Lange Zeit übertraf nur das protestantische Appenzell Ausserrhoden die hohen Zahlen der Romandie. In jüngster Zeit übernahm das katholische Innerrhoden die Spitze: In den Jahren 1981 bis 1994 brachten sich dreimal mehr Innerrhoder um als Tessiner.

Innerrhoden liegt auch weltweit an der Spitze (gemäss den Zahlen der Weltgesundheitsorganisation WHO und abgesehen von Litauen, das erst seit zwei Jahren statistisch erfasst wird).

Die Appenzeller haben ihre Standarderklärungen: »Suizid-Tourismus« auf den ungesicherten Brücken, ungewöhnlich viele soziale Institutionen, Kranke aus Vertragskantonen in der Psychiatrischen Klinik Herisau. Die ebenso sensibel sentimentale wie knorrig verschlossene Mentalität, die Sorgen mit Humor kaschiert. Der Publizist Peter Holenstein ging dem Phänomen nach. Schwierig, die Appenzeller lassen sich ihr Selbstbild ungern trüben. »Eine Person immerhin brachte es auf den Punkt: ›Würde auf jedem Selbstmörder-Grab ein Licht brennen, die Friedhöfe in Appenzell wären nachtsüber taghell beleuchtet.‹«

Nicht nur die Appenzeller, die Schweiz insgesamt gehört mit vier Selbsttötungen pro Tag zur Weltspitze: Platz sieben hinter Ungarn, Russland, China, Finnland, Österreich, Dänemark. (→ Zufriedenheit)

Peter Holenstein im mündlichen Gespräch. Peter Holenstein: Der Preis der Verzweiflung. Über die Kostenfolgen des Suizidgeschehens in der Schweiz, Schweizerische Gesellschaft für die Europäische Menschenrechtskonvention, Forch 2003. Roman Page: Selbstmord in der Schweiz. Eine empirische Analyse zu den Schweizer Kantonen, Bern 2000.

2. Appenzeller sind hinterwäldlerisch

Sie sind Fortschritts-Pioniere! Jedenfalls die Innerrhoder im Fremdsprachenlernen. Zwar musste 1990 das Bundesgericht dem Halbkanton das Frauenstimmrecht aufzwingen. Aber als Erste in der Schweiz führten die Innerrhoder im Sommer 2001 Frühenglisch ein. Ab 3. Klasse zwei Englischlektionen pro Woche;

gestrichen ist dafür Französisch ab 5. Klasse. CVP-Ständerat Carlo Schmid aus Appenzell, als »konservativ« klassiert, engagierte sich vehement für Englisch, das erst ab 2010 in der Ostschweiz zum Primarschulstoff gehören soll. Die Motivation für Englisch sei grösser als für Französisch. Klar, englische Songs aus eidgenössischen Radios, Soaps und Cartoons im TV, Hollywoodstreifen im Kino. Eine wissenschaftliche Evaluation gibt ihm Recht: Nach zwei Jahren sind Lehrer und Schüler begeistert, die Leistungen beachtlich – auch bei fremdsprachigen Kindern. Allerdings nicht wegen Soaps und Cartoons. »Wenn man gross ist, muss man Englisch können«, sagt Marius. »Für den Beruf. Oder wenn man auswandern will.«

Wirtschaftsstandort Ostschweiz, St. Gallen, Sommer 2003. Pascale Hollenstein: Appenzells frühe Englischsprecher, NZZ am Sonntag, 16.11.2003.

Armbrust

Die Waffe ist »Swiss made«

Nur als Symbol für Schweizer Qualität. Armbrustschiessen ist keine Schweizer Spezialität, sondern ein internationaler Sport mit Europameisterschaft und Weltmeisterschaft. Die Waffe selber ist das mittelalterliche Nachfolgemodell eines griechischen »gastraphétes«, eines »Bauch-(Pfeil-)Werfers«, und einer römischen »arcuballista«, eines »Bogen-(Pfeil-)Werfers«. In der erstmals im späten vierten Jahrhundert erwähnten »arcuballista« stecken ein lateinischer »arcus« (Bogen) und ein aus dem Griechischen entlehntes »ballista« (Wurfgeschütz) – und darin wieder ein griechisches »bállein« (Werfen). Das Wort verkürzte sich im Lateinischen zu einer mittelalterlichen »arbalista«, im Französischen zur »arbaleste«, dann zur »arbalète«. Eine »Arbalète« schoss viele Jahre auf den Eisenbahngeleisen zwischen Zürich und Paris hin und her. Im Mittelhochdeutschen erscheint dafür ein »armbrust«, auch »armburst«, »armborst« oder nur »armst«. Das »armbrust« wurde schliesslich zur weiblichen »Armbrust«.

Klaus Bartels: Stichwort »Armbrust«, NZZ Nr. 174, 30.6.2003.

Armee

1. Für Männer gilt die allgemeine Wehrpflicht

Wer heute nicht Militärdienst leisten will, kommt leicht weg – am einfachsten mit dem »blauen Brief«, einem psychiatrischen Gutachten. Die Zahl der bei der Musterung als »dienstuntauglich« eingestuften Männer steigt sprunghaft an, von zwölf Prozent (1990) auf zweiundzwanzig Prozent (2002). Kommt hinzu, dass sich jeder Fünfte vorzeitig aus der Rekrutenschule verabschiedet, jeder Zehnte bereits nach der ersten Woche – fast die Hälfte aus psychischen Gründen. 2003 stieg die Quote Untauglicher auf 31 Prozent: Jeder Dritte der 23 618 jungen Männer wurde aus medizinischen oder psychischen Gründen dispensiert. Die Armeeführung nimmt es gelassen. Die Bestände sind ohnehin zu hoch; die Armee XXI umfasst nur noch 220 000 Personen, 130 000 weniger als die Armee 95.

Christoph Schilling: Dienstuntaugliche – je nach Bedarf. / Rekruten, die nicht wollen. / Heimliche Quoten im Militär, Tages-Anzeiger, 25.7.2003.

2. Schweizer Armee-Uniformen sind hausgemacht

T-Shirts und Leibchen kommen aus Rumänien, Indien, China, Thailand. Bérets aus Österreich, Oberarmbadges aus Thailand und Deutschland. Der Ausgangs-Mantel aus belgischem Stoff wird in China genäht. Das Material für den Veston ist schweizerisch und deutsch, der Futterstoff österreichisch, die Einlagen französisch. Genäht werden zwei Drittel in der Slowakei, ein Drittel in der Schweiz. Seit der Liberalisierung des öffentlichen Beschaffungswesens (WTO-Abkommen 1996) muss sich das einheimische Gewerbe dem Wettbewerb stellen. Heimarbeiterinnen sind fast chancenlos; der Bund spart Millionen. Nur die Hose als letztes rundum schweizerisches Stück wird noch in Kleinbetrieben geschneidert, die Krawatte als Heimarbeit im Kanton Uri. Schweizerisch, immerhin, ist auch das Berufssoldat-Abzeichen.

Hannes Heldstab: Leibchen aus China, Bérets aus Österreich, Sonntagsblick, 15.2.2004. www.europa.admin.ch.

3. Die neue Armee XXI beendet die alte Igel-Strategie

»Die Zeit der autonomen Verteidigung ist vorbei«, erklärt zwar Christophe Keckeis, Chef der Armee und »Fan des europäischen Sicherheitsraumes«. Dennoch dominiert die »Landesverteidigung im herkömmlichen Sinn« weiter. Für Bruno Lezzi, den Militär-Spezialisten der NZZ, war die Diskrepanz zwischen Schweizer Militärdoktrin und europäischen Verteidigungsstrategien kaum je derart gross wie heute. Die Überlegungen zur präventiven und operativen Raumsicherung seien von fast virtuellem Charakter und erinnerten teilweise an Modelle des Kalten Krieges.

Armee XXI? Eines der grössten militärischen Erneuerungsprojekte der jüngeren Geschichte. Kleiner, flexibler, jünger und multifunktional soll sie sein. Und drei Aufträge erfüllen: Raumsicherung und Verteidigung, Prävention und Bewältigung existenzieller Gefahren, Beiträge zur internationalen Friedensförderung.

Die Anstrengungen müssten sich kompromisslos auf die innere Sicherheit fokussieren, meint Ulrich Kohli, Rechtsanwalt, Oberstleutnant und ehemaliger Kommandant von Panzerverbänden: »Im Grunde versteht heute kein Bürger und keine Bürgerin mehr, warum die ›Oberen‹ so hartnäckig an ihren militärischen Szenarien festhalten und uns weismachen wollen, die Schweiz werde nach wie vor von aussen, also durch fremde Armeen, bedroht.«

Bruno Lezzi: Aufbruch in militärisches Neuland, NZZ Nr. 290, 13./14.12.2003. Wieder jedes Jahr in den Wiederholungskurs, NZZ Nr. 295, 19.12.2003. René Zeller: »Die autonome Verteidigung ist vorbei«, Interview mit Christophe Keckeis, Chef der Armee, NZZ am Sonntag, 4.1.2004.

4. Offizierskarrieren fördern Berufskarrieren

Nicht nur, dass sie Karrieren nicht fördern – sie hemmen sie eher. Jahrzehntelang funktionierte das Militär als Kaderschmiede, der militärische Grad als Türöffner für Topstellen. Ein Beispiel aus der jüngsten Vergangenheit. Für den Juristen Andreas Schmid zahlte sich die steile Militärkarriere auch im Zivilleben aus: Ulrich Geissmann (Oberst im Generalstab) holte den Generalstabsoffizier in die Mövenpick-Konzernleitung, der Unternehmer Klaus J. Jacobs erhob ihn 1997 zu seinem Statthalter, Ulrich Bremi machte den damals Dreiundvierzigjährigen im Februar 2000 zum VR-Präsidenten des Zürcher Flughafens Unique. Die zunehmende Globalisierung der Unternehmen lässt solchen »Bilderbuchkarrieren« kaum mehr Platz. Für Esther Girsberger, Journalistin und Divisionsrichterin, zeigt sich zunehmend – exemplarisch am Fall der Swissair –, wie schädlich das Ineinander von Militär, Politik und Hochschule sein kann. In Konzernen wagt es kaum noch jemand, »einen Kollegen aus dem Generalstabskurs oder dem eidgenössischen Parlament für das Verwaltungsratsgremium vorzuschlagen«.

Esther Girsberger: Warum das Militär in der Wirtschaft nichts mehr zu suchen hat – die Frauen dafür umso mehr, in: Gerda Wurzenberger/Nicole Schiferer (Hg.): Die Schweiz in der Vernehmlassung, Zürich 2003. Lukas Hässig: Kloten-Clan. Hintergründe und Verantwortliche der Zürcher Airport-Wirren, Zürich 2003.

5. Swiss Army Pack: der voll bepackte Tornister?

Das gute alte »Fresspäckli« für den Angebeteten, Sohn, Enkel, von der Post fixfertig zusammengestellt. Der Preis von 28 Franken 90 sei kaum teurer als ein persönlich komponiertes Soldatenpäckli. Noch immer gilt: Soldatenpakete bis fünf Kilogramm spendiert die schweizerische Post gratis.

PostNews, Dezember 2003.

Armut

In der reichen Schweiz muss niemand darben

Die Schweiz zählt zwar die Kühe auf ihren Weiden, nicht aber die Armen. Geschätzte 700 000 Menschen gelten als arm; jedes zehnte Kind lebt nach landesüblichem Massstab in Armut – das macht allein im Kanton Zürich 20 000 Kinder. Über sechs Prozent der Familien leben unter dem Existenzminimum (Eidgenössische Kommission für Familienfragen). Die Zahl der Working Poors stieg zwischen 1992 und 1999 von 170 000 auf 250 000. Die Schweizerische Konferenz für Sozialhilfe (Sokos) definiert: Arm ist, wem 2003 monatlich nicht mehr als 2100 Franken bleiben (nach Abzug der Steuern und Sozialversiche-

rung). Arm ist eine Familie mit mindestens drei Kindern und einem Gesamteinkommen unter 4000 Franken.
Die familienpolitischen Massnahmen versagen in zentralen Bereichen, stellt Tobias Bauer fest (Büro BASS für arbeits- und sozialpolitische Studien). Im Rahmen eines Nationalfondsprojekts verglichen die Wissenschaftler Zahlungen und Vergünstigungen in den 26 Kantonen. Fazit: Der Ausgleich zwischen armen und reichen Familien spielt äusserst schlecht. Und die kantonalen Unterschiede sind gravierend. Im Aargau erhält eine dreiköpfige Familie des untersten Einkommensfünftels Nettozuschüsse von 4100 Franken jährlich, im Tessin mehr als das Doppelte, nämlich 8700 Franken.

Andrea Fischer: In der Schweiz müssen immer mehr Menschen aufs Sozialamt. Iwan Städler: Armutszeugnis, Tages-Anzeiger, 6.1.2004. Beat Kappeler: Wie die Armen arm gehalten werden, NZZ am Sonntag, 11.1.2004. Ursula Eichenberger: Einen Wunschzettel hat sie nie geschrieben, Tages-Anzeiger, 20.11.2003. Gaby Szöllösy: Bedürftige kriegen am wenigsten, Tages-Anzeiger, 25.2.2004.

Atombombe

Die neutrale Schweiz kam nie auf die Idee eigener Atomwaffen

Ab 1945 arbeitete die Landesregierung auf eine Schweizer Atombombe hin – an der Bevölkerung vorbei und »zeitweise unter bewusster Irreführung des Parlaments«. Laut Historiker Peter Kamber war die Beschaffung des atomaren Spaltmaterials das grösste Problem; erst 1954 gelang der »Ankauf von zehn Tonnen metallischen Urans«. Ein Rückschlag bedeutete der Atomunfall im Jahre 1969 im als »rein zivil« deklarierten Versuchsreaktor von Lucens (Waadt); er verwandelte die ganze Anlage in »eine verstrahlte Hölle«. 1962 lehnte ein damals noch exklusiv männliches Stimmvolk eine Atomwaffenverbotsinitiative der »Schweizerischen Bewegung gegen atomare Aufrüstung« deutlich ab. Eine zweite Initiative, diesmal von Seiten der Sozialdemokraten, wollte die Entscheidung zur Atombewaffnung wenigstens einem vorgängigen Referendum unterstellen. Sie wurde 1963 verworfen. Erst 1988 löste die Regierung den »Arbeitsausschuss für Atomfragen« auf und verzichtete auf ihre Bomben-Pläne.

Peter Kamber: Ach, die Schweiz ... Über einen Kleinstaat in Erklärungsnöten, Zürich 1998.

Auto

1. »Autofreie Sonntage« entsprangen der Fantasie grüner Autogegner

Sie griffen eine alte Tradition auf, als sie 1975 zwölf autofreie Sonntage durchsetzten. Anfangs der 1920er Jahre galt in den meisten Kantonen ein sonntägliches Fahrverbot von 13.00 bis 18.30 Uhr. Die Ausnahmen: Appenzell Innerrhoden, Basel-Stadt, Freiburg, Tessin, Uri und Wallis. Bis Ende des Ersten Weltkriegs war das Auto ohnehin nur ein Spielzeug für Reiche. Ein eingeschränktes Vergnügen zwar, in jedem Kanton galten andere Verkehrsregeln und Tempolimiten. Darüber wachten Polizei *und* Bevölkerung; Denunzianten erhielten einen Teil der Busse, den so genannten »Leidlohn«. Aus Angst vor Unfällen sperrte man die wichtigsten Alpenpässe. 1895 überquerte das erste Automobil den Gotthardpass: Graf Cognard mit einem Peugeot. 1901 verbot Uri die Fahrt über seine Alpenstrassen, öffnete aber fünf Jahre später den Gotthard auf Drängen des Tourismusgewerbes täglich ein paar Stunden: Der Internationale Automobilclub hatte 1905 zum Boykott der Schweiz aufgerufen. 1917 fiel das Fahrverbot. Am strengsten war Graubünden: Ein Vierteljahrhundert lang musste Pferd oder Ochs vors Auto spannen, wer auf sein Vehikel nicht verzichten wollte. Das Verbot fiel erst 1925 – nach zehn Volksabstimmungen!

Rolf Gisler-Jauch: Automobil, in: Historisches Lexikon der Schweiz, Bd. 1, Basel 2002, www.dhs.ch. Urs Hostettler: Anno domino, Schweiz. Ein Spiel, Bern 1989.

2. Die Schweiz produziert keine Personenwagen

Nicht mehr. Bis anfangs der 1980er Jahre entwarf Peter Monteverdi an der Oberwilerstrasse 20 im baslerischen Binningen exklusive Automobile. Als sich der

Garagist und Ferrari-Vertreter um 1960 mit Enzo Ferrari zerstritt, beschloss er, bessere Autos zu bauen als dieser. 1966 war Premiere für das Coupé 375 S »high speed«, nach 30 Jahren wieder der erste in der Schweiz gefertigte Personenwagen – Handarbeit. Weitere Modelle folgten. Insgesamt entstanden 3000 Monteverdis. 1972 scheiterte das Projekt einer Luxuslimousine; und als ein amerikanischer Zulieferer die Produktion einstellte, musste auch Monteverdi aufgeben. Nun gestaltete er Autos, Jachten, Uhren für andere Unternehmer, zeichnete den viertürigen Range Rover für British Leyland. Heute öffnet das einst grösste Automobilmuseum der Schweiz noch auf Voranmeldung für Gruppen. Alle Monteverdi-Modelle sind versammelt, Träume in Chrom und Lack und Leder. Die Firma gibt es noch: Monteverdi Automobile AG, Automobil Herstellung, meldet das Telefonbuch.

Um 1900 bauten gegen dreissig Schweizer Firmen Personenautos. Die Wirtschaftskrise 1907/08, der Erste Weltkrieg, zunehmende Importe engten den Spielraum ein: Ajax schloss 1910, Stella und Turicum 1913, Fischer 1914, Pic-Pic (Piccard-Pictet & Co.) 1920, Martini 1934. Die Turicum AG in Niederuster, gegründet von Uhrmacher Martin Fischer und Buchbinder Paul Vorbrodt, schaffte 1906 in Berlin immerhin den »Clou du Salon« mit ihrem »buchstäblich verblüffenden und umwälzenden kleinen Wagen«. Turicum, nie richtig profitabel, beschäftigte in den besten Jahren 170 Angestellte; das Vertriebsnetz reichte über die halbe Welt. Nach dem Zweiten Weltkrieg entstanden neue inländische Marken, Monteverdi, wie gesagt. Nicht zu vergessen die Renn- und Sportwagen – von Charles und Frédéric Dufaux, Ernst Schmid und Peter Sauber. Einige Schweizer machten Autokarriere im Ausland: Louis Chevrolet oder Robert Anthony Lutz (Opel, BMW, Ford, Chrysler). Auch wenn die Schweiz keine Personenwagen mehr baut: In der Maschinen-, Elektro- und Metallindustrie arbeiten um 30 000 Personen an Werkzeugen und Komponenten für internationale Autohersteller.

Autos – aus Leidenschaft geboren. Monteverdis Manufaktur in Binningen heute ein Museum, NZZ Nr. 80, 5.4.2004. »Clou du Salon«. Das kurze Leben der Zürcher Automarke Turicum, NZZ Nr. 14, 19.1.2004. Schweizer Autozulieferer, Sonderbeilage, NZZ Nr. 143, 24.6.2003.

3. Der »Grand Prix Suisse« fiel dem Umweltschutz zum Opfer

Er wurde aus »Gründen der Pietät« verboten. Gerade feierte die Schweiz das erste Autobahnstück: Luzern-Horw. Da raste am 11. Juni 1955 im französischen Le Mans ein Rennfahrer in die Zuschauer: 85 Tote, 100 Verletzte. »Denn siehe, der Herr kommt gewaltig, und sein Arm wird herrschen.« Predigte zehn Tage später Pfarrer Robert Morgenthaler in der Berner Heiliggeistkirche. Die Kirchgemeinde war sich einig: Schluss mit Rundstreckenrennen auf Schweizer Boden. Im Berner »Bund« rief Philosophieprofessor Hans Zbinden zur Raison: »Wenn wir nicht den Mut aufbringen, auf solche Art ›wirtschaftlicher Belebung‹ zu verzichten, und zu einer Entartung, in der die Technik missbraucht wird, Nein zu sagen, bleibt das ganze Gehabe um Verkehrsmoral und Verkehrserziehung bare Heuchelei.« In der NZZ forderte Pfarrer Karl Zimmermann, sich der »Dämonie des Motors« zu entziehen, warnte vor dem »Abgrund«, an dem die »moderne Menschheit unter der Einwirkung einer entfesselten Technik steht«. Vor allem die Kirchenleute waren empört. Der »Verein Grosser Preis der Automobile und Motorräder Bern« verzichtete auf den »Grand Prix Suisse« 1955. Im Januar 1956 lehnte der Berner Regierungsrat das Gesuch um eine weitere Durchführung ab. 1957 kam das Strassenverkehrsgesetz (das Autorennen den Kantonen überlassen wollte) vor den Nationalrat. Otto Studer aus Escholzmatt berief sich auf die Kirchen und verlangte ein eidgenössisches Verbot. Der Nationalrat folgte ihm mit 66 zu 46 Stimmen. Ein Jahr später doppelte der Ständerat nach: 27 zu 10. Es bestehe »kein nationales Interesse« an Autorennen, meinte der Thurgauer Jakob Müller, »weil wir in der Schweiz keine Personenautos mehr herstellen«, hier also nur ausländische Marken konkurrieren. So blieb der am 22. August 1954 durchgeführte »Grand Prix Suisse« im Bremgartnerwald das letzte Schweizer Autorennen. Zwanzig Jahre lang hatte er die weltbesten Fahrer angezogen und bis zu 80 000 Zuschauer, aber auch, zwischen 1947 und 1954, neun Tote und vierundvierzig Verletzte gefordert.

Am 31. März 2004 forderte Ulrich Giezendanner, Aargauer SVP-Nationalrat und Transportunternehmer, Formel-1-Rennen wieder zuzulassen. Der Rennstall Sauber zeige, welch enormes Entwicklungspotenzial im Automobilsport stecke.

Auch der Tourismus würde gefördert. Umweltschutz? Eine neue Rennstrecke wäre eben mit Bahn und Bus zu erschliessen.

Markus Hofmann: Den Dämon der Motoren gebannt. Wieso in der Schweiz öffentliche Rundstreckenrennen verboten sind, NZZ Nr. 61, 13./14.3.2004.

B

Bahn

1. Die Schweizer, ein Volk von Bahnfahrern

Zwar sind sie Weltmeister im Bahnfahren mit durchschnittlich 1987 km im Jahr (EU-Staaten: 767 km) – doch am liebsten fahren sie Auto, nämlich 67,3 von 100 Kilometern (Bahn: 13,6). Das Schienennetz mit 122 Kilometern pro 1000 Quadratkilometer Landesfläche ist komfortabel (EU-Staaten: 47,5 km); der Kanton Zürich mit zwanzig Prozent Bahnbenutzern der Schweizer Musterknabe (Genf: zwei Prozent): In der Agglomeration Zürich benutzten im Jahr 2000 erstmals mehr Leute die Bahn (44,9 Prozent, Auto: 42,7). Täglich pendeln rund 180 000 Personen nach Zürich.

90 Prozent der Bevölkerung (ab sechs Jahren) sind täglich mindestens einmal unterwegs. Im Jahresdurchschnitt bringt es jede Person auf 17 400 km, davon 13 600 km in der Schweiz. Die täglich zurückgelegte Distanz stieg in den letzten 15 Jahren um 30 Prozent. 60 Prozent sind Fahrten zu freizeitlichen Vergnügen, ein Drittel davon zu Freunden und Verwandten, ein Drittel zu Sportanlässen.

Das hatten sich die Planer anders vorgestellt, als sie im frühen 20. Jahrhundert die Geleise der elektrischen Schmalspurbahnen im Suhrental und Wynental aufs Strassentrassee legten, überzeugt, die Zeit des Strassenverkehrs (damals vor allem Pferdefuhrwerke), sei vorbei, die Zukunft gehöre der Bahn. Gegen Ende des 19. Jahrhunderts wickelte sich der Verkehr zu 90 Prozent auf dem damals rund 4000 Kilometer langen Schienennetz ab.

Obwohl heute 1,2 Autos pro Haushalt in der Garage stehen: Die Eisenbahn ist »Hauptdarstellerin eines eigentlichen modernen Mythos«; ihr gelang es, »die Isolation zwischen Tälern, Völkern und dem Rest Europas zu überwinden« (Pietro Bellasi). Es soll auch nirgends in Europa so viele Modelleisenbahnen-Sammler geben wie in der Schweiz.

Mobilität in der Schweiz, in: Bundesamt für Statistik (Hg.): Statistisches Jahrbuch der Schweiz 2003, Zürich 2003. Schweizerischer Strassenverkehrsverband: Indirekter Gegenentwurf zur Volksinitiative »für einen autofreien Sonntag pro Jahreszeit – ein Versuch für vier Jahre«, Bern, 31.10.2000. Ruedi Meier: Freizeitverkehr. Analysen – Strategien. Studie im Rahmen des Nationalen Forschungsprogramms Nr. 41 »Verkehr und Umwelt, Bern 2000. Zürcher reisen pro Tag 26 Kilometer, NZZ Nr. 16, 21.1.2004. Pendler benutzen öfter die Bahn als das Auto, NZZ Nr. 48, 27.2.2004. Manuel Eisner/Peter Güller: Mobilität und Lebensqualität, in: Paul Hugger (Hg.): Handbuch der Schweizerischen Volkskultur, Bd. 3, Zürich 1992. Alfred Lüthi: Aarau, Stadtentwicklung und Verkehr, in: Historisches Lexikon der Schweiz, Bd. 1, Basel 2002, www.dhs.ch. Kids, Kinderland Schweiz, 1001 Ausflüge, Zürich 2002. Pietro Bellasi: Tradition und Moderne in der Schweiz, in: Koordinationskommission für die Präsenz der Schweiz im Ausland (Hg.): Die Schweiz mit den Augen der anderen, Zürich 1992.

2. Im Land der Berge florieren die Bergbahnen

Könnte man glauben. Eine aktuelle Studie listet 113 Bergbahn- und Skilift-Projekte auf, Investitionen von 3,5 Milliarden Franken. Doch einem Drittel der 650 touristischen Bahnunternehmen droht die Pleite, ein Drittel kommt knapp über die Runden. Im Wallis soll in den nächsten Jahren die Hälfte der heute 51 Bergbahnen verschwinden. Die Gründe: zu viele Gesellschaften auf zu kleinem Raum, ungenügende Cashflows, veraltete Anlagen. Schneemangel ruiniert seit Mitte der 1980er Jahre jede dritte Wintersaison; der Markt wünscht grosse Skigebiete; Konkurrent Österreich ist bis dreissig Prozent billiger.

Viele kleinere Skigebiete halten sich nur dank Finanzspritzen der öffentlichen Hand. Im Tessin zum Beispiel konkurrenzieren sich dank hoher Staatszuschüsse so viele Skistationen, dass keine rentabel arbeiten kann. Mit verheerenden Folgen für die Natur: Auf der Alp Pesciüm oberhalb Airolo wurden für eine Skipiste über 10 000 Quadratmeter alpine Vegetation zerstört – ohne ordentliche Baubewilligung und Umweltverträglichkeitsprüfung. Kein Einzelfall: Allein in den Zermatter Skigebieten dokumentiert der WWF Wallis ein halbes Dutzend Verstösse gegen das Umweltrecht. »Die Gemeinden, die meistens im Verwaltungsrat der Bergbahnen vertreten sind, drücken selbst bei massiven Landschaftseingriffen beide Augen zu.«

Priska Mathis/Rico Kessler/Dominik Siegrist: Neue Skigebiete in der Schweiz? Planungsstand und Finanzierung von touristischen Neuerschliessungen, Bern 2003. Strukturwandel bei den Bergbahnen, NZZ Nr. 143, 24.6.2003. Marcel Odermatt: Jeder dritten Bahn droht das Aus, Tages-Anzeiger, 29.11.2003. Christina Leutwyler: Der Staat hat zu viele Skistationen gefördert, Tages-Anzeiger, 10.11.2003. Walliser Bergbahnen vor Restrukturierung, Schweizer Depeschenagentur (SDA), 11.2.2004. Andreas Weissen: Schneeblind ins Abseits, WWF-Magazin 5/2003.

Bahnhofbuffet

Kaltes Buffet für eilige Reisende?

Was Schweizern lieb ist, befremdet Gäste deutschsprachiger Nachbarländer, die eine »Bahnhofsgaststätte« suchen. Das »Bahnhofbuffet« ist eine helvetische Institution. Nur was einer Bahngesellschaft gehört, darf sich so nennen. Einst war selbst das Buffet 3. Klasse eine Pracht. Heute sind die Unterschiede verwischt, 1. und 2. Klasse umbenannt: »Au premier« und »Gourmetstübli«, »Bistro« und »Pub«.

Hans Jörg Rieder/Charlotte Spindler: Bahnhofbuffets der Schweiz. Ein praktischer und kulturhistorischer Führer, Zürich 1993. Bahnsaga Schweiz. 150 Jahre Schweizer Bahnen, Zürich 1997.

Bankgeheimnis

Es bringt der Schweiz Vorteile

Es bringt dem Land, dem Werkplatz Schweiz, der Exportindustrie auch Nachteile. Festigt das Image als sicherer Geldhafen, verbunden mit hohem Zinsniveau und starkem Franken. Dies sagt ein Mann der Wirtschaft, Johann N. Schneider-Ammann, FDP-Nationalrat und Präsident der Schweizer Maschinen-, Elektro- und Metallindustrie – der bedeutendsten Exportindustrie.

Dass die linke Wochenzeitung (WoZ) den Nationalmythos als »Werbegag« und »Steuerhinterziehungsgeheimnis« verhöhnt, geniert die Bankenvertreter wenig. Empört sind sie, dass einer der ihren, Hans J. Bär, Grand Old Sir der Vermögensverwaltung, das Bankgeheimnis in der heutigen Form für ein »defensives Instrument« hält. Der Privatbankier im Ruhestand findet es ethisch fragwürdig, wenn die Schweiz nur bei Steuerbetrug Rechtshilfe leistet, sich aber bei Steuerhinterziehung hinter dem Bankgeheimnis verschanzt: »Kein ausländischer Anleger versteht die Unterscheidung.« Das Bankgeheimnis schade der Schweiz »gewaltig«, verschone es vor Wettbewerb, mache das Land »fett und impotent«. Was kostet es uns? »Die Rechnung hat bisher noch niemand gemacht.« Bei einer Aufweichung gingen vielleicht einige Geschäfte verloren, in anderen Industrien könnten dafür mehr Arbeitsplätze entstehen.

Ein Nestbeschmutzer? Der Finanzplatz trägt mit zwölf Prozent den grössten Anteil zum Bruttosozialprodukt bei. Liefert zwanzig Prozent der Steuereinnahmen, beschäftigt sechs Prozent der Arbeitnehmer. Ein Drittel der privaten Vermögen der Welt lagern auf Schweizer Banken. Laut einer Umfrage der Bankiersvereinigung bei 1000 Personen sind 57 Prozent der Meinung, dass die Banken im Kampf gegen Geldwäscherei und Potentatengelder nicht genug tun, stehen aber dennoch mehrheitlich (76 Prozent) hinter dem »Bankkundengeheimnis«. Es werde zum »Mysterium« hochstilisiert, »zum grossen Geheimnis, um das sich wilde Gerüchte und unendliche Geschichten ranken«, schreibt der deutsche Finanzjournalist Heinz Brestel. »Das Bankkundengeheimnis ist gewährleistet.« Mit diesem Satz wollen National- und Ständerat das Instrument in der Verfassung verankern. »Höchst unklug«, meint Wirtschaftsethiker Peter Ulrich, »die ganze Rhetorik, welche die Funktion des Bankgeheimnisses als Steuerhinterziehungsgeheimnis verteidigt«, stehe auf »schwachen Füssen«. Besser würde etwa über »volkswirtschaftlich zumutbare Übergangsbedingungen« verhandelt. Ab 2010 gilt in der EU der automatische Informationsaustausch zwischen Banken und Steuerbehörden.

Einen »Steuerfluchthafen Schweiz« (Rudolf Strahm) wird die EU auf längere Sicht nicht akzeptieren. Bereits heute wird der Schutz bei Fällen von Betrug oder Geldwäscherei aufgehoben. Bereits heute existiert vis-à-vis den USA als wichtigstem Finanzpartner »kaum mehr ein Bankgeheimnis« (Hans J. Bär).

Inbegriff des Bankgeheimnisses sind die Nummernkonti, ursprünglich eingerichtet, um die Identität der aus Nazi-Deutschland Geflüchteten zu schützen. Im Juli 2004 tritt ein Artikel der Geldwäschereiverordnung in Kraft, der Nummernkonti definitiv zu gewöhnlichen Konti macht; die Empfängerbank darf kein Geld mehr aus anonymen Quellen annehmen. Wieder ein Mythos weg. »Kein Schweizer Klischee hat so viel Widerhall in der Agenten- und Krimiliteratur gefunden wie das berüchtigte Nummernkonto« (Dominik Flammer).

2003 überprüfte die Meldestelle für Geldwäscherei doppelt so viele Verdachtsmeldungen wie vor zwei Jahren: Von den 863 Meldungen (über die Hälfte aus dem internationalen Zahlungsverkehr) leitete sie 76,6 Prozent an die Strafverfolgungsbehörden weiter und liess 616 Millionen Franken sperren.

Yves Carpy: Weniger geheimes Bankgeheimnis, Sonntagszeitung, 14.3.2004. Victor Breu: Bär gibt Bankern Geheimnis auf, Tages-Anzeiger, 20.3.2004. Hanspeter Bürgin: Angst vor der eigenen Courage, Tages-Anzeiger, 22.3.2004. Beat Brenner: Hans J. Bär oder »tant de bruit pour...«, NZZ Nr. 72, 26.3.2004. René Staubli: Bärendienst oder Liebesdienst?, Tages-Anzeiger, 26.3.2004. Hans J. Bär: Seid umschlungen, Millionen, Zürich 2004. SDA: Das Bankgeheimnis soll in die Bundesverfassung, 3.12.2003. Heinz Brestel: Das Mysterium des Bankgeheimnisses, in: Jürg Altwegg/Roger de Weck (Hg.): Kuhschweizer und Sauschwaben, München 2003. Peter Ulrich: Ist das Bankgeheimnis verfassungswürdig?, Tages-Anzeiger, 13.1.2004. Ermes Gallarotti: Schweizer Banken – keine Fluchtgeldburgen, NZZ Nr. 47, 26.2.2004. Koordinationskommission für die Präsenz der Schweiz im Ausland: Die Schweiz aus eigener Sicht, Zürich 1992. Dominik Flammer: Mythos Nummernkonto verschwindet, NZZ am Sonntag, 11.4.2004. Bundesamt für Polizei, Mediendienst, 22.4.2004.

Bauernkalender

Bilder vom konservativen, züchtigen Landleben

Halb nackte Frauen auf dem Bauernhof. Zwölf »schönste Landgirls und Landfrauen« im Schweizer Bauernkalender 2005. »Wir sind jung, stark und sexy«, erklärt die 25-jährige Tanja Stucki, Präsidentin der Schweizerischen Landjugendvereinigung: »Richtige Frauen vom Land sind nicht prüde.« Als hätte das jemand unterstellt. »Die Bauernschaft leidet immer noch unter dem Vorurteil, dass sie konservativ und verklemmt ist«, meint Urs Schneider, stellvertretender Direktor des Bauernverbandes. Schluss mit dem Missverständnis. Die Idee von Mike Helmy, »Blick«-Dienstredaktor und Kleinverleger, ist übernommen aus Österreich, wo der erotische Jungbauernkalender seit 2001 in der guten Stube hängt und Männer und Frauen sich zu Hunderten bewerben.

www.schweizerbauer.ch.

Beachvolley

Für Brasilianer und andere, die das Meer vor der Haustür haben

Die Schweizer sind Weltklasse im Volleyballspiel auf Sand. Die Europameisterschaft der Herren meist eine schweizerische Angelegenheit. Paul und Martin Laciga gehören seit zehn Jahren zur internationalen Elite. Die Karriere begann zufällig. In einem Schwimmbad forderten die Freiburger Brüder 1992 ein anderes Duo zum Spiel; drei Jahre später wechselten sie zu den Profis. Nochmals drei Jahre später waren sie Europameister und Martin »King of the Beach«, bester europäischer Spieler. 1999 dann Silber bei den Weltmeisterschaften gegen das brasilianische Duo Emanuel/Loiola. Anfangs 2004 setzten sich Stefan Kobel und Patrick Heuscher (Schweizermeister 2002 und 2003) mit Platz drei im Olympic Ranking vor die Altmeister. Bei den Frauen liegt das Duo Nicole Schnyder-Benoit/Simone Kuhn auf Platz acht der Weltrangliste.
Beachvolley entstand in den 1920er-Jahren an den Stränden Kaliforniens. 1987 der erste internationale Wettkampf in Rio de Janeiro. 1990 die ersten internationalen Turniere in der Schweiz (Jona und Lausanne). 1992: Swiss Beach Ranking und Schweizermeisterschaft. Seit 1996 ist Beachvolley olympische Disziplin. In der Schweiz besitzen 2000 Spieler eine Beachcard oder Lizenz. Der Saisonhöhepunkt im Binnenland? Das Worldtour-Turnier in Gstaad. Beachvolley in den Alpen!

Pascale Stehlin: Wie am Strand. Martin Zimmerli: »Die Chancen stehen bei 80 Prozent«, beide in: Coopzeitung Nr. 19, 5.5.2004. www.laciga.ch. www.beachvolley.org. www.volleyball.ch.
Hinweis aufs Stichwort: Beatrice Jud, Sportlehrerin, Baden.

Berge

Die Namen der Berge sind uralt

Die flächendeckende Benennung der Gipfel ist das Werk der Alpinisten und Kartografen des 19. Jahrhunderts. Die Dufourspitze (4634 m), höchster Gipfel der Schweiz, erhielt ihren Namen am 28. Januar 1863 durch einen Bundesratsbeschluss – siebeneinhalb Jahre nach der Erstbesteigung am 31. Juli 1855. Eine Hommage an General Guillaume Henri Dufour, der die Vermessung und Kartographierung der Schweiz im Massstab 1: 100 000 veranlasst hatte.

Um 1500 hatten erst etwa zehn Berge der ganzen Alpen einen offiziellen Namen, hundert Jahre später rund vierzig. Die Alpenbewohner fürchteten die Mächte, die sie in dem Gestein vermuteten. Namen erhielten nur Gipfel, die ihnen praktisch oder mythologisch etwas bedeuteten. Das zeigt auch der Dialog zwischen Heidi und Geissenpeter: »›Oh sieh! sieh! der hohe Felsenberg ist ganz glühend! (...) Peter, steh auf! Sieh, das Feuer ist auch beim Raubvogel! (...) Alles, alles ist im Feuer!‹ – ›Es war immer so‹, sagte jetzt der Peter gemütlich und schälte an seiner Rute fort (...). – ›Oh, sieh, sieh‹, rief Heidi in grosser Aufregung, ›auf einmal werden sie rosenrot! Sieh den mit dem Schnee und den mit den hohen, spitzigen Felsen! Wie heissen sie, Peter?‹ – ›Berge heissen nicht‹, erwiderte dieser.«

Patrick Brauns: Die Berge rufen. Alpen, Sprachen, Mythen, Frauenfeld 2002. Johanna Spyri: Heidi, Gesamtausgabe: Heidis Lehr- und Wanderjahre. / Heidi kann brauchen, was es gelernt hat, Chur 2000.

Bern

Berner sind langsam

Vielleicht beim Reden. Die 25-jährige Bernerin Simone Niggli-Luder gewann im August 2003 viermal Gold bei der Weltmeisterschaft im Orientierungslaufen in Rapperswil und siegte Ende September 2003 noch bei der Schwedischen Meisterschaft. Dank ihrer Schnelligkeit, nicht eines überlegenen Orientierungssinnes.

Weiter? 1993 feierte Bern die erste Schweizer Stadtregierung mit einer Frauenmehrheit. Und als Erste richteten die Berner ihre Uhren nicht mehr nach der Sonne. 1853 verfügte Bundesrat Josef Munzinger für die ganze Schweiz die »Berner Zeit«. Erst nur für Post und Telegrafie verbindlich, verdrängte sie mit wachsendem Eisenbahnnetz und überregionalen Fahrplänen die Lokalzeiten. Als 1894 landesweit die mitteleuropäische Zeit eingeführt wurde, mussten die Uhren fast überall um dreissig Minuten vorgestellt werden.

Caroline Schnyder: Grosse Kleinstadt. Eine Geschichte Berns im 19. und 20. Jahrhundert, NZZ Nr. 70, 24.3.2004.

Bernhardiner

1. Er stammt vom Grossen St. Bernhard

Die Mönche im Hospiz hielten Hunde verschiedener Rassen. Einziges Kriterium: Sie mussten tüchtige Wach- und Suchhunde mit winterdiensttauglichem Fell sein. Eine isolierte Reinzucht im rauen Klima auf 2472 m Höhe wäre nicht möglich gewesen. Heinrich Schumacher, Wirt und Metzgermeister im bernischen Holligen, wollte den legendären Barry (1800-1814) auferstehen lassen und versuchte ab Mitte des 19. Jahrhunderts sein Ebenbild zu züchten: 65 Zentimeter hoch, weisses Fell mit rotbraunen Flecken, langer, wolfsähnlicher Kopf. 1880 wurde der »St.-Bernards-Hund« offiziell registriert, sieben Jahre später vom internationalen Kynologenkongress anerkannt und zum Schweizer Nationalhund. 1967 konstituierte sich in Luzern die Weltunion der St. Bernhards-Clubs (WUSB). Heute kümmert sich Bernard Léger um Barrys Nachfahren. Vier Rüden teilen sich einen Harem von 16 Weibchen, die jährlich rund 25 Welpen aufziehen. Traditionell heisst der älteste Rüde Barry. 70 Prozent der Welpen werden ins Ausland verkauft, vor allem nach Amerika.

2. Barry rettete einen Knaben aus eisiger Grotte

Barry soll über 40 Menschen gerettet haben, der wundersame »Ritt des Knaben« ist jedoch eine hartnäckige Legende: Zahlreiche Abbildungen, Schilderungen, Bilderbücher halten bis heute die »wahre Geschichte« fest. Auf dem Denk-

Der »Knabenritt«
in Friedrich von Tschudis »Thierleben der Alpenwelt«

mal im Hundefriedhof von Asnières bei Paris trägt Barry allerdings ein Mädchen. Friedrich von Tschudi schildert in seinem »Thierleben der Alpenwelt« (1853) die Episode: »Barry fand einst in einer eisigen Grotte ein halb erstarrtes, verirrtes Kind, das schon dem zum Tode führenden Schlaf unterlegen war. Sogleich leckte und wärmte er es mit der Zunge, bis es aufwachte; dann wusste er es durch Liebkosung zu bewegen, dass es sich auf seinen Rücken setzte und an seinem Hals sich festhielt. So kam er mit seiner Bürde triumphirend in's Kloster.« Auf einem zeitgenössischen Stich zieht Barry auch noch mit dem Maul am Glockenseil der Klosterpforte. Hundekenner halten die Geschichte für unwahrscheinlich: Kein Hund könne ein Kind über eine längere Strecke tragen. Zudem publizierte ein französischer Autor drei Jahre vor Barrys Geburt exakt die gleiche Geschichte.

3. Bernhardiner versorgt verunglückte Alpinisten mit Schnaps

Was jede Ansichtskarte, jeder Souvenir-Barry, sogar die Homepage des Hospizes suggeriert, ist Unsinn. Mit solchem Ballast kämen die Hunde nie durch den Tiefschnee. »Was das Rumfässchen betrifft, so haben die Hunde des Hospizes zu keiner Zeit eines getragen«, erklärte 1959 ein Geistlicher. Barry wurde nach seinem Tod präpariert, steht heute im Foyer des Naturhistorischen Museums Bern und trug eine Zeit lang ein Fässchen am Halse. Die Idee eines Werbewitzbolds? Die Züchter übernahmen das Markenzeichen gern. Ob das französische »baril« (Fass) mit Barry zusammenhängt? Marc Nussbaumer hält es mit der Deutung von Chanoine Louis Lamon: Das Fässchen als Symbol für materielle und geistliche Hilfe nach der Losung »hic Christus adoratur et pascitur« (Christus anbetend verehren und ihn im Nächsten verpflegen). Auch ohne Branntwein: In 200 Jahren retteten die »Hunde Gottes« um die 2500 Personen. Als Lawinenhunde taugen die viel zu schweren Bernhardiner nicht mehr. Sie überwintern in Martigny bei ihrem Züchter. Die Nachfolge übernahm ein Golden Retriever.

Marc Nussbaumer: Barry vom Grossen St. Bernhard, Bern 2000. Friedrich von Tschudi: Das Thierleben der Alpenwelt, Leipzig 1868. Herbert Cerutti: Barry national, in: Wenn Elefanten weinen. 30 erstaunliche Tiergeschichten, Zürich 2003. Haia Müller: Oase in Weiss, Le Menue 12/2003. www.swiss-st-bernard-dog.ch.

Beromünster

Der »Landessender Beromünster« sendet aus Beromünster

Der 215 Meter hohe Turm (höchstes Bauwerk der Schweiz) steht auf Boden der Gemeinde Gunzwil, eines Nachbarortes von Beromünster. In den frühen Jahren des Radios trugen die Sender meist den Namen ihres Standorts. Doch »Gunzwil« klang allzu sehr nach Land und Stall. Da auch der Name »Münster« besetzt war (in der deutschen Stadt Münster stand bereits ein Sender), erinnerte man sich an »Beromünster«. So hiess der Flecken vor 1798. 1934 gab der Luzerner Grosse Rat seinen Segen zur Namensänderung. Seit Mai 1931 in Betrieb, besuchten wöchentlich Hunderte von Sonntagsausflüglern die Anlage. Während des Zweiten Weltkriegs zogen die Nachrichten des Landessenders Beromünster ganz Europa in ihren Bann. Für die kriegsbeteiligten Länder der einzige neutrale Sender, für die Schweiz ein Identitätsstifter. Mit Jean Rodolphe von Salis' »Weltchronik« war der Radiomythos komplett.

Militärische Bewachung des Landessenders Beromünster, September 1940

In den 1990er Jahren ging ein Teil der Anlage als Geschenk an Nordkorea. Seit 1996 strahlt Schweizer Radio DRS aus Beromünster nur noch das Mittelwellen-Programm Musigwälle 531 aus. Um die Strahlenemissionen entbrannte ein Streit. Drei Hirntumore in einem einzigen Weiler. Unwohlsein, Müdigkeit,

Schlafstörungen, Kopfschmerzen. Kühe, die ohne tägliche Hormonspritzen keine Milch geben. Seit im Sommer 2003 Blitze einen Kabelbrand auslösten, ist ein Notsender in Betrieb. Luzern verordnete eine Leistungsreduktion und Sanierung bis 2008. Die Schweizerische Radio- und Fernsehgesellschaft SRG wollte ohne Sanierung weitersenden bis 2015. Die geplagten Anwohner protestierten. Im Januar 2004 lehnte Luzern das Gesuch der SRG ab. Der Sender wird spätestens 2008 stillgelegt. Er verliert damit seine letzte Aufgabe – wird aber wohl als Denkmal von nationaler Bedeutung unter Schutz gestellt.

Markus T. Drack (Hg.): Radio und Fernsehen in der Schweiz, Baden 2000. Martin Merki: Musikwelle 531 strahlt in Beromünster, NZZ Nr. 205, 5.9.2003. Thomas Bolli: Dem nostalgischen Radiosender Musigwälle 531 droht das Aus, Tages-Anzeiger, 25.8.2003. Radio Beromünster fast am Ende, Tages-Anzeiger, 10.1.2004. Das Radio verlässt Beromünster, Tages-Anzeiger, 22.1.2004.

Bettag

Der Eidgenössische Bettag ruft auf zu vaterländischer Einkehr

Das erste Motiv war die Sorge um den Frieden im Nachbarland. Bern erliess ein Jahr nach dem Westfälischen Frieden (1648) das erste Bettagsmandat »Zu dienlichem Gebätt und christlichem Gottesdienst, damit auch das notlydende Teutschland des allgemein geschlossenen Friedens in der That bestendiglich erfreut und theilhaftig werden möge.«
Im Spätmittelalter waren Dank- und Bussfeiern zwar Gegenstand eidgenössischer Tagsatzungen, doch sie institutionalisierten sich erst zur Zeit des werdenden Bundesstaates.
Der erste Bettag fand am 8. September 1796 statt; seit 1832 gilt der dritte Sonntag im September. Der junge Bundesstaat wie der Religionsfriede standen noch auf wackeligen Beinen und sollten durch gemeinsame Besinnung gefestigt werden.
Besinnung? Als der neu gewählte Staatsschreiber Gottfried Keller es wagte, in seinem ersten »Bettagsmandat« 1862 den Untergang der Schweiz zu denken,

unterdrückte die Regierung den Text: »Aber wenn auch, wie einer unserer Redner am frohen Volksfeste es aussprach, der grosse Baumeister der Geschichte in unserem Bundesstaate nicht sowohl ein vollgültiges Muster als einen Versuch im kleinen, gleichsam ein kleines Baumodell aufgestellt hat, so kann derselbe Meister das Modell wieder zerschlagen, sobald es ihm nicht mehr gefällt, sobald es seinem grossen Plane nicht entspricht.« Dass der Gedanke an ein »Verschwinden aus der Weltgeschichte« tabu ist in einem Land, das sich als Willensnation versteht und nicht von Gottes Gnaden in die Welt gesetzt, irritiert Peter von Matt: »Es gibt nur den freien Willen jener, die dazugehörten.« Dieser aber sei nur frei, wenn er auch anders könnte. Das Denken des andern gehöre demnach »per definitionem zu einer Konföderation ...«

1872 zogen sich die politischen Behörden Zürichs als Erste aus der Verantwortung und überliessen den Bettag der Kirche. Nur im Aargau erlassen Landeskirche und Regierung alternierend den Bettagsaufruf. (→ Willensnation)

Den Bettag abschaffen? Der Kirchenrat der evangelisch-reformierten Landeskirche des Kantons Zürich zum Eidgenössischen Dank-, Buss- und Bettag, 20.9.1998. Victor Conzemius: Bettag, in: Historisches Lexikon der Schweiz, Bd. 2, Basel 2003, www.dhs.ch. Peter von Matt: Die tintenblauen Eidgenossen, München 2001.

Betty Bossi

Die Kochfee der Nation ist eine Fantasiegestalt cleverer Werber

Hinter Betty Bossi wirkte eine höchst reale Person: Emmi Creola-Maag. Die Zürcherin hat Mitte der 1950er Jahre die Figur kreiert und verkörpert. Als Texterin der Werbeagentur Lintas betreute sie die Produkte des »Astra«-Fettherstellers im bernischen Steffisburg. Inspiriert durch Betty Crocker, erfolgreiche Haushalt-Ratgeberin in den USA, animierte sie ihren Auftraggeber zu einem ähnlichen Service. Bossi hiess eine Bekannte, und Betty, fand sie, klinge so bodenständig. Schliesslich hätten die Schwestern von Gottfried Keller und C.F. Meyer so geheissen. Im April 1956 erschien die erste »Betty-Bossi-Post«. Emmi Creola beantwortete die Fragen persönlich, meist am Sonntagabend tippte sie die Ratschläge auf ihrer »Hermes Baby«. Bald konnte die Zeitung im Jahresabonnement zu zwei Franken bezogen werden; die Auflage stieg in den nächsten fünfzehn Jahren auf 100 000 Exemplare. »Sparen war damals ein grosses Thema, und mit Fett kochten nicht die Leute vom Zürichberg, sondern eher jene des Mittelstands und der Arbeiterklasse. Dieser Zielgruppe passten wir unsere Rezepte an.« Als »ganz normale« Hausfrau und Mutter dreier Kinder führte Emmi Creola alias Betty Bossi 15 Jahre lang ein strapaziöses Doppelleben.

1973 erschien das erste Kochbuch; die Betty-Bossi-Gemeinde konnte Kochgeräte kaufen und Kochkurse besuchen. 1977 gründete der Markenartikel-Konzern Unilever die Betty Bossi Verlag AG. 1995 übernahm das Medienhaus Ringier die Aktienmehrheit. Umsatz 1999: 65 Millionen. Auflage der Monatszeitschrift »Betty Bossi«: 920 000. Seit November 2001 gehört das Betty-Bossi-Unternehmen je zur Hälfte Coop und Ringier. Die Ratgeberin hat auch wieder ein Gesicht: Die Aargauer Hauswirtschaftslehrerin Sibylle Sager kreiert jährlich über hundert Rezepte und kocht sie der Nation in der TV-Sendung »al dente« vor. Zu Hause steht sie nicht gern am Herd – zum Glück gibt's »Betty Bossi«-Fertiggerichte.

2002 mit 100 Betty-Bossi-Produkten gestartet, baute Coop auf 600 Artikel aus – jeder vom »kulinarischen Kompetenzteam getestet« (Coop). Teurer natürlich, denn »Betty Bossi garantiert einen Mehrwert« (und zahlt Ringier eine umsatzabhängige Lizenzgebühr). Wo bei Petersilie oder Schnittlauch Mehrwert und Kompetenz liegen, wird die Konsumentin entscheiden.

Urs Bühler: Die Frau, die Betty Bossi war, NZZ Nr. 178, 5.8.2003. Isabel Notari: »Daheim koche ich nicht gern, Schweizer Illustrierte Nr. 43, 20.10.2003. Markus Lüscher: Betty Bossi, in: Historisches Lexikon der Schweiz, Bd. 2, Basel 2003, www.dhs.ch. Marcel Odermatt: Betty Bossis zweifelhafter Mehrwert, Tages-Anzeiger, 16.2.2004. Romeo Regenass: Wo Ringier am Coop-Salat verdient, Tages-Anzeiger, 23.3.2004.

Bibliothek

Bibliotheken sind verstaubt

Im Sommer 2003 stürmten Tausende die neu eröffnete Winterthurer Stadtbibliothek, als gäbe es ein Pop-Konzert. Die einstige Gelehrtenbibliothek als multimediales Informationszentrum. Die erste vollautomatische Bibliothek der Schweiz, in mittelalterlichen Mauern untergebracht, mit 200 000 Büchern eine der grössten Freihandbibliotheken im Land und eine der modernsten Europas. Jedes Medium ist mit einem Chip ausgerüstet, der drahtlos mit dem Computer kommunizieren kann – dank RFID-Technik, Radio Frequency Identification. Die Bücher, automatisch erfasst und ausgeliehen, können auch ausserhalb der Öffnungszeiten rund um die Uhr zurückgegeben werden.

Rolf Weiss/Reinhard Kugler/Christian Muntwyler: Neue Stadtbibliothek in mittelalterlichen Mauern, Winterthur 2003. Von der Gelehrtenbibliothek zum Infozentrum, NZZ Nr. 189, 18.8.2003. Christa Rosatzin-Strobel: Bücher mit intelligenten Etiketten, Tages-Anzeiger, 6.4.2004.

Binnenland

Die Schweiz ist keine seefahrende Nation

Seit 1941 befahren Schiffe unter Schweizer Flagge die Weltmeere. Mit 25 Frachtern verfügt die Schweiz über die grösste Handelsflotte eines Binnenlandes, obwohl die Transportkapazität von 1,2 Millionen Tonnen nur 0,1 Prozent der Welttonnage ausmacht. Die Arbeit ist hart, der Lohn niedrig: unter den 474 Angestellten arbeiteten Ende 2003 nur 14 Schweizer.

Im frühen 19. Jahrhundert forderten Auswanderungsagenturen und Industriefirmen eine eigene Hochseeschifffahrt. Das Begehren scheiterte am Einwand der seefahrenden Nationen, die Schweiz könne als Binnenstaat und mangels Kriegsmarine die eigene Flotte weder schützen noch beaufsichtigen. Dennoch fuhren ab etwa 1860 ein paar Schiffe unter Schweizer Flagge, bewilligt vom Bundesrat, beflaggt vom Militärdepartement. Im Ersten Weltkrieg behalf man sich mit gecharterten ausländischen (meist amerikanischen) Schiffen, doch der Mangel

an Transportkapazität war gegen Kriegsende katastrophal. 1921 anerkannte die Verkehrskonferenz des Völkerbundes Seeschiffe der Binnenstaaten.
Als Deutschland im April 1941 Griechenland angriff, dessen Frachtschiffe die Schweiz jeweils charterte, dekretierte der Bundesrat eine nationale Flotte. Nach dem Krieg verkaufte der Bund die Schiffe an private Reedereien; kann aber diese in Krisen- oder Kriegsfall wieder in den eigenen Dienst nehmen.
Im Binnenland Schweiz entstanden bis vor kurzem die grössten Schiffsmotoren der Welt. 1898 wurde der erste »Sulzer-Diesel« in Betrieb genommen (fünf Jahre, nachdem Rudolf Diesel in Augsburg seinen ersten Motor konstruiert hatte). Seit 1992 baut Sulzer nicht mehr in Winterthur; 20 Lizenznehmer, unter anderem in Korea, Japan, China, fabrizieren die Giganten, welche die Container-Schiffe und Tanker über die Weltmeere schieben. Sie sind bis 109 000 PS stark, 26 m lang, 14 m hoch, 1260 t schwer. Deren Entwicklung und weltweite Wartung liegt in den Händen der 370 Mitarbeiter in Winterthur. Die Firma ist heute in finnischen Händen und heisst Wärtsilä Schweiz AG, die Fabrikate tragen noch immer den Handelsnamen Sulzer.
Last but not least: Aus Leidenschaft für die See gründete der Meeresbiologe Nikolaus Gelpke (*1962) die Zeitschrift »mare« und den »marebuchverlag«. Aufgewachsen in der Schweiz und in Italien, war Gelpke auch mal als Forschungstaucher für die Uni Zürich tätig.

Matthias Amoser, Forschungs- und Entwicklungsabteilung Wärtsilä Schweiz AG, im mündlichen Gespräch. Eidgenössisches Departement des Äussern (EDA), Direktion für Völkerrecht, www.eda.admin.ch. Rafael von Matt: Alle Welt unter helvetischer Flagge, NZZ Nr. 37, 14./15.2.2004. Ronald Schenkel: Die Riesen aus dem Alpenland, in: mare Nr. 10, Oktober/November 1998.

Bio

1. Schweizer Bioprodukte sind gentechfrei

Bis zu einem Prozent sind Gentech-Spuren »natürlich«, jedenfalls zulässig. Es muss sich jedoch um eine ungewollte Kontamination handeln, betont das Bundesgerichtsurteil vom 13. November 2003. Eine Täuschung der Konsumenten sei dies nicht, irreführend wäre, sie im falschen Glauben zu lassen, ein Bioprodukt enthalte keine gentechnisch manipulierten Substanzen. Null-Toleranz, welche die Behörden des Kantons Genf im Zusammenhang mit Biomais durchsetzen wollten, sei beim gegenwärtigen Stand der Technik unrealistisch.

»Bio« ist nicht gentechfrei, NZZ Nr. 131, 10.6.2003.

2. »Bio«-Marken sind »Bio«-Gütesiegel

Nur Däninnen und Dänen geben mehr Geld für Bionahrung aus als die Schweizer. Doch manche Bio-Labels bieten nicht mal einen Mehrwert gegenüber herkömmlichen Produkten. Auch bekannte Marken überzeugen nicht: das Gemüse-Obst-Label »IP/PI«, das Fisch-Label »Dolphin Safe«, die Fleisch-Labels »7-Punkte-Garantie« der Migros, »Swiss Prim«, »Bell Natura« und »IP-Suisse«. »IP/PI übertrifft den allgemeinen Standard der Schweizer Landwirtschaft kaum«, lautet das Fazit einer Untersuchung von Konsumentenorganisationen, WWF und Schweizer Tierschutz (Umweltauflagen, Tierhaltungsvorschriften, Glaubwürdigkeit).

Kritisiert wird auch der Label-Wirrwarr: 16 verschiedene Gütesiegel für tierische Produkte! »Bell Natura, IP-Suisse, 7-Punkte-Fleischgarantie der Migros und das neue Swiss Prim unterscheiden sich kaum.« Maximalnoten gab es unter anderen für »Kagfreiland«, »Demeter«, »bio Engagement Migros«, für die »Knospe« von Bio Suisse, der Vereinigung Schweizer Biolandbau-Organisationen mit 6239 Betrieben (2003). Schweizermeister im Verkauf ist Coop mit einem 49,2 Prozent-Anteil am Gesamtumsatz. Dieser lag 2003 bei 1,13 Milliarden (155 Franken pro Kopf), ein Plus von sieben Prozent.

Lebensmittel-Labels im Test, Stiftung für Konsumentenschutz, Bern 2003. www.biosuisse.ch. Jennifer Zimmermann: Wegweiser im Label-Wirrwarr, WWF Magazin 5/2003. Romeo Regenass: Bio spürt nichts von einer Krise, Tages-Anzeiger, 6.6.2003. Beat Michel: Harte Zeiten für Label-Bauern, Sonntagszeitung, 12.10.2003. Pirmin Schilliger: Preise dämpfen Bio-Wachstum, Handelszeitung Nr. 13, 24.3.2004.

Birchermüesli

1. Das heutige Birchermüesli ist Patent »Bircher-Benner«

Der Erfinder würde sich im Grabe winden, sähe er die vielen Fertigmischungen und üppig vielfruchtigen Kreationen. Das Müesli des Dr. Maximilian Oskar Bircher-Benner (1867-1939) war frugal, für ihn »d'Spys« schlechthin, ähnlich zusammengesetzt wie Muttermilch. Das Rezept für eine Person: 1 Esslöffel Haferflocken (12 Stunden in 3 Esslöffel kaltem Wasser einweichen), Saft einer halben Zitrone, 1 Esslöffel gezuckerte Kondensmilch und 200 g Äpfel, samt Haut und Kerngehäuse kurz vor dem Essen in die Zutaten raffeln und mit 1 Esslöffel geriebenen Nüssen bestreuen. Weshalb er Kondensmilch empfahl, lässt sich aus heutiger Sicht nicht mehr klären. Das Rätsel mindert Birchers Bedeutung nicht; der Notarssohn aus Aarau war ein visionärer Pionier der biologischen Ganzheitsmedizin. »Das Müesli ist vielleicht der wichtigste Beitrag der Schweiz zum postmodernen Lebensstil«, schreibt der Historiker Albert Wirz.

2. Rohkost ist immer gesund

Ein Gemeinplatz. Vor hundert Jahren waren die Mediziner anderer Meinung. Kein Mensch könne so viel Gemüse essen, meinte die Zürcher Ärztegesellschaft und entzog Maximilian Bircher-Benner nach einem »Kreuzverhör« im Januar 1900 das Arztpatent: »Herr Bircher hat das wissenschaftliche Gebiet verlassen – er ist für uns nicht mehr tragbar!« Ernst Laur, Präsident des Bauernverbandes, doppelte nach: »Wer Fleisch und Käse für gesunde Menschen auf den Index stellt, ist unser Gegner.«

Bircher-Benner, 33 Jahre alt, liess sich nicht beirren. Er vertraute seinen Erfahrungen: Die Menschen essen das Falsche und vom Falschen zu viel. Mit dem Geld seiner Gattin Elisabeth Benner baute er 1904 das Sanatorium »Lebendige Kraft« auf dem Zürichberg, die spätere Bircher-Benner-Klinik. Heilung durch Licht, Luft, Bewegung, Rohkost. Die »Sonnenlichtnahrung« war eingebettet in ein strenges Schema von neun Regeln; das Ziel war Ordnung auf dem Teller, im Körper und im Geist. Der charismatische Reformer zog Patienten aus ganz Europa an; in manchen Kreisen gehörte eine Zürcher Kur zum guten Ton. Thomas

Mann schildert die Klinik als »hygienisches Zuchthaus«; er fühle sich wie ein »Gras essender Nebukadnezar«.
Bircher-Benner war kein Sektierer: »Es kann nicht darum gehen, dass jeder Rohköstler werden solle, wie man behauptet, um die Sache als lächerliche Utopie erscheinen zu lassen; es handelt sich lediglich darum, dass jedermann erfahre, wie die Nahrung wirkt und wie wichtig es ist, dass die tägliche Kost frische Früchte, Kräuter und Gemüse enthalte.« Ein Beitrag zur »Feminisierung« der Ernährung, meint Wirz, »Fleisch war eine Männerspeise, deren Vorrang die patriarchalischen Gesellschaftsstrukturen spiegelte«. Kurz vor seinem Tod schreibt Bircher-Benner: »Der Arzt, wie ich ihn sehe, hat es nicht nur mit dem Magen, der Leber, dem Herzen usw. zu tun, sondern mit dem Menschen, der krank zu ihm kommt, mit seiner Charakterbildung, seiner Unreife, seiner verfehlten Beziehung zum Körper, zur Seele, zu sich, zur Umwelt. (...) Wie leicht entartet der Arzt zum Mediziner.«
1994 wurde die Bircher-Benner-Klinik aus wirtschaftlichen Gründen eingestellt. Andres Bircher, ein Enkel, baut derzeit am Genfersee eine neue Bircher-Klinik auf.

Heinz Knieriemen: Bircher-Benner und sein Vermächtnis, Natürlich 7/2003. Albert Wirz: Die Moral auf dem Teller, Zürich 1993. Thomas Gull: Der Müeslimacher, in: Christof Dejung/Thomas Gull/Patrik Kupper/Pascal Unternährer (Hg.): Jahrhundert-Schweizer, Basel 2000. Die Erfolgsgeschichte eines Müeslis, NZZ Nr. 43, 21./22.2.2004. Ruth Weber: Ein »Bircher-Haus« in Erlenbach, Zürichsee-Zeitung, 8.3.2004.

Boccia

Das Freizeitvergnügen der Tessiner und Heimweh-Italiener

Boccia ist ein Wettkampfsport in der gesamten Schweiz. 2003 fand die 40. Schweizermeisterschaft statt. An den Weltmeisterschaften 2003 in Chiasso beteiligten sich 24 Verbände aus drei Kontinenten. Der Schweizerische Verband stellt gegenwärtig etwa 5000 Lizenzen aus für 165 Klubs in 16 Kantonalverbänden.

Hans Hugentobler: Möglichst nahe ans »Pallino«, NZZ Nr. 148, 30.6.2003.

Bodenschätze

Die Schweiz hat keine Bodenschätze

In Krisenzeiten suchte man auch in der Schweiz nach Erdöl, erstmals 1912 in Chavorney (VD). Als Folge der Suezkrise entstand 1959 die Swisspetrol, ein Jahr später die Tochter Leag (Aktiengesellschaft für Luzernisches Erdöl). Nach erfolglosen Bohrungen in Pfaffnau stiess sie in Finsterwald (Gemeinde Entlebuch) in 4370 Meter Tiefe auf Erdgas. Zwischen 1985 und 1994 flossen 75 Millionen Kubikmeter Gas in die Transitleitung Holland-Italien – damals ein 25stel des schweizerischen Jahresverbrauchs. Kein Geschäft: 50 Millionen Ausgaben, 16,5 Millionen Einnahmen. Experten vermuteten tiefer unten grössere Mengen Gas, doch für weitere Bohrungen fehlte das Geld.

Einen langen Atem hat Jurist Patrick Lahusen. Einst Verwaltungsrat der Swisspetrol, sucht er seit 1982 nach Öl und Gas und will nun im zürcherischen Weiach zum zweiten Mal bohren. Die »Forest Oil«, die er im Jahr 2000 dafür gewinnen konnte, ist unverrichteter Dinge abgezogen. Doch Patrick Lahusen ist überzeugt, in Weiach Gas zu finden, denn 1980 stiess die Nagra auf Kohleflöze – und wo Kohle sei, sei auch Gas.

Auch Gold liegt in der Schweiz. Seit der Römerzeit sind die Walliser Minen in Gondo bekannt. Zwischen 1660 und 1691 wurden hier beträchtliche Mengen Gold abgebaut. In einer letzten Periode (bis 1897) waren es noch 33 Kilo, mit dem der Bund auch Münzen und Medaillen prägte. Im Gegensatz zur normalen Legierung (neunzig Prozent Gold, zehn Prozent Kupfer) enthalten die helleren Gondomünzen 92,4 Prozent Gold, 4,7 Prozent Silber und 2,9 Prozent Kupfer. Zudem ist im Schweizer Kreuz ein kleines zweites Kreuz versteckt.

In vielen Schweizer Flüssen schimmert Gold; sämtliche Bäche im Napfgebiet führen Goldflitter mit. Kundige vermuten, dass hier Gold im Wert von vielen Millionen Franken lagert; zum Glück für die Hobby-Goldwäscher lohnt sich die wirtschaftliche Ausbeutung nicht. Im Vorderrheintal fand ein Glückspilz 1997 ein 123 Gramm schweres Goldnugget, und im Sommer 2000 entdeckte ein Strahler in einem Seitenbach des Val Sumvitg eine goldhaltige Quarzader: über ein Kilogramm Gold, der grösste neuzeitliche Goldfund in der Schweiz.

François Meienberg: Erdölrausch im Entlebuch, in: Gratwegs ins Entlebuch. 19 Wanderungen im ersten Biosphärenreservat der Schweiz, Zürich 2002. Entlebuch – schwarzes Gold, Gas und Wind, NZZ Nr. 303, 31.12.2003. Daniel Sägesser: »In der Schweiz gibt's Erdgas!« Patrick Lahusen sucht seit 22 Jahren nach Öl und Gas, Coopzeitung Nr. 12, 17.3.2004. Gregor Klaus: Dem Gold in den Schweizer Alpen auf der Spur, NZZ Nr. 215, 17.9.2003. www.goldwaschen.ch. German Escher: Gondo im Gold-Vreneli-Glück, Regionalzeitung Oberwallis, 17.12.1999. www.goldmine-gondo.ch.

Brecht, Bertolt

Die Schweiz war stolz auf den berühmten Theatermann

Anders als Thomas Mann war Bertolt Brecht (1898-1956) ein Verfemter. Am 5. November 1947 reiste er aus New York über Paris in die Schweiz und bewohnte in Feldmeilen eine Estrichwohnung. »Brecht ..., Schriftsteller, staatenlos, früher Deutscher, ... soll kommunistisch eingestellt sein. Er erhält viele Besuche, zeitweise bis zu 5 Personen«, notierte ein Polizeibeamter am 28. August 1948. Den Verdacht, es handle sich bei Brechts Bleibe »anscheinend um ein kommunistisches Agitationszentrum, das sich mit Nachrichtendienst befasse und möglicherweise eine Sendeanlage besitze«, liessen die Staatsschützer erst fallen, als Brecht die Schweiz längst verlassen hatte. »Wahrscheinlich hatte Brecht mit Freunden einfach Radio gehört ...« (Peter Kamber)

Die Bundesanwaltschaft hintertrieb alle Versuche des staatenlosen Theatermanns, sich in der Schweiz niederzulassen. »Aus politisch-polizeilichen Gründen sind wir interessiert, dass Brecht so bald als möglich die Schweiz wieder verlassen muss«, liess sie am 24. Mai 1948 die Eidgenössische Polizeiabteilung wissen. Anfangs April hatte Brecht den österreichischen Komponisten Gottfried von Einem um Hilfe gebeten; er brauche dringend einen Pass. »Die Schweizer machen schon wieder Schwierigkeiten.« Am 5. Juni 1948 wurde »Herr Puntila und sein Knecht Matti« im Zürcher Schauspielhaus uraufgeführt; Brechts Name durfte mangels Arbeitsbewilligung nicht auf dem Programmzettel stehen. Im letzten Moment verhinderte der sozialistische Politiker Hans Oprecht Brechts Ausweisung unmittelbar vor der Aufführung. »Die Schweiz ist ein Land, das

berühmt dafür ist, dass sie dort frei sein können, sie müssen aber Tourist sein« (Brecht). 1951 gewährte ihm Österreich die Staatsbürgerschaft.
Neben »Puntila« erlebte die Schweiz vier weitere grosse Brecht-Uraufführungen: »Mutter Courage und ihre Kinder« (1941), »Der gute Mensch von Sezuan« (1943), »Galileo Galilei« (dänische Fassung, 1943) am Zürcher Schauspielhaus, »Antigone des Sophokles« (1948) in Chur, die den Theaterdirektor den Job kostete. Jede Aufführung »ein Katz-und-Maus-Spiel mit Behörden und rechtschaffenen Bürgern« (Felix Schneider). 1953 bis 1960 gab es in Zürich keine Brecht-Stücke zu sehen. Bei Brechts Tod meldete sich kein einziges Schweizer Theater zu Wort. Als das Gericht der vierten Division in einem Urteil Brechtlektüre als »strafverschärfend« einschätzte, fragte Peter Bichsel, ob er sich ärgern solle: »Muss man nicht eher anerkennen, dass hier endlich einmal üble Kulturspiesser zu sich selbst gestanden sind? Sie haben damit einen grossen Autor ihren Gegnern überlassen, sie haben ihn damit geehrt.«

Peter Kamber: Dichter und politische Polizei, in: Ach, die Schweiz. Über einen Kleinstaat in Erklärungsnöten, Zürich 1998. Klaus Völker: Brecht-Chronik, München 1971. Jean-Martin Büttner: Vom Stempel, der über dem Papier schwebt – und sich dann senkt oder nicht, Tages-Anzeiger 28.1.2004. Ute Kröger/Peter Exinger: In welchen Zeiten leben wir! Das Schauspielhaus Zürich 1938-1998, Zürich 1998. Peter Bichsel: Dem Bestehenden Schwierigkeiten machen, in: Des Schweizers Schweiz. Aufsätze, Frankfurt 1997. Felix Schneider: Verehrt, bespitzelt und gespielt, NZZ am Sonntag, 7.3.2004. Werner Wüthrich: Bertolt Brecht und die Schweiz, Zürich 2003.

Brockenhaus

Billigladen für Arme und Ausländer

Im Brockenhaus oder Brocki (»Gebrauchtwarenladen« für Nichtschweizer) einkaufen ist chic. In den Brockenstuben, einst von den Freimaurern zum Wohle der Bedürftigen lanciert und von Frauenverein und Heilsarmee adaptiert, treffen sich heute die betuchte Dame wie der avantgardistische Künstler, der Antiquitätenhändler wie das urbane Jungpaar, das zu den Designermöbeln noch ein schräges Schmuddelding sucht. Max Frisch stellte in Stillers Atelier einen

»Lehnsessel, dereinst im Brockenhaus der Heilsarmee gekauft«. Der Genfer Künstler John M. Armleder fand in Brockenhäusern die Objekte für seine »Möbel-Skulpturen« und Installationen der 1980er Jahre. In Brockenhäusern erfahre er manches über Art und Leben der Bevölkerung: In St. Gallen seien ihm mindestens zwanzig Nachttische aufgefallen. Zürich hat sogar einen Brockenhausführer im Internet: zusammengestellt von der Amerikanerin Laurie Glynn, seit Jahren in der Schweiz, seit Jahren passionierte Brockenhausgängerin.

Max Frisch: Stiller, Frankfurt 1954. Franziska Schläpfer: Goldbronze auf Kleenex. Ausstellung John M. Armleder, St. Galler Tagblatt, 5.10.1983. www.auszweiterhand.ch.

Buchdruck

Basel ist die älteste Druckerstadt der Schweiz

Stimmt schon, aber des ersten datierten Schweizer Druckes rühmt sich das luzernische Beromünster. Am 10. November 1470 druckte Chorherr Helias Helye dort den »Mammotrectus«, ein Lehrbuch für schwierige Bibelwörter. Der Entstehungsort solcher Wiegendrucke oder Inkunabeln bedeutet wenig: Meist hergestellt von Wanderdruckern, waren sie nur ausnahmsweise mit Datum, Drucker und Ort bezeichnet. Beromünster wurde denn auch nicht zum Ort für das gedruckte, sondern für das gesprochene Wort. (→ Beromünster)

Peter Tschudin: Buchdruck, in: Historisches Lexikon der Schweiz, Bd. 2, Basel 2003, www.dhs.ch. Flecken Beromünster: Geschichte, Kunst, Kultur, www.beromuenster.ch.

Bundesrat

Der Bundesrat erledigt, was Parlamentarier ihm auftragen

Denkt der Bürger. Jedenfalls bis zum Wahljahr 2003. Der Bundesrat soll 341 Postulate und 54 Motionen »abschreiben« dürfen, schlugen die Geschäftsprüfungskommissionen (GPK) vor. 1994 zum Beispiel wünschte das Parlament von Bundesrat Otto Stich einen Vorschlag für eine Steueramnestie. Der Auftrag blieb

pendent. Einige Vorstösse, bis vierzig Jahre alt, waren bar jeder Aktualität, andere durch spätere Parlamentsbeschlüsse längst »aufgehoben oder gar widerlegt«. Der Ständerat war einstimmig für diese einmalige Tabula rasa. Auch der Nationalrat stimmte der Entrümpelungsaktion zu, trotz Rückweisungsanträgen aus den fünf grössten Fraktionen. Er befreite Bundesrat und Bundesverwaltung von 391 unerledigten Aufträgen, an vier Postulaten hielt er fest.
Doch längst wachsen der Verwaltung Aufgaben jüngeren Datums über den Kopf. Der Bundesrat will rund hundert Motionen und Postulate der vergangenen Legislatur entsorgen, weitere rund fünfzig für mindestens vier Jahre schubladisieren: Dies beantragt er im Legislaturprogramm 2003-2007. Sollten National- und Ständerat zustimmen, blieben immer noch 600 unerledigte parlamentarische Anträge.

Bruno Vanoni: Im Bundeshaus wird entrümpelt, Tages-Anzeiger, 31.5.2003. Das Parlament entrümpelt sich, Tages-Anzeiger, 6.6.2003. Rousseaus langer Schatten, NZZ Nr. 48, 27.2.2004.

Bündnerfleisch

Bündnerfleisch stammt aus Graubünden

So viele Rinder weiden nicht in Graubünden. Das Fleisch wird sogar aus dem Ausland eingeführt, muss jedoch im Kanton auf 800 bis 1800 m ü. M. trocknen. Nur in den Südtälern darf es auch mal tiefer sein. Verarbeitet werden die schönsten Stücke der Oberschenkelmuskulatur: Eckstück, Unterspälte, runder Mocken, Vorschlag. Während des Trocknens presst man das Fleisch mehrmals, um die Flüssigkeit zu verteilen; so entsteht die typisch rechteckige Form. Die Jahresproduktion: 1850 Tonnen; 1000 Tonnen schluckt der Schweizer Markt.

Verband Bündner Fleischfabrikanten VBF, www.buendnerfleisch.org.

C

Caran d'Ache

1. Der Firmenname ist französisch

Caran d'Ache ist dem russischen »Karandasch« entlehnt, heisst »Bleistift« und war Pseudonym des genialen russischen Karikaturisten und Zeichners Emmanuel Poiré (1859 in Moskau geboren, 1909 in Paris gestorben). Der St. Galler Arnold Schweitzer, der Poiré bewunderte, übernahm 1924 in Genf eine serbelnde Bleistiftfabrik und nannte sie Caran d'Ache, lancierte 1929 den Druckbleistift Fixpencil, 1931 den wasserlöslichen Farbstift Prismalo, 1952 die Neocolor-Kreide.

Ein schwieriger Markt, seit über einem Jahrhundert beherrscht von deutschen und tschechischen Firmen. Erst der Zweite Weltkrieg brachte Caran d'Ache den Aufschwung. Da in den Kriegsjahren das Zedernholz aus Amerika fehlte, diente Arvenholz aus dem Bündnerland und Wallis als Ersatz. In der Nachkriegszeit wiederum schwer bedrängt von ausländischer Konkurrenz, schaffte Caran d'Ache den internationalen Durchbruch erst nach 1960, stellt heute 4500 Produkte her (50 Millionen Bleistifte und Farbstifte jährlich) und exportiert in über 80 Länder.

2. Der Bleistift enthält Blei

Kein Milligramm. Die Mine wird aus den Naturstoffen Graphit (weiches Mineral aus reinem Kohlenstoff) und Ton gefertigt. Der Bleistift gehört zu den umweltfreundlichsten Schreibgeräten überhaupt.

Eugénie Holliger/Christina Sieg: Swiss Standards. 100 Produkte und Objekte in der Schweiz, die als prominenter Teil für das Ganze stehen. Zürich 1994. Flavian Cajacob: Kultobjekt aus Graphit und Zeder, Handelszeitung Nr. 13, 24.3.2004. www.carandache.ch. Bleistift, in: Bertelsmann Universal Lexikon, Gütersloh 1990.

Casino

1. Spielbanken sind Goldgruben

Behörden und Betreiber waren davon überzeugt. Sie freuten sich auf Geldspiel-Touristen und volle Kassen, 1993, nach Aufhebung des Spielbankenverbots von 1928. Ein Jahr nach der ersten Eröffnung (Luzern) im Sommer 2002 war die Goldgräberstimmung verflogen. Vor allem die Bergcasinos in St. Moritz, Zermatt, Interlaken und Davos kämpfen ums Überleben. Das Casino Arosa schloss die Eidgenössische Spielbankenkommission (ESBK) bereits im Juni 2003 wieder – die Eigenkapitaldecke war zu dünn. Der Bundesrat halbierte die Abgaben der B-Häuser (→ Casino 2.) in touristischen Bergregionen. Berghilfe für Spielbanken. Die übrigen B-Casinos müssen 30 statt 40 Prozent abliefern. Die Abgaben sind nicht das Hauptübel; es fehlen schlicht die Kunden. Zum Beispiel in Zermatt. Das Casino als Goldesel der eben sanierten Gemeinde: Das war die Verheissung. Doch über den Jahreswechsel 2003/04 blieb die Spielbank geschlossen, trotz 20 000 Gästen in der ausgebuchten Matterhorn-Metropole. Die Zocker zieht es nicht nach Zermatt, die Habitués suchen den Kick im Schnee und investieren lieber in Zweitwohnungen. Selbst die als ausgaben- und spielfreudig bekannten Oligarchen aus Russland meiden die Spielbank.
Auf rund 900 Millionen Franken schätzte die ESBK den Gesamtumsatz der sieben A- und 13 B-Casinos bei Vollbetrieb. 465 Millionen sollte der Staat bekommen, 400 Millionen die AHV. 2003 setzten die 20 Etablissements 561 Millionen um, sechs davon hatten ihren Betrieb allerdings erst im Lauf des Jahres aufgenommen. An der Spitze liegt das Grand Casino Baden mit einem Umsatz von deutlich über 100 Millionen.

2. Spielbank gleich Spielbank

Nicht im Glücksspielland Schweiz. Hier wird unterschieden zwischen A-Casino, dem unlimitierten Spielparadies, und B-Casino, das drei Arten Tischspiele und höchstens 150 Spielautomaten anbieten darf. Ein Unikum. Mit 22 konzessionierten Spielbanken hat die Schweiz die grösste Casino-Dichte Europas. Und ein wohl einmaliges Spielbankengesetz: Die Betreiber müssen nämlich mit einem so genannten »Sozialkonzept« nachweisen, dass sie ihr Möglichstes tun gegen schädliche Auswirkungen des Geldspiels. Als einzige Institution in der Schweiz bietet die Psychiatrische Universitätsklinik Zürich eine stationäre Spielsucht-Therapie an. Gemäss Schätzungen sei etwa jeder hundertste erwachsene Schweizer ein krankhafter Spieler.

Ivo Marusczyk: Mit dem Casino kommt die Sucht, Sonntagszeitung, 30.3.2003. Jörg Häfeli/Kurt Gschwind: Die Schweiz im Umbruch – Prävention statt Spielsucht. Referat am Kongress der European Association of Gambling (EASG), 2000, Warschau. B-Casinos müssen nur noch 20 Prozent des Ertrags abliefern, Tages-Anzeiger, 16.10.2003. Luzius Theler: »Rien ne va plus« in Zermatt, NZZ am Sonntag, 4.1.2004. Nicole Zurbuchen: Ein Spiel kann Leben ruinieren, Zürichsee-Zeitung, 2.3.2004.

Cervelatprominenz

Dorfbonzen am Wurstgrill

Die »Cervelatprominenz« ist dem Fernsehen entsprungen. In der einen Hand das »Cüpli«, in der andern den neuesten Liebhaber. Die »Cervela-Promis« sind auf der Höhe der Party-Zeit: TV-Wetterfeen, ehemalige Bob-Weltmeister, Miss Schweiz aller Jahrgänge. Was aber hat sich der Wortschöpfer bloss gedacht, als er die intellektuellen Leichtgewichte mit der ordinären Wurst assoziierte? Cervelat, beim Grossverteiler billig zu kaufen, ist die Hirnwurst, lateinisch »cerebellum«, italienisch »cervellata«, französisch »cerveau« oder »cervelle« – Gehirn, Hirn, Verstand.

Cervelat, in: Duden. Das grosse Wörterbuch der deutschen Sprache in 8 Bänden, Mannheim 1993-1995.

Chalet

1. »Chalet suisse«, das Eingeborenen-Haus

Am »Schweizer Haus« ist wenig Schweizerisches. Eine Reissbrett-Konstruktion namentlich ausländischer Architekten, entstanden im 18./19. Jahrhundert, im Zug der sentimentalen Gebirgsromantisierung der Flachländer. Ein Haustyp, zu-

sammengestückelt aus Elementen voralpiner und alpiner Blockbauten aus dem Berner Oberland und Waadtland. Die Briten nennen es »Swiss cottage« oder »ornamental farm«, die Deutschen »Schweizerhaus«. Vom »niedlichen Gartenhäuschen« bis zum »aufgeblasenen Jumbochalet« war alles zu haben, schreibt Erwin Huwyler, wissenschaftlicher Leiter des Freilichtmuseums Ballenberg in Brienz. Doch abgesehen von der Dachform stimmte nichts.
Die englischen Architekten Peter Frederick Robinson (1776-1858) und Thomas Frederick Hunt (1791-1831) offerierten in ihren Musterbüchern Bauten im »Schweizer Stil«. Vorfabrizierte Häuser aus dem Katalog; die Nachfrage war enorm. Seiler, Muhleman & Cie. gehörte zu den renommiertesten Chalet-Fabrikanten: »Constructions de chalets en bois et sculptés à la manière suisse, de toutes formes et dimensions, livrés et montés sur place«. Huwyler vermutet, das erste »chalet suisse« habe sich der gebürtige Schweizer Benjamin Delessert 1829 in seinen Park von Passy (Frankreich) gestellt. Die Häuser wurden grösstenteils in der Schweiz vorgefertigt: »Gebauen an der Aare Seiler-Haus. In der Schweiz wucherte das Strand, bring euch ein Gruss vom Alpenland.« (Inschrift auf einem »Laubsägelihaus« erst in der zweiten Hälfte des 19. Jahrhunderts.) An der Pariser Weltausstellung 1900 (50 Millionen Besucher!) präsentierte die Schweiz ein »village suisse« mit 103 Chalets, gebettet in ein Kunstpanorama von Hügeln, Gletschern, Felsabbrüchen, bepflanzt mit 750 Tannen und belebt mit einer Viehherde.

Erwin Huwyler: Klischees und Ideologien. Vom alpinen Blockbau zum »chalet suisse«, Schweizer Heimatschutz 1/2004.

2. Der Chalet-Stil hat auf die Schweizer Architektur abgefärbt

Ein Touristen-Klischee. Die Schweiz ist das Land avantgardistischer Architekten. Sie bauen auf der ganzen Welt. Manchmal auch in der Schweiz: von Aarau über Davos bis Vals, von Basel bis ins Tessin. Mario Botta, Herzog & Demeuron, Diener & Diener, Gigon & Guyer, Peter Zumthor. Sie entwerfen Museen, Banken, Kirchen, Geschäftshäuser, Bäder, das Olympiastadion in Peking.

Seit Jahrhunderten bringt die Schweiz international begehrte Baukünstler, Brückenbauer, Städteplaner hervor. Zum Beispiel Francesco Borromini (1597-1667), Meister des römischen Hochbarock, massgebend auch in Deutschland und Frankreich. Jahrzehntelang bauten Tessiner an der russischen Stadt St. Petersburg. Der Jurassier Le Corbusier (1887-1965) träumte von einer neuen Stadt mit einem neuen Menschen, strebte nach einer »Synthese der Hohen Künste«: Architektur, Malerei und Bildhauerei. Was er forderte, baute er: »So weiss, so gewichtlos leicht, so südlich (mitten im Norden) hatte es noch keiner gewagt« (Adolf Max Vogt). Mit der Architektur-Ausstellung »Tendenzen« in Zürich brachten die Tessiner 1975 Aufregung und Aufbruch in die deutsche Schweiz: Botta, Galfetti, Snozzi, Campi und Pessina. Längst sind die Schüler der Meister meisterlich am Werk.

Beat Allenbach: Tessin. Bilder eines Lebensraums, Zürich 1999. Franziska Schläpfer: Schön einfach. Tendenzen der neueren Schweizer Architektur, Buchjournal 3/1996.

D

Dada

Der Zürcher Dadaismus ist tot

Er lebt. Jedenfalls am 24. September 2003. Der Zürcher Gemeinderat stritt um das Zürcher Dada-Haus an der Spiegelgasse 1. »Es war die Stunde der wortgewandten Pazifisten, Philosophen, Satiriker und Schauspieler« (NZZ). Die Freisinnigen entpuppten sich als die begabtesten Dadaisten. Sie und die SVP fürchten den »Geist der Provokation«: »Es ist gaga, für Dada Geld auszugeben.« Die Sozialdemokraten hingegen witterten ein Schnäppchen: »Billiger kommen wir nicht zu einem Kulturzentrum, das auch Japaner besuchen werden.« Ein Musiker las, ohne zu stocken, ein Gedicht von Hugo Ball: »gadji beri bimba glandridi laula lonni cadori ...« Stadtpräsident Elmar Ledergeber, begeistert: »Dada lebt! Dada hat noch immer Kraft, bringt zum Lachen. Und das für 200 000 Franken im Jahr. Fast der Jahreslohn eines Stadtrats – da sehen Sie, wie wenig das ist!« Da lachten sogar SVP und FDP. Sie unterlagen mit 43 zu 67 Stimmen.
Die Dadaisten im Museum? »Die Zürcher Dadaisten«, schrieb Hans Arp, »liebten sieben Sachen: den Traum und nochmals den Traum, die Kesselpauke, das Lautgedicht, die Dadamasken, den Tanz, die farbigen Bilder und Gebilde, die, je mehr sie Vogelscheuchen gegen den Verstand waren, desto begeisterter geliebt wurden.« Angewidert vom Krieg, erfand Hugo Ball mit Hans Arp, Tristan Tzara, Richard Huelsenbeck und Marcel Janco 1916 in Zürich den Dadaismus: »Was wir Dada nennen, ist ein Narrenspiel aus dem Nichts, in das alle höheren Fragen verwickelt sind; eine Gladiatorengeste; ein Spiel mit den schäbigen Überbleibseln; eine Hinrichtung der posierten Moralität und Fülle.«

Kunsthaus Zürich/Musée National d'Art Moderne Paris (Hg.): Dada. Ausstellung zum 50-jährigen Jubiläum, Zürich 1966. Dada lebt im Rathaus und in Zürich weiter, NZZ Nr. 222, 25.9.2003. »Cabaret Limmatquai« oder wie Dada lebt, Tages-Anzeiger, 25.9.2003.

Demokratie

1. Die Schweiz ist eine direkte Demokratie

Eine Mischform aus halbdirekter und direkter Demokratie. Die direkteste Demokratie, die Landsgemeinde, überlebt in den Kantonen Appenzell Innerrhoden und Glarus. Auf Bundesebene wählt das Stimmvolk zwar das Parlament, nicht aber die Regierung. Bundesgesetze kann es nur über das Referendum beeinflussen; daher der Begriff »Referendumsdemokratie«. Das Volk entscheidet über Verfassungsänderungen und kann via Initiative selber eine Änderung anstreben.

2. Die Schweiz, die Wiege der Demokratie

Die Schweiz ist eine junge Demokratie. Erst die liberalen Sieger des Bürgerkriegs von 1847/48 brachten ihre Forderungen durch: Volkssouveränität, Gewaltenteilung, Freiheitsrechte. Die französische Revolution lieferte die liberalen Ideen, die amerikanische Verfassung das Modell des Zweikammersystems. Die Bundesverfassung von 1848 enthielt Ansätze zur direkten Demokratie, in den Kantonen setzte die demokratische Bewegung die Volkssouveränität durch.

1291, im Geburtsjahr der Eidgenossenschaft, war von Demokratie nichts zu spüren. Es gab keine Versammlungs-, keine Niederlassungs-, keine Gewerbefreiheit. Keine kollektive Meinungsbildung, die zu demokratischen Entscheiden geführt hätte – das »Volk« war nicht gefragt. Es führten Adel, ländliches Magnatentum und Geistlichkeit. Mythenzertrümmerer Walter Wittmann: »Daran änderte in der Regel auch die Landsgemeinde nichts, da dort nur ihre Vertreter wählbar waren. Es ist völlig verfehlt, die Schweiz, wie sie vor dem Einmarsch von Napoleon 1798 existierte, als Demokratie zu bezeichnen.«

Gerda Wurzenberger/Nicole Schiferer (Hg.): Die Schweiz in der Vernehmlassung, Zürich 2003. Thomas Küng: Gebrauchsanweisung für die Schweiz, München 2003. Oswald Sigg: Die politische Schweiz, Zürich 1996. Walter Wittmann: Helvetische Mythen, Frauenfeld 2003.

Deutschschweizer

Deutschschweizer sind griesgrämig

Sie lieben Feste. Die Deutschschweiz ist ein einziger Festplatz. Allein die Stadt Zürich hat jährlich rund 500 bewilligungspflichtige Festivitäten. Die Vielfalt weitete sich in den letzten Jahren flächendeckend: vom traditionellen Vereinsfest über Quartierfeste, von der Zürcher Street Parade, die seit 1992 jährlich gegen eine Million Menschen anlockt, bis zum Unspunnenfest bei Wilderswil im Berner Oberland. 1805 von der bernischen Obrigkeit als »Gesamtschau schweizerischer Volkskultur« für ein internationales Publikum konzipiert, soll es 2005 als »grösste folkloristische Veranstaltung« neu aufleben.

Markus Risi: Alltag und Fest in der Schweiz. Eine kleine Volkskunde des kulturellen Wandels, Zürich 2003.

Dunant, Henri

Der Begründer des Roten Kreuzes war immer schon hochgeachtet

Er lebte jahrzehntelang geächtet, von der eigenen Familie wie vom Roten Kreuz verstossen. Henri Dunant (1828-1910), aufgewachsen in einer wohlhabenden calvinistischen Bankiersfamilie, erlebte 1859 die blutige Schlacht von Solferino, drängte auf ein Hilfskorps, was bereits fünf Jahre später zur »Genfer Konvention« führte. Eine Seltenheit in der Weltgeschichte, diese völkerrechtlich so rasche Realisierung einer Anregung. Zahlreiche Fürsten ehrten den jungen Initianten mit hohen Orden. Doch als Verwaltungsrat der privaten Bank »Crédit genevois« versagte Henri Dunant. Enorme Verluste im Mühlengeschäft mit Nordafrika führten in den Konkurs; der Genfer Zivilgerichtshof erklärte Dunant zum Alleinschuldigen. Die Familie wandte sich ab, das Rote Kreuz legte ihm den Rücktritt nahe. Henri Dunant irrte durch die Welt, ein Bettler mit grossen Plänen, den einer Weltbibliothek zum Beispiel. Die letzten zwei Jahrzehnte verbrachte er im appenzellischen Heiden, mit 100 Franken Monatsrente aus der Familienkasse.

1895 entdeckte der St. Galler Journalist Georg Baumberger, dass der legendäre Wohltäter verkannt und vergessen verkümmerte. 1901 erhielt er den ersten Friedensnobelpreis; er überliess das Geld dem Roten Kreuz.

Georg Thürer: Henri Dunant, in: Erwin Jaeckle/Eduard Stäuble (Hg.): Grosse Schweizer und Schweizerinnen, Stäfa 1990.

E

Ehrlichkeit

Schweizer sind ehrliche Leute

Acht Prozent aller Haushalte sehen illegal fern, neun Prozent hören Radio, ohne Gebühren zu bezahlen. Europäische Topleistung. 2003 erwischten die Gebührenfahnder 95 400 Schwarzseher und -hörer. Die Schweizerischen Bundesbahnen SBB reden offiziell von 3,7 Prozent Schwarzfahrern im landesweiten Durchschnitt, die Verkehrsbetriebe von Zürich und Winterthur von zwei bis drei Prozent. Doch wenn die Kontrolleure im »Zangenangriff« von beiden Seiten anrücken, steigen die Quoten über fünf Prozent. Eine Grosskontrolle am 27. September 2003 in Winterthur entlarvte 90 von 480 Fahrgästen! Ob beim Blumenpflücken auf dem Selbstbedienungsfeld, Honig-Äpfel-Eier-Kaufen am Bauernhaus-Kiosk: Viele stecken nur die Hälfte der Summe in die Kasse. Das deckte der »Kassensturz« auf. Und um ihren Abfall ohne Entsorgungsgebühr loszuwerden, fahren Schweizer bei Nacht und Nebel an Waldränder, auf Rastplätze oder in eine Gemeinde, die den Kehricht noch gratis entsorgt. Der Güseltourismus blüht.

Simon Bärtsch: TV/Radio: Strafverfahren gegen Gebührensünder nehmen zu, Sonntagszeitung, 28.3.2004. Ruedi Baumann: Mogeln in Zug und Bus wird teurer, Tages-Anzeiger 17.10.2003. Roger Keller: Jeder Fünfte hatte kein Busbillet, Tages-Anzeiger, 30.9.2003.

Eier

1. Schweizer essen keine Eier aus Käfighaltung

Leider doch. Von den 200 Eiern, die der Schweizer im Jahr durchschnittlich isst, stammen mindestens 50 aus Legebatterien. Nur weiss es keiner. Viele Restaurantbetreiber und Lebensmittelhersteller arbeiten mit billigen Käfig-Eiern. Ausser bei

»klassischen Eierspeisen« müssen diese nicht als solche deklariert werden. Ob Teigwaren, Gebäck, Fertiggerichte: Die Deklaration »Eier« genügt. Zwar dürfen seit 1991 in der Schweiz Leghennen nicht mehr in Käfigen gehalten werden. Schweizer Konsumenten kaufen denn auch trotz höherem Preis zu 75 Prozent Schweizer Eier. Und die 25 Prozent Importeier stammen zumindest aus Bodenhaltung, seit mit Denner der letzte Discounter freiwillig auf Käfig-Eier verzichtet.

2. Eier sind oval

Nicht nur. Die Klotener Eierfirma Lüchinger + Schmid formt die unhandlichen Eier in zylinderförmige »Stangeneier« um: Das »Quick-Ei« aus sechs Eiern ist 20 Zentimeter lang, 4,5 Zentimeter dick und ergibt 40 Scheiben. Dafür müsste der Wirt neun Eier kochen. 1,2 Millionen Stangeneier kauft die helvetische Gastronomie ein. Sie bestehen zu 50 Prozent aus Käfigeiern. »Nüsslisalat mit Stangenei aus in der Schweiz verbotener Käfighaltung«? So viel Ehrlichkeit auf der Speisekarte ist noch ein Wunschtraum der Tierfreunde.

Michael Hug/Daniel Röthlisberger: Käfigeier sind überall, in: Paul Imhof (Hg.): Culinarium. Essen und Trinken in der Schweiz, Zürich 2003.

Einsiedeln

1. Die Schwarze Madonna, eine christianisierte afrikanische Göttin

Ursprünglich war sie weiss. Geschwärzt vom Kerzenruss, gehört sie dennoch zu den berühmten schwarzen Madonnen Europas. Eine rückverwandelte Erdmutter, Lebensmutter aus matriarchalischen Zeiten: Isis, Kybele, Demeter, Diana, Aphrodite, Venus, die schwarze Kali der Hindus.

»Schwarz bin ich und anziehend, / ihr Töchter Jerusalems, wie die Zelte Kedars, / wie die Behänge Salomons. / Schaut mich nicht so an, weil ich schwärzlich bin, / weil mich die Sonne erspäht hat. / Die Söhne meiner Mutter zürnen mir. / Sie machten mich zur Hüterin der Weinberge. / Meinen eigenen Weinberg habe ich nicht gehütet.« (Hohelied der Liebe 1, 5-6)

»Schwarz und schön, stolz und mit grossem Selbstwertgefühl«: So sieht CVP-Nationalrätin Rosmarie Zapfl die Madonna – eine »Trägerin der Macht«, im schwarzen Gesicht »ein tiefes Geheimnis«.
Seit 1465 stand sie da, im erdbeerroten Kleid, das linke Bein etwas vorgestellt, die Haare leicht nach hinten gekämmt, nach 333 Jahren schwarz von Kerzenruss, Öllampen, Weihrauch, als im Mai 1798 französische Revolutionäre die Gnadenkapelle zertrümmerten und die Schöne nach Paris verfrachteten, den Lebensnerv des Klosters, der Pilgerströme aus ganz Europa angezogen hatte. Dass sie nur eine Kopie raubten, wussten sie nicht. Der Klosterangestellte Placidus Kälin hatte das Original erst in einem Stall versteckt, dann auf der Haggenegg vergraben, schliesslich nach Bludenz ins Frauenkloster geschmuggelt, von wo sie nach Triest gelangte. Bevor sie 1803 nach Einsiedeln zurückkehrte, wurde sie in Österreich restauriert; die Haut schimmerte wieder rosafarben. Eine Fremde. Ihre Anhängerschaft wollte sie dunkel. Blieb nur, Gesicht und Hände schwarz zu übermalen.

Thomas Staubli: Schwarze Schönheit, Schweizerische Kirchenzeitung, 16/1999. Die schwarze Madonna, www.kloster-einsiedeln.ch. Rosmarie Zapfl: Die schwarze Madonna, www.kath.ch.

Einsiedler

Einsiedler leben einsam

Kapuzinerbruder Nikodem Röösli, einer der letzten Einsiedler der Schweiz, empfängt fast jeden Nachmittag Besuch; er nennt es Kommunikationszeit: »Es gehört zu einem Einsiedler, für andere da zu sein.« Er lebt im Tschütschi, einer Waldlichtung ob Rickenbach am Fuss des Grossen Mythen. Das Anwesen mit Haus, Kapelle, Heuschober gehört der Schwyzer Klösterli-Stiftung. Sie wählte Bruder Nikodem aus 30 Bewerbern. Eine komfortable Einsiedelei. Und die Gäste melden sich per Telefon oder E-Mail.

Thomas Kutschera: Frieden durch Stille, Schweizer Illustrierte Nr. 43, 20.10.2003.

Einstein, Albert

Der Nobelpreisträger war ein schlechter Schüler

Albert Einstein (1879-1955) war ein eigensinniger Schüler. Ein gemächlicher, unabstrakter Denker. Leistungsdruck ertrug er nicht. Bereits als Kind habe er über Raum-Zeit-Probleme nachgedacht, sich aber »geistig derart langsam entwickelt«, dass er erst als Erwachsener anfing, sich darüber zu wundern. »Naturgemäss bin ich dann tiefer in die Problematik eingedrungen als die normal veranlagten Kinder.«

1894 entfloh er dem Drill am Münchner Luitpold-Gymnasium. Mathematik, Physik, Geometrie begeistert ihn. Doch wegen mangelnden Kenntnissen in Zoologie, Botanik und modernen Fremdsprachen bestand der Sechszehnjährige die Aufnahmeprüfung am Polytechnikum (später ETH) nicht. Im Wartejahr auf die nächste Prüfung besuchte er die Alte Kantonsschule Aarau. »Diese Schule hat durch ihren liberalen Geist und durch den schlichten Ernst der auf keinerlei äusserliche Autorität sich stützenden Lehrer einen unvergesslichen Eindruck in mir hinterlassen.«

Im Sommer 1900 erwarb der 21-Jährige das Diplom eines schweizerischen Fachlehrers für Mathematik und Physik. 1901 bekam Einstein das Schweizer Bürgerrecht, wirkte seit Juni 1902 als »Experte III. Klasse« beim Schweizerischen Patentamt in Bern. Die Rolle des »Patentierknechts« lehrt ihn das grundsätzliche Zweifeln, aber das »weltliche Kloster« lässt ihm auch Zeit, seine »schönsten Gedanken auszubrüten«. 32 wissenschaftliche Abhandlungen bis 1909! 1905 entstehen drei Arbeiten, die das Weltbild der Physik revolutionieren. Er erklärte die Natur des Lichts, entwarf die Relativitätstheorie und formulierte die wohl berühmteste Formel der Wissenschaft: $E = mc^2$. 1921 erhielt er den Nobelpreis für Physik, nicht für seine Relativitätstheorie, sondern für seine Arbeit über die grundlegende fotoelektrische Gleichung, die so genannte Lichtquantenhypothese.

Deutschen Vereinnahmungsversuchen hat er sich stets widersetzt. Ulm, wo Einstein die ersten 15 Monate verbracht hat, benannte 1922 eine Strasse nach ihm; die Nazis tauften sie in Fichtestrasse um, nach dem Krieg wurde sie wieder zur Einsteinstrasse. Ein neutraler Name wie »Windfahnenstrasse« wäre »dem politischen Wesen der Deutschen besser angepasst«, kommentierte Einstein. Was die Deutschen nicht hindern wird, ihn im »Einstein-Jahr 2005« zu einem der Ihren zu machen.

Albert Einstein, Alte Kantonssschule Aarau, Aarau 1999, www.alte-kanti-aarau.ch. Adolf W. Meichle: Albert Einstein, in: Erwin Jaeckle/Eduard Stäuble (Hg.): Grosse Schweizer und Schweizerinnen, Stäfa 1990. Rolf App: Lehrjahre eines Genies, St. Galler Tagblatt, 13.4.2004. Ulrich Schnabel: Albert reloaded, Die Zeit Nr. 12, 11.3.2004.

Einwanderung

Die Schweiz ist ein klassisches Einwanderungsland

Seit kurzem. Noch im 19. Jahrhundert trieb die Armut 500 000 Schweizerinnen und Schweizer in die Fremde – ein Sechstel der damaligen Bevölkerung. Hungersnöte plagten das Land; Russland sammelte Geld für die Armen in der Schweiz; der Baedeker warnte die ersten Reisenden vor dem Bettelgesinde in den Schweizer Alpen. Das Gewerbe der »Auswanderungsagenten« florierte. 1873 ermahnte der Bundesrat die Gemeinden, die Armen nicht einfach mit einem Ticket nach Amerika abzuschieben – und damit »in den sicheren Tod« zu schicken.
Heute behandelt die eidgenössische Informationsstelle für Auswanderer jährlich immerhin rund 25 000 Anfragen. Obwohl das Ausland nicht auf Schweizer Arbeitskräfte wartet, wollen viele das Land definitiv verlassen.

Der Traum vom Auswandern, NZZ Nr. 215, 17.9.2003. Christine D'Anna-Huber: Migration: Gestern wir, heute ihr, Tages-Anzeiger, 8.9.2003.

Emmentaler

1. Der beste Emmentaler wird exportiert

Stimmt nicht, erklärt die Organisation »Emmentaler Switzerland«. Die Käse für Inland und Export seien identisch. Emmentaler ist das wichtigste Exportprodukt der Schweizer Landwirtschaft: 2002 ging jedes zweite Kilo Emmentaler ins Ausland, insgesamt 27 194 Tonnen, am meisten nach Italien (11 730 t), gefolgt von Gruyère (9303 t) und Sbrinz (1144 t). Ein Emmentaler bringt zwischen 75 und

120 kg auf die Waage. Durchmesser: 80 bis 100 Zentimeter. 1200 Liter Milch ergeben 100 Kilogramm Käse. Das Original: frische Rohmilch ohne Zusatzstoffe, von Kühen, die weder Silage noch Tiermehl fressen. Neu bekommen die Echten das Gütesiegel »Emmentaler Switzerland« plus Käsereinummer.
Die Schweiz liefert heute nur einen Bruchteil der Weltproduktion; in Finnland, Frankreich oder Deutschland ist der Emmentaler längst Bestandteil des heimischen Sortiments. Der Weltmeistertitel für den besten Emmentaler ist deshalb nicht selbstverständlich: Anton Wyss aus Signau im Emmental holte ihn im April 2004 an der World Championship Cheese Contest im amerikanischen Wisconsin. Unter den ersten zehn fünf weitere Schweizer – ein Emmentaler-Triumph.

2. Der Emmentaler, eine Schweizer Erfolgsgeschichte

War sie mal. Der Emmentaler ist seit Jahren Sorgenkind der Schweizer Milchwirtschaft: Zu viele Laibe, zu volle Lager, zu tiefe Preise. 1991 produzierten die Käsereien 58 536 Tonnen. Höhepunkt und Tiefpunkt zugleich. Der Emmentaler, ein fader Durchschnittskäse als Resultat der Rationalisierung: normierte Herstellung und Lagerung, einheitliche Bakterienkulturen und der Wechsel von der traditionellen Feuchtlagerung zur Trockenreifung. Auch die helvetische Skinationalmannschaft, die im Winter 1997/98 zum letzten Mal im Löcherdress der Käseunion zu Tal raste, konnte die halbstaatliche Verwertungsfirma nicht aus dem Tief reissen. Das kumulierte Defizit: vier Milliarden Franken. Image und Käse zerbröckelten. Die Grossverteiler beklagten die miese Qualität. Insider glaubten nicht mehr an eine Erholung.
Die Branche aber rappelte sich auf. Neue Milchmarktordnung (1999), reduzierte Bundessubvention (seit November 2003 fallen auch die staatlichen Exportbeiträge für die Europäische Union weg). Die Käseunion wurde aufgelöst, Preis- und Absatzgarantien abgeschafft. Milchproduzenten, Verarbeiter und Handelsfirmen gründeten »Emmentaler Switzerland«. Qualität heisst die Losung, zentraler Streit ist die Lagerdauer, vier Monate sind einigen zu lang: Trocken reifen heute »Classic« und »Bio« (mindestens vier Monate), feucht hingegen »Réserve« (acht), »Felsenkeller« (12), »Extra« (15 Monate). Ein Gesuch um Registrierung

der geschützten Ursprungsbezeichnung ist deponiert. Eine Beschränkung aufs Emmental, das voralpine Mittelgebirgsland im Kanton Bern? Beschränkung auf die Kantone Aargau, Bern, Glarus, Luzern, Schwyz, Solothurn, St. Gallen, Thurgau, Zug, Zürich sowie den See- und Sensebezirk im Kanton Fribourg. »Emmentaler Switzerland« kommt aus 450 Käsereien. Die Geschichte der Emmentaler Invasion erzählt Publizist Al Imfeld, Sohn eines Obwaldner Alpkäsers: Als im letzten Jahrhundert der Käseexport einsetzte, wurde der Emmentaler zum Verkaufsschlager. Plötzlich verlangte man weltweit den Schweizer mit den Löchern. Käsereien entstanden, die ersten Vorfabriken. Der marktkonforme Grosskäse verdrängte lokale Traditionen. Er wurde ausschliesslich von Emmentaler oder Berner Käsern hergestellt, die ihr »Geheimnis« in der Familie hüteten. »So kam es, dass sich selbst in katholischen Gegenden Berner Käser niederliessen.«

3. Schweizer Käse gleich Emmentaler

Jedenfalls für viele Ausländer. Die Amerikaner legten für ihren »Swiss cheese« gar eigene Normen fest. Seit 22. Februar 2001 dürfen die Löcher nur noch zwischen 0,95 und 2,05 Zentimeter gross sein. Im »Emmentaler Switzerland« messen sie weiterhin 2 bis 4 Zentimeter. Die Schweiz ist ein Grasland; 80 Prozent des Kulturlandes werden vorwiegend mit Tierhaltung bewirtschaftet. Das Resultat: um die 400 Käsesorten.

Schweizer Käser kehren reich dekoriert von der WM zurück, NZZ Nr. 96, 26.4.2004. Al Imfeld: Al dente. Geschichten aus den Küchen der Welt, Zürich 1997. Oswald Iten: Erkundungen im Käseland Schweiz, NZZ Nr. 212, 13./14.9.1997. www.emmentaler.ch. Die Käse-Krise dauert an, 21.2.2003. Stephan Jaun-Pfander: Emmentaler: Anpassung dauert noch Jahre, 28.4.2003. Emmentalerkrise spitzt sich weiter zu, 6.6.2003, alle www.schweizerbauer.ch.

Epa

Eine unverzichtbare Schweizer Institution

»S' Mami chauft alles i der Epa!« Vorbei, aus. Zwar beteuerten Coop und Epa im April 2002 hoch und heilig, die Warenhäuser behielten trotz Zusammenschluss ihren alten Namen. Wenige Monate später das Ende. Wieder ein Stück

Schweizer Vertrautheit weg. Der Zürcher Werbetexter Joni Müller in seiner Grabrede: »Kein Konsumerlebnis wurde zelebriert in der Epa, keine Welten wurden aufgebaut und keine Phrasen gedroschen. (...) Die Epa mit ihrem wohltuend desinteressierten Personal und der konsequenten Selbstbedienung machte die Unerträglichkeit des Kleiderkaufens für Modemuffel erträglich.«

Joni Müller: Jetzt nehmen sie uns auch noch die Epa weg, Das Magazin 37/2003.

Experten

Sie wissen, wie der Hase läuft

Experten liegen oft falsch. Fredmund Malik etwa, Wirtschaftsprofessor der Universität St. Gallen, prognostizierte fürs Jahr 2003 »sinkende Börsen, einen sinkenden Dollar, steigende Zinsen«. Der Dollar sank tatsächlich. Die Zinsen verharrten jedoch auf tiefstem Niveau und der MSCI-Index für die wichtigsten Börsen der Welt legte 22 Prozent zu. Der Zürcher Soziologieprofessor Kurt Imhof lag auch daneben mit seiner Bundesratswahlprognose: »Wenn es traditionell läuft und vorausgesetzt, die CVP zieht einen ihrer Bundesräte aus dem Rennen, wird die Bundesversammlung Samuel Schmid bestätigen und einen zweiten SVP-Bundesrat bestimmen, der nicht Christoph Blocher heisst.«
Balz Spörri wollte wissen, ob Schweizer und Schweizerinnen aufgeklärte Zeitgenossen seien, zum Denken fähig ohne Anleitung von oben. Sein Fazit: Experten lösen Kirchenfürsten und Landesherren ab und übernehmen das Denken. Täglich treten in den Schweizer Medien um die 280 Experten auf. Immer dieselben Köpfe, die oft nur Banalitäten auftischen. Dennoch: Der einfache Bürger fühlt sich für vieles nicht mehr zuständig, schaltet den eigenen Verstand aus und delegiert das Problem an Fachleute.

Balz Spörri: Von wegen kantige Denker. Aufklärung hat nie stattgefunden: Stets gleiche Leute halten Bürger mit stets gleichen Leerformeln unmündig, Sonntagszeitung, 8.2.2004.

F

Fasnachtsküchlein

Die besten »Öhrli« sind hausgemacht

Die Besten liefern Coop und Migros – geschmacklich wie preislich. Das ergaben Blindtests von Konsumentenforum und Zeitschriften. Etwa 50 Millionen dieser Knusprigkeiten werden zwischen Januar und Anfang März in der Schweiz gebacken, über 90 Prozent liefern Migros und Coop. »Lustig ist die Fasenacht, weil meine Mutter Küchlein macht.« Nostalgie. In den 1950er Jahren erlebten die fetten Köstlichkeiten ihr Comeback. Eier und Öl waren nicht mehr rationiert, Mütter und Grossmütter füllten ganze Wäschezainen mit hauchdünnen »Öhrli«, »Chneublätz« oder »Merveilles«. Heute fehlen Zeit und Wäschekörbe; die Hausfrauen überlassen die aufwändige Tradition gern den Grossverteilern.

-minu: Die grosse Lust vor dem Fasten – Kiechli, Schenkeli, Berliner, in: Paul Imhof (Hg.): Culinarium. Essen und Trinken in der Schweiz, Zürich 2003.

Festspiel

Festspiele wirken weihevoll staatstragend

Wirkten sie, bis zum 15. April 2003, dem 200. Geburtstag des Kantons St. Gallen. Festspiel-Autor Ludwig Hasler und Regisseurin Barbara Schlumpf bedienten die 10 000 Zuschauer nicht mit vertrauten nationalen Symbolen. Weder romantisierten sie die Vergangenheit, noch schönten sie die Gegenwart. Der erste Akt setzte an in der aktuellen, wirtschaftlich brenzligen Situation des Kantons. Während die Obrigkeit ihr traditionelles Festspiel begann, übernahm ein Dutzend aufmüpfiger Bürgerinnen und Bürger handstreichartig die Regie. Eine exemplarische Einmischung in eigene Angelegenheiten. »Absurd, heute den Kanton zu feiern. Abgesehen davon: Ist der Staat überhaupt zu feiern? Jedenfalls nicht, bevor der jahrhundertealte Plunder im Regierungsgebäude entrümpelt ist« (Ludwig Hasler).

Der zweite Akt diskutierte die Identität. »Bevor man feiert, muss man wissen, was. Also: Wer sind wir? Woher kommen wir? Was sollen wir? Ergebnis: Nicht die Spur einer Identität – ein multikulturelles Puzzle, von Napoleon in der Retorte zusammengezeugt.« 150 Jahre strebten die St. Galler auseinander: die Sarganser zu den Rätern, die Linthbewohner zu den Glarnern ... Nur eine gemeinsame Politik macht die Unterschiede fruchtbar. Kurz, der Kanton ist prädestiniert für eine neue Ausländerpolitik. Eine Motion kommt zustande; ein Ausländerrat muss her. Der dritte Akt schliesslich mündete in ein ausgelassenes republikanisches Fest.

Das Festspiel hatte realpolitische Folgen. In der Woche danach wurde im Kantonsrat eine Motion »Ausländerrat« eingereicht.

Ludwig Hasler: Festspiel zum Jubiläum 200 Jahre Kanton St. Gallen. Hinter die Fassade des Kantons blicken, Programm zum Jubiläumstag, 15. April 2003.

Fichen

Der »Fichen-Skandal« erschütterte die Schweiz nachhaltig

Die Empörung über den »Schnüffelstaat« verflog im Nu. Zwar prognostizierten grüne und linke Politiker den Untergang der Schweiz – und zum ersten Mal war eine Mehrheit der Schweizerinnen und Schweizer unzufrieden »mit der Art, wie die Schweiz regiert wird« (Univox-Umfrage). Doch bereits bei den nächsten Parlamentswahlen schien alles vergessen; die Bürgerlichen blieben ungeschoren.

Dabei hatte die Bundespolizei über Jahrzehnte systematisch linke und ausländische Organisationen sowie Einzelpersonen bespitzelt. Einzelne Fälle aus der Dunkelkammer der Nation brachten linke Politiker an die Öffentlichkeit – ohne Echo. Im November 1989 flog die Schnüffelei auf. 900 000 Fichen lagerten an der Taubenstrasse 16 in Bern; eine gigantische Staatsschutzmaschinerie hatte jeden zwanzigsten Schweizer und jeden dritten Ausländer erfasst. Hunderttausendfach gesammelte Belanglosigkeiten. Hunderttausende wollten nach der Enthüllung ihre Fiche sehen. »Grenzenloser Dilettantismus« sogar beim Einschwärzen, konstatiert Gregor Sonderegger. »Wie sonst hätte der Berner SP-Nationalrat Rudolf H. Strahm auf seiner Fiche einen Querverweis auf eine EMD-Schnüffelkartei gefunden, der schlussendlich einer der Auslöser für eine zweite Parlamentarische Untersuchungskommission PUK im Militärdepartement war?« Fazit: Noch einmal 5000 potenzielle Feinde! 12 500 Fichen im Kanton Schaffhausen, 35 000 in Bern. Und so weiter. Mitarbeiter von Post und Zoll, auch private Hobbyschnüffler waren für die Bundespolizei unterwegs. Es existierte sogar eine Älplerkartei. Als »Staatsfeindin« gelistet fand sich Monika Stocker, grüne Nationalrätin, seit 1994 Zürcher Stadträtin. Leider keine Fiche für den damaligen Bundesrat Kaspar Villiger: »Es ist ein bisschen, als ob ich niemand wäre ...« Doch wie gesagt: Die Erschütterung verebbte fast so schnell, wie sie kam. (→ Skandale)

Gregor Sonderegger/Christian Dütschler: Ein PUK-Bericht erschüttert die Schweiz. Der Fichenskandal, in: Heinz Looser/Christian Kolbe/Roland Schaller/Sandra Brutschin/Gregor Sonderegger/Christian Dütschler/Simona Gambini (Hg.): Die Schweiz und ihre Skandale, Zürich 1995. Erik Emptaz/Pascal Dupont u.a.: Sonderfall Schweiz. Franzosen blicken auf Eidgenossen, Les dossiers du Canard, deutsche Version: Joseph Hanhart, Neu-Allschwil/Basel 1991.

Fisch

Schlechte Wasserqualität dezimiert den Fischbestand

Das saubere Wasser ist schuld. Dank reduziertem Phosphat sind die Seen gesünder. Doch mit sinkendem Nähstoffgehalt verringerte sich das Nahrungsangebot für Fische. Bis 1975 zogen die Fischer 3600 Tonnen aus Schweizer Seen, 2001 waren es noch 1500. Die erfreuliche Kehrseite ist eine grössere Artenvielfalt. Mit gut 300 Tonnen liefert der Neuenburgersee am meisten Fische; fischreichstes Gewässer mit über 32 Kilogramm pro Hektare ist der Bielersee.

In Bächen und Flüssen ist die Sache komplizierter. Ein ganzes Geflecht an Ursachen ist schuld am drastischen Rückgang der Fische (20 bis 50 Prozent). Nachzulesen im Schlussbericht des Projekts »Fischnetz« (mit 77 Einzelstudien), 1998 initiiert von Bund und Kantonen, in Zusammenarbeit mit Fischereiverbänden und Vertretern der Chemischen Industrie. Die grössten Probleme: schlecht vernetzte, eingeengte Lebensräume (über 28 000 künstliche Schwellen allein im Kanton Zürich); ein Fünftel der 61 000 Kilometer Gewässer ist begradigt, verbaut. Erhöhte Wassertemperatur, die infektiöse Proliferative Nierenkrankheit (PKD), ungenügend abgebaute Chemikalien (rund 80 000 sind im Umlauf): Hormonaktive Substanzen aus Verhütungsmitteln, Kosmetika, Pestiziden, Industriechemikalien führen zu Missbildungen, verringern die Fruchtbarkeit, verweiblichen die Männchen.

Bruno Rauch/Heinz Dieter Finck: Wasserschloss Schweiz, Zürich 2003. Urs Fitze: Bedrohte Fischwelt, Natürlich 6/2003. Martin Läubli: Das Land der künstlichen Barrieren, Tages-Anzeiger, 3.2.2004.

Fleisch

Je rosaroter, desto frischer sind Würste und Aufschnitt

Nitritpökelsalz färbt das Fleisch. Ohne diesen Zusatzstoff würde es schnell gräulich. Als erster Schweizer Fleischwarenhersteller lancierte die Traitafina AG Lenzburg Ende 2003 Wienerli, Bratwürste, Cervelats und Fleischkäse ohne Nitritpökelsalz, Geschmacksverstärker, Ascorbinsäure, Konservierungsmittel und Phosphat – also frei von E-Nummern. Mit Erfolg: Wöchentlich produziert das Unternehmen je 500 kg Wienerli, Cervelats und Fleischkäse und 4000 kg Bratwürste. »Tendenz zunehmend«, sagt Marketingleiter Max Rusterholz.

Fleisch und Feinkost. Schweizer Metzgerzeitung Nr. 49, 3.12.2003.

Föderalismus

Der schweizerische Föderalismus: Vorzeigemodell für die übrige Welt

Der Kantönligeist ist Gift für die Schweiz, behaupten kritische Köpfe. Längst ausgedient habe, was Politiker gerne als »zukunftsträchtiges Konzept« preisen, »als bedeutendes politisches Gestaltungsprinzip« für Europa und die Welt (Kaspar Villiger, der damalige Bundespräsident, an der Internationalen Föderalismuskonferenz 2002). »Der Mythos des Bundes unerschrockener, vom eigenen Boden genährter Autonomisten ist stärker als jede Wirklichkeit.« Kulturunternehmer Martin Heller mokiert sich über die »zwanzig Voll- und sechs Halbschweizen«, die 26 Verfassungen, 26 Bauordnungen, 26 Schulgesetzgebungen, 26 Hoheitsansprüche »allem gegenüber, was nicht freundeidgenössisch geregelt ist und auf 41 285 Quadratkilometern irgendwie der föderalistischen Verteilung harrt«. Seit 30 Jahren, nur zum Beispiel, wird an der Koordination der Schulsysteme gebastelt (seit 1987 gibt es immerhin einen einheitlichen Schulanfang). Sehr viel weiter geht der Verein Metropole Schweiz. Er fordert eine neue Einteilung der Schweiz, eine Zusammenlegung von Gemeinden, fünf bis sieben Grosskantone mit »beweglichen Grenzen«, um die Konkurrenzfähigkeit zu erhalten, Spannungen zwischen Kernstädten und Agglomerationen zu entschärfen, demokratische Gerechtigkeit zu schaffen.

»Gravierende Diskrepanzen zu einem effizienten, marktwirtschaftlichen Föderalismus« bemängelt Walter Wittmann: »Es ist seit 1848 nicht gelungen, den kantonalen Protektionismus zu überwinden und im nationalen Interesse zu handeln. Unternehmen, die gesamtschweizerisch tätig werden wollen, bekommen es mit 26 kantonalen und 3000 kommunalen Regulierungen zu tun. »Absurd, von einem segensreichen und für die Schweiz unverzichtbaren Föderalismus zu sprechen und diesen als nationales Heiligtum zu pflegen.«

Föderalismus ist brandaktuell, NZZ Online, 27.8.2002. Martin Heller: Preisausschreiben, in: Gerda Wurzenberger/Nicole Schiferer (Hg.): Die Schweiz in der Vernehmlassung, Zürich 2003. Walter Wittmann: Helvetische Mythen, Frauenfeld 2003. Neue Kantonsgrenzen braucht das Land, NZZ Nr. 275, 26.11.2003. www.metropole-ch.ch.

Fränkli

Ein –li ans deutsche Wort gehängt macht Schweizerdeutsch

Meinen manche Deutsche – und ärgern die Schweizer. Mit dem Franken schon gar. Den wollen wir »hart«; im Dialekt heisst er »Schtutz« oder »Schtei«. »Der Junge hat seinen deutschen Grossvater nie gemocht, wenn der ihn, meistens unterm Weihnachtsbaum, in den Arm nahm und sagte: ›Wotsch du no es Fränkli?‹ « (Peer Teuwsen).

Es gibt bis heute keine »Psychoanalyse des Diminutivs«, schreibt Hugo Loetscher. Nicht einfach, zu prüfen, wo und wann wir das Diminutiv verwenden. »Soll man philosophisch werden und meinen: Es ist besser, das, was man hat, als Diminutiv auszugeben, als ›Ksseli‹ und nicht als ›Kasse‹, um nicht den Neid der Götter zu erwecken?« Loetscher vergleicht die Verwendung des Diminutivs in anderen Sprachen, rückt »einiges an falschen Vorstellungen« zurecht – lässt auch einen Nürnberger zu Wort kommen, der nicht nur »ade« sagte, sondern zärtlich-klein »adele«.

Peer Teuwsen: Warum immer wir?, in: Jürg Altwegg/Roger de Weck (Hg.): Kuhschweizer und Sauschwaben, München 2003. Hugo Loetscher: äs tischört und plutschins. Über das Unreine in der Sprache – eine helvetische Situierung, Zürich 2000.

Frauenbonus

Der Frauenbonus, Vorteil weiblich

Eher ein Makel, ein »solider, gutschweizerischer Mythos«, meint Dore Heim, Leiterin des Gleichstellungsbüros der Stadt Zürich: »Glaubt man den Medien, werden Frauen gewählt, entweder weil Männer nicht mehr wollen oder weil der Frauenbonus spielt – fast nie wird eine Wahl einfach als Erfolg der Frauen dargestellt.« Viele rechnen mit dem Bonus. »Vom Frauenbonus zum Frauenmalus«, jammerten die FDP Frauen Schweiz am 10. Dezember 2003 nach der Abwahl von Bundesrätin Ruth Metzler und der Nichtwahl von Christine Beerli. Die Suchmaschine google.ch findet das Stichwort abstrus: »Meinten Sie Frauenbeine?«

Dore Heim: We are Swiss, we are first, in: Gerda Wurzenberger/Nicole Schiferer (Hg.): Die Schweiz in der Vernehmlassung, Zürich 2003.

Frauenstimmrecht

Schweizer Männer sind Europas letzte Machos

Auf den ersten Blick vielleicht. In Europas parlamentarischen Demokratien setzten die Parlamente die politische Gleichstellung der Frau durch. Müssig zu spekulieren, wann die Bayern das Frauenstimmrecht in einer Volksabstimmung eingeführt hätten.

1951: Bericht des Bundesrates über das einzuschlagende Verfahren. 1957: bundesrätliche Botschaft über die Einführung. 1958: National- und Ständerat stimmten der Botschaft zu. Hätte das Parlament allein zu entscheiden, wäre das

Karikatur zur Gründung des schweizerischen Komitees gegen die Einführung des Frauenstimm- und -wahlrechts: »Gället Sie, Kollegin vom Antifraueschtimmrächtskomitee – die Hüet sind prima – sie haltet de frisch Wind ab – gseh muess me nüt – und de Manne gfallets erscht no – !«

Zeichnung von Warja Honegger-Lavater, Schweizer Frauenblatt 5. Juni 1959.

Frauenstimmrecht in Kraft getreten. 1959 wurde das Frauenstimmrecht auf Bundesebene verworfen, in den Kantonen Waadt, Genf und Neuenburg jedoch angenommen. Beim dritten Anlauf 1971 klappte es: Zwei Drittel des Männervolks sowie 14 Kantone und drei Halbkantone sagten Ja. Kantone und Gemeinden durften weiter ihre Sonderzüge fahren. Zwischen 1919 und 1969 gab es in zwölf Kantonen insgesamt 28 Abstimmungen über das kantonale Frauenstimmrecht. Was überall möglich sein müsste, schreibt Adolf Muschg, »ist es nicht bei uns, in der direkten Demokratie«. Was die politische Gleichstellung der Frauen betrifft, »schien das Stimmvolk seine Souveränität bis zur Schadenfreude treiben zu wollen. Es besass dafür, wie Umfragen verrieten, auch noch die mehrheitliche Zustimmung der Frauen selbst.«

Werner Seitz: Dreissig Jahre Frauen in der Politik, NZZ-Online, 24.9.2003. Adolf Muschg: O mein Heimatland!, Frankfurt 1998.
Hinweis aufs Stichwort: Yvonne-Denise Köchli, Publizistin und Verlegerin, Zürich.

Freiheit

Eine angeborene Ausstattung der Schweizer

»Frei wären die Schweizer? Frei diese wohlhabenden Bürger in den verschlossenen Städten? Frei diese armen Teufel an ihren Klippen und Felsen? Was man dem Menschen nicht alles weismachen kann! (...) Sie machten sich einmal von einem Tyrannen los und konnten sich einen Augenblick frei denken; ... nun erzählen sie das alte Märchen immer fort, man hört bis zum Überdruss: sie hätten sich einmal frei gemacht und wären frei geblieben; und nun sitzen sie hinter ihren Mauern, eingefangen von ihren Gewohnheiten und Gesetzen, ihren Fraubasereien und Philistereien ...« Spott aus Goethes Feder in den »Briefen aus der Schweiz«.
Mythos, Ahnenepos, Freiheitsdrama sind für den Publizisten Ludwig Hasler nicht an sich schon anrüchig: »Schliesslich leben wir nicht von der konkret geschehenen Realität allein. (...) Bilder sollen uns leiten, jedoch nicht verleiten, das Eingebildete schon für das Ausgebildete zu halten. Der Mythos einer sozusagen vorgeschichtlichen Freiheit könnte uns einreden, das freie Schweizertum sei ei-

ne angeborene Ausstattung, eine überkommene Mitgift, eine Art Naturtalent.« Johann Peter Hebel sah die Schweiz tatsächlich als »Depot der Freiheit«.

Den historischen Freiheitsdurst erklärt Bertolt Brechts Ziffel in den »Flüchtlingsgesprächen« mit der ungünstigen Lage der Schweiz: Sie sei umgeben von Mächten, »die gern was erobern«. Deshalb müssten die Schweizer immerfort »auf dem Quivive« sein. »Wenns anders wär, bräuchten sie keinen Freiheitsdurst. Man hat nie was von einem Freiheitsdurst bei den Eskimos gehört, sie liegen günstiger.«

Ludwig Hasler: Was zu feiern wäre. Vorbemerkungen zum 700. Geburtstag der Schweiz, in: Rolf App/Urs Bader/Bruno Vanoni: Die Eidgenossenschaft in Jahrhundertschritten. Separatdruck St. Galler Tagblatt, St. Gallen 1991. Peter von Matt: Die tintenblauen Eidgenossen, München 2001. Bertolt Brecht: Gesammelte Werke in 20 Bänden, Frankfurt 1967.

Frieden

Die Schweizer, ein »einig Volk von Brüdern«

Eine ideologische Verzeichnung Schillers. Die Eidgenossen waren Streithähne. Fehden zwischen mächtigen Familien, Marchenstreite, Viehraub, andere Kleinkriege, Eroberungszüge. Bern hatte eine eigene »Eidgenossenschaft«, Zürich ebenfalls, andere Orte auch. Noch im 15. Jahrhundert (für manche Historiker die Geburtszeit der Eidgenossenschaft im modernen Sinn) war die Schweiz »ein völlig uneinheitliches Gebilde; ein bunter Haufen miteinander verbündeter, aber auch oft verkrachter Kleinstaaten« (Guy Marchal). Die Städte behandelten ihre Landschaften wie Untertanenland; die Bauern schlugen zurück. Religionskriege im 16. und 17. Jahrhundert. Bürgerkriege auch im 19. Jahrhundert (Freischarenzüge und Sonderbundskrieg).

Schiller sah es anders: »Doch wenn ein Volk, das fromm die Herden weidet, / sich selbst genug, nicht fremden Guts begehrt, / Den Zwang abwirft, den es unwürdig leidet, / Doch selbst im Zorn die Menschlichkeit noch ehrt, / Im Glücke selbst, im Siege sich bescheidet, / – Das ist unsterblich und des Liedes wert.«

Rolf App/Urs Bader/Bruno Vanoni: Die Eidgenossenschaft in Jahrhundertschritten. Separatdruck St. Galler Tagblatt, St. Gallen 1991. Gerhard Fricke/Herbert G. Göpfert (Hg.): Friedrich Schiller: Sämtliche Werke, München 1965.

Fruchtfolgeflächen

Das Bundesamt für Landwirtschaft sichert landwirtschaftlich nutzbaren Boden

Das Bundesamt für Raumplanung. Seit 1986 müssen die Kantone die nötigen Flächen »mit Mitteln der Raumplanung« langfristig sichern. 1992 beschloss der Bundesrat den Sachplan Fruchtfolgeflächen (FFF): 438 560 Hektaren geeignetes Ackerland sollen die Bevölkerung in Krisenzeiten ernähren: von 200 Hektaren im Kanton Glarus bis zu 75 800 Hektaren in der Waadt. Der Zweck ist weniger Selbstversorgung in Kriegszeiten, vielmehr Ernährungsgrundlage für kommende Generationen.

Von den 41 284 km^2 Fläche eignen sich nur 30 Prozent zur intensiven Nutzung. In den zwölf Jahren zwischen den Arealstatistiken 1979/85 und 1992/97 gingen pro Sekunde 1,27 m^2 Landwirtschaftsfläche verloren – macht 482 km^2, knapp die Grösse des Kantons Obwalden. Die Siedlungsfläche nahm in derselben Zeit um über 13 Prozent zu; das sind täglich über zehn Fussballfelder – trotz dem Raumplanungsgesetz, das zuständig wäre für die haushälterische Nutzung des Bodens.

Claude Lüscher: Bauernland vom Siedlungsdruck sichern, NZZ Nr. 134, 13.6.2003. Ulrich Braun: Die Raumplanung könnte erfolgreicher sein, NZZ Nr. 97, 27.4.2004.

Fuchs

Siedlungsfüchse sind abgewanderte Landfüchse

Eine nahe liegende Erklärung. Die andere These jedoch erhärtet sich: Siedlungsfüchse entwickelten sich unabhängig von den Landfüchsen; sie sind genetisch verschieden, verhalten sich anders. Seit den späten 1980er Jahren nehmen die Füchse in der ganzen Schweiz auffällig zu, auch in Siedlungen. In Zürich-Wiedikon hefteten sich Biologen zwischen 1996 und 1999 dem Fuchs an die Fersen. Sie vermuten, die heutige Population gehe auf wenige Gründertiere zurück. Ihre Nachkommen seien optimal ans Stadtleben angepasst und könnten sich so gegen neu zuwandernde Füchse durchsetzen. Auch ihr Sozialverhalten ist urban.

Landfüchse sind scheue Einzelgänger, die ihr Revier verteidigen. Stadtfüchse schliessen sich aus Platznot auch mal zu Familienclans zusammen. Mit Geburtenkontrolle: Nur eine Füchsin der Gruppe hat Junge. Die Fuchsdichte in Zürich ist mit 500 Tieren zehnmal höher als auf dem Land. Ein Herrenleben! Der Tisch ist gedeckt; 75 Prozent der Fressalien liefert der Mensch.

Grün Stadt Zürich (Hg.): Füchse in unseren Wohngebieten, Zürich 2002.

Fumetto

Eine Zigarrenlounge

Der Name des internationalen »Comix-Festival Luzern«. Langenscheidt klärt auf: Die italienische Sprechblase »fumetto« erinnert an Rauch. Fumetti wird eine Bildstreifengeschichte genannt oder eben ein Comic. Alles klar: Ein Comic-Festival kann schliesslich nicht Comic heissen.

Fondue

1. Eine Schweizer Kreation

Vermutlich kochten es Savoyer Sennen als Erste. Der »Larousse gastronomique« nennt das Fondue salomonisch »une spécialitée des Alpes françaises et de la Suisse«. Indes, es existierten weder die Schweiz noch Frankreich, als Homer im 11. Gesang der Ilias ein Gericht aus geriebenem Ziegenkäse, Wein von Pramnos und Weissmehl schildert. Jean-Anthèlme Brillat-Savarin glaubte, dem Fondue auf die Spur gekommen zu sein: »Das Fondue stammt aus der Schweiz. Es besteht lediglich aus Rühreiern mit Käse, die in einem von Erfahrung und Brauchtum bestimmten Verhältnis miteinander vermischt werden« (»Physiologie des Geschmacks«). Zum Nationalgericht wurde die Spezialität aus der Suisse Romande, als sie Ende der 1950er Jahre auf den Speisezettel der Armee kam, behauptet der Käsehersteller Emmi AG: »Die Schweizer Männer brachten es aus dem Militärdienst in ihre Familien.« Eine gigantische Kampagne legte 1954 den erfolgreichsten Slogan der Käsebranche ans Herz und in den Mund: »Figugegl«: »Fondue isch guet und git e gueti Luune.« Das Älpler-Gericht war übrigens im Westschweizer Mittelland »ebenso lange unbekannt wie in der Deutschschweiz« (Marcel Schwander).

Die Zubereitung ist Männersache; für jene, die es nicht schaffen, gibt es Fertigfondue (seit 1955); 3600 Tonnen kommen pro Jahr ins Caquelon, fast ein halbes Kilo pro Person. Als dritte Möglichkeit bleibt das Fonduerestaurant. »Einem Amerikaner erzählen die Gastgeber von der Kappeler Milchsuppe und erklären das friedensstiftende Wühlen im gleichen Topf, während ein Deutscher bildhaft begreift, auf welchem Prinzip die schweizerische Konkordanzpolitik beruht« (Erwin Haas).

Hanns U. Christen: Das Kochbuch aus der Schweiz, Münster, 1987. Kochkunst und Tradition in der Schweiz, Zürich 1986. Paul Imhof (Hg.): Culinarium. Essen und Trinken in der Schweiz, Zürich 2003. www.emmi.ch. Marcel Schwander: Die Westschweiz: Gipfel und Gräben, in: Paul Hugger (Hg.): Handbuch der Schweizerischen Volkskultur, Bd. 2, Zürich 1992. Erwin Haas: 50 Jahre nichts als Figugegl, Tages-Anzeiger, 20.2.2004.

2. Fondue Bourguignonne ist eine Art »Fondue«

Fondue bedeutet »das Geschmolzene« – Vergangenheitsform des französischen »fondre« (schmelzen). Weder beim Fondue Bourguignonne noch beim Fondue Chinoise wird geschmolzen, sondern Rindfleisch im heissen Öl oder Kalbfleisch in Bouillon gegart. Nur der gemeinsame Topf erinnert an Fondue.

Fussschweiss

Eine ungesunde Ausdünstung

Ein Lebensretter laut Johann Künzle (1857-1945), dem legendären Kräuterpfarrer aus der Ostschweiz: »Der Fussschweiss wirkt auf viele Krankheiten wie der Blitzableiter fürs Haus: er leitet beständig giftige Stoffe aus. Leute, die an Fussschweiss leiden, sind gegen eine Menge Krankheiten gesichert und sollten Sorge tragen, diesen herrlichen Lebensretter ihr Leben hindurch zu bewahren. Leider kommt es vor, dass im Militär oder in Anstalten der ›lästige Fussschweiss‹ gewaltsam vertrieben wird. Wo dieser unterdrückt wird, entstehen unfehlbar andere, viel schlimmere Krankheiten.« Nur eine skurrile Quacksalberidee? Künzles Heilmethoden sind topaktuell: Die »Goldene Marketing Trophy 2004« ging an die Kräuter Pfarrer Künzle AG für ihre jüngste Kampagne »Start in eine neue Dimension«.

Bruno Vonarburg: Aus Pfarrer Künzles Wissensschatz. Natürlich 10/2003. Persönlich. Die Zeitschrift für Marketing und Unternehmensführung, Februar 2004.

G

Gämse

Gämsen leben im Gebirge

Sie leben in der Schweiz auch in Wäldern. Die Gämse galt lange als Hochgebirgstier, in den Wald abgedrängt nur durch touristische Störungen oder die Konkurrenz der Weidetiere. Martin Baumann weist anhand von Knochenfunden nach, dass Waldgämsen bereits in der Jungsteinzeit heimisch waren: in den Alpen, Voralpen, im Jura, vereinzelt im Mittelland. Im Auftrag des Bundesamtes für Umwelt, Wald und Landschaft (Buwal) untersuchte er die Population im Suldtal oberhalb Spiez im Berneroberland. Er beobachtete Waldgämsen, die vorwiegend im Wald leben. Auch Wechselgämsen, die einen Grossteil des Jahres im Wald verbringen, im Sommer aber höhere Gebiete bevorzugen. Schliesslich die bekannten Alpingämsen. Waldgämsen werden grösser und schwerer als ihre Berggenossen, leben aber gefährlicher, denn seit 25 Jahren jagt hier wieder der Luchs. Gut 20 Prozent der Waldgämsen überleben das erste Jahr nicht; die Chancen der Gebirgsgämse am Augstmatthorn liegen hingegen bei 92 Prozent. Doch weder Luchs noch Jäger vertreiben die Waldgämse aus ihrem angestammten Lebensraum, den sie im Lauf des 20. Jahrhunderts zurückerobert hat.

Annette Barkhausen: Die Rückeroberung. Gämsen im Schweizer Wald, Gesellschaft Schweizer Forschungsinformation, Zürich 2000.

Geranie

Die Schweizerblume schlechthin

Erstens ist die geliebte Geranie nicht einmal eine, sondern eine Pelargonie (beide gehören zur Familie der Storchenschnäbel). Sodann blühte die »typisch schweizerische« zuvor im Schwäbischen. Die ursprüngliche Heimat schliesslich liegt in Südafrika. Doch seit sie an der Landesausstellung 1939 das »Schweizer Dorf« schmückte, gilt sie als adoptiert. Landesweit stürmen die Schweizerinnen am 15. Mai, dem Tag nach der Kalten Sophie, Gartencenter und Geranienmärkte – »auf dass der rote Blütenflor alle Unterschiede und regionalen Eigenarten zwischen Bernern und Bündnern, Waadtländern und Thurgauern, Zürchern und Wallisern verwische« (Andreas Bellasi). (→ Vegetation)

Andreas Bellasi: Vom Kraut zum höchsten Glück, Frauenfeld 1993.

Gesundheit

1. Die Gesundheitskosten explodieren

Die Prämien explodieren. Die Kosten steigen parallel zu den sozialen und individuellen Ansprüchen an die Lebensqualität. Der Mensch wird immer älter; die Medizin raffinierter, spezialisierter. Die Pharmaindustrie will Geschäfte machen, der Arzt das Beste für seine Patienten. Feuchte Hände beim öffentlichen Auftritt? Kein Lampenfieber – eine Sozialphobie. In der Schweiz kommt fast jedes vierte Kind per Kaiserschnitt zur Welt; notwendig wäre der Eingriff höchstens bei jedem achten Fall. Lag der Anteil Gesundheitskosten am Bruttoinlandprodukt (BIP) 1960 noch bei 4,9 Prozent oder 1,9 Milliarden Franken, waren es im Jahr 2002 11,2 Prozent oder 48 Milliarden. 32,3 Prozent deckten die Krankenkassen (nach Abzug von Franchise und Selbstbehalt zulasten der Versicherten); 31,5 Prozent steuerten die privaten Haushalte bei, 17,9 Prozent der Staat, 18,3 Prozent schliesslich andere Sozialversicherungen und Privatversicherer.

2. Andere Gesundheitssysteme sind kostengünstiger

Auch in Österreich, Deutschland, Frankreich, Italien, Grossbritannien haben sich die Kostenanteile am Bruttoinlandprodukt mehr als verdoppelt. In den USA, das kein staatliches Gesundheitssystem kennt, stieg der Anteil am stärksten. In der Schweiz zog sich der Staat seit 1971 kontinuierlich zurück; 2000 lag sein Anteil beim historischen Tiefststand von 25,3 Prozent. Derjenige der Privathaushalte hingegen stieg in dieser Zeit von 55,4 auf 68,2 Prozent. Die Verlagerung wirkte nicht kostendämpfend.

Bundesamt für Statistik: Kosten des Gesundheitswesens von 1960 bis 2000, 22.7.2003. Ceci n'est pas une explosion, NZZ Nr. 168, 23.7.2003. Es gibt gar keine Kostenexplosion!, Tages-Anzeiger, 22.10.2003. Benjamin Tommer: Jedem Gesunden seine Krankheit, NZZ Nr. 272, 22./23.11.2003.

3. Schweizer und Schweizerinnen leben gesundheitsbewusst

Ein Drittel der erwachsenen Bevölkerung isst zu viel. Gut 37 Prozent aller Schweizer oder über 2,6 Millionen sind übergewichtig, 7,7 Prozent massiv. Eine ETH-Studie zeigt, dass in der Schweiz jedes fünfte Kind übergewichtig ist; die Zahl verdreifachte sich in den letzten 20 Jahren. Ob die Normalgewichtigen (50 Prozent) und die Untergewichtigen (13 Prozent) den Gemüsekonsum in die Höhe treiben? Von gut 57 Kilo pro Kopf im Jahr 1980 auf 73 im Jahr 2002.

Schweizer leiden unter Arbeit und Ernährung, NZZ Nr. 254, 1./2.11.2003. Jakob Lindenmeyer: Immer mehr dicke Kinder, ETH life. Web-Zeitung der ETH Zürich, 20.2.2004. Verband Schweizer Gemüseproduzenten, www.swissveg.com.

Giacometti, Alberto

Der Weltstar hatte in seiner Heimat ein leichtes Spiel

Vor 1945 nimmt kein Schweizer Museum ernsthaft Notiz von ihm, obwohl Alberto Giacometti (1901-1966) schon in den 1930er Jahren als bedeutender Plastiker galt. Seit 1948 stellt Giacometti regelmässig in New York aus; 1950 kommt er zu seiner ersten Schweizer Ausstellung (Kunsthalle Basel). 1956 folgt eine Retrospektive in der Kunsthalle Bern. Noch immer interessiert sich die »offizielle« Schweiz kaum für den erfolgreichen Auslandschweizer. 1960, immerhin, wird er eingeladen, die Schweiz an der Biennale Venedig zu vertreten. Giacometti lehnt ab, begründet die Absage mit einer Schaffenskrise; er habe nichts Neues zu präsentieren. Während im Ausland Ausstellungen und Ehrungen sich häufen, streiten in der Schweiz Befürworter und Gegner jahrelang um den Kauf einer Giacometti-Sammlung.

Das Gezerre in Stichworten: Der amerikanische Industrielle G. David Thompson bietet 1959 seine gewichtige Sammlung dem Basler Kunsthändler Ernst Beyeler zum Kauf. Die Kollektionen Klee und Giacometti sollen je als Ganzes, der Rest einzeln verkauft werden. René Wehrli, Direktor des Zürcher Kunsthauses, setzt sich seit 1952 für Giacometti ein, möchte die Sammlung für Zürich sichern und schlägt zu diesem Zweck eine Stiftung vor. Die Sammler und Kunsthausfreunde Hans C. Bechtler und Walter A. Bechtler, überzeugt von Wehrlis Idee, wollen die öffentliche Hand für den Drei-Millionen-Kauf der 61 Plastiken, 20 Zeichnungen und zehn Ölbilder gewinnen. Im Februar 1964 zeigt René Wehrli die Sammlung im Landolt-Haus in Zürich. Giacometti verspricht, diese zu ergänzen. Fast alle namhaften Kunstpublizisten unterstützen das Projekt. »Wird die Schweiz ihrem ersten Künstler von Weltrang im Jahr der ›Expo‹ Heimatrecht gewähren?«, fragt der Tages-Anzeiger. Manuel Gasser ruft im »Du« auf, »etwas Tapferes« zu tun. Der Publizist Werner Wollenberger packt das »reiche Zürich« bei der Ehre. Im August 1964 bewilligt der Bundesrat auf Antrag der Eidgenössischen Kunstkommission 750 000 Franken, vorausgesetzt, Stadt und Kanton Zürich sprechen analoge Beträge. Der Stadtrat beantragt dem Gemeinderat, sich mit 750 000 Franken zu beteiligen. Das führt zum Streit, gespickt mit Missverständnissen, Verdächtigungen, Verunglimpfungen. Der entschiedenste Gegner, Hochschulprofessor Peter Meyer, Antiken- und Mittelalterspezialist, löst mit einem hämischen Beitrag in der NZZ eine monatelange Presse-Polemik aus.

Der Zürcher Gemeinderat verweigert den Kredit; der Kantonsrat braucht in der Folge weder zu diskutieren noch zu entscheiden. Was nun? »Sollen wir wirklich Fehler wiederholen, die wir im Falle des Wahlschweizers Klee und des durch das Unverständnis der Heimat zum Wahlfranzosen gewordenen Le Corbusier begangen haben?« (René Wehrli). Hans C. Bechtler sucht nach privaten Geldgebern. Im September 1965 sind über zwei Millionen zugesagt. Am 10. November lehnt der Zürcher Gemeinderat nach zweieinhalbstündiger Debatte einen 250 000-Franken-Kredit mit 52 zu 50 Stimmen ab. Die Presse bedauert, belächelt. »Seldwyla – Holzboden der Kunst.« (→ Seldwlya) Gut zwei Wochen später feiert die Universität Bern Giacometti als Ehrendoktor. Am 16. Dezember

wird die Alberto Giacometti-Stiftung gegründet. Am 11. Januar stirbt Giacometti. Die Sammlung, verteilt auf Basel, Zürich und Winterthur, ist heute ein Glanzlicht im öffentlichen Kunstbesitz der Schweiz.
Kunstsoziologen kennen diese »konstante Fehlerquelle« in den sozialen Beziehungen von Gesellschaft und zeitgenössischer Kunst. Die Giacometti-Geschichte ist beispielhaft für Kunstleben und Kunstpflege in der Demokratie, nur vergleichbar mit dem Streit zwischen 1896 und 1900 um Hodlers Marignano-Fresken im Landesmuseum.

Willy Rotzler: Die Geschichte der Alberto Giacometti-Stiftung, Bern 1982.

Gleichstellung

1. Frauen und Männer sind gleichberechtigt

Auf dem Papier, seit 1981 festgeschrieben in der Bundesverfassung: »Mann und Frau sind gleichberechtigt. Das Gesetz sorgt für ihre Gleichstellung, vor allem in Familie, Ausbildung und Arbeit. Mann und Frau haben Anspruch auf gleichen Lohn für gleichwertige Arbeit.« Voilà. In der Praxis hapert es, trotz Gleichstellungsbüros landauf, landab. Drum streikten die Frauen am 14. Juni 1991, statt den 700. Geburtstag der Schweiz zu feiern.
Die Situation verbesserte sich zwar in den 90er Jahren, doch seit der Jahrtausendwende bewegt sich kaum mehr etwas. Stillstand auf dem Weg zur Gleichstellung: Diesen Schluss zieht das Bundesamt für Statistik im »Dritten Bericht zur Gleichstellung von Mann und Frau« (November 2003). In den meisten Lebensbereichen seien Frauen noch immer benachteiligt. Weniger Weiterbildung, weniger höhere Schulabschlüsse, mehr Arbeitslose, für dieselbe Arbeit weniger Lohn: minus 21 Prozent in der Privatwirtschaft, minus elf Prozent in der öffentlichen Verwaltung.

Gleichstellung mit Schlagseite, NZZ Nr. 277, 28.11.2003.

2. Frauen wird Karriere verwehrt

Viele wollen keine Karriere. Jedenfalls keine nach herkömmlichen Spielregeln. Erscheint die Karriere unvereinbar mit den Vorstellungen von Lebensqualität, entscheiden sich Frauen eher als Männer für Lebensqualität.

Zwar stieg der Anteil Frauen im obersten Management zwischen 1980 und 1990 von 3,9 auf 9,5 Prozent. Doch in den Verwaltungsräten der 100 grössten Schweizer Firmen liegt er unter einem Prozent; nur in 15 Unternehmen sitzt eine Frau in der Geschäftsleitung. Ihr Anteil in Industrie und Produktion: 9,7 Prozent; im Handel: 19,4; übrige Dienstleistungen und Medien: 8,1; Versicherungen: 5; Banken: 0 Prozent. Beispielhaft die Swiss Re mit einer Frauenquote von 26 Prozent im Management (davon zwölf Prozent im höheren Management) und je einer Frau in Geschäftsleitung und Verwaltungsrat.

Der Arbeitgeberverband will unbedingt mehr Kaderfrauen gewinnen: Ein ökonomischer Unsinn, eine Verschleuderung von Ressourcen, dass gut ausgebildete Frauen ihre Fähigkeiten nicht nutzen.

Die Karriere – nur grammatikalisch weiblich, NZZ Nr. 12, 16.1.2004. Judith Wittwer: Anleitung zum Erfolgreichsein, Tages-Anzeiger, 16.1.2004. Guido Mingels: Damenwahl, Das Magazin 50/2003.

Gletscher

1. Gratisattraktionen für Touristen

Hochalpine Wassertanks und Klimaarchive. Die Gletscher, etwa drei Prozent der Landesfläche, sorgten dafür, dass auch im heisstrockenen Sommer 2003 in den Schweizer Alpen kein ernsthafter Wassermangel herrschte. Gletscher reagieren verzögert auf Klimaveränderungen; dass alle 110 beobachteten Schweizer Gletscher während der Messperiode 2002/03 an Länge und Masse verloren, sei deshalb nicht direkt dem heissen Sommer anzulasten. Laut Wilfried Häberli, Direktor des Welt-Gletscher-Beobachtungsdienstes, reduzierte sich die Dicke der Alpengletscher im Jahr 2003 durchschnittlich um etwa drei Meter, in der Schweiz bis zu vier Meter.

Gletscher lassen sich über Jahrtausende zurückdatieren und dokumentieren Irrtümer und Erfolge der Umweltpolitik. Abzulesen sind Industrialisierung und grosse Depression. Konzentriertere Ammoniumwerte ab etwa 1850 (Intensivierung der Landwirtschaft). Nitrat und Russ ab 1940 (Verkehrszunahme). Mehr Blei um 1900 (forcierter Bergbau), auch die Verbleiung des Benzins ab etwa 1950.

Andreas Bauder: Grosser Massenverlust der Schweizer Gletscher, NZZ Nr. 9, 13.1.2004. Das grosse Schmelzen der Alpengletscher von 2003, NZZ Nr. 82, 7.4.2004. Bruno Rauch/Heinz Dieter Fink: Wasserschloss Schweiz, Zürich 2003.

2. Gletscher gefährden höchstens Bergsteiger und Skifahrer

Sagte doch Tell zu seinem Sohn, es sei wohl besser, die Gletscherberge im Rücken zu haben, »als die bösen Menschen«. Das war 1804 und der grösste Gletschersturz in den Alpen noch ferne Zukunft. Am 11. September 1895 stürzten an der Altels im Berner Oberland um die fünf Millionen Kubikmeter Eis auf eine Alp und begruben sechs Personen und über 150 Kühe. Am 30. August 1965 löste sich ein Teil der Allalingletscherzunge: Zwei Millionen Kubikmeter Eis – das Volumen von 5000 Einfamilienhäusern – begruben 88 Bauarbeiter bei der Mattmark-Staumauer. Seit dem 16. Jahrhundert töteten 21 Gletscherkatastrophen in der Schweiz weit über 400 Personen.

Forscher des europäischen Projekts Glaciorisk inventarisierten an der ETH Zürich die gefährlichen Schweizer Gletscher. Von 82 potenziell gefährlichen (51 liegen im Wallis) könnten 49 in den nächsten zwei Jahrzehnten Siedlungen, Verkehrswege, touristische Anlagen und Kraftwerke beschädigen. Hohe Temperaturen spitzen die Situation zu; das »ewige Eis« (Permafrost) taut. Im Sommer 2003 bröckelte das Matterhorn 200 Meter oberhalb der Hörnli-Hütte. 70 Alpinisten wurden evakuiert, der Berg gesperrt, das Wahrzeichen lädiert. Das Wallis ist besonders exponiert: 680 Gletscher, über zwei Drittel der Eismasse der Schweiz, ein Drittel der gesamten Eisfläche der Alpen.

Helmut Stalder: 29 Gletscher im Wallis als gefährlich eingestuft, Tages-Anzeiger, 26.11.2003. Françoise Funk-Salami: Inventar gefährlicher Gletscher in der Schweiz, NZZ Nr. 71, 26.3.2003. Friedrich Schiller, Wilhelm Tell, in: Schillers sämtliche Werke in zwölf Bänden, Stuttgart und Tübingen 1838.

Gletscherfloh

Ein Fabel-Insekt

Der Gletscherfloh (*Isotoma saltans*), ein Ur-Insekt, unverändert seit über 400 Millionen Jahren, gehört zu den Springschwänzen, ist blauschwarz, behaart, 2 Millimeter lang, mag Temperaturen um den Gefrierpunkt und frisst, was der Wind aufs Eis weht: Nadelholzpollen, Insektenleichen, Mineralstaub. Zucker senkt den Gefrierpunkt seiner Körpersäfte auf minus 15 bis 22 Grad. Schwierig wird es, wenn im Sommer das Schmelzwasser seine Wohnstätte überschwemmt. Dann rettet er sich in Massen an die Oberfläche: »Schwarzer Schnee« – das Phänomen ist seit Jahrhunderten bekannt.

Hans Stüssi: Der Kältespezialist, Natürlich 11/2003.

Gletscherwein

Dasselbe wie Eiswein

Für Eiswein werden gefrorene Trauben geerntet und gekeltert. Gletscherwein wird zur besseren Haltbarkeit in Gletschernähe gelagert. Eine Tradition aus dem Val d'Anniviers (Wallis). Die Anniviarden, noch vor wenigen Jahrzehnten eine Art helvetisches Nomadenvolk, zogen seit Mitte des 16. Jahrhunderts im Frühjahr ins noble Sierre und bestellten ihre Rebhaine, im Sommer ging's zurück auf die Alpen, zur Weinlese wieder hinunter ins Rhonetal. Sie pflegten »L' Uva raetica« (Resi oder französisch La Rèze), ein Erbe römischer Söldner. Als die Reblaus *Phylloxera* in den 1920er Jahren die Resi-Pflanzen zerstörte, ersetzten sie die Bauern mit robusteren Sorten. Der Wein lagert noch heute im Burgerkeller von Grimentz in alten Fässern aus Lärchenholz. Kommt der neue Jahrgang, zelebriert der Kellermeister eine »Transvasage«; er ergänzt den Inhalt des ältesten Fasses mit dem Wein des nächstjüngeren und so weiter. Der Gletscherwein madeirisiert und entwickelt dann den typischen Terpentingeschmack. Seit 1886, heisst es, wurden die Fässer nie ganz geleert.

Luc Hagmann: Wallis, in Reihe: Weinland Schweiz, Zürich 2003. Der Gletscherwein, www.vinsduvalais.ch.

Globi

1. Globi, einer Wandmalerei im Kloster Kappel am Albis abgekupfert

Robert Lips, der Zeichner der Figur, hörte erst Jahre nach Globis »Geburt« davon. Doch die Ähnlichkeit des Werbevogels mit der Helmzier der Familie Gessler von Brunegg im Tonnengewölbe der Stephanskapelle ist frappant – eine amüsante Auflockerung der Kloster-Führungen.

Globi entstand 1932 zum 25. Globus-Jahr. Reklamechef Ignatius Karl Schiele (selbst ernannter »Spezialist auf Massenbeeinflussung«) suchte nach einem kindergerechten Festonkel und kreierte mit dem Zeichner Robert Lips den Globi. Eine sprechende Figur – der Papagei lag nahe. Eine fantastische Figur – blauer Körper, karierte Hose. Ein Exot aus Afrika – Kimbukku sollte er heissen. Was dem Basler Verkaufsleiter nicht passte, die Kundschaft komme doch in den »Gloobi«! Also Globi. Die Kinder mögen ihn; das Fest wird wiederholt; Schiele realisiert eine Globi-Zeitung mit ersten Bildergeschichten. 1935 folgt das erste Globi-Buch: »Globis Weltreise«. Der Band »Wie Globi Bauer wurde«, 1941, mitten in der Anbauschlacht (→ Anbauschlacht), schlägt mit 15 000 verkauften Stück in einem Monat alle Rekorde im schweizerischen Jugendbuch-Handel – und bleibt bis heute die erfolgreichste Geschichte (Auflage: 265 000).

Zu Globis 40. Geburtstag, 1972, sendet das Schweizer Fernsehen einen kritischen Beitrag. Die Fans wehren sich für ihre harmlose Freude. 1981 geisselt Regula Renschler im Sammelband »Das Gift der frühen Jahre« frühere Globi-Bücher als rassistisch, sexistisch, autoritär, chauvinistisch. Heute fällt das Urteil milder aus, Globi spiegelte die jeweilige Zeit, auch das naive Afrika-Verständnis der 30er, 40er und 50er Jahre.

Heute verhält sich Globi politisch korrekt. Zum Globi-Imperium gehören drei SBB-Familienwagen, zwei Postautos, das Globi-Hotel in Disentis und fünf Ferienclubs an europäischen und afrikanischen Stränden. Jahresumsatz: 14 Millionen Franken. 2003 ging das 6 000 000. Globi-Buch über den Ladentisch.

2. »Du bisch en Globi!« Lob für Tausendsassas

Mögen Jugendliche denken, die den Globi als cleveren Pfiffikus kennen. Ein »mildes Schimpfwort für eine ungeschickte, etwas unbedarfte Person« (Schweizerdeutsches Wörterbuch). Fritz Herdi setzt »Globi« in seiner »Broschüre zur Soldatensprache« mit »Unintelligenter« gleich. Fehler und Missgeschicke passieren dem bunten Vogel durchaus, aber in der Regel agiert er keck und einfallsreich. Wie es zur Verschiebung der Bedeutung kam, wissen selbst die Globi-Spezialisten nicht.

3. Globi, der Kinderheld der Deutschschweiz

Vor allem, aber nicht nur. 2004 wird Globi sogar auf Koreanisch zu lesen sein. Doch richtig Fuss gefasst hat er im Ausland nicht. Das klassische Globi-Buch ist Neueinsteigern zu antiquiert, und die Welschen haben ihre eigene Comic-Tradition. Dennoch ist Globi in der Romandie wie im Tessin bekannt.
Bereits 1946 erschien der erste Band auf Französisch: »Globi à Paris«, obwohl das Warenhaus erst 50 Jahre später über die Deutschschweiz hinauswuchs (mit Filialen in Genf, Lausanne, Neuchâtel, Locarno). Bis 1950 folgten vier weitere Bände, dann war 45 Jahre lang Schluss mit französischem Globi. Heute sind neun Titel lieferbar.
Den Weg ins Ausland sollte »Globi, der Kinderfreund« (1947) ebnen. Der erste Lizenzdruck brachte ihn nach Brasilien. In Skandinavien starteten Globi-

Geschichten in 16 Zeitungen als Comic-Strips. Globi-Bücher erschienen in Deutschland, Belgien, Holland, Norwegen. Nach Kriegsende 1945 versuchte Reklamechef Schiele, die US-Kids zu gewinnen. Schwierig. Einzig die Jugend-Zeitschrift »Story-Parade« unterhielt ihre Leserschaft ab November 1948 mit »Globi the funmaker«. 1952 ein letzter Versuch mit »Globi bei den Indianern«. Nur keine »karikierten Rothäute«! Schiele fordert »echt indianischen Geist«, auch die problematischen Seiten indianischen Lebens. Bis zum Jahresende sind 20 000 deutsche Bücher ausgeliefert. In den USA erscheint das Buch nie.

Christoph Burkhard/Matthias Gallati: Globis Spuren im Alltag, in: Waltraut Bellwald/Ingrid Tomkowiak (Hg.): Globi und seine Zeit. Begegnung mit einem Schweizer Phänomen von 1932 bis heute, Zürich 2003.

Glögglifrosch

Ein Schimpfwort

Auch. Doch zuvor eine reale, wenngleich bedrohte Kreatur. Glögglifrosch heisst in der Schweiz die Geburtshelferkröte (*Alytes obstetricans*), die von April bis August mit kurzem, hellem Flötenton nach paarungswilligen Weibchen klingelt. Das Konzert einer Gruppe männlicher Geburtshelferkröten tönt wie fernes Glockengeläut. Wasserscheu als einzige der einheimischen Frösche und Kröten, paart sie sich an Land. Nach der Besamung wickelt der Krötenmann die Laichschnüre um seine Hinterbeine. Je nach Menge übernimmt er das Gelege eines zweiten oder dritten Weibchens – und zieht sich für drei bis fünf Wochen zurück. Ist es so weit, taucht er das Hinterteil mit den Eiern ins Wasser; die Kaulquappen schlüpfen binnen Minuten. Das unermüdliche Krötenmännchen kann bis Ende Sommer noch zweimal als Geburtshelfer wirken. So viel unmännliche Gutmütigkeit ist ausserhalb der Tierwelt suspekt – »Glögglifrosch« ist kein Kompliment.

2. Die Geburtshelferkröte ist eine Kröte

Weder Kröte noch Frosch. Das 3,5 bis 5 cm kleine Tier mit den goldenen Augen gehört zu den Scheibenzünglern, einer urtümlichen Familie der Froschlurche. Mit der scheibenförmigen Zunge (angewachsen am Mundboden) schnappt die Geburtshelferkröte nach Futter, während wirkliche Frösche und Kröten ihre klebrigen Zungen wie Peitschen aus dem Mund schnellen.

3. Wer Kröten anfasst, kriegt Warzen

Ein Aberglaube. Kröten sind mit Drüsen und Warzen besetzt. Giftdrüsen schrecken Feinde und wehren Mikroben ab. Doch gegen zerstörte Lebensräume helfen keine Giftdrüsen. Die Geburtshelferkröte ist gefährdet, wie alle Amphibien und Reptilien in der Schweiz: 90 Prozent stehen auf der Roten Liste.

Hans Stüssi: Glögglifrosch, Natürlich 4/2003. Claude Meier: Geburtshelferkröte, Koordinationsstelle für Amphibien- und Reptilienschutz in der Schweiz (KARCH), Bern.

Gold

Goldstücke sind wertvoll

Das goldene 250-Frankenstück, das der Bund alljährlich herausgibt, kostet 260 Franken; der Goldwert liegt bei 165 Franken. Wer es verkaufen will, erhält vom Bund 50 Franken, von einem privaten Händler etwa den Goldwert. Ein »Möchtegern-Goldstück« ohne Markt, konstatiert Journalist Max Frenkel, für nur wenig mehr als den Goldwert seien »prägefrische Goldmünzen« aus Südafrika, Australien, Grossbritannien zu haben. Die 250-Franken-Münzen seien kein »solides schweizerisches Kulturgut«, wie die Eidgenössische Münzstätte (Swissmint) behaupte, sondern eine »misslungene Spekulation branchenfremder Bürokraten«.

Dass die Nationalbank seit 50 Jahren 21 Millionen Goldmünzen lagert, ist eine andere Geschichte: Sechs Millionen zum Nennwert von 50 Franken, 15 Millionen zum Nennwert von 25 Franken. 1955, 1956 und 1959 geprägt, kamen die Münzen nie auf den Markt, weil zwischen Prägung und geplantem Ausgabetermin der kletternde Goldpreis den Nominalwert überstieg. Was tun? Münzsammler würden sie teuer bezahlen, käme nur ein beschränktes Kontingent von 20 000 Stück pro Jahrgang und Wert auf den Markt. Leider würden die Kosten fürs Einschmelzen der restlichen 20 940 000 Münzen den Verkaufserlös weit übersteigen.

Max Frenkel: Markenzeichen, NZZ am Sonntag, 16.11.2003. Martin Zimmerli: Goldmünzen, die niemand haben will, Coopzeitung Nr. 23, 4.6.2003.

Gotthelf, Jeremias

Der Dichter aus Lützelflüh ist der literarische Albert Anker

Eine hartnäckige Vorstellung. Doch der Unterschied zwischen dem Autor und dem »dämoniefreien Maler« ist für Peter von Matt so gross wie zwischen »den Niagarafällen und einem Karpfenteich«. Er war ein Polemiker, Albert Bitzius alias Jeremias Gotthelf (1797-1854), ein »Splitter im Fleisch der Nation« und in der Schweiz über seinen Tod hinaus verhasst: »Denn furchtbar ist er, furchtbar in seiner Rede von den Menschen, furchtbar in der Diagnose ihrer Niedertracht, ihrer Kälte, ihrer steinharten Bosheit.« Kein deutscher Autor habe es bis heute gewagt, die menschliche Bosheit, die sich »gelassen an sich selbst erfreut«, so deutlich als eine schlichte Wirklichkeit hinzustellen wie Gotthelf. 1837 erscheint sein »Bauernspiegel« – ein Mittel, »zu schreiben in die Zeit hinein, zu wecken die Schläfer, den Blinden den Star zu stechen« (Gotthelf).

Als »Hüter eines sterbenden Reiches« (Walter Muschg) verkörperte Gotthelf den Geist der 1830er Revolution, die einen korporativ-ständisch organisierten Staat mit möglichst souveränen Kantonen wollte. An den Liberalen und ihrer Verfassung von 1848 liess er keinen guten Faden: »O du Lehre von der persönlichen Freiheit, wie ähnlich siehst du dem Grundsatz, dass der Stärkere Meister sei!«

Freilich, der »homerische Verherrlicher des Bauerntums« (Muschg) sah auch die Sonnenseite der Welt. Aber Gotthelfs grösste Leistung sieht Peter von Matt in der Aufdeckung der »vernetzten Bosheit«. Mit »Schopenhauers Pessimismus und Nietzsches analytischem Blick« entblösste er, »wie die Menschen gemeinsam, in nachbarschaftlichem Einverständnis und ohne Schuldgefühle die subtilste Perfidie betreiben.« Das Ärgernis Gotthelf werde heute verharmlost, der Zugang zu seinem Werk versperrt durch eine »undurchdringliche Schicht von Rustikalkitsch und Nostalgiegastronomie, von Regionalchauvinismus und Heimatfilmerei«.

Peter von Matt: Hinweise auf einen unbeschönigten Gotthelf, in: Die tintenblauen Eidgenossen, München 2001. Walter Muschg: Tragische Literaturgeschichte, Bern 1957. Walter Muschg: Jeremias Gotthelf, in: Erwin Jaeckle/Eduard Stäuble (Hg.): Grosse Schweizer und Schweizerinnen, Stäfa 1990.

Grenzwerte

Grenzwerte dürfen nicht überschritten werden

2003 lagen zum Beispiel die Grenzwerte für Ozonbelastung in der Schweiz allein bis Mitte Juli 800-mal über der Limite. Dasselbe bei den Stickoxid-Grenzwerten in Städten und Agglomerationen. Was gemäss Vorschrift nur einmal im Jahr passieren darf, wurde 2002 vielerorts bis zu 78-mal überschritten, präzise registriert vom Nationalen Beobachtungsnetz für Luftfremdstoffe (Nabel).
52 000 Tonnen Stickoxide pro Jahr produzieren Autos, Lastwagen, Busse, 33 000 Tonnen Heizungen und Maschinen. Mitte der 80er Jahre noch knapp doppelt so viel, nahmen die Emissionen zwischen 1989 und 1994 dank Katalysator und Abgasvorschriften markant ab. Seither stockt die Besserung. Heute fahren in der Schweiz rund 25 Prozent mehr Autos als 1990 (über 3,7 Millionen), fast doppelt so viele Lastwagen queren die Alpen. An der A1 bei Härkingen verdoppelte sich der Verkehr seit anfangs 90er Jahre. Laster und Dieselautos sind die Sorgenkinder.
Trotz umweltfreundlicher Technik stossen Motorfahrzeuge noch immer bis zu zehnmal mehr Schadstoffe aus, als gesetzlich erlaubt ist. Das ergaben Messungen der Eidgenössischen Materialprüfungs- und Forschungsanstalt (Empa). Je nach Motorzustand, Klima, Verkehrssituation, Fahrstil stösst ein Auto in der Praxis drei- bis zehnmal mehr Kohlenmonoxide und zwei- bis viermal mehr Stickoxide aus als im standardisierten Messzyklus. Startet ein Auto mit neuestem Katalysator bei minus 20 Grad, entlässt es in den ersten Minuten so viel Koh-

lenmonoxid und unverbrannte Kohlenwasserstoffe wie während einer 1000 km langen Fahrt mit warmem Motor.

Gift auch im Boden. 2002 erregte ein Tessiner Wildschwein Aufsehen: Das Cäsium überstieg den Grenzwert für Strahlenbelastung in Lebensmitteln (1250 Becquerel pro Kilogramm) um das Fünffache. Weil Wildschweine massenhaft Hirschtrüffel-Pilze fressen, gingen Forscher im Juni 2003 auf Pilzsuche. In Malvaglia (Tessin) lagen die Rückstände des Tschernobyl-Cäsium-137 bei 15 700 Becquerel, in Wattwil (St. Gallen) zwischen 3700 und 9450. Siebzehn Jahre nach dem Reaktorunfall.

Martin Läubli: Neue Strassen, schlechte Luft, Tages-Anzeiger, 13.1.2004. Lukas Denzler: Die ersten Kilometer machen den meisten Dreck, NZZ am Sonntag, 8.2.2004. Stefan Hartmann: Verstrahlte Pilze und Wildschweine, Tages-Anzeiger, 18.11.2003. Irene Bättig: Viele Schadstoffe trotz Katalysatoren, Gesellschaft Schweizer Forschungsinformation, Dezember 2003.

Grümpelturnier

Harmlose Dorfvergnügen

Sie sind gefährlich. 2000 Hobby-Fussballer verletzen sich jedes Jahr und verursachen etwa 120 Millionen Arzt- und Spitalkosten. Immer mehr Arbeitgeber verbieten die Teilnahme an Grümpelturnieren. Die 350 Anlässe mit 150 000 Teilnehmern füllen zwar die Vereinskassen, entleeren aber jene der Unfallversicherer. Eine Viertelmillion investiert nun die Schweizerische Unfallversicherungsanstalt (Suva) jährlich in die »Sicherheit bei Grümpelturnieren«. Verunfallen durchschnittlich 16 auf 1000 Teilnehmer, sind es bei Suva-Turnieren noch vier.

Thomas Compagno: Bis die Knochen brechen, Coopzeitung Nr. 31, 30.7.2003.

H

Habsburg

Die Habsburger waren die Erzfeinde der frühen Eidgenossen

So zeichnet es das traditionelle Geschichtsbild: nichts als heroische Abwehrschlachten gegen die übermächtigen Habsburger Diktatoren. Morgarten 1315. Sempach 1386. In Wirklichkeit war Habsburg eine Nachbarmacht; es kam zu Konflikten, aber es verbanden auch gemeinsame Interessen. Das Gebiet der heutigen Schweiz gehörte 1291 zum deutschen Reichsverband unter König Rudolf von Habsburg. Sein Tod im Juli 1291 beunruhigte vor allem die privilegierten Gruppen. Adlige, Kleriker und wohlhabende Bauern fürchteten Unruhe und Rechtsunsicherheit.

An der Innerschweiz war Habsburg-Österreich »nie besonders interessiert«, sagt der Basler Historiker Werner Meyer im Gespräch mit dem St. Galler Tagblatt. Auch der Gotthard tauge nicht als Motiv zur Intervention. Als er als Transitpass wichtig wurde, erbten die Habsburger Tirol und die ungleich bedeutendere Brennerroute. Nur um die freiheitsliebenden Eidgenossen zu drangsalieren, hätten sie keine Ritterheere gebraucht, sondern einfach »den Salzhahn zudrehen« können. Einen Grossteil der Grundversorgung lieferte Österreich. »Habsburg reagierte auf die eidgenössischen Provokationen immer ausserordentlich spät und zaghaft. Sie überliessen den Eidgenossen oft das Terrain, auch wenn es um die innere Ordnung ging.«

So sieht es auch der Zürcher Historiker Roger Sablonier. Die Innerschweiz war »in keiner Weise von aussen bedroht, es gab auch keine habsburgischen Amtsvögte«. Die Schlacht bei Sempach war eine luzernische Angelegenheit, und bei Morgarten ist ungewiss, ob Herzog Leopold überhaupt in kriegerischer Absicht unterwegs war. Dass die Habsburger versucht hätten, ihre Herrschaft in der Innerschweiz zu straffen, lasse sich nicht nachweisen. »Die Habsburger dachten wohl gar nicht daran, dieses Gebiet verlieren zu können.« Sie hatten andere Sorgen (neue Ländereien im heutigen Österreich, familiäre Erbzwiste, Kämpfe im Reich) und waren nur sporadisch präsent. Der Konflikt spielte sich vielmehr zwischen »regionalen Potentaten« ab. Auch die Burgen, die das Volk angeblich erstürmt haben soll, sind zum grossen Teil vor 1291 verlassen worden. Der Burgenbruch hat sich nie ereignet. Das weiss man heute aufgrund archäologischer Erkenntnisse.

»Die Schweizer waren unglaubliche Raufbolde«, bemerkte Otto von Habsburg, Sohn des letzten österreichischen Kaisers, 2003 in einem Interview. Und die Aargauer seien Leute mit »grossem Patriotismus und Sinn für Tradition«. Auf Seite der Habsburger kämpften sie gegen die alten Eidgenossen. Auch er, Otto von Habsburg, spüre noch Aargauer Blut in den Adern.

»Die glorreiche Befreiung aus den Krallen des österreichischen Adlers verträgt schon sehr schlecht, dass man sie bei Licht besieht«, schreibt Max Frisch im »Wilhelm Tell für die Schule«. Ein einziges Mal habe sich das Haus Österreich progressiv gebärdet – »als es sich mit den Spiessbürgern der Städte gegen den Adel alliierte und eine deutsche Monarchie zu gründen suchte«. »Und wer stemmte sich ihm am entschiedensten entgegen? Die Urschweizer.« Der Kampf der Urschweizer gegen Österreich, der »glorreiche Eid« auf dem Rütli, der »heldenmütige Schuss« Tells, der »ewig denkwürdige Sieg« von Morgarten, alles das war »der Kampf störrischer Hirten gegen den Andrang der geschichtlichen Entwicklung, der Kampf der hartnäckigen, stabilen Lokalinteressen gegen die Interessen der ganzen Nation, der Kampf der Rohheit gegen die Bildung, der Barbarei gegen die Zivilisation ...« (→ Morgarten)

Rolf App/Urs Bader/Bruno Vanoni: Die Eidgenossenschaft in Jahrhundertschritten. Separatdruck St. Galler Tagblatt, St. Gallen 1991. Urs Rauber: »Ich spüre noch Aargauer Blut in mir.« Interview mit Otto von Habsburg, NZZ am Sonntag, 30.11.2003. Max Frisch: Wilhelm Tell für die Schule, Frankfurt 1971.

Hauptstadt

Bern, Hauptstadt der Schweiz

Die Schweiz, nie zentralistisch organisiert wie Frankreich oder England, hat keine Hauptstadt. Bern ist die politische Bundesstadt, seit 1848, »Bundessitz«, um genau zu sein. Als »heimliche Hauptstadt« gilt Zürich – mit Blick auf seine ökonomisch-kulturelle Potenz. Fünf Monate war, von Napoleon bestimmt, Aarau die provisorische Hauptstadt. Am 12. April 1798 wurde hier der neue Staat proklamiert, die »Eine und Unteilbare Helvetische Republik«. Das erste Schweizerische Parlament tagte im »Goldenen Löwen«; das Haus »zum Schlossgarten« war erstes Bundeshaus und Sitz des »Helvetischen Direktoriums«. Aarau zählte damals 2000 Einwohner und etwa 400 Häuser. Schwierig, die politische Prominenz standesgemäss unterzubringen. Geplant war, die Laurenzvorstadt zur Paradestrasse von »Helvetiopolis« auszubauen. Träume. Bereits im September zogen die Staatsmänner weiter.

Georg Kreis: Die Schweiz in der Geschichte 1700 bis heute, Zürich 1997.

Hase

1. Ein solches Vermehrungstalent kann nicht aussterben

Der Feldhase (*Lepus europaeus*), Symbol für Fruchtbarkeit, kann sich selber nicht mehr helfen. Zwar paaren sich Rammler und Häsinnen schon mitten im Winter, und die Häsin bringt vier Mal jährlich Junge zur Welt, im Mittel insgesamt acht, im Maximum zwanzig. Doch neuerdings in eine Welt, in der Nahrung, Platz und Deckung fehlen. Ausgeräumte Kulturlandschaft, rare Hecken. Statt Klee und anderem Hasen-Grün wuchern Siedlungen und Strassen. Nur eines von zehn Jungen erlebt das nächste Jahr: der Hund ist mittlerweile der grösste Feind, neben Fuchs, Marder, Greifvögeln, der nasskalten Witterung, Landwirtschaftsmaschinen. Im Schweizer Mittelland zählten Forscher noch drei bis sechs Hasen pro Quadratkilometer. Nur wo Naturschutz und Landwirtschaft sich verbünden, hat der Feldhase eine Zukunft. Noch gibt es gegen 100 000 Feldhasen in der Schweiz. Pro Natura deklarierte ihn zum »Tier des Jahres 2004«.
Hasen, zoologisch lange bei den »Nagern« (*Rodentia*) untergebracht, gehören

nach jüngsten Forschungen nicht mehr zu Hamstern und Mäusen, sondern zu den »Hasenartigen« (*Lagomorpha*), weil Hasen- und Nagergebisse sich deutlich unterscheiden.

2. Hasenfuss

Der Hase, ein furchtsames Tier, ein Angsthase eben

Im Gegenteil: Nähert sich ein Feind, verharrt der Hase im Vertrauen auf seine Tarnfarbe bis zum letzten Moment; erst dann flüchtet er, Haken schlagend, mit gegen 80 Stundenkilometern. Erwachsene Hasen haben kaum mehr natürliche Feinde; sie sind zu gross, zu wendig, zu schnell.

www.pronatura.ch.

Hausmütterchen

Das fleissige Hausmütterchen, Ideal des 19. Jahrhunderts

1964 wurde die 30. und letzte Auflage gedruckt – erst jetzt mit einem modernisierten Titel: »Mein Haushalt. Das fleissige Hausmütterchen«. Die Haushaltbibel, 1860 erstmals erschienen, brachte es auf insgesamt 186 000 Exemplare. Susanna Müller (1829-1913), als einfache Bauerntochter in Wattwil aufgewachsen, bot mit ihrem »Führer durch das praktische Leben für Frauen und erwachsene Töchter« Generationen von Schweizerinnen Anleitung zum rechten Haushalten: putzen, kochen, stricken, nähen, sticken, häkeln, flicken. Nahrungsmittelkunde, Krankenpflege, Gartenarbeit, Geflügel- und Kaninchenzucht. Die Autorin erfand auch die Kochkiste, einen isolierten Behälter, der angekochte Speisen gar werden lässt und warm hält, kümmerte sich aber zu wenig darum: Kapital aus der energiesparenden Kiste, heute in Entwicklungsländern ein Segen, schlugen andere.

Martin R. Schärer: Ernährung und Essgewohnheiten, in: Paul Hugger (Hg.): Handbuch der Schweizerischen Volkskultur, Bd.1, Zürich 1992. Marthe Gosteli (Hg.): Vergessene Geschichte. Illustrierte Chronik der Frauenbewegung 1914-1963, Bern 2000. Susanna Müller: Das fleissige Hausmütterchen, Brugg 1946. Kochkiste, in: Schweizer Lexikon in zwei Bändern, Zürich 1949.

Heidi

Die zeitlose Ikone der heilen Bergwelt

Wohl eher eine Figur der Modernisierung. Ihre Geschichte handelt vom Verlust der heilen Welt als Folge der Industrialisierung. So sieht es Volkskundler Walter Leimgruber. Johanna Spyri gehörte zum städtischen Bürgertum des 19. Jahrhunderts, das die Schweiz radikal umbaute; Banken, Fabriken, Städte, Eisenbahnen entstanden.

In der Grossstadt Frankfurt lernt Heidi, was sie später für ihre Rolle braucht: lesen und beten. Sie alphabetisiert den Peter, bringt mit der Familie Sesemann den Wohlstand in die Berge. Spyri-Biograf Jean Villain vermutet in dieser »scheinbar glücklichen Synthese der beiden Welten« das Erfolgsgeheimnis der Schriftstellerin.

Zwei Welten? Spyri benutzte die »ästhetisierte Alpenwelt« als utopischen Gegenentwurf zur städtisch-industriellen Gesellschaft. Heidis Alpenwelt spiegelt die damalige Naturschweiz in keiner Weise. Das bäuerliche Leben um Maienfeld war hart und karg. Für Walter Leimgruber ist es kein Zufall, dass Heidi immer dort besonders populär wird, wo die Modernisierung »rasch und tief greifend verläuft« (in den USA der Gründerjahre, im Japan der 1970er und 80er Jahre) und eine »traditionsbewusste Gesellschaft geradezu in die Moderne katapultiert wird«. Mit dem Slogan »Vom Heidiland zum High-Tech-Land« wollte »Präsenz Schweiz« (die Organisation des Bundes für die Präsenz im Ausland) 2001 dem Land ein modernes Image geben. »In Wirklichkeit hat sich das High-Tech-Land, das die Schweiz schon im 19. Jahrhundert war, ein Heidiland geschaffen.«

Die Arbeit geht dem properen Alpenmädchen auch im 21. Jahrhundert nicht aus. 2004 lanciert die »Ferienregion Heidiland« (1997 gegründet von 14 Gemeinden im Sarganserland und Walenseegebiet) eine Fülle neuer Angebote rund um die Romanfigur. Weshalb gerade jetzt? Weil Studenten der Tourismusfachschule Luzern das Gebiet auf seine »Heidi-Inhalte« prüften und zum Schluss kamen: »Heidiland ist nur eine Worthülse; das Heidi-Potenzial wird zu wenig genutzt.« Jetzt wird die »goldwerte Marke« aufpoliert.

Seit April 2004 festigt Heidi mit 30 Produkten aus »reiner Schweizer Bergmilch« auch die Naturnähe der Migros, allerdings weder besonders naturnah noch besonders tierfreundlich produziert. »Heidi hätte daran keine Freude«, rügt die

Kleinbauernvereinigung. 20 Rappen mehr für Heidi-Bergmilch, 15 Rappen mehr für Heidi-Rahmquark ... Die alte Idylle, ironisiert mit Tomi-Ungerer-Bildchen, verbalisiert mit Spyri-Zitaten: »Ich habe noch gar nie so gute Milch getrunken ... und der Grossvater füllte das Schüsselchen noch einmal bis oben hin.« (→ Spyri, Johanna)

Walter Leimgruber: Heidis Lüge. Indiskrete Fragen an einen Alpenmythos, in: Gerda Wurzenberger/Nicole Schiferer (Hg.): Die Schweiz in der Vernehmlassung, Zürich 2003. Jean Villain: Der erschriebene Himmel. Johanna Spyri und ihre Zeit, Zürich/Frauenfeld 1997. Andreas Güntert: So viel Heidi war noch nie, Sonntagszeitung, 4.4.2004. www.heidiland.com. Romeo Regenass: Migros zielt mit der Heidi-Milch aufs Ausland, Tages-Anzeiger, 6.4.2004.

Heimatort

Der Ort, wo man daheim ist

Nicht in der Schweiz. Heimatort ist weder dort, wo man geboren wurde, noch dort, wo man lebt, sondern dort, wo der Vater herkommt, auch wenn weder Vater noch Kind diesen Ort je gesehen haben. »Bis zum heutigen Tage wird unser phantomartiger amtlicher Heimatbegriff ähnlich wie die Religionszugehörigkeit automatisch von den Erzeugern (bzw. den Standesämtern) auf die Kinder übertragen« (Richard Reich).

Die Autorin dieses Buches zum Beispiel war heimatberechtigt in der Toggenburger Gemeinde Wattwil, nach der Heirat erhielt sie im appenzellischen Rehetobel ihren Heimatort – obwohl sie weder in der einen noch andern Gemeinde je lebte. Falls sie einmal verarmt, steht ihr dort das Alters- oder Bürgerheim offen. Seit 1990 wohnt sie in der begüterten Gemeinde Zollikon. Hätte sie in den ersten zwei Zolliker-Jahren Sozialhilfe beanspruchen müssen, wäre das arme Rehetobel zur Kasse gebeten worden. So will es das Bundesgesetz. Und während ausländische Gäste in Schweizer Hotels ihren Geburtsort eintragen, müssen Schweizer den Heimatort oder Lieu d'origine notieren.

Richard Reich: Auf der Suche nach der Armensuppe, in: Gerda Wurzenberger/Nicole Schiferer (Hg.): Die Schweiz in der Vernehmlassung, Zürich 2003.

Heimelig

Gemütliche Chalet-Dörfer ziehen Touristen an

Glauben Einheimische und Investoren. Heute lockt zeitgenössische Architektur die Gäste an, zum Beispiel das neue Restaurant auf dem Niesen, der eingeschossig lichte Metall-Glas-Pavillon auf einer Holzplattform, von den Architekten Bernhard Aebi und Pascal Vincent elegant ans alte Berghaus gefügt. Vervierfacht hat sich der Besucherstrom im Bergdorf Vals, nachdem Peter Zumthor dort sein Thermalbad baute – und damit Impulse für weitere Projekte auslöste.
Architektur als Marketingfaktor. Es muss nicht Glas und Beton sein. Zulauf erlebt auch das »Historische Hotel/Restaurant des Jahres«. Preisträger 2004: Grandhotel Giessbach in Brienz. Die Auszeichnung initiierte Architekturhistoriker Roland Flückiger – damit nicht noch mehr markante Bauten wie etwa der »Bernerhof« in Kandersteg zum Jumbo-Chalethotel verunstaltet werden. (→ Chalet)

Marco Badilatti: Mehr Qualität statt Quantität, bitte!, Heimatschutz 1/2003. Arbeitsgruppe Historische Hotels und Restaurants, www.icomos.ch.

Heimweh

Ein allgemein menschliches Sehnen

Es war mal *die* »Schweizerkrankheit« – und als »hemvé« sogar in der französischen Encyclopédie zu finden. 1569, zur Zeit der Hugenottenkriege, rapportierte der Innerschweizer Kommandant Ludwig Pfyffer, ein Fähnrich sei »gestorben von heimwe«. Nach Friedrich Kluge ist Heimweh »in dem schweizerischen Dialekt des 17. Jahrhunderts entstanden, zum ersten Male durch die ärztliche Fachliteratur in der Schriftsprache gebraucht, aber trotzdem Schweizer Dialekt geblieben und erst in der Zeit der Romantik in den allgemeinen deutschen Sprachgebrauch übergegangen«.
Die Kraft der Musik! Beim Hören des Kuhreihens oder »Ranz des vaches« (→ Alphorn) seien die Schweizer Söldner dem »delirium melancholicum« verfallen und wollten nur noch eins: heim. Also desertieren! Das berichtet der Arzt

Johannes Hofer in seiner Dissertation »De Nostalgia vulgo Heimwehe oder Heimsehnsucht« (1688). Jedenfalls war unter Todesstrafe verboten, in fremden Diensten die »Cantilena Helvetica« zu spielen oder zu singen. »Wenn ich nicht irre«, notierte Goethe 1823, »ist unter Ludwig XIV. unter den schwersten Strafen das Blasen einer Schalmei verboten worden, weil in den Schweizerregimentern die Leute dadurch zu sehr an ihre Heimat erinnert wurden und viele an Heimweh dahinstarben.«

Das Bild der tapferen Eidgenossen passt schlecht zu den sensiblen Söldnern. Ob es die Luftveränderung war, wie der Zürcher Arzt Jakob Scheuchzer in seiner »Beschreibung der Naturgeschichte des Schweizerlandes« (1706) vermutet? Die »Blutäderlein« der an feine Bergluft gewohnten Älpler würden durch die »schwere und dicke Dunstkugel« des Flachlandes zusammengepresst. Was Kreislauf, Herz und Gehirn hemme, also auch Gemüt und Geist – und ein krank machendes Sehnen nach den Bergen erzeuge.

Ab 1848 war das Söldnerwesen verboten (ausser in päpstlichen Diensten), das medizinische Interesse an der Schweizerkrankheit liess nach. Die forensische Forschung nahm sich der Nostalgia an, überzeugt, Heimweh und Gewalt seien miteinander verknüpft.

Heimweh plagt die Schweizer selbst innerhalb ihres Landes. Als in der zweiten Hälfte des 19. Jahrhunderts die Binnenwanderung einsetzte, entstanden Dutzende von Heimatvereinen, besonders zahlreich in Genf. Es gibt sie heute noch: den Berner-Verein in Basel, den Glarner-Verein in Zürich, Appenzeller-Vereine in Basel, Zürich, Bern.

Friedrich Kluge: Heimweh, in: Etymologisches Wörterbuch der deutschen Sprache, Strassburg 1901. Monika Rosenberg: Trittst im Tränenmeer daher..., NZZ Nr. 176, 2./3.8.2003. Silvia Bovenschen: Der Schweizer als Verbrecher, Weltwoche Nr. 53, 1998. Heini Hofmann: Vom Alpenmythos und der Medizin, Zürichsee-Zeitung, 17.3.2004. Max Peter Baumann: Kuhreihen, Historisches Lexikon der Schweiz, Bern, www.dhs.ch. Heimweh, in: Herders Konversationslexikon in neun Bänden, Freiburg i. B. 1905. Paul Hugger: Heimatvereine, in: Handbuch der Schweizerischen Volkskultur, Bd. 1, Zürich 1992.

Helvetia

Die Helvetia auf dem Goldvreneli, eine fiktive Figur

Eine Figur aus Fleisch und Blut. Nur welche? »Heil Dir Helvetia! hast noch der Söhne ja«... Jahrzehnte nach der Prägung des ersten »Goldvrenelis« beanspruchten zwei Söhne die Ehre für ihre verstorbene Mutter: für Françoise Kramer-Egli (1859-1946) aus Neuenburg und für Rosa Tännler (1878-1946) aus Gadmen im Oberhasli. Fachleuten scheint die Variante Tännler glaubhafter. Hatte nicht Fritz-Ulysse Landry für seine Helvetia einen »type de femme très pur du Hasli« gezeichnet?

Eine vertrackte Geschichte. 1895 gab das Eidgenössische Finanzdepartement ein neues 20-Franken-Goldstück in Auftrag. Es soll »durch ein schweizerisches, nationales Motiv, durch allegorische oder historisch-symbolische Darstellung der Schweiz – die Helvetia – zum allgemein-verständlichen Ausdrucke bringen«.
21 Entwürfe lagen vor. Es gab keinen ersten Preis, die Bedingungen seien nicht respektiert worden. Der Neuenburger Medailleur Fritz-Ulysse Landry (1842-1927) brachte es mit seinem Entwurf der Freiheit auf Platz zwei. Zu jung, zu schwärmerisch, zu individuell, kritisierte die Jury den Frauenkopf. Reifer soll er sein, mütterlicher. Und die Gebirgskulisse im Hintergrund: viel zu mächtig. Landry überarbeitete sein Modell, die Züge ein bisschen geformter, die Haare

gebändigt durch einen Zopf, um die Schultern ein Kranz Edelweiss statt der Rhododendron-Zweige. Indes: Noch immer lag der Horizont der Berge zu hoch. Und Juror Albert Anker mäkelte, der Kopf sei eine Art heilige Cäcilia, »une figure pastorale«. Andere freuten sich: Endlich nichts Antikes! Auch der Bundesrat war d'accord. Doch an den Probeprägungen bemängelte ein Magistrat die Stirnlocke; sie gebe »dem Frauenzimmer ein frivoles Aussehen«. Die Locke musste weg.

Als die ersten Goldstücke kursierten, höhnten Politiker wie Numismatiker: Ein junges Mädchen verkörpert die Heimat! Als Mutter und Beschützerin der souveränen Kantone! Sie wollten die Helvetia als schöne Frau und Mutter »zwischen Jugend und gereiftem Alter«. Die Berge waren auch nicht recht. Man propagiere sozusagen den Irrtum, das Schweizervolk bestehe aus Hirten und Hoteliers. Die Schweizerische Numismatische Rundschau mäkelte, besser dargestellt wäre das Land »durch Wilhelm Tell oder die Mannen vom Rütli«. Das Volk aber schloss die junge Frau ins Herz, 1943 erstmals offiziell »Goldvreneli« genannt. Heute ist es nicht nur die bekannteste Goldmünze, sondern gilt als eine der schönsten überhaupt. 58,6 Millionen wurden zwischen 1897 und 1949, dem letzten Prägejahr, produziert. Als Identifikationsfigur auf Fünfziger, Fränkler und Zweifränkler hat Helvetia hingegen einen schweren Stand gegen Fünfliber-Kollege Wilhelm Tell (eigentlich ein Alphirte). Schon früh ärgerten sich die katholischen Kantone, dass die Helvetia für die liberalen, protestantischen Kantone den Bundesstaat symbolisierte.

Vergnügliche Verwirrung um »Das wahre Leben der Helvetia« stifteten Jürg Willi und Margaretha Dubach im Jubiläumsjahr 1998 mit ihrer Ausstellung »Vivat Helvetia« im Schweizerischen Landesmuseum. Da keine Heldin à la Jeanne d'Arc die Schweizer Historie belebt, erzählten sie die unglaubliche Geschichte der klug-kecken Verena Leu so glaubhaft, minutiös recherchiert und reich illustriert, dass diese selbst Historiker verwirrte – und der Gastgeber kalte Füsse bekam.

Verena Leu? Sie opferte ihre Keuschheit, um die Luzerner Heimat vor den Freischaren zu retten, und trickste den Anführer und späteren Bundesrat Ulrich Ochsenbein aus. Spielte 1852 im vaterländischen Festspiel »Helvetia – die Mutter aller Völker« die Titelrolle derart brillant, dass sich ihr der europäische Hochadel samt Dichtern und Künstlern zu Füssen legte. Gründete, wie alle Schweizer zur Erziehung der Völker berufen, in Seelisberg die Alpenidylle »Grütlischwand«, wo sie die hohen Gäste aus dem aufgewühlten Europa »das wahre Leben« lehrte, nämlich im Kleinbleiben die Grössten zu sein. Dass sie gross wurde, wurde ihr zum Verhängnis. Wie Verena Leu es aufs »Goldvreneli« schaffte, ist eine andere, glücklichere Variante der Geschichte.

Weshalb verschwindet die Helvetia, im 19. Jahrhundert »so imponierend gegenwärtig«, fast gänzlich aus dem »Zeichenarsenal«? Weil, vermutet Peter von Matt, zu »allen Verbildlichungen des Landes jetzt ausnahmslos der Charakterzug der Kleinheit« gehört.

Hans-Markus von Kaenel: Darf Helvetia jung sein oder wie viel Gebirge erträgt ein Münzbild. Text zur Ausstellung »Der Schweizer Franken«, 1992. Swissmint, offizielle Münzstätte der Schweizerischen Eidgenossenschaft: Hanspeter Koch auf schriftliche Anfrage. Jürg Willi/Margaretha Dubach: Das wahre Leben der Helvetia, Buch zur Ausstellung »Vivat Helvetia« im Landesmuseum Zürich, Zürich 1998. Jürg Willi: Wie das Vreneli auf die Münze kam, Du Nr. 8/1998. Gerda Wurzenberger/Nicole Schiferer (Hg.): Die Schweiz in der Vernehmlassung, Zürich 2003.

Heuferien

Schulfrei für Bauernkinder, die beim »Heuet« helfen mussten

Das Relikt aus agrarischen Zeiten erlebt ein Comeback. Im industrialisierten Bauernbetrieb heuen Kinder zwar nicht mehr. Dennoch gibt es nun in den Zürcher Bezirken Hinwil, Pfäffikon und Winterthur zwei Wochen »Heuferien« Ende Mai oder Anfang Juni. Sie werden den Frühlingsferien oder Sportferien abgezwackt – weil Skiferien teuer sind, die meisten ausländischen Kinder mit Schneesport nichts anfangen können, 14 Tage zu Hause bleiben im nasskalten Februar aber kein Vergnügen ist. Auch im Kanton Thurgau verzichten viele Gemeinden auf eine Sportferienwoche zugunsten von »Heuferien«.

Nebenbei notiert: Heuferien!, NZZ Nr. 41, 19.2.2004.

Hochpreisinsel

Die Schweiz ist teuer, weil Qualität und Löhne hoch sind

Weil es mit dem Wettbewerb harzt. Das hohe Lohnniveau verursacht nur etwa elf Prozent der Preisdifferenzen. Hohe Fixkosten (20,9 Prozent für Versicherungen, 17,7 für Wohnen) belasten das Portemonnaie. Im Vergleich zu EU-Bürgern bezahlen Schweizer Konsumentinnen und Konsumenten für dasselbe Produkt im Durchschnitt knapp 30 Prozent mehr, macht jährlich 19 Milliarden zu viel. Zu 44 Prozent wegen mangelndem Wettbewerb.

Unter hohen Einkaufspreisen leiden auch die 320 000 Unternehmen, viele im Wettbewerb mit ausländischen Anbietern. Die Hotellerie zum Beispiel offeriert ein vergleichbares Produkt wie Österreich. Die Forschungs- und Beratungsfirma Infras analysierte im Auftrag des Bundes die Lage. Und spielte den Gedanken durch: Was, wenn Schweizer Firmen zu denselben Preisen einkaufen könnten wie ihre europäische Konkurrenz? Die Vorleistungen verbilligten sich um 65 Milliarden Franken. Die Schweizer Haushalte müssten 57 Milliarden Franken weniger ausgeben, was ein Wachstumspotenzial von 13 Prozent des Bruttoinlandprodukts ergäbe. (Rolf Iten/Martin Peter/Anna Vettori/Sarah Menegale: Hohe Preise in der Schweiz. Ursachen und Wirkung, Zürich 2003)

Seit April 2004 gilt das teilrevidierte Bundesgesetz über Kartelle und andere Wettbewerbsbeschränkungen (KG), »gröberes Geschütz« (NZZ) gegen die hartnäckigen Verkrustungen auf der Hochpreisinsel. »Auf einem Auge blind« ist das Staatssekretariat für Wirtschaft (Seco) für den St. Galler Ökonomieprofessor Franz Jaeger. Der Staat sei der grösste Preistreiber und Wettbewerbsverhinderer. Schätzungsweise die Hälfte aller Preise in der Schweiz würden direkt oder indirekt vom Staat beeinflusst. Das Forschungsinstitut für Empirische Ökonomie (FEW) der Universität St. Gallen kam zum Schluss, dass zwischen Mai 2000 und Mai 2003 die staatlich administrierten Preise um 4,3 Prozent anstiegen, ohne die weitgehend liberalisierte Telekommunikation gar um 4,7 Prozent, der Landesindex der Konsumentenpreise jedoch nur um 2,8 Prozent.

Marcel Speiser: Wenn die Hochpreisinsel versinken würde …, Tages-Anzeiger, 2.3.2004. Hohe Löhne, aber wenig Kaufkraft, NZZ am Sonntag, 11.1.2004. Reto Thöny: Uns droht der Abstieg aus der Champions League, Sonntagszeitung, 27.7.2003. Meinrad Ballmer: Wie gewonnen, so zerronnen, Coopzeitung Nr. 32, 6.8.2003. Bundesamt für Statistik, Bern.

Holz

Holz ist heimelig

Holz war heimelig – und lange Zeit »nicht nur Material, sondern auch Ideologie«. Köbi Gantenbein, Chefredaktor »Hochparterre« (Zeitschrift für Architektur und Design), kontrastiert die idyllischen Bilder vom natürlichen Material (in heimischen Wäldern geschlagen, in kleinen Handwerksbetrieben verarbeitet) mit der realen Wald- und Holzwirtschaft, die Holz als Werkstoff begreift, der »marktgängig zuzurichten und preiswert auszubeuten« ist. Erinnert, dass das »traute Holzheim« nicht selten die Bewohner mit giftigen Dämpfen vertreibt, dass die Hälfte des in der Schweiz verbauten und verbrauchten Holzes importiert wird. Aber auch daran, dass moderne Architekten dem Chalet schon vor 70 Jahren Häuser entgegengestellt haben, »die kein gemütliches Heimattheater aufführen«. (→ Chalet) Heute erst recht: Nichts von heimelig. Konsequent übersetzt der Architekt Gion A. Caminada traditionelle Schweizer (Holz-)Bauweise ins 21. Jahrhundert. Zum Beispiel seine weiss lasierte Totenstube in Vrin. Und Peter Zumthor setzte in Jenaz ein Holzhaus mit grossen Fenstern mitten unter alte Holzhäuser und gemauerte Bauten. »Wir riechen Tradition und atmen Weltluft« (Gantenbein).

Köbi Gantenbein: Fertig heimelig, Sonntagszeitung, 25.4.2004.

Honig

1. Honig ist ein Heilmittel

Was seit Jahrhunderten jedes Kind weiss, gilt nicht mehr. Jedenfalls nicht schwarz auf weiss. Die Schweizerische Lebensmittelverordnung verbietet Heilanpreisungen auf dem Honigtopf; erlaubt ist nur die Deklaration »wertvoller Energiespender«. Honig ist viel mehr. Seine antiseptische und antibiotische Wirkung schätzt die Naturheilkunde seit der Antike. Derzeit wird Honig in der Infektionsmedizin wieder entdeckt und entwickelt sich vom Hausmittelchen zur »ernst zu nehmenden Arznei« (Hermann Feldmeier). Über 60 Fachbeiträge trug Peter Molan vom Honigforschungsinstitut der Waikato-Universität im neuseeländischen Hamilton zusammen. Unbestritten ist, dass Honig unterschiedliche Wundbakterien beseitigt, problematisch hingegen, dass nicht jede Honigsorte medizinisch gleich wirksam ist. Das geheimnisvolle Naturprodukt ist ein komplexes Gemisch aus rund 120 Wirk- und Nährstoffen: Nahrungsmittel und Heilmittel in einem. Fördert den Stoffwechsel, wirkt blutbildend, beruhigend, kräftigend, stärkend, stimuliert das Nervensystem, steigert die Herzleistung. Unverständlich, dass ein Pfefferminztee Heilmittel sein darf, Honig hingegen nicht.

2. Schweizer Honig ist besser als ausländischer

Ein chauvinistisches Urteil. Es gibt Produkte aus Nachbarländern, auch aus Neuseeland und Australien (Manuka-Honig), die eben sogut, wenn nicht besser sein können als durchschnittlicher Schweizer Honig. Das weiss Berchtold Lehnherr, Sekretär des Verbands der Schweizerischen Bienenzüchtervereine (VSBV) und Redaktor der Schweizerischen Bienenzeitung: »Der Wassergehalt bestimmt die Qualität des Honigs. Dieser liegt im Schweizer Honig meist unter 18 Prozent – im Gegensatz zur Welthandelslimite von 21 Prozent.« Die Qualität beeinflussen Enzym-Aktivität und Frische. Und der Hydroxymethylfurfural-Gehalt (HMF), ein wichtiger Faktor, der beim Schweizer Honig »viel tiefer« liegt als bei Honig aus Übersee.

Nach schweizerischem und EU-Gesetz muss Honig echt sein, ohne Zusätze. Als in 50 Tonnen Schweizer Honig der Ernte 1999 Sulfonamid-Rückstände gemessen wurden, verlangte das Bundesamt für Gesundheit (BAG) den Rückruf, obwohl die Konzentration »gesundheitlich unbedeutend« war. Was in anderen Ländern legal ist, ist in der Schweiz verboten: Antibiotika und Sulfonamide zur Bekämpfung von Seuchenherden oder zur Prävention, ausgenommen in begründeten Spezialfällen. Für ausländischen Honig legte deshalb das BAG Ende der 1990er Jahre Toleranzwerte fest.

Hermann Feldmeier: Honig – vom Hausmittelchen zur Arznei, NZZ Nr. 46, 25.2.2004. Stefan Bogdanov: Honigqualität und internationale Honignormen. Bericht der internationalen Honigkommission. / Checkliste Etikettierung von Honig, alle in: Schweizerisches Zentrum für Bienenforschung, Bern 1999, www.apis.admin.ch. Bundesamt für Gesundheit (BAG): Schweizer Honig teilweise verunreinigt, Medienmitteilung, 22.5.2000, www.bag.admin.ch. Erica Bänziger: Honig. Genuss und Gesundheit aus dem Bienenstock, Küttigen 1997.

Hornussen

Schweizer Bezeichnung für Hornissen

Stimmt für einige Dialekte – und auch wieder gar nicht. Das Wörterbuch »Wahrig« erklärt Hornussen als »schlagballähnliches Schweizer Spiel«. Der »Hornuss«, das schwarze Flugobjekt aus Hartgummi, erzeugt einen summenden Ton wie die Hornisse, diese Gross-Wespe mit dem gefährlichen Stich.

Hornussen entstand vermutlich aus einem alten Kriegspiel, in dem es galt, ein »Land« gegen anfliegende gegnerische Geschosse zu verteidigen. Gespielt wurde vor allem im Emmental, was zahlreiche Protokolle der Sittengerichte belegen. Nach der ältesten Quelle wurden Christian Tällenbach, Hansjakob Glanzmann, Jakob Widmer und des Ammanns Knecht in Lauperswil 1625 vor das Chorgericht zitiert, weil sie an einem Sonntag »mittlerwyl der Kinderlehr und Gebätt« gehornusset hatten.

Zur Ausrüstung gehören der 78 Gramm schwere Hornuss, der Bock, Stecken mit Träf, die Schindel, der Helm. Die Mannschaft aus 18 Mann nennt sich »Gesellschaft«. Die Gastgeber beginnen als »Schläger«; jeder haut zwei »Nousse« mit 200 bis 300 Stundenkilometer vom »Bock« ins gegnerische »Ries« (Spielfeld). Die »Abtuer« versuchen, das Geschoss mit der »Schindel« »abzutun«.

Früher endeten viele Spiele mit »bluetige Gringe«. Nachzulesen in Gotthelfs »Ueli der Knecht«. 1889 beteiligten sich die Gesellschaften von Ersigen und Heimiswil erstmals an einem Eidgenössischen Schwing- und Älplerfest; 1902 entstand der Eidgenössische Hornusserverband. Heute spielen rund 10 000 Hornusser in weit über 200 Gesellschaften. Was Städter als »Bauerntennis« belächeln, hat sich zum Hochleistungssport entwickelt.

Hornussen, in: Wahrig, Universalwörterbuch, München 2002. Wie ist Hornussen entstanden, Hornussergesellschaft Epsach, www.hgepsach.ch. Eidgenössischer Hornusserverband, www.ehv.ch. Thomas Küng: Gebrauchsanweisung für die Schweiz, München 2003. Hornisse, in: Duden, das grosse Wörterbuch der deutschen Sprache in acht Bänden, Mannheim 1993-1995.

Hummel

Mal grösser, mal kleiner, doch immer dasselbe Insekt

In der Schweiz brummen über 40 verschiedene Hummelarten: von der Ackerhummel (*Bombus pascuorum*) über diverse Erdhummeln (*Bombus terrestris, lucorum, cryptarum, magnus*) bis zur Gartenhummel (*Megabombus hortorum*) und Steinhummel (*Pyrobombus lapidarius*). Manche sehen sich zum Verwechseln ähnlich. Da hilft nur genaues Hinhören: Jede Hummelart brummt nämlich anders (»Bombus« heisst in Latein auch »dumpfer Ton«). Spezialisten erkennen Hummeln allein an ihrem Ton.

Willi Lierath: Die Wärmemeisterin, Natürlich 7/2003.

Humor

Schweizer sind humorlos

Die Satire hat es nicht einfach in der Schweiz, davon konnte Niklaus Meienberg ein Lied singen. Dennoch hat sie eine reiche Tradition. Nicht erst seit Arosa das jährliche Humor-Festival ausrichtet. Die politische Karikatur begleitete schon vor 200 Jahren die liberalen Geister. 1915 begründeten Emigranten in Zürich den Dadaismus und ihr »Cabaret Voltaire«: »Die Schweiz ist die Zuflucht all derer, die einen neuen Grundriss im Kopf tragen«, meinte Hugo Ball (→ Dada). Die Einheimischen wunderten und ärgerten sich. Lachten 1934 im »Cabaret Cornichon« der Elsie Attenhofer. Teilten mit der ganzen Welt das »Nit mööglich!« von Clown Grock (1880-1956). Satiriker Carl Böckli zeichnete während des Zweiten Weltkriegs als »Bö« die Wochenzeitschrift »Nebelspalter« zur nationalen Institution. Alfred Rasser (1907-1977) kreierte 1945 mit dem HD Läppli seine unvergessliche Figur. Emil Steinberger (*1933) spielte 1978 die Hauptrolle im erfolgreichen Schweizerfilm »Die Schweizermacher« von Rolf Lyssy und stand 1987 zum letzten Mal als »Emil« auf der Bühne. Viktor Giacobbo lockte mit seinem »Spätprogramm« über 600 000 Zuschauer vor den Bildschirm (Marktanteil 57 Prozent!). Zur humorvollen Schweiz gehören Kabarettisten wie Franz Hohler, das Duo Fischbach, Ursus & Nadeschkin. Endo Anaconda, Sänger und Dichter der Band »Stiller Has«. Clown Dimitri. Mime Massimo Rocchi. Kolumnist Linus Reichlin. Karikaturist Nico. Parodistin Birgit Steinegger. Parodist Walter Andreas Müller. Komiker Beat Schlatter. Die Schriftsteller Gottfried Keller, Friedrich Dürrenmatt, Urs Widmer. Schliesslich Ex-Botschafter Thomas Borer, vom Aachener Karnevalsverein im Januar 2002 mit dem 52. »Orden wider den tierischen Ernst« bedacht. »Sie ehren einen Gastarbeiter! / Denn bekanntlich kommt Humor / So richtig nur bei Deutschen vor. / Ich werde redlich danach streben, / Aus Ehre Lehre auch zu pflegen. / Und werde stets, und das ist wichtig, / Humorvoll sein, wo dieses richtig. / Wie damals schon der Wilhelm Tell, / Wenn jener auch in andren Zeiten, / Steh ich mit meinem Pfeil zur Stell, / Will für der Narren Freiheit streiten!« Jedenfalls wuchert der unfreiwillige Humor.

Franziska Schläpfer: Die Schweiz von A-Z, Buchjournal 3/Herbst 1998. Martin Schaub: Film in der Schweiz, Zürich 1997. Charles Lewinsky: »Aber Sie emilen ja gar nicht«, Weltwoche Nr. 19, 2003. Reto Knobel: Thomas Borer: Ritter ohne Furcht und Tadel, Brückenbauer Nr. 3, 15.1.2002.

I/J

Identitätskarte

Ist für Schweizer, was für Deutsche der »Personalausweis«

Sie bedeutet mehr. Nicht wirklich, aber symbolisch. Wenn wir von »Identitätskarte« reden, geistert eine »Metaphysik der Staatsbürgerschaft« (Ralf Dahrendorf) durch unsere Köpfe. Die Karte ist mit Identitätsproblemen belastet. Sie beschränkt sich nicht auf ein persönliches Ausweispapier (Augen: blau, Grösse: 1.73), sie ist mehr als ein Passierschein: Sie gilt als nationales Identifikationszertifikat, als Zugehörigkeits-Attest. Das ist zwar antiquiert, sitzt aber im Bewusstsein fest.

Igel

Die Schweiz, ein Staat in der Abwehr-Haltung des Stacheltiers

Das offenste Land ganz Europas, jedenfalls im 19. Jahrhundert. Ihr Ruf war legendär, Isolation ein Fremdwort. Die Schweiz stand an der Spitze der liberal-progressiven Entwicklung, ein Hort der Demokratie, der Menschen- und der Frauenrechte. Die Universität Zürich öffnete sich als Erste in Europa den Frauen. Sie kamen von überall her, insbesondere aus Russland. »Ich bin die Erste, aber nicht die Letzte. Nach mir werden Tausende kommen.« Die 23-jährige Nadjeschda Suslowa, Schwester von Dostojewskijs Geliebter, promoviert 1867 als erste Frau in Zürich zum Doktor der Medizin. Fünf Jahre später stammen ein Drittel aller Studierenden aus Russland, davon 109 Frauen, 95 Prozent aller Studentinnen! Ähnlich in Genf und Bern. Für die meisten ist das Studium allerdings nur ein Vorwand. Sie haben die Revolution im Kopf. 77 der 126 Russinnen, die zwischen 1867 und 1873 in Zürich studiert hatten, figurieren im Biografischen Lexikon der russischen revolutionären Bewegung. 150 Jahre später steht die Schweiz als rückständiges Land da, erstarrt in der Abwehr gegen die politische Partizipation der Frauen.

Wo ist der liberale Geist geblieben? Nach einer zehnjährigen Wirtschaftsdepression glänzt die Schweiz in den 1890er Jahren als eines der höchstindustrialisierten Länder Europas. Auf dem Gipfel dieser kapitalistischen Entwicklung endet die freisinnige Einparteienherrschaft; 1891 nimmt die katholisch-konservative Opposition Platz im Bundesrat. Eine staatsbewahrende Allianz gegen den Sozialismus entsteht. Ein Rechtstrend, der sich kontinuierlich verstärkt und die Schweiz weit über den Zweiten Weltkrieg hinaus prägt.

In der bedrohlichen Zeit des Nationalsozialismus wächst der alpine Mythos von der wehrhaften Schweiz – im Zentrum das »Réduit«, die Gotthardfestung. »Das

UNO-Abstimmung 1986

Denken und Handeln in den Kategorien Bunker, Festung oder Igel setzte sich immer mehr und schliesslich ganz durch«, schreibt Walter Wittmann. Nach dem Krieg entstehen noch ein paar tausend weitere Anlagen wegen des Ost-West-Konflikts. »Auf dem Höhepunkt des Glaubens an die wehrhafte Schweiz – erst nach dem Kalten Krieg – wurde noch verkündet: ›Die Schweiz hat keine Armee, sie ist eine Armee‹.«

1989, in Berlin fällt die Mauer, votieren über eine Million Schweizer für die Abschaffung der Armee. 2002 wird die Schweiz als zweitletztes Land der Welt (vor Ost-Timor) Mitglied der UNO – eine »Rückkehr in die Geschichte« (Jürg Altwegg), aus der sich die Schweiz nach der Verschonung durch zwei Weltkriege verabschiedet hatte.

In den 1990er Jahren beginnt die Schweizer Armee, zwei Drittel ihrer Militäranlagen zu veräussern: Bunker, Wälle, Befestigungen – gegen 20 000 Bauten: Im September 2002 öffnen sich eine Reihe von Bunkern im sanktgallischen Oberschan für die Ausstellung »Unloaded – Coming Up For Air«; internationale Künstler setzen sich mit diesen »Nicht-Orten« auseinander. Kreative Abrüstung.

Michail Schischkin: Die russische Schweiz. Aus dem Russischen von Franziska Stöcklin, Zürich 2003. Walter Wittmann: Helvetische Mythen, Frauenfeld 2003. Rolf App/Urs Bader/Bruno Vanoni: Die Eidgenossenschaft in Jahrhundertschritten. Separatdruck St. Galler Tagblatt, St. Gallen 1991. Dieter Fahrni: Schweizer Geschichte, Zürich 2000. Jürg Altwegg/Roger de Weck: Kuhschweizer und Sauschwaben, München 2003. Giovanni Carmine/Catherine Hug: Unloaded, Luzern/Poschiavo 2003.

Jassen

1. Schweizer Nationalsport für Stammtisch-Brüder

Ein Klischee, das Bild vom Stammtisch, an dem ordinäre Männer polternd einen Jass klopfen, ihr Geld verspielen und vertrinken. Etwa die Hälfte der Schweizer Bevölkerung jasst, fast so viele Frauen wie Männer. »Früher gab es das nicht, weil Frauen nicht gerne in die Beiz gingen«, weiss Göpf Egg, der mit seiner Sendung »Stöck, Wys, Stich« Schweizer Fernsehgeschichte geschrieben hat. Er führte 1973 den Partnerschieber ein, 1975 die Frauenjassmeisterschaft. Die Jasskurse von Annemarie Reich-Lempen besuchen vor allem Frauen: »Lernen ist gut fürs Gehirn, und der Umgang mit Karten stärkt das Gedächtnis. Dank diesen Erkenntnissen sind die Jasskarten salonfähig geworden.« Am 20. März 2004 feierte der »Samschtig-Jass« des Schweizer Fernsehens: Zum 500. Mal brachte er Jung und Alt, Handwerker und Akademiker an einen Tisch.

2. Jassen ist ursprünglich schweizerisch

Vermutlich stammt das Spiel aus Indochina. Kolonialisten brachten es nach Holland, Schweizer Söldner schliesslich in die Alpenregion. Göpf Egg: »Sicher ist, dass das Wort jassen vom holländischen ›Jas‹ abstammt, der Bezeichnung des Trumpfbauers.« Im 19. Jahrhundert entwickelte sich der Jass zu einem Schweizer Nationalsport; seit 1969 werden Landesmeisterschaften ausgetragen. Gejasst wird mit 36 Karten; als Einzige verteilen die Schweizer diese im Gegenuhrzeigersinn. Platzieren auch den Zehner nicht zwischen Ass und König, sondern erst an fünfter Stelle – und sprechen ihm dennoch zehn Punkte zu. Nur in der Schweiz haben König, Ober und Unter einen höheren Stechwert als das Banner, und mit »deutschen« Karten spielen ausser in der Schweiz nur noch Süddeutsche, Österreicher und Liechtensteiner. Die Schweizer Jassgrenze verlaufe exakt auf der Brünig-Napf-Reuss-Linie, erklärt Mathias Plüss. Im Westen werde ausschliesslich mit französischen Karten gespielt, im Osten meist mit deutschen. Nur der Aargau sei mittendurch gespalten. Was ein überraschendes Licht auf »das erfolglose Nation-Building« dieses Kantons werfe, der auch zweihundert Jahre nach der Gründung noch mit seiner Identität ringe: »Wie soll man sich zusammengehörig fühlen, wenn man nicht einmal zusammen jassen kann?«
Die eifrigsten Jasser sind übrigens nicht Schweizerinnen und Schweizer, sondern die Franzosen.

Thomas De Rocchi/Sabine Matz: Dossier Jassen, Brückenbauer Nr. 42, 17.10.2000. Annemarie Reich-Lempen: Von Schiebern und von allerhand Geschiebe, in: Gerda Wurzenberger/Nicole Schiferer (Hg.): Die Schweiz in der Vernehmlassung, Zürich 2003. François Meienberg: Gratwegs ins Entlebuch. 19 Wanderungen im ersten Biosphärenreservat der Schweiz, Zürich 2002. Mathias Plüss: Der Reussgraben, Weltwoche Nr. 29, 2003.

Jugend

Jugendliche sind weltoffener als ihre Eltern

Die Uno als Weltakteur ist »voll ok«, ein Beitritt zur EU »eher nee«. 44 Prozent der Zwanzigjährigen würden heute der Schwarzenbach-Initiative aus dem Jahr 1970 zustimmen, die eine restriktive Einwanderungspolitik gefordert hatte. Damit sind die Jugendlichen einwanderungsfeindlicher als ihre Eltern (24 Prozent) und Grosseltern (27 Prozent), welche damals die Initiative mit 54 Prozent Nein-Stimmen verwarfen. Die zunehmend multikulturelle Umgebung, die frühe Sozialisierung mit dem Fremden fördert eher Kritik als Verständnis und Toleranz. Zu diesem Schluss kommt die Eidgenössische Jugend- und Rekrutenbefragung »ch-x« 2000-2001, in die 20 000 Rekruten, 2000 Frauen, Nichtdienstleistende, Eltern, Grosseltern einbezogen waren.

»Junge SVP auf dem rechten Weg!«, titelt die Partei in einem ihrer Bulletins; als »Avantgarde unter den Jungparteien« habe sie die Trends der Studie ins Parteiprogramm 2003-2006 aufgenommen. »Eine pragmatische und kundennahe Jugendpolitik erfordert Jungpolitiker, die den Jugendlichen zuhören und diese ernst nehmen.« »ch-x«-Projektleiter Hans-Peter Meier-Dallach relativiert: Die Jungen fürchten nicht die Ausländer, sie fürchten um ihre Identität. Die Jugend sei »alles andere als fremdenfeindlich«; fast die Hälfte wünsche eine offene Schweiz nach aussen und eine offene Schweiz zu den Ausländern im Innern. Ein Fünftel möchte eine abgeschlossene Schweiz. Rückbindung und Berufung auf den Sonderfall nehmen zu, Solidarität und Umweltbewusstsein ab. Die Umfrage zeigt eine individualistische, pragmatische, materialistische Jugend. Bitte mehr Wohlstand, Freiheit, Fortschritt. Vier Fünftel interessieren sich allerdings nicht für politische Sachgeschäfte. Nur gerade fünf Prozent glänzten mit gutem politischen Wissen.

Hans-Peter Meier-Dallach/Susanne Hohermuth/Therese Walter: Isola elvetica: Das Bild der Schweiz im Zeitalter der Globalisierung, Zürich 2003. Lukas Egli: Schweizer Jugend hat Angst vor Überfremdung / Jugendliche gehen auf Distanz zur multikulturellen Gesellschaft, Sonntagszeitung, 17.8.2003. Mehrheit der Jungen für »Sonderfall Schweiz«, NZZ Nr. 1, 3.1.2001.

K

Kaffee

Espresso ist das Geschäft der Italiener

Neben Sackmesser, Schokolade, Uhren ist auch Espresso ein Schweizer Exportschlager. Die Thurgauer Firma Eugster Frismag fabriziert als grösster Kaffeemaschinenhersteller der Welt (neben der italienischen Saeco) die Geräte für zahlreiche Marken. Und Nestlé puscht mit seinem luxuriösen Portionenkaffee Nespresso den schwarzen Schluck aus der winzigen Tasse. Ein perfektes System für zeitgenössische Märkte, meint Markenexperte Pius Sidler. Und dies über dreissig Jahre nach Beginn der Forschung und bald 15 Jahre nach der Markteinführung. Das System zwinge, Kaffee zum »Mehrfachen des Preises von Kaffeebohnen im Supermarkt« zu kaufen. Was »Loyalität in einer Zeit immer illoyalerer Kunden« garantiere. Nespresso wächst jährlich um 25 Prozent und hält weltweit einen Anteil von 16 Prozent am Markt für Hochdruckpumpen-Espressomaschinen.

Auch Max Morgenthaler experimentierte jahrelang, bevor am 1. April 1938 sein Nescafé angerührt wurde, der »Blitz-Kaffee« von Nestlé. Mit sechs Rappen rund ein Drittel teurer als eine Tasse herkömmlichen Kaffees. »20. Jahrhundert: Schnelligkeit, Fortschritt« – auf dem Werbeplakat kämpft sich ein Flugzeug durch die Regennacht. Heute ist Nescafé ein Synonym für löslichen Kaffee; weltweit werden pro Sekunde rund 3000 Tassen Nescafé getrunken. Am meisten Kaffee trinken die Finnen, Schweden, Holländer, Norweger und Dänen – vor den Schweizern mit täglich 3,3 Tassen.

Roman Rossfeld (Hg): Genuss und Nüchternheit. Geschichte des Kaffees in der Schweiz vom 18. Jahrhundert bis zur Gegenwart, Baden 2002. Pius Sidler: Unterwegs dazu gelernt, in: Branding Nespresso, in: Persönlich. Zeitschrift für Marketing und Unternehmensführung, Nr. 3, April 2004. www.nescafe.ch.

Kaktus

Die Stachelpflanze wächst in Steppen und Wüsten

Das Klima an den Südhängen im mittleren Rhonetal (Wallis) ist so heiss und trocken, dass Kakteen auf über 1000 Metern wachsen: Gewöhnlicher Feigenkaktus (*Opuntia humifusa*) und Feigenkaktus (*Opuntia ficus-indica*). An den felsigen Hängen bei St. Léonard gedeiht der bis zwei Meter hohe Baum-Feigenkaktus (*Opuntia imbricata*). Sie stammen alle aus Nordamerika. (→ Vegetation)

Konrad Lauber/Gerhart Wagner: Flora Helvetica, Bern 2003.

Käse

1. Käse ist fett, also ungesund

Die Binsenwahrheit gilt nicht mehr, jedenfalls nicht für Schweizer Alpkäse. (→ Alpkäse) Dieser enthält mehr wertvolle ungesättigte Fettsäuren als herkömmlicher »Industriekäse«. Am Anfang dieser Einsicht stand die auffällig gesunde, langlebige Bevölkerung in der Region Gstaad-Saanenland. Was essen sie? »Ungesunden« Käse! Diesem »Swiss Alpin Paradox« sind die Ärztin Christa Hauswirth und der ETH-Agronom Martin Scheeder auf der Spur. Sie untersuchten fünf Käsesorten: Gstaader Alpkäse von Kühen mit ausschliesslicher Weidefütterung, konventionell hergestellten Gstaader Käse von Kühen mit Silage- und Kraftfutterzufütterung, Emmentaler, den englischen Cheddar und einen Käse von Kühen mit Leinsamen-Zufütterung. Resultat: Der »echte« Alpkäse enthält nicht nur mehr gesunde Fettsäuren, sondern auch weniger ungesunde. Der Grund liegt in der Alpenflora mit deutlich höherem Alpha-Linolensäuren-Gehalt. (Alpha-Linolensäure gehört zu den Omega-3-Fettsäuren, die das Infarktrisiko um 50 Prozent senken). 200 Gramm Alpkäse enthalten etwa gleich viel Omega-3-Fettsäuren wie eine Fischmahlzeit. Der Schweizer isst pro Tag 50 Gramm Käse. Nicht unwesentlich also, welchen.

Alpkäse als Functional Food?, Tabula Nr. 3/August 2003. Alpkäse gegen Herzinfarkt?, Walliser Bote, 8.1.2004. Michael Hagmann: Währschafter Käse vom Senn schont unser Herz, Sonntagszeitung, 11.1.2004.

Kassensturz

Das Sparschwein plündern

Die Fernsehsendung »Kassensturz« spielt die Anwältin der Konsumenten. »Geiz ist geil«, sagt Moderator Hansjörg Utz. Die neue Sparsamkeit hat auch die Schweizer gepackt; nach Schnäppchen jagen sie am liebsten im grenznahen Ausland.

Roger Schawinski hob die Sendung am 4. Januar 1974 aus der Taufe. Die Redaktion setzte sich für Schwächere ein (Arbeitnehmer, Mieterinnen, Versicherte, Steuerzahler), entblösste Abzocker, deckte auf, was unter dem Deckel hätte bleiben sollen. Verdarb 1978 den Appetit auf Ravioli, gefüllt mit Schweinekopf und Bauchspeicheldrüse. Machte sich für Tiere stark (Pelztiere in Finnland, gestopfte Gänse und Enten in Ungarn, Batteriehühner, kastrierte Jungschweine). Arbeitet eng mit der Stiftung für Konsumentenschutz zusammen. Präsidentin Simonetta Sommaruga ist überzeugt, dass sich das Leben der Nutztiere dank »Kassensturz« verbessert hat. 800 000 Schweizer lockt die Sendung jeden Dienstag vor den Bildschirm. Kein Quotenschwund, obwohl die Zeiten vorbei sind, als die Macher genüsslich die sündigen Manager vorführten. Heute ist der »Kassensturz« eine wöchentliche Anleitung fürs Überleben auf der Hochpreisinsel Schweiz.

Mathias Ninck: Ein wenig ergraut, aber nicht verkalkt, NZZ am Sonntag, 4.1.2004. Kassensturz, eine 30-jährige Erfolgsgeschichte, Coopzeitung Nr. 2, 7.1.2004.

Kastanien

1. Das Brot der armen Tessiner Bevölkerung

Tempi passati. Marrons glacé, das Stück zu 2 Franken. Gebratene Marroni, 100 Gramm zu 2.80. Eine Portion Vermicelles: zwischen 7 und 14 Franken. Einst war die Edelkastanie das tägliche Brot für die armen Einwohner der Tessiner Täler, überlebenswichtig während vier, fünf Monaten im Jahr. »Ein Baum pro Kopf«, das war die Faustregel. Kastanienbäume lieferten auf den mageren Seitenhängen der Alpen bis dreimal mehr Kalorien pro kultivierte Einheit als Getreide. Der

Baum stammt wahrscheinlich aus dem Kaukasus. Die alten Armenier nannten die Kastanien »Kasutah«, »trockene Frucht«; die Römer latinisierten zu »Castanea«; der britische Botaniker Philip Miller fügte »sativa« hinzu, »sättigen«. Seit rund tausend Jahren werden im Tessin Kastanien kultiviert. Die Aussenstelle Alpensüdseite der Forschungsanstalt für Wald, Schnee und Landschaft (WSL) fand in mühsamer Kleinarbeit über 100 verschiedene Sorten. 59 werden in einer Musterselve am Ceneri rekultiviert; der »Gruppo di lavoro sul castagno« will die letzten Kastanienselven retten. Noch ist jeder fünfte Baum im Tessin eine Kastanie; rund zwölf Tonnen Kastanien werden geerntet, ein Bruchteil dessen, was die Selven einst hergaben. Vor 80 Jahren wurden über 8000 Hektaren bewirtschaftet, heute vielleicht noch 1400; gepflegt werden die wenigsten. Die Zeit der Kastanie geht zu Ende; die ursprünglich vielfältige Waldlandschaft etabliert sich wieder.

2. Essbare Kastanien wachsen nur in der Südschweiz

Edelkastanien wachsen vereinzelt in der Region Zürich, als eigentliche Kulturen beim Vierwaldstättersee, im Unterwallis und in Murg am Walensee – allerdings bedroht vom Kastanienrindenkrebs, den in der Südschweiz ein natürlich vorkommendes Virus eindämmt. Karl der Grosse (742-814) verordnete, Kastanien auch nördlich der Alpen anzubauen. Der Grundriss des Klosters St. Gallen aus dem Jahre 820 vermerkt einen »Castenarius«, einen Kastanienhain. Und das Kloster Einsiedeln akzeptierte Kastanien als Zehnten. In den 1980er Jahren von der Eidgenössischen Forschungsanstalt für Obst-, Wein- und Gartenbau in Wädenswil getestet, erwiesen sich vier Sorten als überlebensfähig – und geschmacklich attraktiv. Edelkastanien sind übrigens die einzigen Nüsse, die wie Gemüse gekocht und in Suppen, Eintöpfen, Aufläufen, als Dessert oder Beilage gegessen werden.

3. Marroni und Kastanien sind einerlei

Die Marroni ist grösser, runder als die Kastanie, trägt nur eine oder zwei Früchte pro »Igel«, das Fleisch ist fester, süsser, schneller weich, ihre Aussenhaut hell, die Innenhaut im Gegensatz zur Kastanie nicht eingewachsen. Und die Marroni lässt sich problemlos schälen. Die besten Kastaniensorten gibt es Ende September bis Dezember, die besten Marronis Mitte Oktober bis Ende März.

Erica Bänziger/Fredy Buri: Alles Marroni. Die Kastanienküche, Küttigen 1999. Urs Fitze: Neue Ehren für alte Früchte, in: Paul Imhof (Hg.): Culinarium. Essen und Trinken in der Schweiz, Zürich 2003. Daniela Haag: Marroni vom Zürichsee, Tages-Anzeiger, 28.3.2003.

Kinder

1. Kinder haben halt keine Lobby

Schweizer Kinder sind privilegiert. Für ihre Rechte engagiert sich der Verein »Kinderlobby Schweiz«; zusammengesetzt aus über 100 Organisationen, 500 Einzelpersonen und Familien sowie 200 Kindern. 2000 gegründet, lancierte der Verein im Herbst 2003 das »Stimmrechtalter Null«, also ab Geburt. Eine Vision. Die vier wichtigsten Gründe: Menschenrechte (»Stimmen und wählen dürfen ist ein Menschenrecht; Kinder sind von Geburt an Menschen.«). Gerechtigkeit (»Eine fünfköpfige Familie hat politisch gleich viel Gewicht wie ein kinderloses Paar. Wir finden das ungerecht.«). Lernen geht nur durch Tun (»Politisch ›reif‹ und demokratiefähig wird nicht, wer 18 Jahre lang warten muss.«). Aufschwung für die Schweiz (»Die Schweiz wäre wieder einmal Vorbild für die Welt, sie wäre führend beim Ausbau der Demokratie. Unser Land wird jünger, lebendiger, moderner, aktiver, weil Politik viel mehr von den jungen Leuten lebt!«). EVP-Nationalrat Otto Zwygart, etwas moderater, fordert in seiner Parlamentarischen Initiative (1999), dass Eltern das Stimm- und Wahlrecht ihrer Kinder bis zum Stimmrechtalter treuhänderisch ausüben können.

Stimm- und Wahlrechtalter 0: heute und morgen, Kinderlobby Schweiz, 29.5.2003. Statuten Kinderlobby Schweiz, 1.1.2000, www.kinderlobby.ch. Parlamentarische Initiative Zwygart: Familienstimmrecht bei Abstimmungen und Wahlen, Bericht der Staatspolitischen Kommission, 15.3.2000, www.parlament.ch.

2. Das populärste Kinderbuch? Der Schellen-Ursli

Ein Liederbuch aus dem Nachkriegsjahr 1946! Das Maggi-Liederbuch »Chömed

Chinde, mir wänd singe. Schöni Chinder-Liedli mit farbige Bildli«. Eine leuchtende, ländliche Schweiz. Eine falsche Idylle, schon damals. Ein Werbegeschenk, erhältlich gegen Suppenpunkte, wie das hölzerne Maggi-Auto, das der Bub auf Seite zehn über die blühende Sommerwiese zieht. Das Buch, in der 22. Auflage, 500 000 Mal verkauft, ist trotz zeitgemässen Alternativen von Linard Bardill bis Andrew Bond noch heute der Renner in der Kinderstube. Im Verein mit Schellenursli und Globi. (→ Globi) Doch im Gegensatz zu den beiden Helden, die sich – konform mit der damaligen Nationalideologie – als Kleine in der Welt bewähren, offeriert das Liederbuch keine Identifikationsfigur. »Das Gesamtprodukt ist ein Identifikationsangebot«, sagt Kinderbuch-Fachmann Hans ten Doornkaat: »Eine Meisterleistung der Maggi-Werbeabteilung gleich nach dem Krieg.«

»Wie viel schöner und friedlicher wäre die Welt, wenn sie die Menschen mehr mit ihren Liedern erfüllten!«, schreibt die »Fabrik von Maggis Nahrungsmitteln« im Geleitwort. Das Lied als »einer der feinsten Führungsfäden in der Hand der liebevoll erziehenden Mutter«. Die Botschaft ist klar: Wer Fertigsuppen kauft, ist die bessere Mutter; sie hat Zeit, mit den Kinder zu singen. 50 Lieder, mehrheitlich in Mundart, von Eugen Hartung (1897-1973) intensiv farbig und detailgetreu illustriert.

Hans ten Doornkaat erklärt den »Monumentalerfolg« mit der Breitenwirkung der Sammelprämie. Wer hätte sich damals schon ein vierfarbiges Bilderbuch leisten können! Zudem bediente Maggi von Anfang an via Musik Hug auch Buch- und Spielwarenhandel. 1956, das Punktesammeln ist zu Ende, gehen die Rechte des »vitalsten Landigeist-Fossils« an den Musikverlag. Über Jahrzehnte wagt kein anderer Verlag, ein ähnliches Buch zu lancieren. Grossmütter schenken es noch immer den Enkeln. Jüngere Eltern spotten über den Kitsch, missen möchten sie ihn nicht. Eine Geborgenheitserinnerung, Inbegriff eines »Kindheitsbuches«. »Beruhigungsmittel im Modernisierungsprozess« (Alfred Messerli), kittet es den Riss zwischen den Generationen – mit Liedern, die alle kennen. (→ Maggi)

Chömed Chinde, mir wänd singe, Zürich 1947. Der Renner in der Kinderstube – das Maggi-Liederbuch, DRS 1, Doppelpunkt, 21.10.2003. Hans ten Doornkaat: Wie man mit Suppenpunkten zu Sangesfreuden kam, NZZ am Sonntag, 14.9.2003. Helene Arnet: »Roti Rösli« sind im Kindergarten out, Tages-Anzeiger, 17.7.2003.

Kirche

Die Schweizer treten aus den Kirchen aus, weil sie nicht mehr religiös sind

Im Gegenteil. Die Schweizer werden immer religiöser. Nationalratspräsident Max Binder (SVP) holt Gott in die eidgenössische Politik zurück (»Gott kennt keine Parteien«) und feierte im Dezember 2003 einen Segnungsgottesdienst im Berner Münster. Christoph Blocher (SVP) weiss sich von Gott in den Bundesrat gesetzt und vertraut darauf, »dass Gott uns helfe, dass es gut herauskommt«.
Nicht nur populistische Politiker. Vom Sportler bis zum Show-Sternchen: gottesfürchtige junge Leute. Legen öffentlich Bekenntnis ab. Music-Star Carmen Fenk und Piero Esteriore, Snowboard-Weltmeisterin Ursula Bruhin, Rocksängerin und Ex-Miss Schweiz Stéphanie Berger, Ex-Mister Schweiz Claudio Minder, TV-Moderatorin Jeanette Macchi-Meier. Glauben ist cool, trendy. Vor allem in der Freikirche International Christian Fellowship (ICF). Sie zieht an mit Rock und Gebet. Über die Hälfte der 16- bis 25-Jährigen deckt den Religionsbedarf ausserhalb der Kirchen. »Collagen-Religiöse« nennt sie der St. Galler Religionssoziologe Alfred Dubach.
73 Prozent der Schweizer bezeichnen sich als religiös. 55 Prozent betrachten die Religion als »sehr wichtig« oder »ziemlich wichtig«. Über die Hälfte sind also potentielle Kunden der Kirchen – ein »Megatrend der Respiritualisierung« (Paul M. Zulehner). Ein Blick ins Schweizer Glaubenshaus: Acht Prozent glauben an den Teufel, 24 Prozent an die Hölle, 45 Prozent ans Paradies, 48 Prozent an die Auferstehung, 35 Prozent an eine Wiedergeburt, 64 Prozent an die Sünde. Für 71 Prozent gibt es keine einzige wahre Religion.
Die Sehnsucht boomt, aber die Kirchen schrumpfen. Die Menschen sind hinter Gott her, verlassen aber zu Tausenden die etablierten Kirchen. 12 500 Austritte meldet die evangelisch-reformierte Landeskirche fürs Jahr 2002. Die römisch-katholische Kirche verliert jährlich 20 000 Mitglieder; in der Stadt Basel schrumpfte die Zahl in den letzten 25 Jahren von 90 000 auf 32 000. Ausschlaggebend sei die Kirchensteuer. 1101 Katholiken und 890 Reformierte verliessen 2002 die Kirche im Kanton St. Gallen. Kaum Austritte melden die Kantone Tessin, Waadt und Wallis: Beiträge sind hier freiwillig.

Paul M. Zulehner: Schweizer Kirchen im Modernisierungsstress – Die Zukunft der Volkskirche. Vortrag, gehalten an der Reformierten Synode, September 2002. Petra Wessalowski: Massive Zunahme von Kirchenaustritten, Sonntagszeitung, 14.12.2003. Fritz Imhof: Die Rückkehr Gottes in die Politik – Blocher als Christ ...?, www.jesus.ch. Patrik Müller/Marco Morell: Mehr Dreck in Gottes Ohren, Sonntagszeitung, 22.2.2004. Kirchen verlieren weiterhin Mitglieder, Schweizerische Depeschenagentur, April 2004.

Kirschen

1. Im Schweizer Kirsch hat es Schweizer Kirschen

Der helvetische Vorzeigeschnaps darf seit 1999 aus ausländischen Kirschen produziert sein. Zwar landen 70 Prozent der Schweizer Ernte in den Brennereien. Und in keinem andern Land stehen so viele Kirschbäume pro Kopf der Bevölkerung – ein Reichtum von noch rund 500 Sorten, 365 allein in der Innerschweiz. Die Hälfte der Varietäten wachsen allerdings nur noch an ein bis zwei Bäumen.

Seit keine hohen Schutzzölle mehr die ausländische Konkurrenz abwehren, experimentieren die Schweizer um ihr Brennerleben, kreieren raffinierte Edelbrände: sortenreine wie den »Basler Langstieler« oder den »Roten Lauber«, sortenreiche wie den »K 66«, eine Cuvée 2003 mit 66 Kirschsorten, gereift im Kirschholzfass. Lorenz Humbel, Kirschbrenner aus Leidenschaft im aargauischen Stetten, nennt es »das Zusammenführen von Solisten zu einem grandiosen Orchester«.

Hanspeter Mettler: Wässerchen – bar jeder Trübung, NZZ Nr. 254, 1./2.11.2003. Karin Oehmigen: Ein sauberes Früchtchen, Sonntagszeitung, 19.10.2003.

2. Die Schattenmorelle gedeiht im Schatten und ist deshalb sauer

Die Schattenmorelle braucht Sonne wie alle Kirschen. Der Name ist eine Verballhornung des französischen Château Morel, in dessen Umgebung noch immer die feinsten Sauerkirschen wachsen. Ihr Geschmack ist mildsäuerlich bis herb, das Aroma entfaltet sich wie bei allen Sauerkirschen erst richtig beim Kochen – oder Destillieren!

Kollegialbehörde

Der Bundesrat funktioniert als Kollegialbehörde

Ziemlich schönfärberisch, was die Regierung in ihrer Staatsleitungsreform (2000) festhält: Das Kollegialprinzip »ist für den Bundesrat nicht nur abstraktes Verfassungsgebot, sondern er lebt ihm tagtäglich nach«. Das heisst: Er trifft die Entscheide gemeinsam und vertritt diese auch nach aussen. Kollegial, die Geheimdienst-Intrige gegen Micheline Calmy-Rey (2003)? Pascal Couchepin, der 1999 Verteidigungsminister Adolf Ogi die künftige Heeresgrösse diktieren wollte? Ruth Dreifuss, die sich 1994 in einem offenen Brief gegen das Rentenalter 64 für Frauen aussprach? Otto Stichs Neat-Konflikt mit Adolf Ogi, der Anfang der 1990er Jahre den ganzen Bundesrat blockierte? »Kollegialität ist schon recht«, hat Bundesrat Willy Ritschard (1973-1983) einmal bemerkt, »doch dazu braucht es Kollegen.«

Am besten, vermutet Journalist Matthias Baer, funktionierte das Prinzip wohl in den ersten Jahrzehnten des neuen Bundesstaates: »Die Sachgeschäfte waren noch einfach und konnten gut im Kollegium entschieden werden.« Die Minister führten auch nicht jahrelang dieselben Departemente. Weil zum jeweiligen Bundespräsident das innenpolitische Ressort gehörte, kam es jährlich zu einer kleinen Rochade. Der Luzerner Josef Anton Schobinger (1908-1911) musste in dreieinhalb Amtsjahren gar viermal das Departement wechseln.

Matthias Baer: Wenn es in den Kollegialbehörden allzu sehr menschelt, Tages-Anzeiger, 30.10.2003.

Konkrete Kunst

Konkrete Kunst zeigt konkrete Wirklichkeit

Keine Spur. Weder Landschaft noch Tier, weder Mensch noch Blumenvase. Nichts als Linien und Flächen. Max Bill entwickelte die »konkrete« Kunst als Gegenwelt zur »abstrakten« Kunst. 1936 formulierte er die Prinzipien: »Konkrete Kunst nennen wir jene Kunstwerke, die aufgrund ihrer ureigenen Mittel und Gesetzmässigkeiten – ohne äusserliche Anlehnung an Naturerscheinungen oder deren Transformierung, also nicht durch Abstraktion – entstanden sind.« Bill definierte sie als »reinen Ausdruck von harmonischem Mass und Gesetz«: »Sie ordnet Systeme und gibt mit künstlerischen Mitteln diesen Ordnungen das Leben. Sie ist real und geistig, unnaturalistisch und dennoch naturnah. Sie erstrebt das Universelle und pflegt dennoch das Einmalige. Sie drängt das Individualistische zurück, zugunsten des Individuums.« Max Bill und Verena Loewensberg bildeten den Urkern der »Zürcher Konkreten«, den in den vierziger Jahren Camille Graeser und Richard Paul Lohse erweiterten.

Eduard Hüttinger: Max Bill, Zürich 1977.

Kriminalität

Rechtsbrecher und Verbrecher sind vor allem Ausländer

Ja und Nein. Zwar geht über die Hälfte aller Straftaten aufs Konto ausländischer Staatsbürger (2002: 53,4 Prozent), aber nur ein Teil der Täter gehört zur Schweizer Wohnbevölkerung. Strafrechtler sind sich einig: Der Drogenhandel als Zweig internationaler Kriminalität hat mit schweizerischer Ausländer-Politik wenig zu tun (80 Prozent der 2002 Verzeigten waren Ausländer). Überhaupt müssten die »Kriminaltouristen« separat erfasst werden.

Die hohe Zahl der Straftaten begründen Fachleute mit wirtschaftlich schwierigen Zeiten, mit der Bereitschaft, schneller Gewalt anzuwenden. Dies gelte für Schweizer wie für Ausländer. Wichtiger als die Nationalität seien soziale Faktoren. Die ausländische Bevölkerung setzt sich vor allem aus Leuten mit geringer Ausbildung zusammen, mit einem grossen Anteil an Männern im Alter mit der höchsten Kriminalitätsrate.

Wie beeinflussen die Medien das Bild vom guten oder bösen Ausländer? Nadja Fischer studierte 129 Artikel aus dem Jahr 1999 in »Tages-Anzeiger« und »Blick« mit dem Schluss, die Berichterstattung beider Printmedien sei mit »rassistischem Wirken« durchsetzt; der »Blick« suggerierte, Ausländer seien genuin kriminell. Der »Tages-Anzeiger« enthielt weniger eindeutige »Wir-Sie«-Kategorisierungen, jedoch bemerkenswerte Unterschiede bei der Beschreibung einheimischer und ausländischer Delinquenten. Die Parteizeitungen der äusseren Rechte (»Schweizer Demokrat« und »Tacho«), die Lotti Schläpfer 1994 bis 1997 analysierte, schildert Ausländer vorwiegend als (Übel-)Täter. In 17,8 Prozent der Fälle wurden sie undifferenziert als kriminell dargestellt; eine Kriminalstatistik wurde nur in 3,3 Prozent der untersuchten Beiträge konsultiert.

Bundesamt für Statistik: Statistisches Jahrbuch der Schweiz, Zürich 2003. Bundesamt für Polizei: Kriminalstatistik und Betäubungsmittelstatistik 2001, Bern 2002. Schweizer Presserat: Rassismus in der Kriminalberichterstattung, 19.1.2001, www.presserat.ch. Daniel Jositsch: Der Mythos um die Kriminalität der AusländerInnen, Tages-Anzeiger, 19.10.1999. Massiver Anstieg der Zahl der Straftaten, NZZ Nr. 129, 6.6.2003. Catherine Boss/Patrick Müller: Einbrüche und Gewalt. Polizei ist am Anschlag, Sonntagszeitung, 15.2.2004.

Kuckucksuhr

1. Eine Schweizer Erfindung

Sie gehört zum Inventar der Schweizer Souvenirs, wird aber im Schwarzwald fabriziert. Das weltweite Markenklischee zementierte Orson Welles alias Harry Lime im berühmten Kriminalthriller »Der dritte Mann« (1949): »Wie mal einer sagte: In Italien unter den Borgias, da hatten sie dreissig Jahre lang Krieg, Terror, Mord und Blutvergiessen, aber sie brachten Michelangelo hervor, Leonardo da Vinci und die Renaissance. In der Schweiz, da hatten sie die Bruderliebe, hatten fünfhundert Jahre lang Demokratie und Frieden. Und was hat das hervorgebracht? Die Kuckucksuhr.«

Orson Welles habe die Passage selber eingefügt, hält Drehbuchautor Graham Greene im Vorwort zur Buchausgabe fest. Was ein einziger Satz auslösen kann, interessierte Literaturwissenschaftler Peter von Matt. Weshalb ist gerade dieser Satz, der den Zusammenhang von Krieg und Kultur behauptet, ein Lieblingssatz der Journalisten? »Vielleicht deshalb, weil sich hier mit der subtilen Schweizer Selbstverhöhnung auch ein wackeres Stück Schweizer Selbstlob verbinden lässt. Seht her, wir sind zwar das Vaterland der Langeweile, aber wir sind gute Menschen! Beides stimmt nicht, glücklicherweise und leider Gottes. Die Schweiz hat

immer grosse Künstler hervorgebracht, und sie hatte immer Dreck am Stecken.« Etwas Wahres ist dran an der Kuckucksuhr-Geschichte. Die Schweizer, recherchierte der »Canard enchainé«, sprangen während des Zweiten Weltkriegs in die Marktnische, als die schwäbischen Ateliers zerbombt waren. Eine Generation später hatten sich die helvetischen Kuckucksuhr-Träume zerschlagen: zu perfektionistisch, zu wenig marktgängig.
Kein Glück brachte die Kuckucksuhr dem Gesangs-Duo »Bumm und Schrumm« (Weber/Meyer). Sie verkauften die Rechte für ihren erfolgreichen Schlager »S' Guggerzytli« aus den 1940er Jahren für lumpige 100 Franken und starben mausarm: Nid Gold und Silber muess i ha um chönne glücklich d'si, / solang i s'Guggerzytli ha und no mis Gläsli Wy. / Und chunt mis letschti Stündli dra, denn han i no die Bitt, / denn gend mir au in d'Ewigkeit mis Guggerzytli mit.

Peter von Matt: Kultur und Krieg und Kuckucksuhren, in: Die tintenblauen Eidgenossen, München 2001. Stefanie Rohner/Christian Wolf: Swiss Quiz, Würenlos 1996. Erik Emptaz/Pascal Dupont u.a.: Sonderfall Schweiz. Franzosen blicken auf Eidgenossen, Les dossiers du Canard, deutsche Version: Joseph Hanhart, Neu-Allschwil/Basel 1991.

Kuh

1. Mit oder ohne Hörner: Die Milch ist dieselbe

Die Hörner sind nicht nur Schmuck und Waffe, sondern wichtig – für den Stoffwechsel beispielsweise. Eine Enthornung beeinträchtigt das Nervensystem und die Milchqualität. Das zeigt Wilhelm Höfer, Tierarzt in Überlingen, anhand der so genannten Kristallbildanalyse (spagyrische Analyse). Diese macht auch Feinstoffliches sichtbar und kann die biologische Wirksamkeit von Nahrungsmitteln noch weiter erhellen als die alleinige Bestimmung der Inhaltsstoffe.

Wilhelm Höfer: Das Kuhhorn als Beitrag zur Milchqualität, Überlingen 2002. www.zalp.ch.

2. Kühe sind friedlich

Denkt der Wanderer. Bis er hört, dass ein älterer Mann auf der Weide getötet, ein Ehepaar attackiert wurde. Die Beratungsstelle für Unfallverhütung in der

Landwirtschaft (BUL) geht von jährlich zwei schweren Unfällen aus und einer »ziemlich grossen« Dunkelziffer mit glimpflich abgelaufenen Zwischenfällen. Sie befürchtet sogar eine Zunahme: »Rinder und Kühe müssen heute nach Tierschutzgesetz generell auf die Weide. Die neuen Haltungsformen gewähren den Tieren viel Freiheit. Die Mutterkühe entwickeln einen ausgeprägten Mutterinstinkt und sind scheuer, weil sie nicht wie die Milchkuh zweimal täglich gemolken werden. Viele Leute kennen das Verhalten der Kühe schlecht und reagieren ungeschickt. Kinder kennen Kühe oft nur aus Zeichentrickfilmen und unrealistischen Tierfilmen und sehen vis-à-vis dem wirklichen Tier keine Gefahr.« Wanderer mit Hunden seien besonders gefährdet. Die BUL hält ein Dutzend Tipps für das Queren von Weiden bereit: »Schauen Sie den Kühen und Stieren nie direkt in die Augen – verunsicherte Tiere reagieren unberechenbar.«

Beratungsstelle für Unfallverhütung in der Landwirtschaft (BUL): Vorsicht beim Queren von Weiden!

3. Kuh-Leasing? Ein Angebot für arme Bauern

Ein Sommerhobby für Städter. Seit Januar 2003 bietet Bauer Paul Wyler aus Brienz seine Kühe im Internet zum Leasen an. Das Interesse ist enorm. Ein Gag? Bauern haben schon immer Kühe an Restaurantbesitzer und Privatpersonen verpachtet, um ihren Käse loszuwerden. Paul Wyler verlangt 380 Franken pro Kuh und Alpsommer, plus 40 Rappen pro Liter Milch und fürs Käsen zwischen 50 und 70 Rappen pro Liter Milch. Bedingung ist ein »Manntag« Frondienst auf der Alp: Misten, Wasserleitungen graben, Unkraut jäten. Am Jahresende erhält der Kuh-Leaser bis zu 120 Kilo Tschingelfelder-Alpkäse. Blick und Le Matin berichteten, die BBC und New York Times, der Spiegel und die Berliner Tageszeitung. Für eine Tschingelfeld-Kuh stehen Bewerber aus der ganzen Schweiz in der Warteschlange.

Sabine Rindlisbacher: Eine kuhle Idee!, Blick, 16.7.2003. www.kuhleasing.ch. Die neue Fernseh-Rinder-Prominenz, NZZ Nr. 196, 26.8.2003.

4. Nebelkühe? Gestalten eines Alpenmärchens

Sie waren Opfer in einem realen Drama. Schweizer »Nebeltruppen« übten 1940 den Gaskrieg und verschossen Rauchnebelgranaten mit Perchlor-Naphthalin.

13 956 Kühe kamen um, so genannte »Nebelkühe«. Auch heute sind sie vor Gift nicht gefeit. Schiessstände sind besonders gefährlich. Beim Kugelfang liegt bis zu 50 Gramm Blei pro Kilogramm Boden. Das hält die gesündeste Kuh nicht aus.

Peter Kamber: Ach, die Schweiz ... Über einen Kleinstaat in Erklärungsnöten, Zürich 1998. Stefanie Rohner/Christian Wolf: Swiss Quiz, Würenlos 1996.

Kuhschweizer

1. Die Deutschen mögen die Schweizer nicht

Die Sache ist umgekehrt: »Sauschwob« geht den Eidgenossen noch immer leicht von den Lippen. Ein Schimpfwort aus dem 15. Jahrhundert! Die Deutschen hingegen lieben das kleine Nachbarland als ihr verlorenes Paradies. Just diese Zuneigung macht sie uns noch unerträglicher. »Der Schwab mag den Schweizer. Schlimmer, der Schwab liebt in irrwitziger Zuneigung den Eidgenossen, der ihn als Dank dafür mit pubertärer Verachtung straft!« (Helmut-Maria Glogger, Chefredaktor »Glückspost«)

Vermutlich hänselten zuerst die Konstanzer. Germanist Ludwig Rohner, der sich auskennt mit Schweizern und Schwaben, zitiert aus seinem alten Schulbuch, Ernst Burkhards »Welt- und Schweizergeschichte«: »In Deutschland besorgten die Frauen die Haustiere, und die Männer arbeiteten auf dem Felde. Es schien nun den Schwaben lächerlich, dass bei den Eidgenossen die Männer Stalldienst taten. Wenn sie jenseits des Rheines Schweizer erblickten, riefen sie: ›Muh, muh, Kuhmäule!‹ Schimpfworte flogen hin und her; ganze Nächte blökten und muhten die Schwaben jenseits des Rheins, um die Eidgenossen zu ärgern.«

»Sauschwob« tönte es zurück, gern verstärkt mit »cheibe« und »huere«. Weil die Schweizer an der Rheingrenze vor allem Schwaben trafen und über das Schwabenland auch kaum hinauskamen, übertrugen sie den Namen auf alle Deutschen. Im Schwaben- oder Schweizerkrieg 1499 explodierte laut Rohner ein »polemisches Potenzial«, das sich in den Gemütern beidseits des Rheins sukzessive aufgeladen hatte.

Eine verzwickte Hassliebe. Weil die Schweizer den Deutschen so ähnlich sind, wie Kabarettist Dieter Hildebrand glaubt? Und man sich ungern in den Tugenden und Schwächen des Nachbarn verkleinert wiedererkennt? Es ist paradox: Auf der einen Seite Misstrauen und instinktive Abwehr gegenüber selbstbewusst herablassender Grossspurigkeit, auf der andern elegantes Trittbrettfahren auf dem deutschen Nachkriegs-»Wirtschaftswunder«. Die Komplexe der sprachlich Ungewandten – aber die Erschütterung, für einen Deutschen gehalten zu werden. Auf intellektuellem Terrain die beinahe komplette Ausrichtung der deutschsprachigen Schweiz auf Deutschland: Von den Klassikern bis zu »Spiegel«, »Zeit« und deutschem Fernsehen. Auf wirtschaftlichem Feld die Abhängigkeit vom wichtigsten Handelspartner: Über ein Fünftel der Exporte gehen nach Deutschland. Und was wäre die Schweiz ohne deutsche Touristen?

Nichtsdestotrotz: »Unser verinnerlichtes Feindbild ist immer noch Deutschland«, schreibt Peter Bichsel und erinnert sich an seinen Ärger, als die Deutschen 1954 Fussballweltmeister wurden, »an meinen Ärger darüber, dass sie sich freuten«. Immer wieder Fussball! Alle vier Jahre die Generalabrechnung. Heute schüren Streitereien um Fluglärm, Bankgeheimnis, Grenzkontrollen den alten Anti-Deutschland-Reflex. Und die Deutschen rufen statt »Kuhschweizer« ein entnervtes »Rosinenpicker« über die Grenze.

2. »Kuhschweizer« gehört ins Vokabular der Deutschen

Die Schweizer behandelten ihre Landsleute auch nicht zimperlich. Um 1450 ging der Zürcher Chorherr Felix Hemmerli mit den Bauern bös ins Gericht; den »Katalog ihrer Verworfenheit« gliederte er alphabetisch in 26 Beleidigungen. »Sie röchen so viehisch, dass ihnen die Kühe nachliefen wie ihresgleichen. Ja, sie seien, abgesehen von ihrer Grobheit, gar keine rechten Bauern, denn sie treiben zur Entwürdigung des männlichen Geschlechts schamlos das Weibergeschäft des Kuhmelkens. Kuhmäuler, Kuhmelker, Kuhschweizer – auf diese notorischen Schimpfwörter lief alles hinaus« (Ludwig Rohner). Und in den Kappeler Kriegen (1529/31) sollen die reformierten Schweizer ihre katholischen Landsleute als »Kuhschwänze« verspottet haben.

Ludwig Rohner: Schweizer und Schwaben. Zur Mentalitätsgeschichte einer Nachbarschaft, in: Jürg Altwegg/Roger de Weck: Kuhschweizer und Sauschwaben, München 2003. Emanuel La Roche: Wir Trittbrettfahrer der Deutschen, Tages-Anzeiger,

24.3.2004. Michael Zollinger: »Wir können von der Schweiz lernen.« Interview mit Frank Elbe, deutscher Botschafter in Bern, Brückenbauer Nr. 37, 9.9.2003. Deutschland-Schweiz, Jahrbuch der Handelskammer Deutschland-Schweiz.

Kultur

Die Schweiz, kulturell ein Holzboden

Kein Land bietet so viel Kultur! Jede Kleinstadt hat ihren Konzertzyklus, eigenes Orchester, Bibliothek, eine attraktive Kunstsammlung im schicken Kunsthaus. 1000 Museen insgesamt gibt es in der Schweiz, eines pro 7300 Einwohner. Einmal monatlich gehen die Schweizer ins Museum, viermal häufiger als etwa die Franzosen. Dies weiss die Lausanner Soziologin Arlette Mottaz Baran, die ein paar hundert Schweizer Museen und 2000 Besucher befragte.

Die Schweiz besitzt eines der bestausgebauten Kulturfördersysteme der Welt. 384 Seiten umfasst das »Handbuch der öffentlichen und privaten Kulturförderung«. 2000 Adressen. Jedenfalls kursiert das Bonmot, dass ein Schriftsteller sich über Wasser halten kann, ohne je ein Buch zu veröffentlichen.

Die Mäzene überbieten sich. Chirurg Maurice E. Müller spendierte 50 Millionen für ein neues Paul-Klee-Museum. Chemie-Konzern Hoffmann-La Roche schenkte Basel einen Jean Tinguely-Tempel. Der Kunsthändler Ernst Beyeler versammelt in Riehen die Klassiker des 20. Jahrhunderts. Die Sammlungen Reinhart in Winterthur, die Stiftung Bührle in Zürich. Und so weiter. Die Gönner beschränken sich nicht auf die repräsentative Bildende Kunst. Familie Reinhart förderte den Komponisten Othmar Schoeck, restaurierte für Rilke das Schlösschen Muzot ob Siders, unterstützt Film und Fotografie. Dirigent und Mäzen Paul Sacher (1906-1999), eingeheiratet in die Gründerfamilie Hoffmann-La Roche, installierte 1933 die »Schola Cantorum Basiliensis«, brachte mit seinem Kammerorchester die moderne Musik in die Rheinstadt, vergab gegen 250 Kompositionsaufträge und schuf mit der »Paul Sacher-Stiftung«, einer unvergleichlichen Sammlung von Partituren und Komponisten-Nachlässen, ein Zentrum der musikalischen Forschung.

Bis in die 1960er Jahre gab es keine Schweizerische Kulturpolitik, die diesen

Namen verdiente. 1986 und 1994 lehnte das Volk einen eigentlichen Kulturartikel ab; »Kultur« kam dann doch in die revidierte Bundesverfassung. Und fast ein Vierteljahrhundert nach dem Clottu-Bericht (1975) nahm das Bundesamt für Kultur (BAK) einen neuen Anlauf zur Standortbestimmung. Deutlich wurde der Wunsch der Kunstschaffenden nach mehr Staat und weniger Föderalismus, sprich Giesskannenprinzip. Von einem Nationaltheater ist die Rede, einem Nationalballett, einer Nationalgalerie, einer Schweizerischen Akademie der Künste. Besserer Zusammenarbeit der Förderer. Von der Hoffnung auf einen Dialog mit den Geförderten, der sich nicht auf Subventionsfragen beschränkt – auf einen politischen Konsens, »dass man Kunst nicht nur fördert, weil es sie gibt, sondern weil es sie braucht« (NZZ).

Barbara Basting: Die Schweizer gehen besonders gern ins Museum, Tages-Anzeiger, 8.1.2004. Franziska Schläpfer: Die Schweiz von A-Z, Buchjournal 3/Herbst 1998. Monika Spinatsch/Ursula Dubs: Handbuch der öffentlichen und privaten Kulturförderung in der Schweiz, Zürich 2000. Anna Schindler/Christoph Reichenau: Zahlen bitte! Kulturbericht 1999: Reden wir über eine schweizerische Kulturpolitik, Bern 1999. Peter Stücheli, Kunst, bitte!, NZZ Nr. 213, 14.9.1999.

2. Kultur lebt von Mäzenen, Sponsoren, staatlicher Subvention

Könnte man meinen. Kultur ist jedoch ein wichtiger und überdies dynamischer Wirtschaftsfaktor. Das belegt eine Studie der Hochschule für Gestaltung und Kunst Zürich (HGKZ) aus dem Jahr 2003. 8700 steuerpflichtige Institutionen beschäftigen 82 000 Leute (2001) und erwirtschaften einen Gesamtumsatz von 17 Milliarden Franken (2000), knapp 3 Prozent der Gesamtwirtschaft, vergleichbar der Schweizer Uhrenindustrie. Erfasst sind nur mehrwertsteuerpflichtige Unternehmen (Minimalumsatz: 75 000 Franken); die tatsächlichen Umsätze in der kleinteiligen Branche dürften einiges höher sein. Die Kulturwirtschaft im engeren Sinn (also ohne Presse- und Phonomarkt, Architektur, Werbung, TV- und Rundfunkunternehmen) setzt immer noch 5,3 Milliarden um.

Verborgener Wirtschaftsfaktor Kultur, NZZ Nr. 238, 14.10.2003.

3. An der Kultur wird zuerst gespart

Zwar werden auch Kulturbudgets abgespeckt, aber der Kanton Basel-Stadt investiert 2004 immer noch 746 Franken pro Kopf; im Vorjahr waren es 793. Damit liegt er mit Abstand an der Spitze. Genf bringt es mit 451 Franken auf Platz zwei; der Durchschnitt aller Schweizer Kantone beträgt 190 Franken. (Kulturförderung funktioniert subsidiär: Die jeweils übergeordnete Einheit, Kanton oder Bund, übernimmt jene Aufgaben, welche Gemeinde oder Kanton nicht selber erfüllen können.) Die Kulturausgaben der öffentlichen Hand stiegen von 1990 bis 1998 um 21 Prozent, die Gesamtausgaben um 39 Prozent. 1998 zahlte der Bund 387,5 Millionen Franken (21 Prozent), die Kantone 682,2 (36 Prozent), die Gemeinden 913,7 (43 Prozent).

Private decken derzeit rund sechs Prozent des Nettofinanzbedarfs; sie engagieren sich vor allem für Topkultur oder breitenwirksame Veranstaltungen. 320 Millionen Franken lassen sich Schweizer Unternehmen die Kultur jährlich kosten. Fast jedes achte Unternehmen beteiligt sich, Banken und Versicherungen an der Spitze. Neun Zehntel der Gelder flossen 2001 aus Deutschschweizer Unternehmen, verteilt auf Bühnenkunst (46 Prozent), bewahrende Kunst, Museen, archäologische Stätten, Archive (20 Prozent), bildende Kunst (19 Prozent), Literatur und Bibliotheken (unter fünf Prozent). Vier von fünf Unternehmen unterstützen unabhängige Kulturschaffende (Vereine und Privatpersonen); diese Leistungen machen allerdings nur ein Viertel der jährlichen 320 Millionen aus.

Kultur braucht Staatsgelder, Auszug aus der Budgeteingabe der Kulturstiftung Pro Helvetia an den Bundesrat, St. Galler Tagblatt, 2.6.2003. Felix Maise: Fondation Beyeler: Sparbremse, Tages-Anzeiger, 28.10.2003. Bundesamt für Statistik: Statistisches Jahrbuch der Schweiz 2003, Zürich 2003.

Kulturgüter

Wenigstens unter Eidgenossen werden gestohlene Kulturgüter zurückgegeben

Keine Selbstverständlichkeit für die Zürcher. Dreist raubten sie zusammen mit Berner Truppen im Villmergerkrieg (1712) 10 000 Bücher und astronomische Geräte aus dem Kloster St. Gallen, darunter den prächtigen Himmelsglobus, der heute im Landesmuseum steht. Die Berner brachten nach Kriegsende das Diebesgut zurück, die Zürcher behielten gut tausend Beutestücke, darunter wertvolle Handschriften und besagten Globus. Für die retournierten Objekte liessen sie sich vom damaligen Fürstabt eine Quittung ausstellen, der vermutlich nicht realisierte, dass nur ein Teil der Güter wieder da war.

Diese offene Rechnung brachte 1995 ein Mitarbeiter der St. Galler Stiftsbibliothek wieder ins Gespräch. Als die Regierung die Schätze nach Hause holen wollte, präsentierten die Zürcher die alte Quittung. Seither wird gestritten. St. Gallen argumentiert mit der Integrität seines Welterbes, Zürich beharrt auf dem Eigentumsrecht. Der Bund muss Mediator spielen. In St. Gallen liegen ein rechtshistorisches und ein staats- und völkerrechtliches Gutachten bereit. Und die Klageschrift fürs Bundesgericht.

Maria Lorenzetti: Der allerletzte Einigungsversuch, Tages-Anzeiger, 20.11.2003.

Kunst

Zeitgenössische Schweizer Künstler machen auf internationalem Parkett schlechte Figur

Das kleine Land glänzt mit grossen Künstlern. Mit Pipilotti Rist, Roman Signer, dem Zürcher Duo Fischli/Weiss. Alle superb im Fach einer listigen Weltkunst. Alle weltberühmt.

Das Enfant terrible, die St. Gallerin Pipilotti Rist (*1962), provoziert mit virtuos unterhaltsamer Video-Musik-Filmkunst: »Jawohl, sie kann's. Sie hat's geschafft«. Oder »Komm Helvetia«. 1997 wird die listige Helvetia (vorübergehend) künstlerische Direktorin der Landesausstellung »Expo 02«. Doch lieber bewältigt sie mit einer ständigen Crew ihr eigenes weltweites Ausstellungspensum.

Roman Signer (*1938), Bildhauer und Aktionskünstler aus Appenzell, spielt genial mit dem Feuer – mit Wasser, Erde, Luft. Wagt irrwitzige Experimente. Verdichtet, etwa in der »Aktion mit einer Zündschnur« (1989), spielerische Prozesse zu existenziellen »Ereignissen«. Ein Glück, hält er seine ephemeren Skulpturen auf Film und Foto fest.

Für ironische Irritation sorgen Peter Fischli (*1952) und David Weiss (*1946): mit 200 ungebrannten Tonskulpturen im raumfüllenden Werk »Plötzlich diese Übersicht« (1981), mit Alltags-Parodien und -Katastrophen im Film »Der Lauf der Dinge« (1987), mit 2800 Lichtbildern in »Sichtbare Welt« (2000) oder einem Katalog banaler und philosophischer Fragen.

Drei Beispiele. Auch andere Künstler sind weltweit begehrt. Der Genfer John M. Armleder (*1948) gehört dazu, der Berner Markus Raetz (*1941), die Zürcherin Annelies Štrba (*1947), der Solothurner Helmut Federle (*1944).

Thorsten Stecher/Claudia Spinelli: »Das Geheimnis des Lebens habe ich noch nicht gelüftet.« Gespräch mit Pipilotti Rist, Weltwoche Nr. 11, 2004. Annelise Zwez: Aprikosen entlang der Strasse. Zur Verleihung des Kunstpreises der Stadt Zürich an Pipilotti Rist, Dezember 2001. Philip Ursprung: Pipilotti Rist. Konrad Bitterli: Roman Signer. Edith Krebs: Fischli/Weiss, alle in: Schweizerisches Institut für Kunstwissenschaft (Hg.): Biografisches Lexikon der Schweizer Kunst, Zürich 1998.

L

Landjäger

Veraltete Bezeichnung für Polizist

Auch. Ein frischer Landjäger hingegen ist eine im kalten Rauch (20-25°C) getrocknete Wurst aus 80 Prozent Kuhfleisch und 20 Prozent Rückenspeck. Gewürzt mit Salz und Pfeffer, Koriander, Kümmel, Knoblauch, Rotwein. Gepresst im Schweins-, Rindskranz- oder Hautfaserdarm.

Die Würste wurden ursprünglich wegen ihres Aussehens und ihrer besonderen Härte »Lederwürste« genannt, erklärt Andreas Wöllner, Redaktor des Fachblatts »Fleisch und Feinkost« (Schweizerische Metzgerzeitung). Im Roman »Auch Einer« schildert Friedrich Theodor Vischer (1807-1887) die »Landjäger« als mit »Schweinefleisch gefüllte, stark eingedörrte und flach gepresste Paarwürste«, die sich gut als Ausflugsproviant eignen. Der philosophisch-humoristische Roman aus dem Jahr 1879 war fünf Jahrzehnte ein Bestseller im gebildeten deutschen Bürgerhaus. Ob Vischer, der Ästhetiker und Universalgeist aus Ludwigsburg, Landjäger in der Schweiz gegessen hat? Er lehrte von 1855 bis 1866 am Polytechnikum Zürich und war befreundet mit Gottfried Keller.

Vielleicht hat der Landjäger seinen Namen doch vom Landjäger (=Polizist). Der Beruf war anstrengend. In Zug beispielsweise wurde 1804 eine kantonale Polizeiwache installiert. Die fünf Landjäger mussten »immerfort durch den ganzen Kanton« streifen, Bettler und herrenloses Gesindel aufspüren, kontrollieren, fortjagen oder dem Polizeidirektor vorführen. Wohl möglich, dass der Landjäger (im Welschen »Gendarme« genannt) zum Notproviant der Polizisten gehörte.

Walter Killy: Literatur-Lexikon in 12 Bänden, München 1992.

Landwirtschaft

Die Schweiz ist eine blühende Bauernidylle

Das romantische Bauernbild hält sich hartnäckig, zumindest in den Köpfen der Touristen. Auch Einheimischen hüpft das Herz beim Anblick eines properen Bauernguts. »Sind Schweizerinnen und Schweizer im Innersten nicht alle ein bisschen Bauer geblieben?« (NZZ) Die Realität sieht anders aus: Täglich verschwinden acht Bauernhöfe. Jeder dritte leidet an »Eigenkapitalverzehr« (Manfred Bötsch, Chef Bundesamt für Landwirtschaft BLW). Die Schuldzinsen der Bauern verschlingen »ein Viertel der staatlichen Direktzahlungen« (Beat Kappeler). Rund ein Drittel der Höfe sind »Nebenerwerbsbetriebe«. Jeder zweite Bauernbetrieb ist überflüssig. Das bestätigen selbst vorsichtige Experten wie Peter Rieder von der ETH Zürich, Berater des Bundesamtes für Landwirtschaft. Die Landwirtschaft mit knapp 66 000 Unternehmen (2003) ist zu kleinbetrieblich strukturiert. Auch das Image ist angeschlagen. Bäuerinnen und Bauern werden abgestempelt als »ewig jammernde Subventionsempfänger«, »Staatsmelker«, »reiche Baulandbauern mit zwei Traktoren und einem Mercedes vor dem Haus« (Alfred Balmer).

2. Die Landwirtschaft, ein Opfer der Liberalisierung

Umgekehrt: Sie ist eine Gefangene des komplexen Geflechts von Regulierungen. In keinem andern Land der OECD wird die Landwirtschaft stärker unterstützt: Subventionen, Direktzahlungen, gestützte Preise hohe Agrarzölle. Die »Weltwoche« listet es auf: 13 Millionen ans »Landwirtschaftliche Bildungswesen«, 3,8 Millionen ans »Forstwirtschaftliche Bildungswesen«, 60 Millionen für »Absatzförderung Agrarprodukte« (Waren also, deren Produktion bereits subventioniert ist). 51 Millionen »Zulagen für silagefreie Fütterung«, 151 Millionen »Inlandbeihilfe für Butter«, 171 Millionen »Ausfuhrbeihilfe für Käse«. »Verwertung der Schafwolle«, »Förderung des Rebbaus« und so weiter.

Eine enorme Solidaritätsleistung von Wirtschaft und Gesellschaft: Gegen vier Milliarden direkte Subventionen zahlt der Steuerzahler jährlich, rund zehn Millionen pro Tag. Fast acht Prozent der gesamten Staatsausgaben gehen an die Landwirtschaft, die deutlich weniger als fünf Prozent der Bevölkerung beschäf-

tigt und deren Bruttowertschöpfung unter 1,5 Prozent liegt (um 1900: 28 Prozent). Andere Formen von Unterstützung dazugerechnet, bezahlt jeder und jede in diesem Land jährlich 1000 Franken an die Landwirtschaft.
Etwa 70 Prozent ihres Einkommens wird den Bauern direkt auf den Tisch geblättert. Dafür sorgt eine starke Bauernlobby; jeder sechste Nationalrat gehört ins bäuerliche Lager, 33 Parlamentarier insgesamt. Die Landwirtschaft war noch zu Beginn des 20. Jahrhunderts der wichtigste Wirtschaftszweig mit über 30 Prozent der Erwerbstätigen. 1928 nahm der staatliche Agrarschutz seinen Anfang. Die Bauern retteten ihn in die Nachkriegszeit – zunehmend auch gegen ausländische Produkte. Eine Politik, die die Entwicklung lähmt, den Strukturwandel verhindert, den internationalen Wettbewerb verunmöglicht.
»Die Schweiz privilegiert ihre Bauern und Winzer und benachteiligt im Gegenzug ihre produktivsten Branchen«, kritisiert Wirtschaftsjournalist Beat Kappeler. Er plädiert für Ausstiegshilfen: gekürzte Direktzahlungen, gelockertes bäuerliches Bodenrecht, Sozialpläne. Doch alles laufe auf Strukturerhaltung hinaus, auch die »neu-alte Agrarpolitik 2007« mit weiteren 14 Milliarden für die nächsten vier Jahre. NZZ-Redaktorin Claudia Wirz: »Gerade die Bauern, die existenziell von der öffentlichen Unterstützung abhängig sind, müssen daran interessiert sein, dass die rentablen Sektoren der Schweizer Wirtschaft florieren.« Und die beste Milchkuh besser nicht geschlachtet wird.

3. Auch Pferde bekommen Subventionen

Lamas und Alpakas erhalten Fördergelder, weil das Bundesamt für Landwirtschaft Lama- und Alpakabauern gleich behandeln will wie die bereits beitragsberechtigten Bison- und Hirschhalter. Für eine Subvention der viel häufigeren Pferde fehlt daher schlicht das Geld. (→ Yak)

4. Ohne die bäuerlichen Landschaftspfleger verganden Bergtäler und Hügelgebiete

Die Behauptung ist haltlos, sagen Fachleute, etwa Peter Rieder von der ETH Zürich. Auch mit halb so vielen Bauernbetrieben bleibe die Landschaft intakt. Sogar die Alpweiden. Weniger Betriebe könnten nicht nur kostengünstiger produzieren, sie wären erst noch umweltfreundlicher. Grösse und Ökologie schliessen sich nicht aus. Im Gegenteil. Eine Untersuchung im Kanton Zürich ergab, dass die Vieh-Stückzahl pro Hektare bei zunehmender Betriebsgrösse sinkt – und damit die Güllen-Belastung des Bodens. Bei einer rentablen Standardgrösse von 30 Hektaren wäre in der Schweiz Platz für 30 000 Bauernbetriebe. Im Übrigen gilt: Je umweltfreundlicher und tiergerechter, desto mehr Geld fliesst aus dem Bundeshaus ins Bauernhaus.

Bundesamt für Statistik: Statistisches Jahrbuch der Schweiz 2003, Zürich 2003. Andreas Windlinger: Jeder zweite Bauernhof in der Schweiz ist überflüssig, Sonntagszeitung, 21.9.2003. Alfred Balmer: Grossbaustelle Landwirtschaft, in: Michael T. Ganz/Marc Valance/Heinz Dieter Finck: Die Kunst, Bauer zu sein, Zürich 2002. Markus Somm/Roger Köppel/Daniela Niederberger/Peter Röthlisberger/Nina Streek: Hauptsache gemütlich, Weltwoche Nr. 12, 2004. Claudia Wirz: Schweizer Bauern und die grosse, weite Welt, NZZ Nr. 206, 6./7.9.2003. Von Bauern, Markt und Welthandel. Economiesuisse und Bauernverband im Streitgespräch, NZZ Nr. 219, 22.9.2003. Entzauberung einer heiligen Kuh, NZZ Nr. 272, 22./23.11.2003. Beat Bühlmann/Marlène Schnieper: »Man sollte nie offerieren, ohne zu fordern.« Interview mit Luzius Wasescha, Chefunterhändler der Schweiz bei der WTO in Genf, Tages-Anzeiger, 8.9.2003. Beat Kappeler: Teure Kälber statt produktive Banker, NZZ am Sonntag, 24.8.2003. Bauern brauchen Ausstiegshilfe, NZZ am Sonntag, 5.10.2003. Leo Meyer/Esther Bräm: Landwirtschaft und Agrarpolitik im Wandel der Zeit, in: Paul Hugger (Hg): Handbuch der Schweizerischen Volkskultur, Bd. 3, Zürich 1992. Beat Bühlmann: SVP hat fast alle Bauern im Sack, Tages-Anzeiger, 24.10.2003. Felix Maise: Bundesgeld für Lamas, Tages-Anzeiger, 13.10.2003.

La Suisse n'existe pas

Der Slogan an der Weltausstellung 1992 in Sevilla verhöhnt die Schweiz

Er charakterisiert sie trefflich. Obwohl der lapidare Satz des Waadtländer Künstlers Ben Vautier (*1935) die halbe Schweiz empörte. La Suisse n'existe pas! *Die* Schweiz gibt es nicht. Sie ist ein Patchwork, bestenfalls zusammengehalten durch

einen gemeinsamen Willen. Ein Land, vielgestaltig, tolerant, hilfsbereit, geprägt vom Austausch mit der Welt – eine Metapher für Europa. Ein Land, kleinlich, egoistisch, engstirnig, fremdenängstlich – ein Volk in Igelstellung. Die Schweizer, fleissig und frei und reich und glücklich. Die Schweizer, drogensüchtig, scheidungsfreudig, selbstmordwillig. Ein Volk von mutigen Erfindern. Ein Volk von Modelleisenbahnsammlern. Zwerge in ihrer Miniaturwelt: Dörfli, Hüsli, Bähnli, Blüemli. Vreneli und Seppli, Gipfeli und Weggli. Was ist das Eigene? Roger Federer? Das Offiziersmesser? Ovomaltine? Edelweiss-Kuhglocken-Alpenglühen-Kitsch für die Gäste? Herden bemalter Polyesterkühe in Zürich?
Charles Ferdinand Ramuz stellte schon 1937 in der Pariser Zeitschrift »Esprit« die Frage nach der Existenz der Schweiz. Der Historiker Peter Kamber fand böse Worte in den damaligen Schweizer Zeitungen. Die Neue Zürcher Zeitung warf Ramuz »Überheblichkeit« und »Verächtlichkeit« vor. Er erkläre »kalt, es gebe keine Schweiz, die in Europa ihre eigene Individualität herausgebildet habe«. Ein Machwerk, das nur mit einem »dichterischen Meisterwerk« zu sühnen sei.
Seit Jahrzehnten wird auch in der Literatur der »scharfe Konflikt« ausgetragen, »welche Bilder und Zeichen ihrer wahren Identität gemäss sind«. Das verfolgt Peter von Matt. »Güllen« sei ein solcher Name, »Andorra« und »Jammers« und »Schilten« und »Ruch« und »Spiessbünzen, Molchgüllen, Barbarswil«. Der berühmteste Satz in Max Frisch's »Stiller«: »Ich bin nicht Stiller« heisse auch: »Die Schweiz ist nicht die Schweiz.« Die gute Schweiz und die böse Schweiz – der Konflikt nähre zwei »Kontrast-Images«, Leitbilder, die »noch immer und unabsehbar wirksam sind«.
»Die Legende unserer Tugenden erstickt die Möglichkeiten, die vielleicht noch in unseren Lastern lägen«, spottete Friedrich Dürrenmatt 1957 in der »Weltwoche«. Auf die Frage nach einem wichtigen, spezifisch schweizerischen Filmstoff meinte er, um die Klischee-Erwartungen des Publikums zu bedienen, »müssen wir uns selbst spielen. Der Schweizer muss jodeln.« Ein halbes Jahrhundert später sind die Erwartungen unverändert. Beispiel Merian-Magazin »Schweiz«, Ausgabe Dezember 2003. Auf dem Titelbild schleudern Fahnenschwinger das Schweizer Kreuz in den blauen Himmel. Dazu Eiger und grüne Alp. »Wir haben uns angewöhnt«, schreibt Peter Bichsel, »die Schweiz mit den Augen unserer

Touristen zu sehen.« Ein Durchschnitts-Schweizer und ein Durchschnitts-Engländer halten von der Schweiz »genau dasselbe«. (→ Willensnation)

Franziska Schläpfer: Die Schweiz von A bis Z, Buchjournal 3/Herbst 1998. Silvia Bovenschen, Der Schweizer als Verbrecher, Die Weltwoche Nr. 53, 1998. Peter Kamber: Ach, die Schweiz ... Über einen Kleinstaat in Erklärungsnöten, Zürich 1998. Peter von Matt: Die tintenblauen Eidgenossen, München 2001. Merian Schweiz, Dezember 2003, Hamburg. Peter Bichsel: Des Schweizers Schweiz, Frankfurt 1997.

Lebensmittel

Schweizer Konsumenten haben nichts zu fürchten

Niemand ist für die Sicherheit der Lebensmittel richtig zuständig, »es fehlt oft auch an Mitteln zur Durch- und Umsetzung der Vorschriften und Massnahmen«. Der Bericht zur Lebensmittelsicherheit beunruhigt. Drei Bundesämter in zwei verschiedenen Departementen bearbeiten das Dossier: Bundesamt für Gesundheit (BAG), Bundesamt für Landwirtschaft (BLW) und Bundesamt für Veterinärwesen (BVET) – laut Daniel Gerny unterschiedlich »in den Mentalitäten, den Arbeitsmethoden und im Verwaltungssystem«. Mindestens drei kantonale Stellen mit ungleichen Aufgaben kontrollieren Milchproduktion und -verarbeitung. Fünf Stellen sind für Tierzucht und Fleischverarbeitung zuständig. Die »Unzahl an Erlassen und ausführenden Akteuren«, die Doppelspurigkeiten, Koordinationsprobleme und unterschiedlichen Strategien irritieren. Konsumentenschützerin und Ständerätin Simonetta Sommargua fordert eine unabhängige Stelle für Lebensmittelsicherheit. Bundesrat und Bauern wiederum denken an ein neues Bundesamt. Bis es so weit ist, sollen sich die Konsumenten an der Nase nehmen: Nitrat im Salat? Acrylamid in Pommes frites? Antibiotika in chinesischen Poulets? Kein Grund zur Panik, meint das BAG, Lebensmittel seien noch nie so sicher gewesen. Das grösste Risiko seien falsche Ernährung und mangelnde Hygiene.

Daniel Gerny: Ein Amt gegen Acrylamid und Nitrat-Salat, NZZ Nr. 258, 6.11.2003.

Leisi

»Leisi-Quick«, Favorit in Schweizer Küchen

Auch Madame in Frankreich und la Signora in Italien holen sich »dä Quick vom Leisi«. Obwohl in keinem andern Land so viel Teig konsumiert wird wie in der Schweiz, verkauft Leisi gegen 90 Prozent ins Ausland. Tendenz steigend. In Frankreich, dem grössten Abnehmer, greift Madame zu »Herta«, und vier von zehn Pizzateigen gehen als »Buitoni« nach Italien: »Das ist so paradox, wie wenn wir Schweizer das Fondue aus Japan importieren würden« (Walter Leisi).
Den Schweizer Teigmarkt dominieren heute Coop und Migros zu 80 Prozent. Als Bäcker-Konditormeister Werner Leisi 1938 mit seiner Frau ein Lebensmittelgeschäft in Basel eröffnete, knetete jede Hausfrau ihren eigenen Teig. Eine unbegabte Kundin wünschte sich einen Kuchenteig, bekam ihn, rühmte ihn. Das Teig-Geschäft florierte. 1961 bezog Leisi eine Fabrik in Wangen bei Olten – und brachte 1984 den ersten ausgewallten Teig auf den Markt. Ein Schlager dank genialer Werbekampagne. Das Unternehmen produziert jährlich 33 000 Tonnen Teig. Walter Leisi leitet den Betrieb in zweiter Generation, seit 1971 gehört er zu Nestlé – Musterbeispiel einer erfolgreichen Integration.

Nina Santner: Auch in Frankreich und in Italien nimmt man »dä Quick von Leisi«, Tages-Anzeiger, 25.6.2003. Nestlé Leisi. Der grösste Schweizer Teighersteller feiert den 65. Geburtstag, Vevey 2003, www.nestle.ch.

Löwendenkmal

Luzerner Monumentalkitsch für japanische Touristen

Das Löwendenkmal ist das »künstlerisch herausragendste Monument« der Schweiz. Erklärt Claudia Hermann, Konservatorin im Historischen Museum Luzern. 1819-1821 in den Fels eines ehemaligen Sandsteinbruchs gehauen, war es heftig umstritten. Löwe und Bourbonenschild? Zu royalistisch und reaktionär. Ein unschweizerischer Prunk für Söldner, die in der Fremde für eine fremde Sache gestorben sind. Als angemessene Form politisch-historischen Erinnerns galten in katholischen Gebieten Schlachtkapellen.

Wie kam es zu diesem ungewöhnlichen Monument? Der Luzerner Offizier Karl Pfyffer von Altishofen weilte 1792 gerade im Urlaub, als Revolutionäre in Paris über 700 Söldner der Königlichen Schweizergarde töteten. Er wollte den Kameraden ein Denkmal errichten, dachte an einen Löwen, klassisches Symbol für Mut, Tapferkeit, Stärke, und suchte einen gewichtigen Bildhauer. Dass der in Rom tätige Kopenhagener Bertel Thorvaldsen (1770-1844) sich für das Projekt begeisterte, erfüllte Pfyffers kühnste Träume. Von Liberalen als »Aristokratenfest« geschmäht, eskalierte die Einweihung des romantisch inszenierten Gesamtkunstwerks im englischen Garten in Handgreiflichkeiten. Mitglieder der Luzerner Zofingia sollen erwogen haben, dem Löwen eine Tatze abzumeisseln. Schliesslich anerkannten auch die Gegner die Qualität des Gesamtkunstwerks. »Das Löwendenkmal wurde zur symbolischen Kippfigur zwischen der alten und der neuen Zeit, geschaffen für die königstreuen Söldner, verdankt es seine Berühmtheit dem modernen Tourismus« (Claudia Hermann).

Claudia Hermann: Das Löwendenkmal in Luzern, in: Gesellschaft für Schweizerische Kunstgeschichte (Hg.): Kunst + Architektur in der Schweiz 1/2004. Georg Kreis: Die Schweiz in der Geschichte 1700 bis heute, Zürich 1997.

Luchs

Der Luchs, eine scheue Wildkatze

Nicht Luchsmann Turo. Er mag es mondän, richtet am Zürichberg sein Revier ein, kreuzt auch mal beim Bahnhof Stadelhofen auf und benützt selbstverständlich die Fussgängerunterführung beim Bahnhof Tiefenbrunnen, um am See Wasser zu saufen. Ursprünglich in der Umgebung von Moutier zu Hause, wurde Turo anfangs 2002 im Rahmen des Luchs-Umsiedlungsprojekts Nordschweiz (Luno) im Hinterthurgau ausgesetzt, verschob sich Richtung Schwarzwald, wurde vor der Grenze eingefangen und am Tössstock wieder entlassen, wandte sich Zürich zu, kreuzte Autobahn und Eisenbahnlinien. Jede Woche reisst er ein Reh. Die Weibchen im Toggenburg und in den Glarner Voralpen scheinen ihn nicht zu interessieren. Turos unerklärlich isolierte Lebensweise beunruhigt Projektleiter Klaus Robin. Eine überlebensfähige Luchspopulation müsste etwa 20 Tiere zählen; dieses Ziel ist noch längst nicht erreicht.

Luchs Turo als Stadtwanderer, NZZ Nr. 265, 14.11.2003. David Schaffner: Turo hat keine Lust auf Paarung, Tages-Anzeiger, 20.2.2004. www.luno.ch

M

Mädchen

Die Schule benachteiligt Mädchen

Mädchen sind erfolgreicher, repetieren seltener eine Klasse, landen seltener in Sonderklassen, besuchen auf Sekundarstufe I häufiger anforderungsreiche Schultypen – und überflügeln auch leistungsstarke Buben. Seit 1994 entscheiden sich nach der obligatorischen Schulzeit mehr Frauen für eine Maturitätsschule: Im Jahr 2000 stand es 43 zu 29 Prozent.

Die Schule ist zu weiblich, lautet der pauschale Vorwurf, deshalb sind Knaben die Verlierer im Schweizer Bildungssystem. Wettstreit, Kampfeslust, Coolness würden gering geschätzt, Harmonie, Teamarbeit, Gespräche gefördert. Der Dachverband Schweizer Lehrerinnen und Lehrer (LCH) befürchtet vom steigenden Frauenanteil einen negativen Einfluss auf Lohn und Prestige des Lehrberufs. Jahrhundertelang war der Lehrberuf Männersache. Seit Ende der 1960er Jahre holen die Frauen auf. Die Primarschule ist allerdings die einzige Stufe, auf der mehr Frauen als Männer unterrichten (70 Prozent). Auf Sekundarstufe I sinkt der Anteil auf 40 Prozent Frauen, auf Sekundarstufe II sind noch rund drei von zehn Lehrkräften weiblich, auf der Tertiärstufe weniger als ein Viertel.

Erwiesen ist, dass Lehrerinnen wie auch Lehrer Buben und Mädchen unterschiedlich wahrnehmen und behandeln. Eltern ebenfalls. Sie weisen es zwar von sich, doch 90 Prozent schätzen ihren Sprössling als überdurchschnittlich begabt ein; versagt er, ist der Lehrer schuld. Bei erfolglosen Mädchen sind die Eltern eher erleichtert. Das Problem beginnt in der Primarschule. Das zeigt eine Befragung von 219 Mädchen und 256 Buben aus 30 Primarklassen im Kanton Zürich. Ein paar Wochen nach Schulanfang schätzen Mädchen ihre Fähigkeiten weit geringer ein als Buben. Diese bewerten sich auch über dem Urteil der Lehrerin, Mädchen eher darunter. Was sie zum Lernen antreibt. Die Buben hingegen steuern vom ersten Schultag an auf jene Einstellung zu, die Mittelschulen heute beschäftigt: auf eine »cool-minimalistische Lernhaltung« (Kathrin Meier-Rust).

Bildungssoziologe Thomas Meyer relativiert: Es gibt keinen generellen Bildungsvorsprung der Frauen, »jedenfalls nicht über die Volksschule hinaus«. Am Ende der Sekundarstufe II überflügeln sie zwar mit einer Maturitäts-Quote von 23 Prozent die Männer (18 Prozent), was diese durch eine deutlich höhere Berufsmaturquote (12 gegen 7 Prozent) kompensieren. Auf der Tertiärstufe ist der letzte Frauenvorsprung dahin: Elf von hundert Männern erwerben ein universitäres Hochschuldiplom, neun von hundert Frauen. Beim Fachhochschulabschluss liegen Männer mit 7,5 Prozent dreimal höher als Frauen.

Ausnahmen? 60 Prozent der Studienanfänger im Fach Medizin sind Frauen! Den Facharzttitel in Gynäkologie und Geburtshilfe machten 1990 in der Schweiz ein Drittel Frauen, zwei Drittel Männer. Zehn Jahre später ist das Verhältnis umgekehrt – allen Klischees, Arztromanen, TV-Serien zum Trotz. Davon abgesehen, dass »jede Feminisierung einen Prestigeverlust mit sich bringt« (Meier-Rust), zeichne sich eine neue Art von Geschlechter-Segregation ab: Gynäkologinnen wählen vor allem die Praxis, Männer eher eine klinische oder akademische Karriere. Frauen, kompromissbereit, um Beruf und Familie unter einen Hut zu bringen, sind in »allen Prestige- und Machtpositionen der Medizin krass untervertreten«.

29 Prozent der Schulabgänger beginnen in der Schweiz ein Studium. Das ist wenig im Vergleich zu den durchschnittlichen 44 Prozent in den OECD-Staaten. Am studienfreudigsten sind die Finnen (71 Prozent) und Neuseeländer (70 Prozent). Deutschland bringt es auf 30, Österreich auf 33, Frankreich auf 37 Prozent. Mit 17 Prozent Ausländeranteil unter den Studierenden liegt die Schweiz mit Abstand an der Spitze. 2002 verliehen die Schweizer Universitäten 9430 Lizentiate und 2742 Doktorate. Frauen erwarben 45 Prozent aller Lizentiate und 36 Prozent aller Doktorate.

Bundesamt für Statistik: Statistisches Jahrbuch der Schweiz 2003, Zürich 2003. Petra Wessalowski: Gesucht: Lehrkraft, männlich, 100 Prozent, Sonntagszeitung, 9.11.2003. Kathrin Meier-Rust: Coole Typen lernen nicht, NZZ am Sonntag, 12.10.2003. Beilage

»Bildung und Erziehung«, NZZ Nr. 15, 20.1.2004 (Sabine Larcher/Kathrin Schafroth: Die Bildungsfrage – auch eine Geschlechterfrage. Ingrid Ohlsen: Hat Professionalität ein Geschlecht? Jürgen Oelkers: Pythagoras in weiblicher Hand. Thomas Meyer: Bildungsvorsprung der Frauen?). Kathrin Meier-Rust: Der Rückzug der Männer, NZZ am Sonntag, 7.12.2003.

Maggi

1. »Die Amerikaner haben sich Coke, die Deutschen Maggi geschaffen«

Da irrt der deutsche Künstler Thomas Bayrle (*1937). Maggi ist ein Schweizerprodukt, Nestlé-Tochter seit 1947. Bayrle, der sich mit der »Masse« beschäftigt, mit Massenmedien, Massenproduktion, stellte die Maggi-Flasche als »Mutter und Kind« dar: »Sie ist ein Archetyp in Form und Substanz, Elixier im modernen Industriezeitalter, tropfend und klebrig. Die Amerikaner haben sich Coke, die Deutschen Maggi geschaffen.«

Der Lombarde Michael Maggi erwarb 1869 im zürcherischen Kempthal die Mühle »im Hammer«. Sohn Julius (1846-1912), er litt in einem Internat in Yverdon vier Jahre unter geschmacklosem Essen, baute das väterliche Unternehmen aus und übernahm die Stadtmühle Zürich. In den 1880er Jahren geriet er in Schwierigkeiten und sann auf neue Produkte. Die Landwirtschaft steckte in einer Krise; ein Drittel der Landbevölkerung drängte in die Fabriken. Für sie forderte Fabrikinspektor und Arzt Fridolin Schuler bessere Ernährung. »Wie beschafft man das fehlende Eiweiss für die Masse des Volkes?« Julius Maggi machte sich zum Anwalt der »in Hand- wie in Denkarbeit wie zu keiner Zeit zuvor angestrengten Bevölkerung«, stellte 1883 aus Hülsenfrüchten Suppenmehle her, lancierte drei Jahre später die ersten Fertigsuppen und die Maggi-Würze im braunen Viereckfläschchen. Stellte Franz Wedekind, den später berühmten Dramatiker, als »Vorsteher des Reklame- und Pressebüro's« ein. »Das wissen selbst die Kinderlein: / Mit Würze wird die Suppe fein. / Drum holt das Gretchen munter / die Maggi-Flasch' herunter.« Oder: »Alles Wohl beruht auf Paarung; / Wie dem Leben Poesie, / Fehle Maggi's Suppen-Nahrung, / Maggi's Speise-Würze nie!« Zur Paarung inspirierte sie 1972 auch Joseph Beuys: Schwarzer Koffer mit Maggi-Flasche und gelbem Reclambändchen – Kants »Kritik der reinen Vernunft«. Der Titel des Objekts? »Ich kenne kein Weekend«.

2. Basis der Maggi-Würze ist Maggikraut

Kein Gramm ist drin. Ausser Wasser und Salz enthält Maggi hauptsächlich pflanzliches Eiweiss aus Weizen und Sojabohnen. Dazu Hefe-Extrakt, Glutamat, Aromastoffe. Damit sich das charakteristische Aroma bildet, wird die Würze sechs Monate gelagert. Das Maggikraut ist viel älter als die Maggi-Würze. Die Römer brachten den Liebstöckel (*Levisticum officinale*) aus Persien nach Europa. Er verstärkt den Geschmack und wuchs früher in jedem Bauerngarten. Liebstöckel riecht ein wenig nach Sellerie, Moschus, Zitrone, Hefe – nach Maggi eben.

Eugénie Holliger/Christina Sieg: Swiss Standards. 100 Produkte und Objekte in der Schweiz, die als prominenter Teil für das Ganze stehen. Zürich 1994. –minu: Die traditionelle braune Tropfwürze ist gnadenlos abserviert worden, in: Paul Imhof (Hg.): Culinarium. Essen und Trinken in der Schweiz, Zürich 2003. www.maggi.ch.

Marken

Schweizer Labels sind hoch im Kurs

Einzig Nescafé schaffte es 2003 in den globalen Markenolymp. Als Megamarken lässt die Marktforschungsfirma ACNielsen nur jene 43 gelten, die über eine Milliarde Dollar erwirtschaften – allen voran (mit über 15 Mrd.) Coca-Cola und Marlboro. Unter den 100 wertvollsten Marken (ermittelt von Interbrand und »Business Week«) rangiert Coca-Cola vor Microsoft und IBM. Nescafé kommt auf Platz 21 mit einem Markenwert von 12,34 Milliarden Dollar, Nestlé auf Rang 60 (4,46 Mrd.), Rolex auf Rang 68 (3,67 Mrd.). In der Verbraucherstudie »European Trusted Brands« (Readers's Digest befragte 32 000 Leserinnen und Leser zu einundzwanzig europäischen und neun länderspezifischen Produktkategorien) brachten es 2002 die Schweizer Marken Kuoni, Neocitran,

Raifffeisenbanken, Bluewin, Elmex, Winterthur Versicherungen, Nescafé, Swatch und Henniez auf Spitzenplätze.

Jährlich löscht das Institut für Geistiges Eigentum um die 3500 Namen aus dem Schweizer Markenregister (Banago beispielsweise, Cilo, Diax, Hamol, Vivi-Kola, Swissair) – und erhält gleichzeitig rund 12 000 Eintragungsgesuche. Im Juni 2002 registrierte es die 500 000ste Marke. Zu den beliebtesten zählen weder Auto- noch Kleiderlabels, sondern Lebensmittel. Advico Young & Rubikon erstellt alle zwei, drei Jahre eine weltweite Beliebtheitsstudie zu 16 000 Marken. Neu unter die Swiss Top 20 schafften es: Appenzeller Käse, Chiquita (USA), Nutella (Italien), Ragusa, Ricola und Sugus. Die Bewährten in der Hitliste: Caran d'Ache, Coca-Cola (USA), Greyerzer, Lego (Dänemark), Lindt, Migros, Nivea (Deutschland), Ovomaltine, Rivella, Swatch, Thomy, Toblerone, Uncle Ben's (USA) und Zweifel. Die Schweizer favorisieren einheimische Marken und Institutionen. Dass Ovomaltine im Besitz von Associated British Foods ist und Sugus (1931 aus Polen importiert) wie Toblerone zum amerikanischen Multi Kraft Foods gehören, ignorieren sie.

Nina Santner: Marken – Vertrautes statt Hightech, Tages-Anzeiger 11.6.2003. Marcel Speiser/Stefan Eiselin: Banago, Hamol, Cilo, Swissair: Marken kommen – und gehen, Tages-Anzeiger, 4.8.2003. Drei Schweizer unter den 100 wertvollsten Marken der Welt, Kleinreport, 29.7.2003. www.interbrand.ch. Schweizer Produkte und Marken hoch im Kurs, persoenlich.com, 22.5.2002. Schweizer Markenschutzregister: 500000ste Marke eingetragen,www.persoenlich.com, 25.6.2002.

Meereshöhe

Ein internationales Standardmass

Jedes Land hat eigene Bezugspunkte. Deutschland orientiert sich an der Nordsee, die Schweiz am Mittelmeer. Macht 27 Zentimeter Unterschied. Das wussten auch die Ingenieure der neuen »Hochrheinbrücke«, die den deutschen und den aargauischen Teil der Stadt Laufenburg verbinden wird. Doch statt auf Schweizer Seite das Niveau um 27 Zentimeter anzuheben, senkten sie die Brücke

um 27 Zentimeter ab – lagen also 54 Zentimeter daneben. Jetzt wird auf deutscher Seite der Strassenanschluss tiefer gelegt, damit die Brücke überhaupt passierbar ist. Eröffnung: Dezember 2004.
Ausgangspunkt für Messungen in der Schweiz ist der Pierre du Niton im Hafenbecken von Genf. Um die 373,60 Meter zu bestimmen, nutzte die Schweiz um 1900 französische Messungen im Hafen von Marseille als Referenzpunkt. Deutschland verwendete erst verschiedene Pegel, heute ist das Land ans europäische Nivellement-Netz angeschlossen, das sein »Normalnull« aus dem mittleren Nordsee-Pegel bei Amsterdam bestimmt. Eine vage Sache. Nicht nur die Meereshöhen von Amsterdam und Marseille differieren, innerhalb der Ostsee schwankt der mittlere Meeresspiegel von Ort zu Ort um rund 20 Zentimeter. Die Zeit der Messung spielt ebenfalls eine Rolle; über die letzten hundert Jahre ist der Meeresspiegel um zehn bis zwanzig Zentimeter gestiegen.

Kolumne »Professor Kleinstein«: Niveausprünge, Sonntagszeitung, 8.2.2004. Rheinbrücke mit Treppe, Spiegel Online, www.spiegel.de. Laufenburg und die 54 cm, www.laufenburg.ch.

Mehrsprachigkeit

Die Schweizer sind mehrsprachig

Der polyglotte Eidgenosse ist ein Gerücht. Es gibt die vier Landessprachen Deutsch, Französisch, Italienisch und Rätoromanisch, aber nicht den viersprachigen Schweizer. »Wir glauben«, schreibt Peter Bichsel, »dass Viersprachigkeit so etwas wie ein Kollektivbesitz ist – *ich* Schweizer spreche die vier Sprachen zwar nicht, aber *wir* Schweizer schon.«
Auch wenn Mehrsprachigkeit zur Definition des Schweizertums gehört: Bloss sechs Prozent der Kinder sind zweisprachig, wenn sie zur Schule kommen. Zweisprachigkeit ist ein politisches Ziel, doch es gelingt der Schule in den wenigsten Fällen, mehr als rudimentäre Kenntnisse zu vermitteln; die jeweils anderen Sprachen bleiben im Status von »Fremdsprachen«: Kaum ein Viertel der Schweizerinnen und Schweizer kann sich ohne nennenswerte Probleme in einer zweiten Landessprache verständigen.

Die Minderheit der Bündner Rätoromanen ist notgedrungen mindestens zweisprachig, wird leicht drei-, gar viersprachig. Auch ein Teil der Tessiner Bevölkerung. Und es gibt die zweisprachigen Städte Fribourg, Murten, Biel, Sierre. In Biel sind sämtliche Quartiere zweisprachig; es gibt die zweisprachige Wochenzeitung »Biel-Bienne«, ein zweisprachiges Fernsehprogramm. Zweisprachig sind die Strassenschilder bis zum Grusswort »ça geit's?«. Belege für »die Koexistenz, nicht für aktive Zweisprachigkeit«, schreibt Soziolinguist Urs Dürmüller. Die Sprachgruppen leben »in enger Verflechtung und dennoch jede für sich«. Wirklich bilingue Bieler gibt es nur wenige. In einer Umfrage von 1992 bestätigten diese mehrheitlich, dass man in ihrer Stadt bloss passiv zusammenlebe.

Man kann ein schweizerisches Leben »in ungestörter Einsprachigkeit« verbringen, meint der polyglotte Literat Hugo Loetscher. Selbst Kenntnisse in einer zweiten Landessprache bedeuten noch lange nicht, dass sie »auch für Lyrik« ausreichen. »Die Vielsprachigkeit steht mehr im Dienst der Hotellerie als der Literatur.«

Wie die Schweiz mehrsprachig wurde, wissen selbst viele Schweizer nicht. In den romanischen Sprachen, erklärt Marcel Schwander, lebt die römische Kultur weiter, zu der das keltische Helvetien gehörte. Die lateinische Sprache, aus der sich Französisch, Italienisch und Rätoromanisch entwickelten, war hier vor dem Deutschen zu Hause. In der Völkerwanderung (französisch noch immer die »invasion des barbares«) liess sich der Germanenstamm der Burgunder im Westen nieder, im »Tannenland« Sapaudia mit Genf als Mittelpunkt, und nahm die lateinische Sprache an. Die im Osten einbrechenden Alemannen blieben bei ihren »urtümlichen Rachenkrachlauten«. Sie nannten die romanisierten Völker »Welsche« (nach dem Keltenstamm der Volcae, germanisch Walhos, Walchen). Marcel Schwander: »Welschland war überall, wo nicht germanisch gesprochen wurde: am Walensee (=Walchensee), in Wales und Wallonien, in Gallien, Galizien und im Lande der Galater in Kleinasien.« Noch im letzten Jahrhundert lag für Glarner und Innerschweizer das Welschland in Norditalien und im Tessin. Heute bezeichnet der Begriff meist nur noch die Suisse romande.

63,7 Prozent der Schweizer Bevölkerung sprechen deutsch, 20,3 französisch, 6,5 italienisch, 0,5 Rätoromanisch. 9,0 andere Sprachen (Volkszählung 2000). Der

Anteil der anderen Sprachen blieb auf dem Niveau von 1990, der Anteil der Ausländer, die eine Landessprache als Hauptsprache sprechen, stieg hingegen von 57 auf 63 Prozent. (→ Rumantsch Grischun)

Urs Dürmüller, Mehrsprachigkeit im Wandel. Von der viersprachigen zur vielsprachigen Schweiz, Zürich 1996. Bundesamt für Statistik: Statistisches Jahrbuch der Schweiz 2003, Zürich 2003. Marcel Schwander: Die Westschweiz: Gipfel und Gräben, in: Paul Hugger (Hg.): Handbuch der schweizerischen Volkskultur, Bd. 2, Zürich 1992. Peter Bichsel: Es gibt nur Eine Sprache. Grenzgänge im Mythos der viersprachigen Schweiz, NZZ Nr. 275, 24.11.1994. Hugo Loetscher: Alphorn mit Bambus, in: Klara Obermüller (Hg.): Wir sind eigenartig, ohne Zweifel, München 2003.

MeierMüller

Herr Meier und Frau Müller: Inbegriff der Schweizer Spiessbürger

33 672 Müllers und 21 898 Meiers im Telefonbuch. Schriftsteller Gerhard Meier, wohnhaft am Gerhard-Meier-Weg 17 im bernischen Niederbipp, 1917 hier geboren, sein ganzes Leben hier geblieben, dennoch kein Spiessbürger, sondern ein bedeutender Schriftsteller. Sein Kosmos ist Amrain, alias Niederbipp: »Was im Dorf geschieht, geschieht in der Welt, und was in der Welt geschieht, geschieht im Dorf. Im Prinzip. Einzig das Ausmass ist nicht ganz dasselbe. Darum bin ich ein überzeugter Provinzler, und ich glaube, dass man nur Weltbürger wird über den Provinzler. Man muss den Dienstweg einhalten: erst Provinzler, dann Weltbürger.«

Weltbürger? Conrad Ferdinand Meyer (1825-1898). Helen Meier, auch Schriftstellerin. Historiker Karl Meyer (1885-1950). Maler Otto Meyer-Amden (1885-1933) und Bildhauer Robert Müller (1920-2003), beide im Biografischen Lexikon der Schweizer Kunst – unter 100 Meiers, Mayers, Meyers und 120 Müllers. Hermann Müller-Thurgau (1850-1927), ebenfalls kein Spiessbürger. Im thurgauischen Tägerwilen geboren, kreuzte der Naturwissenschaftler Reben an der Preussischen Lehr- und Forschungsanstalt für Obst-, Wein- und Gartenbau in Geisenheim. 1891 als Direktor der heutigen Eidgenössischen Forschungsanstalt für Obst- und Weinbau nach Wädenswil berufen, nahm er seine 150 Stecklinge mit. Nummer 58 war erfolgreich: »Riesling x Silvaner«. So heisst die Rebsorte in der Schweiz, »Müller-Thurgau« in fast allen anderen Weinbauländern. 1997 ergab die genetische Analyse einer »Enkelin« der Urrebe, dass wohl wegen einer Verwechslung sicher nicht der Silvaner, sondern höchstwahrscheinlich ein Gutedel als Vater in Frage kommt. Das heisst, ein neuer Name muss her. Keine Frage für die Thurgauer: »Müller-Thurgau«!

»Spiessbürger« lässt sich auch spielen. Beim »Opernhauskrawall« Ende Mai 1980 forderten Jugendliche mehr alternative Kultur in Zürich. Die Polizei reagierte unverhältnismässig brutal. Zwei Wochen später delegierte die Bewegung zwei Vertreter unter dem Pseudonym Anna und Hans Müller an ein Rundtisch-Gespräch im Schweizer Fernsehen. In der Rolle der Gegner verlangten »Müllers« Ruhe und Ordnung. Mehr Tränengas, mehr Knüppel. Die »Müller-Show« eskalierte zum TV-Skandal. Frau Müller (alias Jamal Aldin Hayat) und Herr Müller (alias Fredy Meier) wurden kriminalisiert, Meier zu 17 Monaten Gefängnis verurteilt. »Müllern« wurde zur Wendung für witzige Gesprächsverweigerung der Jugendbewegung. (→ Opernhauskrawall)

Gerhard Meier/Werner Morlang: Das dunkle Fest des Lebens. Amrainer Gespräche, Basel 1995. Schweizerisches Institut für Kunstwissenschaft (Hg.): Biografisches Lexikon der Schweizer Kunst, Zürich 1998. Walter Eggenberger/Joachim Lennert: Lexikon des Schweizer Weins, Aarau 1996. Walter Müller/Werner Koblet: Riesling x Silvaner – ein Name hat ausgedient, Schweizerische Zeitschrift für Obst und Weinbau der Forschungsanstalt Wädenswil, Nr.16/1997. Stephan Ramming: Als die Jugend Ärger machte. 20 Jahre Opernhauskrawall. Sabine Fischer: Chronologie: Zürich 1979-1991, beide in: Dossier »Die 80er«, Wochenzeitung WoZ, 13.4.2000. Thomas Gull: Die Müllers, in: Christof Dejung/Thomas Gull/Patrick Kupper/Pascal Unternährer (Hg.): Jahrhundert-Schweizer, Basel 2000.

Migros

1. Die Migros ist Gottlieb Duttweilers Werk

Ein Gründungsmythos. Spiritus Rector der Expansion in die revolutionäre Verkaufsform des Supermarkts war nicht der charismatische Firmengründer »Dutti«, sondern seine Beraterin Elsa Gasser. Unbekannt in der Öffentlichkeit, kam die promovierte Nationalökonomin und Mitarbeiterin der NZZ 1932 als volkswirtschaftliche Expertin zur Migros, bis zu ihrem Tod 1967 die erste und einzige Manager-Frau im Migros-Genossenschaftsbund.

Gottlieb Duttweiler (1888-1962) begegnete der Selbstbedienung zunächst skeptisch bis ablehnend. 1925 gründete er die Migros AG (Mi von halb, gros von Grossist) und schickte fünf grüne Verkaufswagen (Marke »Ford Model T«) mit sechs Artikeln durch Zürich. Lancierte 1935 die Zeitung »Tat«. Wandelte 1941 die Migros zur Genossenschaft, schenkte sie quasi den Kunden und Mitarbeitern. Etablierte 1957 das »Kulturprozent«. Fuhr aus Überzeugung nur Fiat »Topolino«. Engagierte sich für den Landesring der Unabhängigen (LdU), ab 1935 im Nationalrat, später im Ständerat. Sicherte mit der Gottlieb-und-Adele-Duttweiler-Stiftung seine Ideen über den Tod hinaus.

2. Die Migros, ein Schweizer Phänomen

Das orange M ist ein Schweizer Symbol wie Tells Armbrust oder das Matterhorn. Die Migros gab dem Aufbruch in den Massenkonsum auch eine unverkennbar helvetische Note. Die Pionierin, als die sie sich gerne ausgibt, war sie nicht. Den Verkaufswagen und die Politik der grossen Umsätze bei kleinen Preismargen übernahm sie unter anderem von der Great Atlantic & Pacific Tea Company (A&P Tea Company), die Selbstbedienung hatte die amerikanische Kette Piggly Wiggly bereits in den 1910er Jahren eingeführt. Zu diesem Schluss kommt eine Forschungsarbeit an der Universität Zürich, von der Migros initiiert zu ihrem 75. Geburtstag.

»Aussergewöhnlich«, das sei er schon, der grösste Schweizer Binnenkonzern mit gut 20 Milliarden Umsatz im Jahr 2003. Allerdings habe der »überstarke Akzent« auf dem mythischen »Heldenzeitalter« des Unternehmens und seiner legendären Gründerfigur die spätere Phase verdrängt; der Aufstieg zum marktbeherrschenden »orangen Riesen« war ein Nachkriegsphänomen. »Die flexible Verkoppelung von Traditionsbewusstsein und Modernität, von Harmoniestreben und Aggressivität, von Gemeinwohlrhetorik und kommerzieller Geschäftstüchtigkeit hat sich zum Markenzeichen der Migros-Ideologie entwickelt«, analysiert Thomas Welskopp. Die Migros-Geschichte sei heute vielleicht das eigentlich integrierende Element dieser Ideologie, nachdem »die ›Brückenbau‹-Semantik der Anfangsjahre und die ständische ›Volksgemeinschafts‹-Rhetorik der frühen 1940er Jahre« verblasst seien ohne einen »ähnlich weit ausgreifenden Entwurf« als Ersatz. Trotzdem beharre die Migros, und zwar erfolgreich, auf dem ideellen »Mehrwert« ihrer Geschäftspolitik. Auf gesellschaftliche Strömungen reagiere sie mit »ideologischer Beweglichkeit«. Die Unschärfe der Ideologie ergebe sich aus der »semantischen Doppelbödigkeit« der Migros-Leitbegriffe wie »soziales Kapital«, »kultureller Mehrwert«, »M-Gemeinschaft«. Die »Schweizer Bevölkerung« (1000 Befragte vom Marktforschungs-Institut IHA-GfK) ist jedoch zufrieden mit ihrer Migros: Bestes Firmen-Image 2003! Vor Rivella, Coop, SBB, Suva.

3. Die Migros, eine einzige Erfolgsgeschichte

Es gab Fehlschläge. Zum Beispiel die 1932 gegründete »Migros-Verteilungsgesellschaft m.b.H.« in Berlin. 76 Verkaufswagen bedienten die Stadt – arg schikaniert durch Boykotte und Verbote der Detailhändler und Hersteller von Markenartikeln. Dank ihrem politischen Einfluss rückten diese die Migros ins Visier des NS-Herrschaftsapparates; im Dezember 1933 musste Duttweiler die deutsche Tochter liquidieren.

Auch das Projekt »Kleider-Gilde« sucht man in der Firmen-Geschichtsschreibung vergeblich. Gut vier Jahre lang bemühte sich Duttweiler, sein Rezept »kleine Marge, grosse Umsätze« mit Detaillisten und Fabrikanten in der Sparte Herrenbekleidung durchzusetzen. Er scheiterte auf der ganzen Linie. Die Kleider-Gilde, im Februar 1944 als Genossenschaft gegründet, wurde 1949 aufgelöst.

4. M-Frühling, eine Billigaktion?

Das Manifest einer Alternativbewegung, eine Kollektion grün-alternativer Konzepte der 1970er Jahre. 1980 publizierte Hans A. Pestalozzi den Sammelband »M-Frühling«: »Vom Migrosaurier zum menschlichen Mass«. Ein Jahr zuvor war der Ökonom fristlos entlassen worden: seit 1955 persönlicher Mitarbeiter von Duttweiler, seit 1964 Leiter der von ihm aufgebauten »Denkfabrik« Gottlieb-Duttweiler-Institut. Er wollte soziale Experimente nicht nur diskutieren, sondern auch durchführen. Ab Februar 1980 kämpfte der »Verein M-Frühling für eine demokratische Migros« mit einer eigenen Zeitung gegen die Folgen der gigantischen Expansion (Lädelisterben, wirtschaftliche Abhängigkeit der Bauern und Produzenten, fortschreitende Zentralisierung, Verschlechterung der Arbeitsbedingungen). Symbol für Pestalozzis Wohlstands- und Konsumkritik war das Migros-Hochhaus am Zürcher Limmatplatz. Das Unternehmen diene einzig »der eigenen Grösse, der eigenen Macht«. Ein übergeordneter Sinn, ein »Weshalb und Wozu« sei nicht mehr erkennbar. Über Wochen füllte der »M-Frühling« die Zeitungsspalten – und trieb als ständiger Mahner die Migros zu einer seriösen »Umweltpolitik der kleinen Schritte« (Beat Mahler in »Der Migros-Kosmos«).

5. Mivella, ein Eigenprodukt der Migros

Mivella produziert Rivella, Inhaberin der Markenrechte und Nummer zwei im schweizerischen Süssgetränke-Markt. Dass Mivella eine andere Kräuter-Frucht-Extrakte-Mischung und etwas weniger Milchserum enthält, merken Rivella-Fans sofort. Einen Unterschied hätten sie wohl auch bei Apiella wahrgenommen, das Discounter Denner im November 1996 mit Werbespot am Schweizer Fernsehen auftischte. Vier Jahre nach der versuchten Lancierung verlor Denner den Streit gegen Rivella vor dem Bundesgericht. Apiella sei Wortmarke wie optischer Aufmachung von Rivella zu ähnlich. Vergeblich argumentierte Denner, sein Produkt sei chancenlos ohne Anlehnung an das Kultgetränk; niemand wisse, was ein »Milchserumgetränk« sei.

Heute führt Migros auch Marken ohne Verfremdung im Sortiment – von Elmex über Red Bull bis Zweifel Chips. Lange Zeit ein Tabu. Gottlieb Duttweiler wollte »namenlose« Ware, keinen »Reklamekultus«. Schwierig, sich als Marke im Markt zu platzieren; konzertierte Lieferboykotte, preisgebundene Markenartikel, billige »Kampf-Marken« machten der Migros das Leben sauer. Sie wich auf ausländische Lieferanten aus und kreierte so genannte »Me-Too-Produkte«, die etablierte Marken imitierten oder persiflierten. Provozierte »Ambrosia-Öl« mit »Amphora-Öl« (1926), »Ovomaltine« mit »Einmalzin« (1929), »Maggi-Würze« mit »Toro-Würze«, »Café Haag« mit »Café Zaun« (Zaun gleich Hag auf Schweizerdeutsch). »Persil« von Henkel mit »Ohä – das selbsttätige Waschmittel – Ohne Hänkel« (1931). Im Gegensatz zu Haag reagierte Henkel vehement, die Migros musste 1000 Franken Genugtuung bezahlen und verkürzte den Schriftzug »Ohne Hänkel« mit einem Feigenblatt zu »Oh…Hä…«. Die Wander AG karikierte unter dem Titel »Sein und Schein« die Migros-Methode bildlich als Esel im Löwenfell, als »Kunst, allen Dingen ein besseres Aussehen zu verleihen als ihrem inneren Wert entspricht«. Den Ovomaltine-Preis senkte sie trotzdem von Franken 4.20 auf 3.60.

6. »He Mann, gömmer Migros!« Ausländer verabreden sich in der Migros

Ein Sprachcode jugendlich urbaner Schweizer, der mehr bedeutet als die harmlose Shoppingtour. »Gehen wir klauen!« Zum Beispiel. Was Migros-Chef Anton Scherrer schmeichelt – als Signal für den Kultstatus des Unternehmens, das sich eifrig um die Jungen bemüht. Shop & Lounge heisst der neue Quartierladen in der Grossüberbauung Puls 5 im trendigen Zürich-West. 20 junge Leute äusserten zuvor ihre Wünsche: »Nöd so schtier« bitte, farbig, cool, keine Verkäuferinnen und Verkäufer im »Grufti-Look«. Die 33 Mitarbeiter, alle unter 30, tragen Schwarz mit gelben Schürzen und Dächlikappen. »Frischeinseln« bieten Verpflegung. Keine Pioniertat. Der Gastronomie-Einkauf-Mix ist bekannt, die Lounge hinlänglich strapaziert. In den Pariser Galeries Lafayette bereits erprobt ist auch das Kuppel-Konzept »Single-Shopping«: Wer mit rotem Herz-Korb einkauft, hat noch anderes im Sinn als Joghurt, Brot, Kaffee. Ein Blick in den Einkaufskorb sagt mehr als tausend Worte.

Roger Flury: Beat Mahler. Katja Girschik/Albrecht Ritschl/Thomas Welskopp (Hg.): Der Migros-Kosmos. Zur Geschichte eines aussergewöhnlichen Schweizer Unternehmens, Baden 2003. Thomas Küng: Gebrauchsanweisung für die Schweiz, München 2003. Rivella-Geschäftsbericht 2002, www.rivella.ch. Promarca, Schweizerischer Markenartikelverband, Bern 2003, www.promarca.ch. Ein Quartierladen mit Lounge, Tages-Anzeiger, 20.11.2003. Christoph Zürcher: Tomaten, Truthahn und Traumpartner, NZZ am Sonntag, 14.3.2004. www.migros-puls5.ch.

Milch

Milch macht müde Männer munter

Umgekehrt: Sie macht Gestresste schläfrig. Jedenfalls die »Nachtmilch« der Agronomin und Landwirtin Bettina Springer. Nach acht Stunden Nachtruhe in völliger Dunkelheit werden ihre Kühe am frühen Morgen ebenfalls im Dunkeln gemolken. Nachher dürfen sie ans Licht, auf die Weide. Die Bio-Milch aus der Zürcher Gemeinde Elsau-Räterschen enthält ein Mehrfaches an Schlaf fördernden Stoffen, vor allem Melatonin. Kein Hokuspokus, sondern wissenschaftlich nachgewiesen an der Hochschule Wädenswil und der Forschungsanstalt für Nutztiere und Milchwirtschaft. Wichtig für die Melatonin-Produktion ist ein deutlicher Tag/Nacht-Unterschied. Im Winter helfen ein paar Neonröhren nach.

Benjamin Tommer: Milch macht müde, NZZ Nr. 104, 6.5.2004. www.nachtmilch.ch.

Minigolf

Ein Allerweltsspiel

Minigolf wurde in der Schweiz normiert. Leuchtet ein, im Alpenland ist Fläche rar. Das Spiel verkörpert, was die Topografie den Schweizern abverlangt: Präzision auf engem Raum. 3,5 Millionen Minigolf-Runden werden pro Jahr auf den über 200 Schweizer Anlagen gespielt, schätzt der Schweizerische Minigolf Sport-Verband (SMSV). 63 Millionen eingelochte Bälle. Mit neun Indoor-Anlagen ist die Schweiz Weltspitze. Ein populärer Volkssport, schreibt Francis Müller, »seelenverwandt« mit gut schweizerischen Vergnügen wie Briefmarkensammeln, Modelleisenbahnbauen, Unkrautjäten in Schrebergärten, Zwergkaninchenzüchten. »Eine Runde Minigolf ist ein 18-Loch-Bekenntnis zur Basisdemokratie, zum Mittelmass.«

Inspiriert von den fantasievoll amerikanischen Klein-Golfspielen eröffnete Gartenarchitekt Paul Bogni 1954 in Locarno die erste normierte Minigolfanlage. Er liess sie patentieren; acht Jahre später standen in Europa 200 Bogni-Bahnen. Europa- und Weltmeisterschaften werden auf vier Anlagen ausgetragen: die zwölf Meter lange Bogni-Bahn aus rotem Beton ist der Klassiker. Minigolf als Leistungssport? Rund 1300 der 2000 Mitglieder aus 68 Vereinen spielen Wettkämpfe. Spitzenspieler tragen 500 und mehr verschiedene Bälle mit sich; ein Thermokoffer hält sie auf konstanter Temperatur. An der WM 2003 gewann die Schweizer Mannschaft Bronze hinter Schweden und Deutschland. (→ Olten)

Francis Müller: 18 Stufen zum Mittelmass, NZZ am Sonntag, 7.9.2003. Minigolf als Freizeitvergnügen und Sport, www.minigolfverband.ch. Daniel Weber: Gut Loch, NZZ Folio, Juli 2003.

Miss/Mister Schweiz

Gekrönt werden nur waschechte Schweizerinnen und Schweizer

2001 durfte sich die Halb-Maori Mahara McKay das Krönchen aufsetzen. Zu Mister und Miss Schweiz 2003 schafften es Robert Ismajlovic (eingebürgerter Kroate) und Bianca Sissing (Tochter eines ausgewanderten Schweizers und einer

Südafrikanerin, in Kanada aufgewachsen). Die Wahl wirke »wie eine Faust ins Gesicht eines jeden Eidgenossen«, wetterte Jérôme Schwyzer, PR-Mann der Jungen SVP der Stadt Zürich in einem Leserbrief. Was sogar die NZZ zu einem Kommentar provozierte: »In Kategorien von Rasse und Abstammung juriert man eher in kynologischen Vereinen.«

Hat die Schweiz ein Schönheitsproblem? Leserbriefe, Tages-Anzeiger, 18.9.2003. Wann ist eine Schweizerin eine Schweizerin, NZZ Nr. 217, 19.9.2003. Anita Hugi: Der gestiefelte Kater, NZZ am Sonntag, 9.11.2003.

Monte Rosa

Rosiges Alpenglühen gab dem Massiv den Namen

Die Wahrheit ist prosaischer. Die volksetymologischen Erklärungen sind im SAC-Jahrbuch von 1904 zusammengefasst – und richtig gestellt: »Man braucht den Namen nicht von der sehr fragwürdigen rosenartigen Form des Monte-Rosa-Massivs herzuleiten, noch von dem rosigen Schein, den ihm die aufgehende Sonne verleiht; man braucht ihn auch nicht nach der roten Gesteinsfarbe als ›Montagna rosa‹ zu bezeichnen ...; der Monte Rosa ist einfach der Gletscherberg. Das Appellativ Rosa, das ursprünglich ganz allgemein Gletscher, dann speziell das Gletschergebiet in der Nähe des Matterjochs bezeichnete, ist zuletzt als Eigenname an dem höchsten Haupte dieser Gletscher haften geblieben.« Damit ist der Monte Rosa auch verwandt mit Arosa und dem Piz Roseg, die alle auf das vorrömische »rosa« zurückgehen.

Patrick Brauns: Die Berge rufen. Alpen, Sprachen, Mythen, Frauenfeld 2002.

Morgarten

Freiheitsschlacht gegen die Unterdrücker-Macht Habsburg

Die Habsburger kamen nicht als äussere Feinde, sondern als Schutzmacht des Klosters Einsiedeln, um Ruhe und Ordnung im Kanton Schwyz wiederherzustellen. Seit dem 10. Jahrhundert stritten die Schwyzer mit dem Kloster um die

March, die an den oberen Zürichsee grenzt. Die Habsburger, seit 1283 auch Kastvögte des Klosters, mussten Kloster wie Schwyzern Schutz und Schirm bieten. Nicht einfach. Dreist trieben die Bauern Hunderte von Kühen und Pferden auf klösterliche Weiden. Ihre »Härte und Rücksichtslosigkeit« erklärt Historiker Josef Wiget mit einem »möglichen Bevölkerungsdruck«; die Schwyzer darbten, während sie im Kloster einen »wohlversorgten Stützpunkt des fast durchwegs feindlichen Adels« sahen. Alle Schlichtungsversuche fruchteten nichts. In der Dreikönigsnacht 1314 überfielen die Schwyzer das Kloster, als »formvollendete nächtliche Heimsuchefehde« in der Literatur festgehalten. Vermutlich eine Art Volksjustiz. Die Mönche riefen die Habsburger zu Hilfe; Herzog Leopold von Österreich liess sich Zeit. Erst im Herbst 1315 sammelte er ein Heer und wandte sich von Zug aus gegen Ägeri und den Morgarten an der Schwyzer Landmarch. Die Schwyzer standen am 15. November zum »Empfang« bereit und führten den Kampf »auf ihre eigene, wenig ritterliche Weise« (Josef Wiget). Es sei keineswegs sicher, meint Roger Sablonier im Gespräch mit dem St. Galler Tagblatt, »ob Herzog Leopold überhaupt in kriegerischer Absicht unterwegs war«.
Diese erste grosse »Freiheitsschlacht« trieb die Historienmaler zu immer neuen fantasievollen Darstellungen. So lässt der Solothurner Laurent Louis Midart auf seinem Stich von 1785 die Habsburger zu Dutzenden in Sumpf und See versinken. (→ Habsburg)

Walter Wittmann: Helvetische Mythen, Frauenfeld 2003. Josef Wiget: Geschichte eines Kantons, in: Schwyz, Portrait eines Kantons, Schwyz 1991. Rolf App/Urs Bader/Bruno Vanoni: Die Eidgenossenschaft in Jahrhundertschritten. Separatdruck St. Galler Tagblatt, St. Gallen 1991. Schweizerisches Institut für Kunstwissenschaft (Hg.): Biografisches Lexikon der Schweizer Kunst, Zürich 1998.

Mücke

Ob in Genf oder Zürich: Eine Stechmücke ist wie alle

Nicht für Hans Briegel, den einzigen Mückenforscher der Schweiz: »Wie ein Welscher rein biologisch nicht identisch ist mit einem Deutschschweizer, sondern eine andere Erbanlage hat, unterscheiden sich auch die Populationen der

Stechmücken.« Von blossem Auge zwar nicht erkennbar, ist ein Stamm in Zürich anders als ein Stamm aus Winterthur oder Bern. Seit seiner Diplomarbeit vor 40 Jahren beschäftigt sich Hans Briegel mit der Physiologie der Stechmücken; von 1975 bis zur Emeritierung im Jahr 2003 untersuchte er an der Universität Zürich verschiedene Arten und ihre Stämme.

Die Mehrzahl der weltweit rund 3000 Arten ist in tropischen Regionen beheimatet; in Mitteleuropa leben etwa 100. Seit die Gewässer melioriert sind, ist die Schweiz mit 30 Arten ein »armseliges« Stechmücken-Land. Ein knappes Drittel saugt Menschenblut. Von Mückenplage also keine Rede. Die Schweiz gilt jedoch erst seit den 1960er Jahren frei von autochthoner Malaria, die vor den grossen Gewässerkorrekturen weit verbreitet war. Importierte Malaria hingegen nimmt zu. Seit 1898 weiss man, dass *Anopheles*-Mücken die Krankheit übertragen.

2. Stechmücken saugen süsses Blut

Laut Hans Briegel »purer Unsinn«. Auch dass Stechmücken auf Buttersäure ansprechen, oder auf Geschlechtshormone. Nichts davon lasse sich nach jahrzehntelanger Beobachtung belegen. Kohlendioxyd (CO_2), die Körperwärme, auch gewisse Duftstoffe locken Mücken an; Briegel vermutet, dass das Immunsystem eine Rolle spielt, denn »Mückengeplagte sind oft Allergiker«. Absolut untauglich seien sämtliche Geräte inklusive »wissenschaftliche Gutachten«, die angeblich mit speziellen Frequenztönen Stechmücken abwehren. Diese Insekten reagieren in einem »engen Schallbereich«. Das mit guten Hörorganen ausgestattete Männchen saugt kein Blut, das Weibchen aber hört nur das Männchen – und kann für ein paar Mikroliter Blut bis zu zehn Kilometer pro Nacht fliegen.

3. Stechmücken sind Schnaken

Die Stechmücken (*Culicidae*) bilden eine eigene Familie (gekennzeichnet durch ihren Stechrüssel), wie auch die echten Schnaken (*Tipulidae*), welche bis 40 mm lang werden und schmale Flügel sowie auffällig lange Beine haben. Schnaken brüten in Wiesen und Feldern, Stechmücken in stehenden Kleingewässern. Diese beiden und rund 40 weitere Familien bilden die Gruppe der mückenartigen Zweiflügler. In weiten Teilen der östlichen und nördlichen Deutschschweiz heisst die Steckmücke »Schnaagg« oder »Schnoogg«: in beiden Basel, in den Kantonen Schaffhausen, Thurgau, beiden Appenzell, St. Gallen (hauptsächlich Toggenburg), im aargauischen Fricktal, teilweise in den zentralen und westlichen Gebieten des Aargau, in grossen Teilen des Kantons Solothurn und im Kanton Zürich östlich der Linie Zürichsee-Limmat.

Hans Briegel im mündlichen Gespräch. Franz Geiser: Durch Vektoren übertragene Krankheiten, BVET-Magazin 4-5/2003. Peter Ott, Chefredaktor Idiotikon, auf schriftliche Anfrage.

Mundart

Deutschschweizer fühlen sich mit ihrer Mundart handicapiert

Mundart gilt als chic und bewährt sich sogar als Exportartikel. Die Erzählung »Zmittst im Gjätt uss / Mitten im Nirgendwo« des jungen Berner Autors Guy Krneta erschien im renommierten Berliner Aufbau-Verlag. Christian Uetz begeistert mit seinen klangvollen Lyrik-Performances zwischen Thurgauer Mundart und Hochdeutsch die Berliner ebenso wie die New Yorker. Die Bücher der Bäuerin Hanni Salvisberg stehen Monate auf Bestsellerlisten. Der Mundart-Autor Ernst Burren wird mit Preisen überhäuft, darunter auch die Johann-Peter-Hebel-Gedenkplakette aus Deutschland. Und zu Beginn des Vorverkaufs zum alljährlichen Dialektstück der Theatervereinigung Muothathal brechen jeweils die Telefonleitungen zusammen.

In den letzten Jahren eroberte die Mundart vieles zurück, was dem gesprochenen Hochdeutsch vorbehalten war: Fernsehen und Radio, Schule und Kirche. Dies laut Hugo Loetscher in einem Masse, dass sich der Bundesrat »zur Mahnung veranlasst sah«, dass auch das Hochdeutsche eine ›schweizerische Sprache‹ sei«.

Schweizerische Sprache? Sowohl Friedrich Dürrenmatt wie Peter Bichsel erklärten, Hochdeutsch sei eine Fremdsprache für sie. Max Frisch sprach von einer »Halbfremdsprache«: »... als könnte man auf Schweizerdeutsch bloss Alltagszeug sagen: Wein bestellen oder so. Wenn man aber ans Unendliche streifte, wurde es gleich komisch, und während man auf Hochdeutsch eher den Mund vollnehmen konnte, so merkte man es in der Mundart sogleich, ob etwas dahinter steckte.«

Für den deutschen Publizisten Klaus Harpprecht hat sich »der Sieg des Schwyzerdütsch zur Sprachbarriere gewandelt, die nur mit Mühe überwunden wird. Es ist die Regel geworden, dass eine hochdeutsch gestellte Frage nach dem Weg oder der Uhrzeit in den Gassen von Zürich im Lokal-Idiom beantwortet wird, manches Mal mit einem kleinen Anhauch von Trotz.«

Kulturelles Bewusstsein decke sich nicht mit nationalem, sondern übersteige es schon kraft der Sprache, schreibt Hugo Loetscher: »Die Mundart-Propagisten zerstören gerade die Eigenart, die sie vorgeben zu retten; denn wenn schon, beruht die Eigenart darauf, dank der Mundart und des Hochdeutschen zweisprachig innerhalb der eigenen Sprache zu sein.«

Hugo Loetscher: äs tischört und plutschins. Über das Unreine in der Sprache – eine helvetische Situierung, Zürich 2000. Hugo Loetscher: Alphorn mit Bambus, in: Klara Obermüller (Hg.): Wir sind eigenartig, ohne Zweifel, München 1993. Max Frisch: Stich-Worte, ausgesucht von Uwe Johnson, Frankfurt 1997. Franziska Schläpfer: Sigs wies wöu, Buchjournal 4/2003.

2. Schweizerdeutsch, die deutschsprachige Mundart

Es gibt linguistisch kein Schweizerdeutsch, sondern lediglich alemannische Dialekte, die in der Schweiz gesprochen werden.

Hugo Loetscher: äs tischört und plutschins. Über das Unreine in der Sprache – eine helvetische Situierung, Zürich 2000.

Mutter, Anne-Sophie

Herbert von Karajan hat die Geigerin entdeckt

Es war der Zürcher Musiker Rudolf Baumgartner (1917-2002), der sie 1976 als künstlerischer Direktor der Internationalen Musikfestwochen Luzern einem internationalen Publikum vorstellte. Anne-Sophie Mutter selbst beginnt ihre internationale Karriere mit Karajan an den Salzburger Pfingstfestspielen 1977, jedenfalls auf ihrer Homepage. In Wirklichkeit gibt es eine Vorgeschichte: Aida Stucki Piraccini lernt das neunjährige Mädchen an einem Privatkonzert in Winterthur kennen, ist nach anfänglichem Widerstand bereit, Anne-Sophie zu unterrichten, zieht sie vom Konzertbetrieb zurück und stellt die Geigerin, als ihr die Zeit reif scheint, ihrem Studienkollegen Baumgartner vor. Dieser präsentiert das Mädchen und ihren zwei Jahre älteren Bruder Christoph an den Musikfestwochen 1976 in der Reihe »Junge Künstler«. Am 23. August spielen sie in der St. Charles Hall Meggen Virtuoses und Tiefsinniges: Bachs d-Moll-Partita mit der berühmten »Chaconne«, Tartinis Teufelstrillersonate, Manuel de Falla, Paganini, schliesslich Pablo de Sarasates »Zigeunerweisen«. Ovationen für das 13-jährige pummelige Wunderkind. »Phänomenale Geigerin«, titelt das »Vaterland«, und Hansburkard Meier (Luzerner Neueste Nachrichten) »kam an diesem Abend aus dem Staunen nicht heraus«. Baumgartner verpflichtet Anne-Sophie Mutter für die nächsten Festwochen – und stellt sie Herbert von Karajan vor. Dieser bringt sie an die Salzburger Pfingstfestspiele 1977. Der Rest ist bekannt.

Franziska Schläpfer: Rudolf Baumgartner. Ein Musiker mit Unternehmergeist, Luzern, 2003.

N

Naegeli, Harald

Der »Sprayer von Zürich« war ein kritzelnder Dilettant

Professor an der Kunstakademie Wiesbaden. Harald Naegeli (*1939), Sohn einer Künstlerin und eines Psychiaters, besuchte die Kunstgewerbeschule Zürich und sprayte zwischen 1977 und 1979 als Phantom in der Dunkelheit gegen 600 freundliche Strichmännchen oder -weibchen an private und öffentliche Fassaden. Als »stummen Aufstand« gegen den Kapitalismus, gegen die »gesellschaftliche und politische« Situation. In Abwesenheit wurde er 1981 in Zürich wegen Sachbeschädigung an 181 Gebäuden zu neun Monaten Gefängnis und 206 000 Franken Geldstrafe verurteilt: »Harald Naegeli hat es verstanden, über Jahre hinweg und mit beispielloser Härte, Konsequenz und Rücksichtslosigkeit die Einwohner von Zürich zu verunsichern und ihren auf unserer Rechtsordnung beruhenden Glauben an die Unverletzlichkeit des Eigentums zu erschüttern.«
Naegeli wich auf deutsche Grossstädte aus; es entstanden Zyklen wie die 600 Bilder des Kölner Totentanzes (1980/81), meist anderntags schon von Säuberungstrupps weggeputzt. International gesucht, wurde er im August 1983 an der norddeutschen Grenze gefasst. Die Fachhochschule im hessischen Wiesbaden offerierte ihm einen Lehrauftrag für »Formen der visuellen Kommunikation«; Osnabrück bat ihn, er möge die städtischen Gebäude schmücken. Naegeli nahm den Lehrauftrag als »Mittel gegen die drohende Auslieferung« an. In der Schweiz solidarisierten sich über 70 Künstlerinnen und Künstler, von Dürrenmatt bis Tinguely. Nach drei Wochen wurde er gegen eine Kaution entlassen. Andernorts herrsche »offenbar eine etwas entkrampftere Einstellung« zum Sprayer von Zürich, bemerkte Moritz Leuenberger, damals Anwalt und Züricher Nationalrat. 1984 stellte sich Naegeli den Schweizer Behörden; seine deutschen Künstlerfreunde, darunter Joseph Beuys und Klaus Staeck, geleiteten ihn zur

Grenze. Trotz internationaler Proteste verbüsste Naegeli eine sechsmonatige Gefängnisstrafe. Schriftsteller, Künstler, Kunstvermittler, Politiker setzten sich ein, Direktoren namhafter deutscher Kunstmuseen. Werner Schmalenbach etwa (Kunstsammlungen Nordrhein-Westfalen) attestierte Naegelis Aktionen »Witz, Geist, schwerelose Heiterkeit und Charme«. Der Schweizer Schriftsteller Jürg Laederach: »Harald Naegeli, dem energischen Wirtlich-Macher unserer sauberen Städte, ist es in enger Zusammenarbeit mit den Schweizer Behörden gelungen, von einem kleinen Land ein wahrheitsgetreues Porträt zu entwerfen, dessen gewünschte Übertünchung vielen schwer fallen wird.«

Die Ausstellung »Anarchie und Aerosol. Wandsprüche und Graffiti aus den Jahren 1980-1995« (Baden, 1995) zeigte Naegelis künstlerische Fortsetzungsgeschichte: Strichmännchen-Bettwäsche, die »für teures Geld einen traumhaften Schlaf garantiert«. Für Ausstellungsmacher Beat Suter ein »kleiner Verrat« an der rebellischen Graffiti-Kunst. »Warum soll ich zwanzig Jahre später nicht eine andere Meinung haben?«, fragte Naegeli und schimpfte die heutigen Graffiti-Künstler »fantasielose, unschöpferische Spiesser«. Die Zürcher Behörden sind heute auch anderer Meinung. Die letzten Strichmännchen werden sorgfältig bewahrt. Und in einem Kunstführer der Stadt figuriert Naegelis Spinnenfrau neben Henri Moore und Jean Tinguely. Den Sprayern 2004 hingegen soll ein Anti-Graffiti-Team der Stadt Zürich das Handwerk legen.

Harald Naegeli: Mein Revoltieren, mein Sprayen, Bern 1983. Johannes Stahl: Harald Naegeli, in: Schweizerisches Institut für Kunstwissenschaft (Hg.): Biografisches Lexikon der Schweizer Kunst, Zürich 1998. Paolo Bianchi (Hg.): Graffiti. Wandkunst und wilde Bilder, Basel 1984. Peter Pfrunder/Walter Binder/Mario König/Walter Leimgruber/Hans Peter Treichler: Seitenblicke. Die Schweiz 1848 bis 1998 – eine Photochronik, Zürich 1998. Bernadette Calonego: Sprayer von Zürich kann Graffiti nicht leiden, Süddeutsche Zeitung, 7.9.1995. Alexandra Roder: Zürich bildet ein Anti-Graffiti-Team, 20 Minuten, 20.2.2004.

Nationalhymne

Ist jedem Kind vertraut

Nicht mal den Politikern fliesst sie von den Lippen. Das zeigte die Eröffnung der 47. Legislatur im Dezember 2003, als Nationalratspräsident Max Binder (SVP) die erste Strophe der Landeshymne verordnete. »Musik erklingt, der Wahlkörper steht und singt. Auch die Linke steht, und auch die Rechte kann den Text nicht richtig« (Jean-Martin Büttner). »Trittst im Morgenrot daher, / Seh' ich dich im Strahlenmeer, / Dich, du Hocherhabener, Herrlicher! / Wenn der Alpenfirn sich rötet, / Betet, freie Schweizer, betet! / Eure fromme Seele ahnt / Gott im hehren Vaterland, / Gott, den Herrn, im hehren Vaterland.«
Unvertraute Nationalhymne? Verständlich, bei diesem Hin und Her, den dau-

ernden Provisorien. Bis 1961 galt »Rufst Du mein Vaterland« als Nationalhymne, gesungen auf der englischen Hymnenmelodie »God save the Queen«, was bei internationalen Kontakten zu peinlichen Situationen führte. Das »Beresina-Lied« war Adolf Muschgs »heimliche Nationalhymne«, »seit sich, nach dem schieren Bombast von ›Rufst du, mein Vaterland‹ nichts wollte finden lassen, was Deutsch und Welsch, Reformiert, Katholisch und Gottlos etwa gleich schmerzlos über die Zunge gegangen wäre.« Bis man wieder beim alten »Schweizerpsalm« landete, »der wenigstens eine reformierte Musik und einen katholischen Text zu bieten hatte« ...

Muschg irrte: reformierter Text und katholische Melodie. Der Urner Priester und Komponist Alberik Zwyssig (1808-1854) vertonte den Liedtext des Zürchers Leonhard Widmer (1809-1867). Er wählte den Messgesang auf den Psalmtext »Diligam te Domine« (Ich will Dich lieben, Herr), den er 1835 als Stiftskapellmeister des Klosters Wettingen für eine Pfarrinstallation komponiert hatte. Am 22. November 1841 probte Zwyssig mit vier Zuger Bürgern erstmals seinen »Schweizerpsalm« – nach einem Bericht von Oberstleutnant Franz Uttinger, der den ersten Bass sang.

1961 beschloss der Bundesrat, diese rein schweizerische und unverwechselbare Schöpfung gelte provisorisch als offizielle Nationalhymne. Nach drei Jahren lehnten sechs Kantone das Lied ab, zwölf Kantone votierten dafür, sieben für eine verlängerte Probezeit. Trotzdem erhielt der »Schweizerpsalm« 1965 die »vorläufige Anerkennung«. Zehn Jahre später hob der Bundesrat das Provisorium auf, behielt sich aber vor, den Entscheid wieder umzustossen. Erst 1981 wird der Psalm endgültig installiert. Nicht alle sind glücklich; wiederholt kommen Vorschläge für andere Hymnen. Eine »zeitgemässe« forderte im März 2004 die Berner SP-Nationalrätin Margret Kiener Nellen. Weg mit dem Schwulst und Pathos des 19. Jahrhunderts, dem patriarchal nationalen Gottesbild (Gott im hehren Vaterland), der Gebetsartigkeit der Hymne, die nur Männer anspricht (Betet, freie Schweizer, betet!). Der Bundesrat empfahl am 3. Mai, den Antrag abzulehnen. Eine Ehrenrettung versucht der St. Galler Journalist Peter Surber. Der Schweizerpsalm, mit dem »unverschämten Vorteil«, frei von Aktualität zu sein und keine wie immer gearteten Interessen zu bedienen, biete überdies einen der schönsten Zweizeiler der Volksliteratur: »In Gewitternacht und Grauen / Lasst uns kindlich ihm vertrauen!« Das sei »politisch natürlich kein Programm – aber eine Haltung«.

Roger de Weck irritierte, dass die Landeshymne den Auftakt einer nüchternen Legislatur garnierte. Bis anhin habe die Schweiz ihren »knappen Vorrat an Ergriffenheit« für den 1. August und besondere Anlässe reserviert. »Es ist ein bisschen heikel, im selben Atemzug die Nationalhymne und das Hohelied des Steuerhinterziehergeheimnisses zu singen, das in der Verfassung festgeschrieben werden soll.« (→ Bankgeheimnis)

Jean-Martin Büttner: Das Bundeshaus als Albisgüetli, Tages-Anzeiger, 2.12.2003. Motion für eine zeitgemässe Landeshymne eingereicht, Schweizerische Depeschenagentur, 9.3.2004. Koordinationskommission für die Präsenz der Schweiz im Ausland: Wie ein Kirchenlied zur Nationalhymne wurde. Zur Geschichte des »Schweizerpsalms«, www.admin.ch. Adolf Muschg: O mein Heimatland, Frankfurt 1998. Peter Surber: God save the Psalm, St. Galler Tagblatt, 13.3.2004. Roger de Weck: Hand aufs Herz, Sonntagszeitung, 7.12.2003.

Natur

Die Stadt vertreibt Natur

Künstliche Lebensräume sind heute oft wirtlicher als die eintönige Kulturlandschaft. Die Stadt beherbergt fast doppelt so viele Pflanzenarten wie eine land- und forstwirtschaftlich genutzte Gegend ähnlicher Grösse im Mittelland. 1211 eingebürgerte Pflanzenarten allein in Zürich zählte Elias Landolt, emeritierter ETH-Professor für Botanik. Freilich, auch die Stadtnatur ist bedroht (Bodenversiegelung, dichtere Bauweise, schwindende Nistmöglichkeiten, öde Einfamilienhausgärten). Doch viele Schweizer Städte fördern naturnahe Grünflächen. Als Stephan Brenneisen (Leiter der Fachstelle Dachbegrünung an der Hochschule Wädenswil) auf einem Flachdach in Basel zwei vom Aussterben bedrohte Laufkäferarten entdeckte, suchte er in Basel und Luzern systematisch weiter und fand auf 24 Flachdächern 254 Käfer- und 78 Spinnenarten – jede fünfte Spinnen- und jede zehnte Käferart vom Aussterben bedroht! Das Vorurteil, Wurzeln würden die Dachabdichtung beschädigen, sitzt in der Schweiz tief. Dank der Aktion »Das bessere Flachdach« begrünten sich zwischen 1996 und 1998 allein in Basel über acht Hektaren – eine Fläche, von der der Naturschutz »am Boden« nur träumen kann. Auf dem Drei-Hektaren-Dach des Seewasserwerks in Wollishofen bei Zürich bildeten sich auf einer durchschnittlich 30 Zentimeter dicken Erdschicht Magerwiesen mit 175 Pflanzenarten, darunter zahlreiche gefährdete – und neun Orchideen.

Was schon lange zu beobachten ist, bestätigt Stadtökologe Stefan Ineichen. Mit fortschreitendem Klimawandel dient der exotische Mix von Pflanzen und Tieren in städtischen Lebensräumen als Artenpool für die Belebung der ganzen aufgeheizten Landschaft. »Dann bringt die Zukunft nicht eine Rückeroberung der Stadt durch die Lebewesen von draussen, sondern eine Eroberung nichtstädtischer Lebensräume durch die Natur der Stadt.«

Gregor Klaus: Natur in die Stadt holen – ein ungenutztes Potential, NZZ Nr. 245, 22.10.2003. Von der Wüste zur Oase, NZZ Nr. 251, 29.10.2003. Stefan Ineichen: Die wilden Tiere in der Stadt, Frauenfeld 1997.

Neutralität

1. Die Schweiz ist neutral, unabhängig, souverän

So will es das traditionelle Selbstverständnis. In Wirklichkeit hat sich die Schweiz immer wieder mal angepasst. Im Zweiten Weltkrieg konnte sie ihre Unabhängigkeit nur mit wirtschaftlichen Zugeständnissen an Hitler-Deutschland bewahren. Jüngere Beispiele? Von 1977 bis 1991 tauschte der Schweizer Nachrichtendienst »Informationen über militärische Belange und Kriegsmaterial mit Südafrika« aus, obwohl der Bundesrat die Waffenausfuhr nach Südafrika längst verboten hatte, das damalige Apartheid-Regime international geächtet war. In über fünfzig Treffen mit südafrikanischen Geheimdiensten entwickelte sich »eine Art Schattendiplomatie, die sich faktisch jeder politischen Kontrolle entzog« (Bruno Vanoni). Kurz: eine schwere Verletzung der Aussen- und Neutralitätspolitik. Und als der Westen anfangs 1950er Jahre im Kalten Krieg über eingeschränkte Exporte nach Osteuropa diskutierte, gab die Schweiz amerikanischem Druck nach und schloss sich praktisch vollständig dem Embargo gegenüber den kommunistischen Staaten an.

Neutrale Schweiz? Niklaus von Flüe (1417-1487) hat als Erster gemahnt, sich aus fremden Händeln herauszuhalten. Ihm gelang es, 1481 die zerstrittenen Acht Alten Orte (Kantone) zu einigen. Das rettende »Stanser Verkommnis« verlangte, dass ohne Mehrheitsbeschluss keine separaten Bündnisse geschlossen, keine Kriege gegen aussen geführt werden dürfen. In Marignano verloren die Schweizer 1515 den Kampf um das Herzogtum Mailand und in der Folge den Einfluss auf die internationale Politik. Der Dreissigjährige Krieg (1618-1648) brachte die bewaffnete Neutralität, der Westfälische Friede 1648 die Unabhängigkeit vom Deutschen Reich, der Wiener Kongress (1815) die völkerrechtliche Verpflichtung zur ständigen Neutralität, die erste Schweizer Bundesverfassung 1848 einen Passus zur integralen Unabhängigkeit und Neutralität. 30 Jahre später reagierte die Schweiz auf Einmischungsversuche von Deutschland und Frankreich mit dem Aufbau eines eigenen Heers. Dass es der Schweiz gelang, sich aus den Kriegswirren mehr oder weniger herauszuhalten, sei allerdings eher eine der »genuinen Leistungen« des politischen Systems, »weniger der – auch und besonders öffentlich mystifizierten – bewaffneten Neutralität« (Oswald Sigg).

Neutralitätsrecht – eine »Erfindung« des 19. Jahrhunderts, das in der Realität des 21. Jahrhunderts »im besten Fall diffuse, jedenfalls kaum mehr kommunizierbare Ergebnisse bringt«, betont Franz von Däniken, Staatssekretär im EDA, erster Berater des Bundesrats in Aussenpolitik. »Streiterledigung durch Schiedsgerichtsbarkeit« bleibe »ein Glasperlenspiel«, das nicht klingt; »Pacta sunt servanda – ein schöner Grundsatz, gemacht für schönes Wetter«: »Sollten wir nicht endlich zugeben, dass diese Kathedralen der schweizerischen Aussenpolitik auf tönernen Füssen stehen? Wenn sie überhaupt stehen und nicht Phantasmagorien sind!«

Auch für Walter Wittmann hat die Neutralität im radikal veränderten europäischen und globalen Umfeld ihr Fundament verloren. Keine Säule sei mehr tragfähig, weder die ökonomische, politische noch völkerrechtliche. »Was jahrhundertelang nicht nur richtig, sondern auch unverzichtbar war, sich selbst noch im

Kalten Krieg halbwegs bewährt hat, bewegt sich nun im luftleeren Raum.« Die schweizerische Neutralität, ob bewaffnet oder nicht, ist »zum Mythos degeneriert«. Gezweifelt hat schon Max Petitpierre (1899-1994), als Bundesrat von 1945-1961 ein »umsichtiger Verwalter der Neutralität« (Paul Widmer). Zumindest im kleinen Kreis äusserte er Bedenken punkto Verantwortbarkeit, Praktikabilität und Funktionalität: »Les conditions de la neutralité n'existent plus aujourd'hui.«

Im Jahr 2003 wollen 88 Prozent der Bevölkerung eine neutrale Schweiz – allen voran Bundesrat Christoph Blocher (SVP). Das ergibt die Studie »Sicherheit 2003«, die auf zwei Befragungen der Schweizer Stimmbevölkerung (insgesamt 2204 Personen) basiert. 69 Prozent meinen, die Schweiz solle in politischen Konflikten klar Stellung beziehen, in militärischen jedoch neutral bleiben. Nur 29 Prozent nähmen zugunsten internationaler Zusammenarbeit Einbussen an Souveränität in Kauf.

Bruno Vanoni: Neutralitätspolitik krass verletzt, Tages-Anzeiger, 27.8.2003. Gerald Schneider: Vom Sonderfall zum Normalfall. Eine Einführung in die Aussenpolitik der Schweiz, Zürich, 1998. Walter Wittmann: Helvetische Mythen, Frauenfeld 2003. Georg Holzherr: Niklaus von Flüe, in: Erwin Jaeckle/Eduard Stäuble (Hg.): Grosse Schweizer und Schweizerinnen, Stäfa 1990. Oswald Sigg: Die politische Schweiz, Zürich 1996. Rolf App/Urs Bader/Bruno Vanoni: Die Eidgenossenschaft in Jahrhundertschritten. Separatdruck St. Galler Tagblatt, St. Gallen 1991. Franz von Däniken: Recht und Macht in der Aussenpolitik, NZZ am Sonntag, 12.10.2003. Christoph Breitenmoser: Neutralität – Richtschnur einer Nation, NZZ Nr.173, 29.7.2003. Paul Widmer: Schweizer Aussenpolitik und Diplomatie. Von Charles Pictet de Rochemont bis Edouard Brunner, Zürich 2003. Bruno Lezzi: Die Neutralität gewinnt wieder an Stellenwert, NZZ Nr. 190, 19.8.2003.

O

Oberaargau

Gehört zum Kanton Aargau

Der Hinterthurgau gehört zum Thurgau, der Oberaargau aber nicht zum Aargau, sondern zum Kanton Bern. Er bildet den nordöstlichsten Teil mit den Amtsbezirken Aarwangen, Wangen und fünf Gemeinden des Amts Trachselwald (insgesamt 56 Gemeinden). Der Oberaargau, 859 als fränkischer Verwaltungsbezirk erstmals so benannt (»superior pagus Aragauginsis«), wurde im Gegensatz zum Unteraargau 1803 dem Kanton Bern zugeschlagen. Er grenzt im Süden ans Napfbergland, im Norden reicht er bis auf die Höhe der vordersten Jurakette, im Osten an die Kantone Luzern, Aargau und Solothurn und im Westen ans solothurnische Wasseramt und das Gebiet am Unterlauf der Emme.

www.oberaargau.ch.

Das Obligatorische

Bezeichnet die Mindestjahre der allgemeinen Schulpflicht

So wenig wie die »Genietruppe« die Hochbegabten. »Das Obligatorische« ist die ausserdienstliche Schiesspflicht für alle Angehörigen der Armee (AdA), die eine persönliche Armee-Waffe zu Hause haben. Und »Genietruppe« heisst in der Schweiz das »militärische Ingenieurwesen«, die Pioniertruppe, die Brücken baut.

Am Obligatorischen sind mindestens 18 Treffer und 42 Punkte verlangt, ab 66 gibt es die Anerkennungskarte der Eidgenossenschaft. »Für Männer, die es nicht über die gläserne Decke in Verwaltungsräte schaffen, ist die Nachschiessübung – neben dem Zürcher Sechseläuten – die letzte Bastion ihrer historischen Jägerprivilegien« (Giorgio Girardet). Auch diese »letzte Bastion« bleibt nicht, was sie war: Künftig sollen die Soldaten ihr Sturmgewehr nach Ende der Dienstzeit nur noch leihweise behalten können.

Giorgio Girardet: Nachschiessen, Das Magazin 2/2004. Thomas Küng: Gebrauchsanweisung für die Schweiz, München 2003.

Ogi, Adolf

Kein Kirchenlicht, der einstige Skilehrer und Bundesrat aus dem Berner Oberland

Ein charismatischer Politiker, der es auf die Weltbühne schaffte – im Gegensatz zu anderen Alt-Bundesräten. Ein Kommunikationstalent, der die Schweiz im Ausland überzeugend vertritt und verkauft – derzeit als Uno-Sonderberater für Sport, Entwicklung und Frieden. Ein Meister im »Spagat zwischen Heimatstolz und Weltoffenheit«, ein eigentlicher »Branding-Pionier« der Schweiz (Oliver Prange). Im April 2003 erhielt er den Max-Petitpierre-Preis für sein Wirken »zum Wohle der Schweiz im In- und Ausland«.
Adolf Ogi (*1942), Bundesrat 1988 bis 2000, sieben Jahre Vorsteher des Verkehrs- und Energiewirtschaftsdepartements (EVED), dann abgeschoben ins Militärdepartement (EMD), ab 1998 Departement für Verteidigung, Bevölkerungsschutz und Sport (VBS). »Als ich gewählt wurde, hat man gesagt, dass der Ogi nur fürs EMD tauge. Plötzlich ist der Ogi dann im EVED aufgetaucht, was eine echte Überraschung war.«
Adolf Ogi, belächelt von Intellektuellen, bedacht mit unzähligen Witzen – zum Beispiel: »Ogi verklagte die Migros, weil während eines Einkaufs der Strom ausfiel und er 14 Stunden auf der Rolltreppe stehen blieb.« Oder: »Ogis Haus ist abgebrannt, mitsamt der Bibliothek. Beide Bücher sind zerstört – obwohl er das eine noch nicht einmal fertig ausgemalt hatte.«
Eine Frohnatur, bodenständig, begeisterungsfähig, spontan, engagiert. Macht am liebsten, was »ein Resultat« hergibt. Propagiert den Sport als beste Lebensschule. Sucht in jeder Situation die richtige Mischung »zwischen Bescheidenheit

und Selbstbewusstsein«. Predigt unermüdlich, dass »wir dieses Land nicht verwalten, sondern gestalten und vorwärts bringen müssen«. Führte im Fernsehen vor, wie beim Kochen eines Drei-Minuten-Eis Energie zu sparen ist. Prägte das geflügelte Wort »Freude herrscht«, als Landsmann Nicollier ihm 1992 direkt aus dem All seine Kapsel schilderte und den Blick auf das Matterhorn, welches Ogi kurz zuvor bestiegen hatte. Schenkte 1995 Gast Kofi Annan einen der selbst gesuchten Kristalle, von denen er immer einen im linken Hosensack trägt, lud ihn zur Bergwanderung ein. »Ich würde mal sagen, ich bin nicht der Intelligenteste, vielleicht auch nicht der Dümmste. Doch wie man mit Leuten umgeht, kann man nicht an der Uni lernen, auch nicht an der Primarschule in Kandersteg.«

Oliver Prange/Klaus Vieli: Adolf Ogi, Interview, Persönlich. Die Zeitschrift für Marketing und Unternehmensführung, Juni 2002.

Oktoberfest

Ist den Münchnern vorbehalten

2003 fanden das erste Berner und das achte Zürcher Oktoberfest statt. Einen Monat lang geben sich allabendlich Hunderte dem »Riesengaudi im Herzen von Zürich« hin: saufen, schlemmen, singen, schunkeln. Bereits im Sommer sind die Sitzplätze auf dem »Bauschänzli« in der Limmat für gewisse Tage ausgebucht. Die rund 50 000 Gäste bewältigen 60 000 Liter Bier, 9000 Weisswürstl, 2000 Haxn, 7000 Hendl, 1,3 Tonnen Fleischkäse, 1,2 Tonnen Sauerkraut und 1000 Portionen Kaiserschmarren. Die Musikanten und Serviererinnen aus Bayern mögen die Miniversion in Zürich: »Wo kann man sonst einfach blöd sein und die Sau rauslassen?«

Zürcher Oktoberfest, NZZ Nr. 236, 11./12.10.2003. Marc Zollinger: Einmal im Jahr so richtig lustig sein, Tages-Anzeiger, 15.10.2003.

Olten

Nebel und Langeweile. Am besten umfahren!

Stimmt nicht. Oder nur halb. »Leider hat es viel weniger Nebel als früher«, bedauert Werner de Schepper, der »Blick«-Chefredaktor, der in Olten wohnt. Ihn dünke, Olten habe sich »etwas aufgeklärt«. »Keine so schlechte Stadt, wie alle meinen«, verteidigt Mike Müller, Sänger der Oltner Mundartpop-Band »Soda«. »Für eine Kleinstadt läuft recht viel, kulturell. Nichts gegen Aarau, aber dort ist tote Hose, was Konzerte anbelangt. In Olten hast du fünfzehn Bars und fünf Konzertlokale.« Und ein blühendes Sexgewerbe, frequentiert von Freiern aus der ganzen Deutschschweiz: acht Cabarets, zwölf Thai-Studios, acht weitere Salons und der Strassenstrich im Industriequartier, von dem behauptet wird, er sei der längste der Schweiz.

Der wichtigste Bahnhof der Schweiz. Eisenbahnknotenpunkt. 70 Prozent der Schweizer Einwohner erreichen Olten innerhalb einer Stunde. Ab 2008 soll der gesamte schweizerische Zugverkehr von hier aus gesteuert werden. Legendär ist das Bahnhofbuffet. Hier entstanden der Schweizerische Alpenclub SAC, der Schweizerische Brauereiverein und der Schweizerische Buchhändler-Verein. Hier trafen sich die 22 Dissidenten, die 1969 den Schweizerischen Schriftstellerverein (SSV) verliessen, weil Präsident Maurice Zermatten einen Beitrag im »Zivilverteidigungsbuch« publiziert hatte, einem staatlich antikommunistischen Pamphlet. 1971 gründeten sie die »Gruppe Olten« – in Erinnerung an das »Oltener Komitee«, das 1918 den Generalstreik ausgerufen hatte. Peter Bichsel, in Olten aufgewachsen, war auch dabei.

Die Oltner, überragende Minigolf-Spieler, wurden 1998 erstmals Schweizermeister bei den Mannschaften. Weil die Westschweiz keinen Spitzenclub hat, tritt der Waadtländer Michel Rhyn für den Minigolf-Club Olten an – amtierender Europameister im Einzel.

Dennoch: Niemand mag Olten. »Nur zu verständlich«, folgert Margrit Sprecher, »dass Olten, nach Schweizerart, seinen Minderwertigkeitskomplex mit Grossmannssucht kompensiert – eine explosive Mischung, auf die sich manches Schweizer Grounding zurückführen lässt ... Mit anderen Worten: Olten – das sind wir alle.« (→ Minigolf)

Lilli Binzegger/Viviane Manz: Die Stadt hinter dem Bahnhof. Alex Capus: Via Olten. Andreas Heller: Black Cherry im Bifang. Daniel Weber: Gut Loch! Margrit Sprecher: Wir sind alle Oltner, in: Olten einfach, NZZ Folio, Juli 2003. Herbert Hoven (Hg.): In Olten umsteigen. Über Peter Bichsel, Frankfurt 2000. Franziska Schläpfer: Die Schweiz von A-Z, Buchjournal, Herbst 1998.

Opernhauskrawall

Eine zeitgenössische Oper provozierte das Publikum

15 Monate lang Demonstrationen, Plünderungen, Strassenschlachten, Sachschäden in der Höhe von vier Millionen, 4000 Verhaftungen, über 1000 Strafverfahren (30. Mai 1980 bis Ende August 1981). Der Opernhauskrawall – das »initiale Ereignis für die Jugendbewegung der achtziger Jahre« (Stephan Ramming). Keine Utopien à la 1968. »No future« sprayten sie an die Fassaden, und Ⓐ für Autonomie. »Nieder mit den Alpen – freie Sicht aufs Mittelmeer!« Sprich, ein besseres Leben. Provoziert durch einen 60-Millionen-Kredit für den Umbau des Zürcher Opernhauses, reklamierten die Jugendlichen mehr Raum für alternative Kultur. Ein Autonomes Jugendzentrum, aber »subito, susch tätschts!«. »Noch schneller als 1968 ist auch diese Protestwelle verebbt, aufgerieben zwischen Repression, Frustration und Kommerzialisierung« (Walter Leimgruber). Den Forderungen wurde Stück für Stück nachgegeben. Das Budget für alternative und freie Kulturformen von knapp einer Million auf gut elf Millionen erhöht, und nach siebenjähriger Versuchsphase nahm 1988 das Kulturzentrum Rote Fabrik seinen definitiven Betrieb auf. (→ Siehe MeierMüller)

Stephan Ramming: Als die Jugend Ärger machte. 20 Jahre Opernhauskrawall. Sabine Fischer: Chronologie: Zürich 1979-1991, beide in: Dossier »Die 80er«, Wochenzeitung WoZ, 13.4.2000. Walter Leimgruber: Lôzane bouge, Züri brännt, in: Peter Pfrunder/Walter Binder/Mario König/Walter Leimgruber/Hans Peter Treichler: Seitenblicke. Die Schweiz 1848 bis 1998 – eine Photochronik, Zürich 1998.

P

Parisienne

Eine französische Zigarettenmarke

»Parisienne« gibt's nur in der Schweiz. 1814 liess sich Martin Burrus aus dem französischen Elsass im jurassischen Boncourt nieder, produzierte Pfeifen- und Kautabak, übergab 1828 an Sohn François-Joseph, der das Unternehmen F.J. Burrus nannte. Es produzierte 1886 seine ersten Zigaretten, kreierte 1887 die handgemachte »Parisienne«, 1958 dann, 71 Jahre später, »Parisienne Super«, 1968 »Select«. 1996 ging Burrus an Rothmans International; drei Jahre später fusionierte die Firma mit British American Tobacco. Deren Schweizer Tochter, seit 1920 in Genf, lancierte 1953 die einheimische Marke »MaryLong« mit der geheimnisvollen Frauenfigur des englischen Grafikers Archie Dickens. British American Tobacco Switzerland ist heute mit 35 Marken und einem Marktanteil von 43 Prozent zweitgrösster Tabakhersteller der Schweiz. 600 Mitarbeiter arbeiten für das Unternehmen, 400 in Boncourt.

Die »Parisienne« trägt zwar einen mondänen Namen, ist aber die progressivste der wirklich schweizerischen Marken, so etwas wie ein Symbol helvetisch avantgardistischer Haltung. Die deutsche Schriftstellerin Judith Hermann sprach während ihrer letzten Schweizer Lesereise davon, hierher zu ziehen, verlockt durch »gutes Brot und Parisiennes«. Auch MTV-Kultmoderatur Markus Kavka raucht am liebsten »Parisienne«. »Immer wenn Besuch kommt aus der Schweiz, müssen die eine Stange mitbringen.« In Urs Widmers Erzählung »Der blaue Siphon« begegnen wir dem kettenrauchenden Vater: »Mein Vater drückte beide Zigaretten in der Kaffeetasse des Chefs aus – der rührte sich nicht, blind hinter seiner Rauchwand –, holte ein neues Paket aus der Tasche, eines der Marke Parisienne, riss es auf und steckte sich eine weitere Zigarette in den Mund.«

Glück heisst Brot und Parisiennes, Tages-Anzeiger, 9.12.2003. Simon Brunner: Ein Tag im Leben, Markus Kavka, Das Magazin 32/2003. Urs Widmer: Der blaue Siphon, Zürich 1992.

Pestalozzi, Johann Heinrich

Verteilte Geld und Gut an Bedürftige

»Ich bin doch nicht der Pestalozzi!« Mit dieser Redeweise schlagen Schweizer die Bitte um Geld ab. Als hätte Pestalozzi je Geld zu verteilen gehabt. Im Gegenteil: »Wenn ich mein Werk, wie es wirklich ist, ansehe, so war kein Mensch auf Erden unfähiger dazu als ich. Es forderte ungeheures Geld – ich hatte nicht einmal geheures, aber ich fand das ungeheure. (...) Mein Werk forderte ökonomische Ordnung – ich hatte keine und setzte es doch durch.«

Und wie! Trotz zahlreicher Enttäuschungen und selbst verschuldeter Debakel. Ein genialer Volkserzieher und kühner Neuerer, fruchtbarer Schriftsteller, Kulturphilosoph, politischer Pamphletist – immer wieder angewiesen auf die finanzielle Generosität von Freunden und Gattin.

Heinrich Pestalozzi (1746-1827) entstammte einer weit verzweigten, aus Chiavenna nach Zürich eingewanderten Kaufmannsfamilie. Seine Eltern waren nicht begütert. Pestalozzi brach das Theologiestudium ab, schrieb, wandte sich, Rousseau vor Augen, der Landwirtschaft zu und übernahm ein Gut bei Birr. »Dabei zeigte er eine gefährliche Fähigkeit, sich selber und seinen Geldgebern übertriebene Hoffnungen auf angeblich sicheren Geldgewinn zu wecken« (Peter Stadler). 1769 heiratete er Anna Schulthess, Tochter aus wohlhabender Familie; zwei Jahre später bezogen sie ihr neu gebautes Haus, den »Neuhof«. Es folgten Missernten, Zusammenbruch, Eröffnung einer Armenanstalt.

Ende 1798 bot sich endlich die ersehnte Gelegenheit zu pädagogischem Wirken. In Stans. Die Nidwaldner hatten ihre Auflehnung gegen die neue Verfassung mit vielen Toten bezahlt; im Kampf gegen die französische Besatzungsmacht starben auch 25 Kinder und 102 Frauen. Sieben Monate leitete Pestalozzi (seit 1792 französischer Ehrenbürger!) das Waisenhaus, von der Regierung und dank Sammlungen reichlich mit Geld versehen. Die Verklärung als Wohltäter geht fast ausschliesslich auf dieses Wirken zurück; später wurde seine Gutherzigkeit vermutlich aufs Pekuniäre übertragen.

1800 eröffnete er ein Erziehungsinstitut auf Schloss Burgdorf, vier Jahre später auf Schloss Yverdon. Auch dieses Pensionat für wohlhabende Zöglinge aus halb Europa geriet in finanzielle Nöte. 1815 starb Anna, die bis zuletzt die »Endzwecke« ihres Gatten unterstützt hatte. In einer pessimistischen letzten Rede am 26. April 1826 vor der Helvetischen Gesellschaft zeichnete Pestalozzi eine Schweiz, die dem »Zeitluxus« und dem »Verbrauchergeist« verfällt. Und im »Schwanengesang«, seinem letzten Werk, ein kritisches Selbstporträt: »Mein Leben hat nichts Ganzes, nichts Vollendetes hervorgebracht.«

Fritz René Allemann (Hg.): Grosse Schweizer sehen sich selbst, Zürich 1978. Peter Stadler: Heinrich Pestalozzi, in: Erwin Jaeckle/Eduard Stäuble: Grosse Schweizer und Schweizerinnen, Stäfa 1990.

Petit Suisse

Kleingewachsener Schweizer?

Französischer Käse aus der Normandie. Immerhin der Ursprung ist eidgenössisch. Der Schweizer Jules Gervais, um 1850 Angestellter einer Molkerei in Auvilliers in der Nähe von Beauvais, riet seiner Chefin, den ungesalzenen Käseteig mit Rahm anzureichern. Voilà der Doppelrahmfrischkäse. Sohn Charles Gervais spedierte seine »Petit Suisse« noch mit Pferdekutschen nach Paris. »Einzigartig«, rühmt heute der Produzent »Danone Schweiz« die zylinderförmigen »Petit Suisse«. Kalzium, Proteine, weniger Fett als früher, aber immer noch der alte Gervais-Schriftzug.

Cédric Dumont: Kulinarisches Lexikon, Bern 1997. www.danone.ch.

Pilatus

Der Luzerner Hausberg ist nach Pontius Pilatus benannt

Der Namensursprung ist weniger dramatisch als die schauerliche Legende des römischen Statthalters von Judäa, der Jesus ans Kreuz brachte, sich selbst richtete, im Tiber versenkt werden sollte, was Flussgeister und ein Unwetter verhinderten, schliesslich neben einem kleinen See auf der Brünlen-Alp am Pilatus begraben wurde. Jeden Karfreitag verliess er sein Grab und wusch seine blutigen Hände im See. Wer seine Ruhestätte störte, brachte Unwetter und Verwüstung über die umliegenden Dörfer. Solches Unglück wollten weder kirchliche noch weltliche Autoritäten herausfordern. Im 14. Jahrhundert verbot der hohe Rat der Stadt, den Pilatus zu besteigen. Als zwei Männer sich trotzdem hinaufwagten, brach prompt ein Gewitter los. Die beiden landeten im Gefängnis. 1518 erhielt der St. Galler Humanist Vadian (Joachim von Watt) eine Erlaubnis, 1555 der Zürcher Naturforscher Conrad Gessner. Dieser war sicher, Pilatus habe nie an diesem Ort geweilt. 1594 erlöste der Luzerner Stadtpfarrer den Berg von seinem Fluch; das Verbot wurde aufgehoben, der See sicherheitshalber trockengelegt.

Woher der Berg seinen Namen hat? Sprachwissenschaftler Patrick Brauns beschäftigt sich mit Bergnamen. »Pilleatus« bedeute »mit einer Filzkappe bedeckt«, im übertragenen Sinn heisse der »mons pileatus« seit 1433 »der von Wolken bedeckte Berg«. Noch älter sei ein zweiter Name, der sich auf die Form beziehe; ein Dokument aus dem 9. Jahrhundert erwähne ihn als »fractus mons«, als gebrochener Berg. Beide Bezeichnungen hielten sich bis ins 16. Jahrhundert. Gessner überschrieb seine Schilderung mit »Descriptio Montis Fracti sive Montis Pilati« – Beschreibung des gebrochenen Bergs oder bedeckten Bergs. Linguistin Nathalie Henseler führt den Namen auf das romanische »Pilat« zurück, nach dem lateinischen »pila« – Säule. Man wähle!

Patrick Brauns: Die Berge rufen. Alpen, Sprachen, Mythen, Frauenfeld 2002. Nathalie Henseler: Chraezerengrat und Schijen. Berge und ihre Namen schaffen Schweizer Identität, NZZ am Sonntag, 14.9.2003.

Pilzbarth, Prof.

Ein genialer Wissenschaftler, laut Lexikon

Eine satirische Figur, die es in namhafte Nachschlagewerke schaffte. Kreiert und mit stupenden Belegen ausstaffiert vom Zürcher Psychiater Jürg Willi und Gattin Margaretha Dubach, Künstlerin mit surrealistischem Flair. Die beiden flunkern fürs Leben gern (→ Helvetia). Sie tun es hervorragend – unglaublich, wie viele die Geschichten glauben. Als sie 1994 Leben und Wirken des Professor Pilz-

Höchste Aufmerksamkeit wendet Professor Pilzbarth der Ausbildung des Personals zu. Hier üben Schüler mit Manipulierhauben die richtige Montage des Transmutors an weiblichen Kandidaten

barth im Medizinhistorischen Museum der Universität Zürich präsentierten, staunte die medizinische Fakultät über den neu entdeckten Wissenschaftler. Jakob Pilzbarth (1844-1911), im thurgauischen Ermatingen geboren, studierte Medizin in Zürich und Wien, war fasziniert von Menschen mit tierartigen Abnormitäten, arbeitete auch gemeinsam mit Sigmund Freud (der seine Psychoanalyse von Pilzbarths Anthropolyse herleitete). Pilzbarths Versuch, Menschen morphologisch zu verändern, führte in Wien zu einem Skandal, vor dem der Wissenschaftler 1882 nach Zürich flüchtete. Hier entstand sein Hauptwerk: »Die Überwindung des Menschseins durch Anthropolyse« (1900). Der Mensch, ein hoffnungslos veraltetes Modell. Anstatt an ihm rumzubasteln und Defizite zu reparieren, meinte Pilzbarth, verhelfe ihm die Medizin besser zum Sprung in die nächste Phase der Evolution. 1901-1908 wirkte er in der zürcherischen Kuranstalt Girenbad. Wer will nicht Schöpfer seiner selbst sein! Der Andrang war enorm. Auch C.G. Jung fand sich unter den Kandidaten. Das posthominide Stadium blieb zwar unerreichbar, Pilzbarth gelangen dennoch erstaunliche psychophysische Veränderungen. Er zierte eine 5-Rappen-Marke, war als Nobelpreisträger im Gespräch. Hatte selbstverständlich auch Gegner. 1908 schritten die Behörden ein, schlossen die Kuranstalt, konfiszierten seine Schriften und verurteilten ihn wegen Vernachlässigung der ärztlichen Sorgfaltspflicht. Nachzulesen in der »Neuen Deutschen Biographie«. Oder in der »Enzyklopädie Philosophie und Wissenschaftstheorie« zwischen Max Planck und Pietismus. – Dennoch alles frei erfunden!

Jürg Willi/Margaretha Dubach: Die Überwindung des Menschseins. Nach der Heilmethode von Prof. Pilzbarth, Düsseldorf 2003. Historische Kommission bei der Bayerischen Akademie der Wissenschaften (Hg.): Neue Deutsche Biographie, Bd. 20, Berlin 2001. Jürgen Mittelstrass (Hg.): Enzyklopädie Philosophie und Wissenschaftstheorie Bd. 3, Stuttgart 1995. www.musee-bizarre.ch.

Pisa-Studie

1. Ohne Ausländer wären Schweizer Weltspitze

Es trifft zwar zu: Vor allem ausländische Schüler aus »bildungsfernen Milieus« drücken die Lesekompetenz der Schweizer Schulabgänger; in der Pisa-Studie belegt die Schweiz unter 32 Ländern nur noch Rang 17. Doch auf den tiefsten Lese-Niveaus finden sich auch Schweizer Kinder. Und vor allem: Ohne Ausländer wäre die Schweiz gar nicht überlebensfähig. Also müsse Integration »Grundgedanke der Volksschule« sein, in bildungs- wie gesellschaftspolitischer Hinsicht. Sagt Martin Wendelspiess, Chef des Volksschulamts des Kantons Zürich. Und für Ernst Buschor, acht Jahre Bildungsdirektor des Kantons Zürich (bis 2002) waren drei Geisteshaltungen »tödlich«: Rückzug ins nationale Réduit. Vernachlässigung gezielter Einwanderung. Preisgabe des lebenslangen Lernens. Die schlechte Integration fremdsprachiger Kinder sei verheerend für ein Einwanderungsland. Das Schulsystem fördere die sozialen Unterschiede, statt sie abzubauen, und produziere zu viele Schulmüde. Im Rahmen des Projekts »Harmos« will die Konferenz der kantonalen Erziehungsdirektoren (EDK) bis 2006 landesweit geltende Kompetenzniveaus festlegen.

Die Schweiz, ein Volk von klugen Köpfen. Bildung gilt seit 200 Jahren als Schlüssel zur Zukunft. Nur durch die Bildung der Jugend gewännen wir ein »unveräusserliches Kapital, das weder ›verrünnen‹ noch ›verbrünne‹ kann«, predigte 1835 Pfarrer Jakob Heer im glarnerischen Matt. Obwohl erst um 1850 integriertes Lesen-Schreiben-Lernen selbstverständlich wurde, belegten einzelne Regionen der späteren Schweiz schon um 1775 einen europäischen Spitzenrang. Noch 1838 verlangte die Berner Gemeinde Sigriswil von Schulanfängern ABC-Kenntnisse. Die Kehrseite: Bereits 1829 wandte sich etwa die Schaffhauser Regierung in einem Flugblatt gegen die verderbliche »Lesesucht«. Im Jahr 2000 schockierte das Resultat der internationalen OECD-Schulstudie PISA: Fast ein Fünftel der 15-Jährigen versteht am Ende der Schulzeit einfache Texte nur rudimentär oder überhaupt nicht. Lesen, eine Qual. Bücher, eine fremde Welt.

Auch beim lebenslangen Lernen hapert es. Die Organisation für wirtschaftliche Zusammenarbeit OECD untersuchte in neun Ländern Zusammenhänge zwischen Weiterbildung und wirtschaftlichem Wachstum. Jährlich bilden sich in der Schweiz 1,9 Millionen Erwachsene (vor allem gut Ausgebildete) in 2,7 Millionen Kursen während 123 Millionen Stunden weiter. 39 Prozent der Bevölkerung. Dennoch rutschte die Schweiz von einer Spitzenposition auf Rang sechs (vor Kanada, Portugal und Spanien). Die Schere zwischen gut und schlecht Ausgebildeten öffnet sich immer mehr. Die OECD lobt zwar unser duales Berufsbildungssystem, ebenso die Weiterbildung Arbeitsloser. Doch während britische Patrons die Kurse ihrer Leute zu 90 Prozent finanzieren, tragen Schweizer Arbeitgeber bloss 40 Prozent bei.

2. Computer im Kinderzimmer halten vom Lesen ab

Im Gegenteil. Viele Kinder finden via PC und Internet leichter Zugang zu literarischen Stoffen und werden auch auf gedruckte Bücher neugierig. Seit den 1990er Jahren beschäftigt sich das Zentrum Lesen an der Fachhochschule Aargau mit theoretischer und praktischer Leseförderung. Andrea Bertschi-Kaufmann leitete gemeinsam mit Horst Sitta das Nationalfondsprojekt »Literalität im medialen Umfeld«, das über längere Zeit die Lese- und Schreibentwicklung von 300 Kindern und Jugendlichen untersuchte, die mit Büchern und neuen

Medien gefördert wurden. Auch Volkskundler Alfred Messerli betont: Wer mithalten will, muss den Computer beherrschen. Das Vehikel einer neuen Kulturtechnik habe in den 1980er Jahren einen Platz eingenommen wie 150 Jahre zuvor der Kalender oder das Gebetbuch.

Michael Lütscher/Marco Morell: Alles andere als schulmässig, Sonntagszeitung, 9.11.2003. Miklós Gimes: Alte Schule, Das Magazin 48/2003. Emanuel La Roche: Wie die Schweiz gebildet wurde, Tages-Anzeiger, 13.12.2003. Alfred Messerli: Lesen und Schreiben 1700-1900. Untersuchungen zur Durchsetzung der Literalität in der Schweiz, Tübingen 2002. Michael Meier: Schlechte Noten für die Weiterbildung in der Schweiz, Tages-Anzeiger, 8.10.2003. Bundesamt für Statistik: Statistisches Jahrbuch 2003, Zürich 2003. Andrea Bertschi-Kaufmann: Lesen und Schreiben in einer Medienumgebung. Die literalen Aktivitäten von Primarschulkindern, Aarau 2000. www.zentrumlesen.ch.

Pfahlbauer

Die frühesten Dörfer der Schweizer standen im See

Sie standen am Ufer. Schon um 1950 haben Forscher die Stelzendörfer von ihren Seeplattformen geholt. Doch gegen wissenschaftliche Erkenntnisse ist ein Mythos immun.

Die ersten Spuren fand der Berner Lehrer Albert Jahn 1850 am Bielersee. Im Winter 1853/54, bei niedrigstem Wasserstand seit Menschengedenken, stiessen Arbeiter in Meilen am Zürichsee beim Graben am frei gewordenen Ufer auf Pfähle, Knochen, Keramik. »In frühester Vorzeit haben Gruppen von Familien ihre Wohnung auf Pfahlwerk in den Schweizerseen erbaut«, schloss Ferdinand Keller, Präsident der Antiquarischen Gesellschaft Zürich. Nach seiner Theorie waren die Pfähle Reste einer Konstruktion, die eine riesige Plattform im See trug, auf der ein ganzes Dorf stand. Sein Forschungsbericht versetzte Europa ins Pfahlbaufieber. 1864 waren schweizweit schon gegen 60 Orte bekannt.

Um 1920 äusserten deutsche Forscher erste Zweifel und rückten die Pfahlhäuser auf festen Ufergrund. 20 Jahre später setzten sie die Häuser ebenerdig auf die Strandplatte und behaupteten, die abgehobenen Bauten seien insgesamt ein Irrtum. Heute geht die Forschung von verschiedenen Wohnformen aus, auch von

Pfahlhäusern – nur Kellers grosse Plattformen weit im See draussen gehören »endgültig der Vergangenheit an«, schreibt Archäologin Geneviève Lüscher. Dass die vielen Pfähle aus verschiedenen Zeiten stammen, konnte erst die Dendrochronologie zeigen. Die aufwändige Methode ermöglicht jahrgenaue Datierung. An der Breite der Baumringe ist das Klima abzulesen; diese Breiten, auf eine Skala übertragen, ergeben eine Kurve, »die für dieselbe Baumart in derselben Region und derselben Zeit gleich ist«. In Arbon am Bodensee zum Beispiel weiss man heute, dass die 27 Häuser in den Jahren 3384 v. Chr. bis 3376 v. Chr. erstellt wurden. Der Prähistoriker Werner E. Stöckli (Universität Bern) schätzt, dass im Neolithikum im Mittelland »gleichzeitig etwa 500 Siedlungen existierten«, die durchschnittlich etwa 20 Jahre bestanden – macht in den rund 2000 Jahren dieser Epoche etwa 50 000 »temporäre Dörfer«.
Die Pfahlbauer kamen der Schweiz des 19. Jahrhunderts gelegen, meint der Neuenburger Archäologe Marc-Antoine Kaeser in seiner Studie »Les Lacustres. Archéologie et mythe national«. Sie hatte einen Bürgerkrieg hinter sich, die alten Helden waren abgetakelt, die neue Vergangenheit, die da aus den Seen auftauchte, weit weg von den reaktionären Älplern. »Perfekte Ahnen für die neue Schweiz von 1848«, resümiert Geneviève Lüscher die Studie, diese einfache, arbeitsame, friedliche Gesellschaft im Mittelland. Ironie des Schicksals, dass präzis zum 150-Jahr-Jubiläum der Schweizer Pfahlbauforschung in den Voralpen im Vierwaldstättersee (Kehrsiten, Nidwalden) ein jungsteinzeitliches Pfahlfeld entdeckt wurde.
An romantischen Pfahlbauer-Bildern entzündete sich die Fantasie ganzer Generationen. Doch der eigentliche Mythos konnte laut Kaeser nur keimen, weil die Pfahlbauidee damals zwei entgegengesetzte Ideologien vereinte: Liberalismus und Konservatismus. Den einen bedeutete die Urgeschichte Fortschritt (Stein-, Bronze-, Eisenzeit), den andern Bewahrung (gute alte Zeit).

Geneviève Lüscher: Wie die Pfahlbauhäuser von ihren Plattformen ans Seeufer hüpften. / Der Erfolg der Pfahlbauten beruht auf einem Mythos, der sich hartnäckig hält. / »Der Schein trügt – noch wissen wir sehr wenig«, Interview mit dem Prähistoriker Werner E. Stöckli, alle in: NZZ am Sonntag, 9.5.2004. Marc-Antoine Kaeser: Les Lacustres. Archéologie et mythe national, Lausanne 2004. Geneviève Lüscher: Urschweiz älter als vermutet?, NZZ Nr. 293, 17.12.2003. 150 Jahre Pfahlbauforschung, www.pfahlbauten.ch.

Politik

In einer direkten Demokratie ist das Volk an politischen Fragen interessiert

Das Schweizer Stimmvolk, auch »Souverän« genannt, geht mehrheitlich nicht zur Urne. Die Stimmbeteiligung liegt in der Regel um die 40 Prozent. Bürgerinnen und Bürger sind desinteressiert, überfordert auch bei jährlich vier eidgenössischen Urnengängen, kantonalen und kommunalen dazu. Nur ein Sechstel der Stimmenden kann beim Verlassen des Stimmlokals das Wesentliche einer Vorlage skizzieren und den Entscheid begründen. Das untersuchte der Politologe Hans Peter Hertig anhand der Vox-Analysen von 41 eidgenössischen Abstimmungen zwischen März 1977 und Dezember 1980. »Der Schweizer hält alles, was politisch ist, für eine Belästigung«, findet Peter Bichsel. Kommt dazu, dass viele das Gefühl haben, »diä z'Bärn obe« tun und lassen ohnehin, was sie wollen. Womit, schreibt Thomas Küng, sie nicht ganz Unrecht haben, »denn der Tricks und Sonderbestimmungen, Volksbeschlüsse zu umgehen, gibt es viele«.

Erich Gruner/Hans Peter Hertig: Der Stimmbürger und die »neue« Politik. Wie reagiert die Politik auf die Beschleunigung der Zeitgeschichte?, Bern/Stuttgart 1983. Thomas Küng: Gebrauchsanweisung für die Schweiz, München 2003.

Postauto

Kurvt über Schweizer Alpenpässe

Die helvetische Institution, die sich selber als »ein Stück Schweiz« definiert, betreibt im französischen Dole (Franche-Comté) ausserhalb der Schweiz ein städtisches Verkehrsnetz. »Wir müssen im Ausland wachsen«, sagt Postauto-Direktor Daniel Landolf. Das Kerngeschäft, der öffentliche Regionalverkehr in der Schweiz, bringe kaum mehr Gewinn. Pläne gibt es für die Lombardei und den süddeutschen Raum. Um konkurrenzfähig zu bleiben (mehr Handlungsspielraum, kein Lohnkorsett des Gesamtarbeitsvertrags) will sich Postauto Schweiz bis ins Jahr 2005 zur AG wandeln.

1906 verkehrte das erste gelbe Postauto und löste nach und nach die Postkutsche ab. Die Schweiz lässt sich heute fast lückenlos per Postauto durchqueren. In über 30 Gemeinden besorgt das Postauto den Ortsverkehr. Was an Schulreisen erinnert, an Pass-Strassen und Dreiklanghörner, hat sich zum Unternehmen mit 2000 Fahrzeugen auf einem Streckennetz von gut 10 000 Kilometern entwickelt – über dreimal länger als jenes der Schweizerischen Bundesbahnen.

Annetta Bundi, Postautos sollen öfter ins Ausland, Tages-Anzeiger, 25.11.2003. Paul Schneeberger: Fahrt Richtung Verselbständigung, NZZ Nr. 82, 7.4.2004. Regula Tanner: Die längste Postautoreise, Via 2/2004.

Psychoorganisches Syndrom (POS)

1. POS-Kinder zappeln auf der ganzen Welt

Der Begriff ist rein schweizerisch und meint »Frühkindliches Psychoorganisches Syndrom« (POS) – leichte frühkindliche Hirnschädigung. Der Terminus in Deutschland hiess »hyperkinetisches Syndrom« (HKS), bevor sich das amerikanische ADHD (Attention Deficit Hyperactivity Disorder) etablierte, zu Deutsch ADHS (Aufmerksamkeitsdefizit-/Hyperaktivitätsstörung) oder ADS.

Am Zappelphilipp-Syndrom leiden angeblich sechs bis zehn Prozent aller Kinder. Seit das Forscherpaar Bradley 1937 begann, Amphetaminpräparate zu verabreichen, wird rege geforscht und kontrovers diskutiert. Umstritten ist Ritalin mit dem Wirkstoff Methylphenidat, 1944 in der Schweiz entwickelt und seit 1954 auf dem Markt. Weder Langzeit-Nebenwirkungen noch Abhängigkeit seien definitiv geklärt. Laut einer Studie des Bundesamts für Gesundheit (BAG) im Kanton Neuenburg hat sich die Verschreibung von Methylphenidat zwischen 1996 und 2000 fast versiebenfacht. Die Zahl der Patienten stieg um 470 Prozent, die Dosis pro Patient (mehrheitlich Kinder zwischen fünf und vierzehn Jahren) um 41 Prozent. Die Zahlen lassen sich mehr oder weniger auf die ganze Schweiz übertragen.

Ein lebhaftes Kind wird schnell als POS-Kind verdächtigt. Immer jüngere Kinder kommen zur Abklärung. Die POS-Geschichte ist »geprägt von diagnostischen Problemen«, schreibt Priska Zulauf, beteiligt an einem Projekt des Instituts für

Psychologie der Universität Bern und der Medizinischen Universitätskinderklinik des Inselspitals Bern. Da es keine psychometrischen Tests gebe, erscheine »die Störungskategorie in einem zweifelhaften Licht«. Bis heute sei die Diagnose hauptsächlich »Ergebnis subjektiver Einschätzungen«, ebenso unsicher seien die Erklärungen.

In der Schweiz wie im übrigen Europa gilt ADHS auf Kinder und Jugendliche beschränkt, in den USA wird über ADHS-Erwachsene seit über 30 Jahren geforscht; die Hälfte der betroffenen Kinder weise noch im Erwachsenenalter »klinisch relevante Symptome« (Piero Rossi) auf.

Piero Rossi: Zerstreut, gereizt, leicht ablenkbar. ADHS, das frühere POS, reicht bis ins Erwachsenenalter. Priska Zulauf/Walter Perrig/Franz Kaufmann: ... oder einfach nur temperamentvoll? Grundlagenforschung mit diagnostischer Relevanz, beide in: Dossier Hyperaktivität, Psychoscope 3/2001. Andy Strässle: Vom Kampf gegen Windmühlen, Surprise Strassenmagazin Nr. 75, 16.2.2004. Christoph Wolfensberger-Haessig: Was sind POS-Kinder?, 2.1.2001, Elpos, Verein für Eltern von Kindern mit einem POS, www.elpos.ch. Hermann Städeli (Hg.): Die leichte frühkindliche Hirnschädigung, Bern 1972.

Hinweis aufs Stichwort: Marlies Glaus, Psychologin FSP, Uznach.

Pünktlichkeit

1. Die Schweiz, Land des pünktlichen Beginns

In jedem andern europäischen Land beginnt die Fernseh-Tagesschau auf die Sekunde genau. Bei SF DRS fängt die Tagesschau an, wenn der Werbeblock zu Ende ist. Mal pünktlich, mal verspätet.

Hinweis aufs Stichwort: Fredy Gsteiger, Redaktion »Echo der Zeit«, Radio DRS.

2. Die Schweiz, Land der pünktlichen Abfahrt

Zürich-Kloten ist Europas unpünktlichster Flughafen. 2003 war jeder dritte Start und über 22 Prozent der Ankünfte über 15 Minuten verspätet (15 Minuten Verspätung gilt im Flugverkehr noch als pünktlich). Das zeigt ein Vergleich der 27 wichtigsten europäischen Flughäfen. Die Swiss liegt unter 30 Fluggesellschaften auf Platz 21: Ein Drittel der Flüge im europäischen, die Hälfte im interkontinentalen Verkehr starten durchschnittlich eine halbe Stunde verspätet. Was die Swiss jährlich mindestens fünf Millionen Franken kostet, Imageschäden nicht gerechnet.

Die Pünktlichkeit ad absurdum führte am Ostermontag 2004 ein Pilot des Billigfliegers Helvetic. Er startete den Flug nach Zürich so exakt, dass die 33 Passagiere in Rom sitzen blieben. Die Maschine konnte nicht im Stadt-Airport Ciampino landen, sondern wurde auf den Flughafen Fiumicino dirigiert. Die Kunden versammelten sich in der Stadt, wurden eiligst nach Fiumicino chauffiert. Das Flugzeug stand schon auf dem Runway; der Pilot liess sich nicht erweichen: Nur keine teure Verspätung! »Einfach, günstig und sicher«, rühmt Helvetiens zweitgrösste Linienfluggesellschaft: »Wir machen das Fliegen so einfach wie Bus- und Zugfahren und freuen uns, Sie schon bald an Bord begrüssen zu dürfen.«

Da empfiehlt sich doch eher die Schiene, nach dem alten SBB-Slogan »Der Kluge reist im Zuge«: 2003 fuhren 81 Prozent der SBB-Personenzüge auf die Minute pünktlich, 95 Prozent weniger als fünf Minuten verspätet.

95 Prozent der Personenzüge sind pünktlich, Via 2/2004. Wenig Pünktlichkeit im Flugverkehr, NZZ Nr. 38, 16.2.2004. Marcel Speiser: Zürich ist Europas Flughafen mit den meisten Verspätungen, Tages-Anzeiger, 14.2.2004. Marcel Speiser: Verspätungen gehen in die Millionen, Tages-Anzeiger, 17.2.2004. Oliver Meiler: Helvetische Pünktlichkeit, Tages-Anzeiger, 14.4.2004.

Putsch

Geputscht wird in Diktaturen, jedenfalls nicht in der Schweiz

Warum denn stammt der Begriff aus dem Zürcher Dialekt? Abgeleitet vom schweizerischen »bütsch« (15. Jh.), was so viel heisst wie: heftiger Stoss, Zusammenprall, Knall. Seit dem »Zürichputsch« von 1839 gehört das Wort zum politischen Vokabular. Ein launiger Chronist der Basler Mundart notierte: »Das Wort Putsch stammt aus der guten Stadt Zürich, wo man einen plötzlichen vorübergehenden Regenguss einen Putsch nennt und demgemäss die eifersüchtigen Nachbarstädte jede närrische Gemütsbewegung, Begeisterung, Zornigkeit, Laune oder Mode der Zürcher einen Zürichputsch nennen. Da nun die Zürcher die Ersten waren, die geputscht, so blieb der Name für alle jene Bewegungen.« Gottfried Keller brachte den Begriff über die Landesgrenzen. »Beim schönsten Frühlingswetter«, erinnert sich der »Grüne Heinrich« an seine Rückkehr in die Heimat, »sah ich Strassen und Wirtshäuser angefüllt und hörte das zornige Geschrei über gelungene oder misslungene Gewalttat. Man lebte mitten in der Reihe von blutigen oder trockenen Umwälzungen, Wahlbewegungen und Verfassungsänderungen, die man Putsche nannte.« Putsch wurde zum Fachausdruck und ging allmählich in die internationale Politsprache über. »Noch heute belegt die Weltsprache, wie sehr die Vorgänge in der Schweiz Modellcharakter hatten.« (Peter von Matt)

Klaus Bartels: Stichwort »Putsch«, NZZ Nr. 259, 7.11.2003. Peter von Matt: Die tintenblauen Eidgenossen, München 2001. Duden. Das grosse Wörterbuch der deutschen Sprache in acht Bänden, Mannheim 1993-1995.

Q

Qualität

Schweizer Qualität ist einheimisch produziert

Nicht nur und immer weniger. Beispiel 1: Die Knoblauchpresse von Zyliss. Der Betrieb im bernischen Lyss, Inbegriff für Zwiebelhacker, Salatschleuder, Mandelmühle, will ab 2005 vor allem in China produzieren; Forschung und Entwicklung sollen in der Schweiz bleiben. Die Mitarbeiter protestierten: »Zyliss bleibt in Lyss, weil Made in Switzerland nicht in Asien produziert werden soll.« Doch »Zyliss Switzerland« kommt schon heute zum Teil aus Thailand, China, Deutschland, Italien. Ein Modellfall für die »schleichende Deindustrialisierung« der Schweiz, meint die Gewerkschaft Smuv.

Beispiel 2: Der Goldhase von Lindt & Sprüngli. Klassiker im Osternest. Begehrt vor allem in Deutschland. Ostern ohne ihn waren keine, erinnert sich Lisa Feldmann. »Während meine Mutter als Einzige im Clan Appenzeller Käse liebte, nur mein Vater Touren über Schweizer Bergpässe schätzte und wiederum ausser mir keiner von einer Kuckucksuhr träumte, konnten wir uns ohne Abstriche auf die Schokoladendelikatesse einigen. Der Satz: ›Das ist eben Schweizer Schoggi‹, hat sich als Qualitätssiegel für immer in mein Herz gebrannt.« Und jetzt das: fabriqué par Lindt & Sprüngli GmbH (Allemagne D-52072 Aachen). Das Mutterhaus in Kilchberg übernimmt wenigstens die »Garantie de Qualité«.

Beispiel 3: Die »Pfannen-Trophy« von Coop. Der Grossverteiler offerierte Edelstahl-Pfannen der renommierten Kuhn-Rikon-Marke »Sigg Switzerland« gegen Sammelpunkte mit 75 Prozent Rabatt. In fünf Monaten gingen 3,5 Millionen Pfannen weg – in einem Land mit 3 Millionen Haushalten (etwa eine halbe Million musste im April 2004 nachgeliefert werden). »Sigg Switzerland«, mit Schweizerkreuz: »Made in China« – von schlecht bezahlten Arbeitskräften, die in Massenunterkünften hausen. Sigg Switzerland, welche die Produktionsrechte an Kuhn Rikon verkauft hat, intervenierte (»Markenaugenwischerei«). Das Eidgenössische Institut für Geistiges Eigentum mahnte (Verstoss gegen die Bestimmungen zum Schutz der Herkunftsangaben und des Bundeswappens). Die Stiftung für Konsumentenschutz kritisierte (»Irreführung des Konsumenten«). Punktesammler lamentierten (»Coop haut auch die Kunden in die Pfanne«). Damit der Kunde weiss, was er in die Pfanne haut, lanciert im Mai 2004 Agro-Marketing Swiss (AMS) das Label »Suisse Garantie« für Lebensmittel, die durch und durch schweizerisch sind. Über dem Schriftzug weht die Schweizer Flagge.

Peter W. Frey: »Nicht nur das Herz soll bleiben«, Tages-Anzeiger, 20.11.2003. Lisa Feldmann: Die sentimentale Verehrung des Goldhasen, Sonntagszeitung, 11.4.2004. Der Goldhase ist leider zum Ausländer mutiert, Leserbrief, Sonntagszeitung, 18.4.2004. Marco Morell: Schwer verdaulicher Pfannkuchen, Sonntagszeitung, 8.2.2004. Coop haut auch die Kunden in die Pfanne, Leserbriefe, Sonntagszeitung, 15.2.2004. Suisse Qualité heisst jetzt Suisse Garantie, www.schweizerbauer.ch. Matthias Saxer: »Swiss made« – sicher, solid und solvent?, NZZ Nr.67, 20./21.3.2004.

R

Raclette

Ein Schweizer Nationalgericht

Eine geografisch klar zugeordnete Spezialität: Es gibt nur das Walliser Raclette, den Walliser Raclette-Käse. 50 Einsprachen schmetterte das Bundesamt für Landwirtschaft (BLW) ab und erklärte im November 2003 Raclette (mit oder ohne Zusatz »du Valais«) zur geschützten Ursprungsbezeichnung (AOC = Appelation d'Origine Contrôlée). Niemand ausser den Wallisern darf auf Schweizer Boden künftig seinen Käse Raclette nennen. Das BLW stützte sich auf ein Dossier des Walliser Milchverbands, das die historische Zugehörigkeit des Raclette zum Wallis beweise, und auf eine Umfrage: Ein »signifikanter Teil der Bevölkerung« (43 Prozent von 1000 Befragten) verstehe Raclette als Herkunftsangabe.

Eine Seldwyla-Geschichte. Erstens stammen nur 2000 der 14000 Tonnen Schweizer Raclette (plus 2000 t Import) aus dem Wallis. 5000 Tonnen produziert der marktführende Milchverarbeiter Emmi. Mit der Branchenorganisation »Raclette Suisse« kämpft er gegen den BWL-Entscheid – notfalls bis vor Bundesgericht. (Der Stand bei Redaktionsschluss: Gespräche über eine »Koexistenzvereinbarung«.)

Zweitens ist Walliser Raclette-Käse nicht der beste. Andreas Hinterberger produziert im appenzellischen Gais seit 16 Jahren und gewann 2003 zum zweiten Mal in Serie den »Swiss Cheese Award« der Kategorie Raclette. Auch Paul Bieri aus Girenbad bei Hinwil im Kanton Zürich bekam für seinen Rohmilch-Raclette zweimal den begehrten Preis. Die Walliser sind gar nicht angetreten, nachdem sie im Jahr zuvor ohne Auszeichnung abziehen mussten.

Drittens wittern die Österreicher Raclette-Produzenten Exportchancen; die geschützte Ursprungsbezeichnung gilt in der EU nicht. Wanderten nicht Schweizer Älpler, etwa die Walser, vor Jahrhunderten in die Nachbarländer aus? Mit Raclette-Rezept? In Österreich sei schon 1390 geschmolzener Käse verzehrt worden, die Österreicher lieben das »Raclettieren« und verbinden das Gericht kaum mit der Schweiz. Markus Tschumi, Geschäftsführer von »Raclette Suisse«, mahnt zu Besonnenheit: »Am Ende findet man noch heraus, dass Raclette gar keine Schweizer Spezialität ist.«

Markenpolitischer Wirbel um Käse, NZZ Nr. 257, 5.11.2003. Roland Schlumpf: Raclette, neu aus Seldwyla, Tages-Anzeiger, 8.11.2003. David Hesse: Raclette aus Österreich, NZZ am Sonntag, 9.11.2003. Schutzmantel für Raclette-Käse – aber wie?, NZZ Nr. 191, 15.12.2003. Raclette-Streit: Bewegung in einer endlosen Posse, Tages-Anzeiger, 21.2.2004.

Rauchen

Gilt unter Jugendlichen als »cool«

Im Gegenteil. Nichtrauchen ist attraktiv. Das ergibt die jüngste Tabakumfrage des Bundesamtes für Gesundheit (BAG) und der Universität Zürich. 17 Prozent der Jugendlichen greifen täglich zur Zigarette; 48 Prozent glauben allerdings, in zwei Jahren nicht mehr zu rauchen. Die Realität sieht anders aus: Die Quote steigt von sechs Prozent bei den 14-Jährigen auf 41 Prozent bei den 19- bis 20-Jährigen. Eine Mehrheit der Jugendlichen zwischen 16 und 17 Jahren ist zudem überzeugt, die Hälfte ihrer Freunde rauche. Diese falsche Wahrnehmung übt Druck aus.

Jugendliche ohne Zigarette gelten als »cooler«, Tages-Anzeiger, 25.6.2003.

Reichtum

Die Reichsten im Land sind Schweizer

Jeder Zweite kommt aus dem Ausland. Krösus ist der 77-jährige Ikea-Gründer Ingvar Kamprad mit 15 Milliarden Franken Vermögen. Eine Milliarde tiefer liegt die Familie Rausing (Tetra-Pack), ebenfalls schwedisch. Zehn bis elf Milliarden sichern dem Schweizer Ernesto Bertarelli (Serono) und den Roche-Erbenfamilien Oeri und Hoffmann den dritten Platz. Alle 300 Reichen auf der Rangliste 2003 des Wirtschaftsmagazins »Bilanz« haben mindestens 100 Millionen Franken. Vor allem unsere nördlichen Nachbarn strömen in die Schweiz: 8132 Deutsche liessen sich zwischen August 2002 und August 2003 nieder, darunter Schwerreiche. »Hohe Lebensqualität, vernünftige Steuerbelastung.« Boris Becker spricht für viele. Wer nicht in der Schweiz arbeitet, handelt eine Pauschalbesteuerung aus wie Formel-1-Weltmeister Michael Schumacher. Er liefert dem Fiskus schätzungsweise zwei Millionen Franken ab – ein Klacks bei 75 Millionen Einkommen und 600 Millionen Vermögen. (→ Steuerparadies)

Patrick Müller/Rémy Kappeler: Reiche Deutsche kommen zu Tausenden / Das Paradies der anderen, Sonntagszeitung, 28.9.2003. Bilanz, Dezember 2003.

Rentner

Schweizer Rentner ziehen am liebsten ins Tessin oder nach Spanien

Sie ziehen vermehrt nach Süddeutschland, seit das Abkommen über den freien Personenverkehr gilt (Juni 2002). Es locken niedrige Mieten und Immobilienpreise. Wer sich die Pensionskassenleistungen auf einmal auszahlen lässt, fährt auch steuerlich besser als in der Schweiz. Und ist, so nah der Grenze, ja trotzdem fast zu Hause.

Schweizer ziehen nach Süddeutschland, NZZ Nr. 239, 15.10.2003. Deutsche Touristen werden rarer, NZZ Nr. 87, 14.4.2004.

Rhein

Das Wasser liefert das Rheintal

Im Basler Rhein fliesst Wasser aus allen fünf Nachbarländern und 25 Kantonen! Sogar aus Frankreich kommt Wasser über das Lützeltal und von Italien über das Valle di Lei beim Splügenpass. Einzig der Kanton Genf liefert kein Rheinwasser.

68 Prozent der Schweiz werden via Rhein zur Nordsee entwässert; 27,6 Prozent via Rhone, Po und Etsch Richtung Mittelmeer; 4,4 Prozent via Inn-Donau ins Schwarze Meer. »Wasser in den Rhein tragen«, sagen deshalb Deutschschweizer, wenn andere »Eulen nach Athen bringen«.

Rudolf R. Marr: Schweizer Weltatlas. Kommentar, Zürich 2004. Bundesamt für Statistik (Hg.): Statistisches Jahrbuch der Schweiz 2003, Zürich 2003.
Hinweis aufs Stichwort: Roger Meier, Geograf, Baden.

Rigi

Eine Abkürzung von »Regina montium«, Königin der Berge

Ein volksetymologischer Irrtum. Der älteste Beleg aus dem Jahr 1368 lautet: in pede montis riginam (am Fusse des Berges Riginam). 1384 ist von Riginen die Rede. Ab 1518 ist die Bezeichnung klar feminin. Nathalie Henseler: »Mit Riginen benennt man geologische Schichtungen, die an der Rigi-Nordseite deutlich sichtbar sind. Rigi ist also eine Ellipse, eine Verkürzung von Riginen.«

Nathalie Henseler: Chraezerengrat und Schijen. Berge und ihre Namen schaffen Schweizer Identität, NZZ am Sonntag, 14.9.2003.

Rorschachtest

Er verdankt seinen Namen der Stadt am Bodensee

Hermann Rorschach (1884-1922) ist der Urheber. Der Zürcher Psychiater wollte erst Maler werden wie sein Vater. Als Kind »Klecks« genannt, weil er sich gern mit »Klecksografie« beschäftigte, machte Rorschach das Spiel zum Ernst und studierte Psychiatrie. In Wien entwickelte Freud gerade seine Psychoanalyse, in Zürich arbeiteten Auguste Forel, Eugen Bleuler, C.G. Jung. Und Hermann Rorschach testete seine Tintenklecks-Bilder: zuerst an Schulkindern, um herauszufinden, ob künstlerisch Begabte diese auch fantasievoller deuten. Später legte er 300 Patienten und 100 »Normalen« zehn Karten mit Tintenklecksen (fünf farbige, fünf schwarzweisse) vor, beobachtete und analysierte nicht nur die Antworten, sondern auch das Verhalten während des Tests. Seine Methoden, das Unbewusste zu erforschen, ohne direkt fragen zu müssen, wurden kritisiert, ja abgelehnt. Nur mit Mühe fand Hermann Rorschach einen Verleger für seine »Psychodiagnostik« (1921). Sie wurde zum Klassiker.

Karl Studer: Thurgauer Psychiatrie – die Wiege der Depressionsbehandlung, Schweizerische Ärztezeitung Nr. 51/52, 2002. H. Ellenberger: Das Leben und die Arbeit von Hermann Rorschach, Menningen 1954.

Rösti

1. Die Echte ist butterreich und knusprig

Nicht die »ächti« Berner Rösti nach Grossmutter Art. »Glaubt denn einer, die hablichen Bauernhöfe des Emmentals seien ein Geschenk Gottes?« Gastrokritiker René Simmen erinnert an die Sparsamkeit der Emmentaler Bäuerin. Für die Rösti nimmt sie einen Stofflappen und fettet die Röstipfanne mit einer Spur Schweineschmalz oder eingesottener Butter. Dann gibt sie die am Vortag nicht zu weich gekochten, frisch geraffelten Kartoffeln hinein, formt sie locker zu einem flachen Kuchen und brät ihn einige Minuten auf nicht zu heissem Feuer. »Und jetzt – wichtig! – werden die Kartoffeln mit Wasser beträufelt und die Röstiplatte als Deckel auf die Pfanne gelegt.« Die Rösti weitere zehn Minuten braten, wenden und nochmals zehn Minuten zugedeckt braten. Die Platte beiseite stellen, den Innenrand der Pfanne mit etwas Butter bestreichen, was der Rösti einen appetitlichen Buttergeschmack verleiht. »Nur wenn Sämu, der Knecht, sein 25-Jahr-Arbeitsjubiläum hat oder gerade der Hochzeitstag gefeiert wird, dürfen noch einige Butterflocken über das Gericht verteilt werden. Das ist die echte, wirklich wunderbar schmeckende Berner Rösti.«

Andreas Heller (Hg.): Wo der Pfeffer wächst. Eine Küchengeographie samt ABC der Kellerkunst, Zürich 1997. Esther Scheidegger: Typisch Schweiz!, Coopzeitung Nr. 1, 30.12.2003.

Röstigraben

Unüberbrückbare Sprach- und Mentalitätsgrenze zwischen Deutschschweiz und Westschweiz

Eine Erfindung, ein Wortwitz, sagt Mundartexperte Peter Ott, zumindest angesichts des Sprachatlas. Rösti ist das typische Beispiel eines grenzüberschreitenden Produkts. Ob im Welschland oder im Tessin, Rösti versteht jeder. »Selbst im französischen Jura briet man uns letzthin den goldenen Fladen, und die Patronne meinte stolz, ›le röschti‹ sei eine lokale Spezialität« (Mathias Plüss).

Grenzen gibt es schon. Deutschschweizer charakterisieren sich als »stark, rau, gesund, eckig, ernst, fleissig und schwer«, Westschweizer als »warm, rund, gelöst, froh, schnell, lustig, leicht und sympathisch«. Jeder vierte Westschweizer fühlt sich im benachbarten Sprachgebiet »im Ausland«. Auch jeder siebte Deutschschweizer, der für die »Welschen« viel Sympathie hegt – und keine Schimpfnamen kennt. Die Romands hingegen mokieren sich über den »Toto«, den »Köbi«, den »Schnock«, »Schleu« oder »Stofifre« (von den Berner »Stockpfeifern«, die einst in der Westschweiz einmarschierten). Im Unterbewusstsein sind Deutschschweizer »vielleicht immer noch jene ›Barbaren‹, die im vergangenen Jahrtausend ins lateinische Reich der Römer eindrangen« (Marcel Schwander).

Die Westschweizer gelten als politisch weltoffener. Der Journalist Mathias Plüss konstatiert fliessende Übergänge, einen Reussgraben eher denn einen Deutsch-Welsch-Graben. Bei der EWR-Abstimmung (1992) lagen die Ja-Stimmen in allen sechs mehrheitlich französischsprachigen Kantonen über 55,5 Prozent, doch Basel-Stadt folgte dicht dahinter. Über vierzig Prozent Ja-Stimmen gab es aber auch in Baselland, Zürich, Bern, Zug und Solothurn. Im Osten dann ein geschlossener Nein-Sager-Block von elf Ständen. Eine ähnliche Spaltung lässt sich auch bei der Uno-Abstimmung oder der Behinderten-Initiative konstruieren.

Den Reussgraben brachte schon Volkskundler Richard Weiss ins Gespräch, 1947 in seinem Aufsatz »Die Brünig-Napf-Reuss-Linie als Kulturgrenze zwischen Ost- und Westschweiz auf volkskundlichen Karten«. Als konfessionelle Grenze, Dialektgrenze, Jassgrenze (→ Jassen).

Weltoffene Westschweizer? Die Wahlen 2003 zeigten ein anderes Bild: Jeder

Fünfte in den grossen welschen Kantonen wählte SVP, die Partei Christoph Blochers, beim politischen Establishment der »Inbegriff deutschschweizerischer Gestrigkeit« (Richard Aschinger) seit seinem erfolgreichen Kampf gegen den EWR. Nach elf Jahren europapolitisch geprägter »Apartheid« wieder »ein einig Volk« von St. Margrethen bis Genf! Ein Drittel Linke, zwei Drittel Rechte. Mit dem Triumph der »europhoben« Volkspartei vollzog die Romandie »zeitverschoben eine Entwicklung, die in den letzten Jahren nicht nur die deutsche Schweiz, sondern einen Grossteil Europas geprägt hat« (Christophe Büchi).

Mathias Plüss: Der Reussgraben, Weltwoche Nr. 29, 2003. Esther Scheidegger: Röstigraben ist ein Wortwitz, Coopzeitung Nr. 1, 30.12.2003. Marcel Schwander: Deutsch & Welsch. Ein Brückenschlag, Gümligen 1991. Christophe Büchi: Ende des Sonderfalls Romandie, NZZ Nr. 244, 21.10.2003. Christine D'Anna-Huber: »On est tous des Suisses allemands«. Richard Aschinger: Blocher in Genf, beide in: Tages-Anzeiger, 21.10.2003.

Rousseau, Jean-Jacques

Einer der »Grossen Schweizer Denker«

Ein staatenloser Weltbürger, auch wenn ihn diverse Nachschlagewerke unter die »Grossen Schweizer« reihen. Geboren in der Republik Genf, stolz, ein »Citoyen de Genève«, kein Untertane zu sein, verzichtete Jean-Jacques Rousseau (1712-1778) am 12. Mai 1763 auf das Bürgerrecht in diesem Stadtstaat, der seine zwei wichtigsten Werke öffentlich verbrannt hatte: »Der Mensch ist frei geboren, und doch liegt er überall in Ketten.«

Genf, seit dem späten Mittelalter zwar mit der Eidgenossenschaft in Kontakt, kam erst 1815, beim Zusammenbruch des napoleonischen Regimes, endgültig zur Schweiz. Biograf Fritz-Peter Hager meint, dass Rousseau sich nur »im Umkreis der Schweiz« zu einem Denker entwickeln konnte, der »die Freiheit des Einzelnen auch noch im politischen Gemeinschaftsleben glaubte sichern zu müssen«. Schwer zu sagen, durch welches Werk, durch welchen Aspekt Rousseau der Schweiz näher steht, »ob durch seine politische Freiheitslehre im ›Contrat social‹ ... oder durch seine Theorie der Erziehung des einzelnen Menschen zur Freiheit der ethischen und religiösen Selbstbestimmung im ›Emile‹...«

Rousseaus Bewusstsein erwachte früh. »Mit sechs Jahren fiel mir Plutarch in die Hände, mit acht kannte ich ihn auswendig. (...) In meiner Jugend glaubte ich, dass ich in der Welt auf die gleichen Menschen stossen würde, wie ich sie in meinen Büchern kennen gelernt hatte; ich gab mich rückhaltlos jedem hin, der es verstand, mir durch eine gewisse Redeweise, auf die ich immer wieder hereingefallen bin, zu imponieren. Ich war tätig, weil ich verrückt war; in dem Masse, als ich meine Irrtümer einsah, wechselten meine Neigungen, meine Beziehungen und meine Projekte, und bei all diesen Veränderungen verlor ich viel Mühe und Zeit, weil ich immer das suchte, was es nicht gab.«
Eine unstete Existenz. 16-jährig lief Rousseau aus Genf weg nach Savoyen, lebte meist in Frankreich – bis »Emile« 1762 vor dem Pariser Palais de Justice verbrannt wurde. Floh nach Genf, wo die Behörden am 19. Juni 1762 nicht nur den »Emile«, sondern auch den »Contrat social« verbrannten, der zwei Jahrhunderte nach Calvin den »intellektuellen Grund zur französischen Revolution« und »weit darüber hinaus zu den modernen politischen Ideologien« (Fritz René Allemann) legte. Kein eidgenössischer Ort gewährte ihm Asyl, sondern das preussische Fürstentum Neuenburg, Môtiers im Val de Travers. Nach drei Jahren vertrieb ihn die Bevölkerung, aufgehetzt von der Geistlichkeit – im September 1765 flüchtete Rousseau auf die Petersinsel im Bielersee. Man liess ihn nicht in Ruhe. Eingeladen von David Hume reiste er nach England, kehrte 1767 nach Frankreich zurück, ständig auf der Flucht, und starb in Erménonville bei Paris als eine Art »heimatloser Weltbürger« (Fritz-Peter Hager).

Jean-Jacques Rousseau: Vier Briefe an den Herrn Präsidenten de Malesherbes, die das wahre Bild meines Charakters und die wirklichen Beweggründe für mein ganzes Benehmen enthalten, Januar 1762, in: Fritz René Allemann (Hg.): Grosse Schweizer sehen sich selbst, Zürich 1978. Marcel Schwander: Rousseaus Rückkehr, in: Deutsch & Welsch. Ein Brückenschlag, Gümligen 1991. Fritz-Peter Hager: Jean Jacques Rousseau, in: Erwin Jaeckle/Eduard Stäuble (Hg.): Grosse Schweizer und Schweizerinnen, Stäfa 1990.

Rumantsch Grischun

1. Die vierte Landessprache

Eine Kompromisssprache, Rettungsaktion für eine verschwindende Sprache, die nur noch 0,5 Prozent der Gesamtbevölkerung (Volkszählung 2000) sprechen, abgedrängt ins Familiäre, Folkloristische, Nostalgische. Rumantsch Grischun, 1982 geschaffen von Heinrich Schmid, war der vierte Versuch zur Etablierung einer einheitlichen Schriftsprache innert 200 Jahren. Sie beruht auf den drei Idiomen Sursilvan (Bündner Oberland), Vallader (Unterengadin) und Surmiran (Oberhalbstein/Albulatal), berücksichtigt auch die beiden kleineren: Sutsilvan (Val Schons/Schamsertal) und Puter (Oberengadin). Jeder Rätoromane – guten Willen vorausgesetzt – könne die Standardsprache ohne grössere Schwierigkeiten lesen und verstehen, sagt die »Lia Rumantscha«, Kämpferin für die bündnerromanische Sprachkultur. Viele sind skeptisch. Huldrych Blanke zum Beispiel glaubt nicht, dass die Sutsilvaner, denen bereits das Surselvische als Schriftsprache »zu fremd und fern war«, den Willen aufbringen, eine neue Variante zu lernen.

Seit der eidgenössischen Volksabstimmung zum Sprachenartikel im März 1996 ist die Bundesversammlung verpflichtet, die Standardsprache im Schriftverkehr mit der Rätoromania zu verwenden. Doch das Schicksal der Sprache liegt in der Hand der Rätoromanen. Schwierig, Deutsch gilt weitgehend als »lingua franca«. Iso Camartin plädiert für die Pflege beider Sprachen: »Wer so tut, als gäbe es noch eine von der allgegenwärtigen Präsenz der deutschen Sprache unaffizierte rätoromanische Welt, und für dieses auch noch rigoristische Schutzmassnahmen fordert, liefert der anderen Seite geradezu den Beweis, dass er ein endzeitlicher Narr ist.«

2. Rätoromanisch wird in Graubünden gesprochen

Zürich gehört zu den Gemeinden mit der grössten Anzahl Personen, die Rätoromanisch beherrschen. Felix Giger, Chefredaktor des »Dicziunari Rumantsch Grischun« sieht darin eher ein Todesurteil denn eine Chance. Die zweite Generation könne nur noch vereinzelt schreiben, die dritte gar nicht mehr. Trotzdem arbeitet er unverzagt am Nationalen Wörterbuch dieser sterbenden Sprache.

1904 gegründet, will es »nicht nur das nackte Wortmaterial vor der allmählichen Vergessenheit und schliesslichen Vernichtung bewahren, sondern zugleich ein treues Bild des ebenfalls bedrohten rätoromanischen Volkstums geben«. Und sogar für moderne Phänomene neue Begriffe schaffen. Das Grundlagenwerk wird die Redaktion voraussichtlich noch 70 Jahre lang beschäftigen.
Schweizweit bezeichnen 35 095 Rätoromanisch als Hauptsprache, in Graubünden 27 038 (Volkszählung 2000). In der Sutselva bildeten die Romanen um 1850 die Sprachmehrheit; im Jahr 2000 sind es noch 1175 der auf 11 453 Einwohner gewachsenen Bevölkerung.

Iso Camartin: Die rätoromanische Schweiz, in: Paul Hugger (Hg.): Handbuch der Schweizerischen Volkskultur, Bd. 2, Basel 1992. Urs Dürmüller: Mehrsprachigkeit im Wandel. Von der viersprachigen zur vielsprachigen Schweiz, Zürich 1996. www.liarumantscha.ch. Huldrych Blanke: Ein Förderer der Muttersprache: Tumasch Dolf und die sutselvischen Romanen am Hinterrhein, NZZ Nr. 177, 4.8.2003. Bettina Schucan: Wo das Rätoromanische weiterlebt, Gesellschaft Schweizer Forschungsinformation, März 2002.

Russenzopf

Eine russische Haartracht

Ein Schweizer Hefegebäck mit Haselnussfüllung. Im Spätherbst 2002 brachte Franz Wepfer den Russenzopf nach Lukojanow. In der einstigen Bäckerei der staatlichen Eisenbahn lehrte der damals 70-jährige Bäcker aus dem zürcherischen Wetzikon Tatjana Dudarewa und ihre 18 Mitarbeiterinnen Teig zöpfeln. Organisiert von »Swisscontact«, der kleinen und mittleren Betrieben in Entwicklungsländern und Osteuropa pensionierte Schweizer Fachkräfte vermittelt (Senior Expert Corps).
Wurde ein eidgenössischer Bäcker zum »Russenzopf« durch russische Studentinnen inspiriert, die in den 1870er Jahren die Schweizer Universitäten bevölkerten und die Revolution präparierten? Weder Franz Wepfer noch die »Richemont Fachschule« für Bäcker und Konditoren kennen die Herkunft des Namens.

Eva Nydegger: Beck Wepfer: In Russland ein Begriff, Coopzeitung Nr. 43, 22.10.2003.

S

Sagen

Volkssagen kommen aus dem Dunkel der Geschichte

Sie sind keineswegs so alt wie vorgegeben. »Weniger Fund als Erfindung«, schreibt der Ethnologe Marius Risi. Die Sammler gestalteten meist kräftig mit. Gerade die Volkspoesie sei im Wesentlichen nicht Ergebnis stetiger mündlicher Überlieferung, sondern »schöpferische Fiktion« gelehrter Zirkel, die Volk und Kunst zusammenführten, und denen im Bestreben, das »Projekt Nation« mit sinnvollen Inhalten aufzufüllen, die »frisch entdeckte und romantisch verklärte ›Volkskultur‹ gerade recht« kam.

Die Grimm'schen Sagen, mit rund vierzig Texten aus der Eidgenossenschaft, lösten eine »Bewegung des Rettens und Sammelns« aus. Zwei Beispiele: Der Berner Aristokrat Johann Rudolf Wyss (1781-1830), ein typischer Vertreter dieser »romantischen Kulturforschung«, schmückte die allzu schlichten Volkssagen, die ihm Bekannte oder Dorfpfarrer beschafften, eigenhändig aus. Auf seiner »Suche nach dem Vaterländischen« betrieb er eine »gezielte poetische Veredelung« der populären Erzählstoffe. Mittel zum Zweck war das Sagengut auch dem Zürcher Kalenderredaktor Johann Jakob Reithard (1805-1857). Er verfolgte mit seinen Nachbearbeitungen »politische und pädagogische« Absichten.

Markus Risi: Alltag und Fest in der Schweiz. Eine kleine Volkskunde des kulturellen Wandels, Zürich 2003.

Sauberkeit

1. Die Schweiz, ein vorbildlich sauberes Land

Öffentliche Toiletten sind meist unzumutbar. 87 Prozent von 4000 »K-Tipp«-Leserinnen rümpfen über dreckige Regional- und S-Bahnen die Nase. Rund ein

Drittel des Abfalls landet auf dem Boden; dies belegt der Zwischenbericht einer Studie des interfakultären Instituts »Mensch-Gesellschaft-Umwelt«, initiiert vom Schweizerischen Städteverband, den Städten Basel, Bern, Zürich, Lausanne, Illnau-Effretikon und dem Bundesamt für Umwelt, Wald und Landschaft (Buwal). An sechzehn stark frequentierten Orten wurde während zwölf Stunden der Abfall erfasst und analysiert. Am Rheinbord in Basel lagen trotz höchster Kübel-Dichte 69 Prozent des Mülls auf dem Boden, 96 Prozent der Kübel blieben halb oder ganz leer. In Zürich tummelten sich die schlimmsten »Abfall-Grüsel« auf der Blatterwiese – umgeben von Eimern. Nebst ein paar städtischen Angestellten sorgen im Sommer bis zwölf Männer der »Rund ums Grün AG« für ein sauberes Zürcher Seeufer und sammeln in Spitzenzeiten täglich über zwei Tonnen Müll, grösstenteils Überbleibsel »fliegender Verpflegung«.
Was tun? Die Rückgabe von Verpackungen attraktiv machen? Einen Teil der Reinigungskosten der Take-away-Branche aufbürden? Abfallsünder büssen wie in Bern? (Zwischen 40 und 300 Franken ab 1. Juni 2004.) »Littering« heisst die Unsitte auf Neudeutsch. Nicht der Abfall ist im Eimer, sondern die Verantwortung für Umwelt und Gemeinwohl. »Ist Littering ein Suchtverhalten?«, fragt der Tages-Anzeiger. »Wohlstandsverwahrlosung? Mutwilliger Protest gegen das Spiessertum der Bürger, die ihre Anlagen rein halten wollen?« Daniel Suters Vorschlag zur Güte: Weshalb nicht die Picknicker mit Anteilscheinen zu Park-Aktionären machen? Den »Parkbesitzern« jährlich einen Teil aus dem Verpackungsgebührenfonds ausschütten? »Dann würden die achtlosen Naturfreunde plötzlich mit dem Eifer von Schrebergärtnern darüber wachen, dass keine Schweinigel ihnen die Dividenden versauen.«
Es gibt auch achtsame Güsel-Sünder: listig, findig, unermüdlich, stets bemüht, keine Spuren zu hinterlassen. Sarah Fasolin hat sie beobachtet: Sie scheuen keinen Aufwand, kennen jeden Mülleimer und machen die Entsorgung ihres Kehrichts zu einer Art »sportivem Anlass«, verteilen ihn portioniert in öffentliche Abfalleimer, vergessen ihn in der Telefonkabine, schleppen ihn nachts in den Park, spülen ihn weg durchs eigene WC.
Schweizer Atommüll wurde schliesslich – bis 1984 – auch einfach ins Meer gekippt. »E suuberi Sach« – Lieblingsausdruck der Schweizer.

Franz Straub: Das gedankenlose Wegwerfen von Abfällen, NZZ Nr. 92, 21.4.2004. David Schaffner: Flaschenpfand statt Güselpolizei. Daniel Suter: Privatisiert alle Parks!, beide in: Tages-Anzeiger, 22.4.2004. Sarah Fasolin: Findige Güsel-Sünder, NZZ am Sonntag, 2.5.2004. Urs Hostettler: Anno domino, Schweiz. Ein Spiel, Bern 1989.

Schabziger

Ein Produkt aus Ziegenmilch

Aus Kuhmilch. Ziger kommt nicht von Ziege, sondern ist die schweizerische Schreibweise für das süddeutsche und österreichische Zieger, mittel- und althochdeutscher Ausdruck für Quark. Doch Schriftsteller J.F. Cooper (»Lederstrumpf«, »Der letzte Mohikaner«) ist nicht der Einzige, der das Produkt mit Ziegenmilch assoziierte. Er berichtet von Glarus, »wo der in Amerika so bekannte Schrapzieger Käse gemacht wird. Der eigenthümliche Geruch dieses Käses war um die Stadt herum sehr merklich. Es war, als ob ich einem alten Bekannten begegnete ... Das Milchgerinne wird auf den Bergen bereitet; es wird ohne Unterschied Ziegen- oder Kuhmilch dazu genommen. (...) Ausser Glarus kenne ich keinen Ort, wo man diesen Käse so häufig anträfe, als in Broadway. Der Name ist, so weit meine geringe Sprachkenntnis ausreicht, zusammengesetzt aus Ziege, und einem hier einheimischen Worte, das entweder eine Pflanze oder den Namen einer Pflanze bezeichnet ...«

Glarner Schabziger, Nahrungsmittel und Gewürz zugleich, wird seit 1000 Jahren ungefähr gleich hergestellt. Eine Milchsäurekultur scheidet die entrahmte, erhitzte Kuhmilch in Ziger und Schotte. Grüne Farbe und scharfes Aroma verleiht das Schabzigerkraut, Blauer Hornklee (*Trigonella melilotus coerulea*), der im schwyzerischen Lachen noch von zwei Hobbybauern kultiviert wird (in den 1970er Jahren waren es noch um die 90 Anbauer).

Abnehmerin bis 1395 war vor allem das Kloster Säckingen, Herrin der Talschaft Glarus. Im 15. Jahrhundert gehörten die Zürcher zu den wichtigsten Kunden. 1463 verpflichtete die Glarner Regierung jeden Hersteller, sein Produkt zu kennzeichnen. Eine Qualitätssicherung, die den Schabziger zum »ersten Markenartikel der Schweiz« (Dominik Wunderlin) machte. Bis vor wenigen Jahrzehnten

Kleinplakat für »Schweizer Kräuterkäse, Marke Glaris«, 1925

gehörte das »Zigermannli«, der wandernde Kleinkrämer, zum Bild der Dörfer und Städte. Die Geska AG (Gesellschaft schweizerischer Kräuterkäsefabrikanten), seit 2003 im Besitz des Glarners Johannes Trümpy und dessen Schwager, stellt in Glarus als letzte Produzentin Schabziger und Ankenziger her. Knapp die Hälfte geht ins Ausland, vor allem nach Holland und Deutschland. Schon in »Buddenbrooks« schildert Thomas Mann, wie die Tochter des Hauses um neun Uhr herunterkam, Zucker und Butter nahm und sich mit »grünem Kräuterkäse« bediente.

Dominik Wunderlin: Ziger, Schiefer, bunte Tücher, Basel 1993. Flavian Cajacob: Der mit dem strengen Geruch. Schabziger – Kulturgut, Imageträger und Wirtschaftsfaktor im Glarnerland, NZZ Nr. 55, 6./7.3.2004.

Schokolade

1. Schweizer Schokolade ist die beste

Geschmackssache. Wer Schweizer Chauvinisten ärgern will, rühmt belgische Schokolade. Oder französische. Schokolade ist keine Schweizer Erfindung; niemand hätte im 17. und 18. Jahrhundert Schokolade mit der Schweiz assoziiert. Die Eidgenossen kamen lange nach den Azteken, Spaniern, Franzosen, Schweden ins Spiel, kreierten die Milchschokolade – noch besser Alpenmilchschokolade –, entzückten die Touristen und begründeten das Klischee, dass die feinste Schokolade aus der Schweiz kommt. Zu Beginn des 20. Jahrhunderts stieg das Land zur Schokolade-Weltmacht empor; sie exportierte vor dem Ersten Weltkrieg bis zu drei Viertel ihrer Schokolade – die Hälfte der Weltproduktion.

François-Louis Cailler gründete 1819 in Corsier bei Vevey die erste schweizerische Schokoladenfabrik. Daniel Peter (1836-1919) brachte 1875 die erste Milchschokolade auf den Markt. Charles-Amédée Kohler (1790-1874) erfand die Haselnuss-Schokolade. Rodolphe Lindt (1855-1909) entwickelte 1879 das »Conchieren«, eine maschinelle Veredelung mit Kakaobutter und damit die zartschmelzende »Chocolat fondant«. Und Suchard produzierte 1876 die erste Militärschokolade. Eine Gesellschaft von Tüftlern – und cleveren Geschäftsleuten. Milchschokolade brauchte weniger teuren Kakao und verringerte die Abhängigkeit von Importen. Mit Nüssen und Früchten präsentierte sich die Rechnung nochmals günstiger: »Bis zu 400 Kilogramm Schokolademasse pro Zentner Rohkakao – ein Erfolg der Peter'schen Formel, die entscheidend zur ›Verschweizerung‹ der braunen Industrie beitrug« (Hans Peter Treichler).

Qualität und »Swissness« verteidigte der Branchenverband Chocosuisse in den letzten 30 Jahren in mehreren hundert Interventionen. Die britische Firma Cadbury zum Beispiel musste 1999 ihre Tafelschokolade »Swiss Chalet«, mit Matterhorn auf der Packung, vom Markt nehmen. Keine Einwände gegen die Chanel-Uhr »Chocolat« mit präzisem Schweizer Uhrwerk zum Preis zwischen 2900 und 58030 Franken. Vier lange Reihen Schoggitäfelchen. In Gold, Stahl oder schwarzer Keramik, die kostbarste Versionen mit 456 Diamanten bestückt. Kein digitaler Schnickschnack, die Uhr zeigt nur die Zeit an.

Durchschnitts-Schweizern liegt die »Schoggi-Soap« näher. Seit Oktober 1999 läuft »Lüthi und Blanc«, die erste Schweizer Seifenoper, in drei Sprachen – laut Fernsehen DRS zur Stärkung der schweizerischen Identität. Themen von verbotener Liebe über berufstätige Mütter bis zu Rassismus und Mobbing sollen die Befindlichkeit vieler Schweizerinnen und Schweizer spiegeln. Exklusiv-Sponsor: Chocolat Frey (Migros).

2. Schweizer essen Schweizer Schokolade

Sie verzehrten 20 279 Tonnen importierte Schokolade im Jahr 2003 – gegen ein Viertel des Gesamtkonsums. Zusammen mit den 68 280 Tonnen Schweizer Schoggi ergibt das weltmeisterliche 11,3 kg pro Kopf (Feriengäste und Grenzgänger inklusive). Am liebsten Milchschokolade (über 80 Prozent). 2003 produzierten die 17 Schweizer Hersteller 139 663 Tonnen Schokolade, davon 48 Prozent Tafeln. Zum ersten Mal war der Export höher (51,1 Prozent). Die wichtigsten der 130 Auslandmärkte: Deutschland (22 Prozent), England (12), Frankreich (10), USA (6). Den grössten Teil produzieren die Tochtergesellschaften und Lizenznehmer direkt im Ausland.

3. Schokolade ist ungesund

Sie ist gesünder, als man denkt. Macht erst noch glücklich. Enthält Vitamine, Mineralien. Verschiedene Stoffe, welche die Psyche freundlich beeinflussen: Zucker und Kakaobutter heben den Serotoninspiegel im Gehirn; Kakao liefert anregendes Koffein. Phenylethylamin stimuliert die Sinne, Exorphine im Milcheiweiss lindern Schmerzen. Die Schleckerei soll sogar das Herz-Kreislauf-System günstig beeinflussen. Allerdings nur Bitterschokolade, denn Milch verhindert, dass die Schutzstoffe ins Blut gelangen – egal, ob die Milch in der Schokolade steckt oder zusätzlich konsumiert wird. Das testeten italienische Wissenschaftler (Fachzeitschrift »Nature«, Bd. 424). Nach dem Genuss dunkler Schokolade steige der Gehalt des Flavonoids Epicatechin und anderer Antioxidantien im Blutplasma; sie reduzieren die Tendenz der Blutplättchen zum Verklumpen, schützen also Herz und Blutgefässe. Wissenschaftler um Roberta Holt an der Universität Davis fanden zudem heraus, dass 25 Gramm Schokolade dieselbe Schutzwirkung hat wie die vierfache Menge.

Lebensbaum (Cacahuaquahitl) nannten die Mayas die Pflanze, »Xocolatl« das Getränk. Hernando Cortez brachte den Kakao nach Spanien. Bis ins 18. Jahrhundert empfahlen Ärzte Schokolade bei mancherlei Unpässlichkeiten. Naturforscher Alexander von Humboldt (1769-1859): »Kein zweites Mal hat die Natur eine solche Fülle wertvollster Nährstoffe auf einem so kleinen Raum zusammengedrängt wie in der Kakaobohne.«

chocosuisse, Verband Schweizerischer Schokoladefabrikanten, www.chocosuisse.ch. Albert Pfiffner: Schokolade, Historisches Lexikon der Schweiz, www.dhs.ch. Armin Zogbaum/Jérôme Bischler/Edith Beckmann: Chocolat, Lenzburg 2001. Ruth Hafen: Schokolade – süsse Scharfmacherin, emagazine, Credit Suisse, 9.2.2004. Hans Peter Treichler: Süsse Droge aus den Alpen: die Schokoladebranche, in: Die stillen Revolutionen. Arbeitswelt und Häuslichkeit im Umbruch (1880-1900), Zürich 1992. Die feinen Dinge: Digitale Schokolade?, NZZ Nr. 232, 7.10.2003. Ulrich Dewald: 25 Gramm Schokolade am Tag genügen, www.wissenschaft.de. Nur dunkle Schokolade ist gesund, Spiegel Online, 2003.

Schweiz

1. Die Schweiz ist einmalig

Es gibt 191 Schweizen in aller Welt, 67 allein in Deutschland, darunter die Fränkische, die Holsteinische, Mecklenburgische, Sächsische, Westfälische Schweiz. Meist tragen besonders reizvolle Landschaften den Namen Schweiz. In Namibia etwa ein steiniger Hügel, in Griechenland, am Berg Athos, eine Weide.

Merian Schweiz, Dezember 2003.

2. Nur Ignoranten verwechseln Schweizer und Schweden

Die Schwyzer waren im Spätmittelalter überzeugt, von den Schweden abzustammen, einer Hungersnot wegen aus dem »Lande gegen Mitternacht« südwärts gewandert zu sein und Schwyz gegründet zu haben. Ein Schwyzer Landsgemeindebeschluss von 1531 setzte die schwedische Abstammung »mit der grössten Selbstverständlichkeit als Tatsache voraus« (Peter Kamber). Noch Johannes von Müller (1752-1809) erzählte die Legende. Die Zeit ihres Auszugs und die Umstände ihrer Wanderung seien indessen unbekannt, »weil bey solchen Völkern die Zeitrechnung nicht ordentlich gehalten wird«.

Der Glaube an diese nordische Herkunft bildete sich zur Zeit des Basler Konzils (1431-1449), wo Nicolaus Ragvaldi, der spätere Erzbischof von Uppsala, schilderte, wie die Goten, die Vorfahren der Schweden, ausgewandert und unzählige mutige Völkerschaften begründet hätten. Kamber vermutet, die Legende sei von Basel über Pilgerwege nach Einsiedeln, ins »geistige Zentrum von Schwyz«, gelangt und »belebte dort um somehr die Fantasie, als es im damaligen Latein zwischen Schweden (sueci) und Schwyzern (suici) für die etymologieverrückten Menschen des Mittelalters eine mehr als offenkundige Übereinstimmung zu geben schien. Der Gleichklang verhiess direkte verwandtschaftlich-historische Bande.« Die Schwyzer jedenfalls liebten die Sage von »Swit«, dem schwedischen Stammesführer, der im Zweikampf gegen »Schejo« siegte und dem Ort den Namen gab.

Nach anderen Forschungen verbirgt sich hinter Schwyz ein gallisches »alpes suetas«, Schweinsalpen. Als wahrscheinlichste Version führen Sprachforscher den Namen »suittes«, 972 in einer Urkunde des Einsiedler Stiftes nachweisbar, auf die indogermanische Wurzel »sueid« oder »sueit« zurück, was »glänzen, schimmern« heisst und eine »Lichtung im Wald« bedeuten könnte. Das aus dem Urwort entwickelte »swites«: ein Rodungsname aus voralemannischer Zeit.

Der ehemalige »Flecken« Schwyz gab dem Alten Land, später Stand und Kanton, schliesslich der Eidgenossenschaft den Namen. Die Führerschaft von Schwyz war laut Ulrich im Hof so »hervorstechend«, dass die Gegner der Eidgenossen vor allem die Schwyzer sahen und deshalb »ihr Name allmählich der Name des gesamten Bundes wurde«.

Peter Kamber: Ach, die Schweiz. Über einen Kleinstaat in Erklärungsnöten, Zürich 1998. Werner Jurt: Kulturlandschaft Schwyz, in: Niklaus Flüeler (Hg.): Schwyz. Porträt eines Kantons, Schwyz 1991. Ludwig Rohner: Schweizer und Schwaben, in: Jürg Altwegg/Roger de Weck: Kuhschweizer und Sauschwaben, München 2003. Ulrich im Hof: Vom Bundesbrief zur Bundesverfassung, Rorschach 1948.

3. Die Schweizer waren stets stolz, Schweizer zu sein

Die Eidgenossen vermieden es lange, sich selbst »Schweizer« zu nennen. Noch im ganzen 16. und 17. Jahrhundert empfanden sie den Namen als »fremdes Gewächs« (Ludwig Rohner). Schweizer war »im österreichischen Lager der Schimpfname für sämtliche Waldleute, auch für die Nicht-Schwyzer«, erklärt Max Frisch und erinnert an das Zitat des Zürcher Chorherrn Felix Hemmerli: »Die Schwyzer waren eben die ersten Frevler gegen ihren Herrn, und so bekamen alle, welche der Reihe nach mit ihnen frevelten, auch ihren Namen« (»De nobilitate et rusticitate dialogus«, 1449). Das ändert sich, als die Schweizer »durch militärische Macht und politische Stellung aus dem Schimpfnamen der Gegner einen ›Ehrennamen‹ machten« (Hans Steinegger).

Ludwig Rohner: Schweizer und Schwaben, in: Jürg Altwegg/Roger de Weck (Hg.): Kuhschweizer und Sauschwaben, München 2003. Max Frisch: Wilhelm Tell für die Schule, Frankfurt 1971. Hans Steinegger: Land und Leute, in: Niklaus Flüeler (Hg.): Schwyz. Porträt eines Kantons, Schwyz 1991.

Schweizer Kreuz

Aus dem Wappen der Schwyzer entstanden

Das wurde lange angenommen. Neueste Studien führen es auf die Berner zurück, die sich im Rahmen des Mauritius-Kultes unter das Zeichen des Kreuzes stellten, das wichtigste Emblem christlicher Heere und Ritterorden. Die Berner und ihre Verbündeten trugen das weisse Kreuz als Erkennungszeichen in der (verlorenen) Schlacht von Laupen (1339) gegen Graf Peter von Savoyen. Das Kreuz wurde zum Symbol der Eidgenossen, 1798 jedoch als altmodisch verbannt: Die Tricolore flatterte – vorne die »Helvetische Republik«, hinten die Revolutionsprinzipien »Liberté, Egalité, Fraternité«. 1824 entstand die erste Version des gemeinsamen Wappens: weisses Kreuz im roten Feld; seit 1889 gilt der Bundesbeschluss, dass die vier Arme »je einen Sechstel länger als breit sind«.

Glossar der politischen Redensart, in: Gerda Wurzenberger/Nicole Schiferer (Hg.): Die Schweiz in der Vernehmlassung, Zürich 2003. Georg Kreis: Die Schweiz in der Geschichte 1700 bis heute, Zürich 1997.

Schweizer-Tafeln

Muss wohl Schokolade sein

»Schweizer-Tafeln« ist ein Projekt der Stiftung »Hoffnung für Menschen in Not«. In der Schweiz landen jährlich rund 35 kg Esswaren pro Person im Abfall. Gegen 250 000 Tonnen. Ein Zehntel wäre konsumierbar. Ehrenamtliche Helferinnen und Helfer holen bei Grossverteilern wie Coop und Migros Lebensmittel ab, deren Verkaufsdaten zwar verfallen, die aber noch einwandfrei sind, und verteilen diese gratis an Notunterkünfte, Gassenküchen, Frauenhäuser, Beratungsstellen, Hilfswerke. Im Dezember 2001 startete die »Berner-Tafel«, ein Jahr später die »Zürcher-Tafel«. 2003 folgten »Basler- Tafel« und »Luzerner-Tafel«, im Januar 2004 die »Aargauer-Tafel«. Das Ziel: eine Tafel in jeder grösseren Schweizer Stadt. Um die nötigen Mittel von jährlich rund 150 000 Franken pro Stadt kümmern sich so genannte »Tafel-Logen«. Der Verein »Tischlein deck dich«, 1999 von der »Bon appétit Group« als Nonprofit-Organisation gegründet, versorgt wöchentlich rund 2300 Bedürftige an etwa 20 Abgabestellen; 2003 waren es 230 Tonnen Lebensmittel. Das Ziel 2004: 510 Tonnen Lebensmittel an 90 000 Leute.

www.schweizer-tafeln.ch. www.tischlein.ch.

Schwingen

Schwingen ist Männersache

1981 fand in Aeschi (Berner Oberland) das erste »Wyberschwinget« statt. Der Eidgenössische Frauenschwingverband (EFSV), 1992 gegründet, zählt rund 80 Aktivmitglieder. Erste Schwingerkönigin wurde 1997 Pia Arnold aus Unterschächen. Das Leitbild hält fest: Schwingen ist ein Nationalsport im Amateurstatus. Schwingen ist ein freundschaftliches Kräftemessen. Schwingen eignet sich für Frauen und Mädchen. »Modern, offen, vorausblickend, aber doch auf festen Traditionen basierend. Frauenschwingen als Modell für die Schweiz der Zukunft? Wir arbeiten daran ...«

www.frauenschwingen.ch.

Seldwyla

1. Ein fiktiver Ort

Sieben Städte stritten sich um die »Ehre«, Schauplatz der Geschichten zu sein, die Gottfried Keller 1856 im ersten Band »Die Leute von Seldwyla« publizierte. »Die Spekulation war umso legitimer, als der Autor einst einen ›spezifisch schweizerischen Novellenzyklus‹ geplant hatte« (Hugo Loetscher). Seldwyla ist laut Adolf Muschg ein historisch wie psychologisch »genau situierbarer Ort«. Eine ländliche Kleinstadt Mitte des 19. Jahrhunderts. Der »Abstieg vom Ackerbürger zum Landproletarier« das typische Wirtschaftsschicksal der Seldwyler. Keller waren sie vertraut, diese von Überschuldung und Deklassierung bedrohten Bauern und Kleinbürger aus Eglisau, Bülach, Regensberg, aber auch aus dem »Hintersassenmilieu« Zürichs. »Es war seine eigene soziale Herkunft, die er hier im Lichte der Selbstironie und des Heimwehs zeichnete« (Adolf Muschg).

2. Seldwyla? Heimat der Schildbürger

Kein literarischer Ort ist vom Volksmund gründlicher missverstanden worden, schreibt Adolf Muschg. »In Festreden und Leitartikeln erscheint er so, als wäre er mit Schilda zu verwechseln, ein Pfahlbürgerstädtchen, das sich in seiner Borniertheit selbst die lustigsten Streiche spielt; am Ende auch ein Ort gemütlicher Selbstgratulation.« Dabei könnten die Geschichten das schweizerische Selbstverständnis »nicht genauer« treffen.

Keller, der Seldwyla eine »lustige und seltsame Stadt« nennt, mag zur Vorstellung »wohliger Biederkeit« selber beigetragen haben, meint Hugo Loetscher. Nach Kellers Schilderung halten sie »die Gemütlichkeit für ihre besondere Kunst, und wenn sie irgendwohin kommen, wo man anderes Holz brennt, so kritisieren sie zuerst die dortige Gemütlichkeit und meinen, ihnen tue es doch niemand zuvor in dieser Hantierung«.

Kein Ort harmloser Gemütlichkeit. Sami und Vrenchen begehen Selbstmord. Frau Amreins Ehemann setzt sich wegen Schulden ins Ausland ab. Es herrscht »grosse Armut«. Das Abholzen der Wälder artet zur »Baumschlächterei« aus. Und zwei Bauern kommen überein, »einem Geiger das Heimatsrecht in unserer Gemeinde abzustreiten, da man uns den Fetzel fortwährend aufhalsen will«.

»Seldwyla« im 21. Jahrhundert? Beromünster, dessen Bürger am 13. Dezember 1999 zum dritten Mal die Einbürgerung der hier aufgewachsenen kosovarischen Geschwister Litafet und Ganimet Ganijai ablehnten. Die Engadiner Gemeinde Schuls, die holländische Touristen anlocken will mit einem Berg namens »Amalia« (erste Tochter des niederländischen Kronprinzenpaares), auf den aber keine signalisierten Bergwege führen. Schwyz und die sonderbare Geschichte um das Haus »Nideröst«, Europas ältestes Holzhaus, so alt wie die grossen Kathedralen. Der Besitzer wollte das verlotterte »Tätschhaus« aus dem Jahr 1176 abreissen, die Gemeinde lavierte, der Regierungsrat vermittelte und schlug im März 2001 vor, den hochmittelalterlichen Kern als Museum wieder aufzubauen. Die Stiftung Ital-Reding-Hofstatt bot Hand dazu; das Baugesuch blieb eineinhalb Jahre bei der Gemeinde liegen, die Ende Mai 2003 entschied: keine Baubewilligung am Standort, den die Stiftung vorgeschlagen hatte.

Hugo Loetscher: Mit Gottfried Keller im ungemütlichen Seldwyla, in: Lesen statt klettern, Zürich 2003. Adolf Muschg: Gottfried Keller, München 1977. Martin Merki: Seldwylerei um ältestes Holzhaus, NZZ Nr. 131, 10.6.2003.

Sex Rouge

Rotlichtviertel in Genf

Ein Gipfel im Massiv les Diablerets, ein harmloser Fels, abgeleitet vom lateinischen »saxum«. Um prüde Amerikaner und Japaner nicht zu vertreiben, verwenden Seilbahngesellschaft und Verkehrsamt seit Jahren die ebenfalls übliche Schreibweise »Scex«. Was die Sache nicht viel besser macht. Die Gegend um Sion und Martigny ist empfindlichen Touristen kaum zumutbar: Sex so weit das Auge reicht. Noch ein »Sex rouge«, dann »Sex noir«, »Sex Riond«, »Sex Carro«, auf der Grenze zu Frankreich gar der »Haut Sex« – und mitten drin der »Sex Percé«.

Patrick Brauns: Die Berge rufen. Alpen, Sprachen, Mythen, Frauenfeld 2002.

Silvester

Jahreswechsel ist am 31. Dezember

Nicht in Urnäsch, im Hinterland des Kantons Appenzell Ausserrhoden. Als Papst Gregor 1582 die Kalenderreform durchsetzte, hielt die reformierte Bevölkerung am Julianischen Kalender fest. Auch der Beschluss der Helvetischen Republik im Juni 1798, die Julianische Zeitrechnung definitiv abzuschaffen, scheint die Urnäscher nicht beeindruckt zu haben. Bis Ende des 19. Jahrhundert sträubten sie sich gegen den neuen Kalender. Noch heute feiern sie zweimal Silvester: am 31. Dezember und am 13. Januar. Auch die Klaus-Gruppen mit schweren Treicheln oder Rollen ziehen zweimal durch Hügellandschaft und Dörfer: »Schöne«, »Wüeschte« und »Schö-wüeschte«. Sie tanzen, zauren, wünschen ein gutes neues Jahr, bekommen einen rechten Batzen und einen Schluck Weissen.

Wenn ein Schöner in den Regen kommt, NZZ Nr. 10, 14.1.2004. Georg Kreis: Die Schweiz in der Geschichte 1700 bis heute, Zürich 1997.

Skandale

Skandale wirken als Läuterung

Die Schweiz mogelt sich raffiniert an ihren Skandalen vorbei, resümieren die Autoren der Studie »Die Schweiz und ihre Skandale«. Zwischen 1945 und 1989 gingen insgesamt 80 Skandale von nationaler Bedeutung hoch. In den 90er Jahren um die 50. »Grundlegende politische Veränderungen lassen sich durch Skandale kaum in Gang setzen.« Die für das politische System wichtige Läuterung versande in der Alltagsroutine, das grosse Ausmisten finde nicht statt, die Massenbewegung gegen eine skandalierte Elite komme nicht in Gang. »Kopps Fall veränderte den Finanzplatz Schweiz in keiner Weise, nach wie vor wird Drogen- und Korruptionsgeld gewaschen.«

In der Affäre um die »weichen Bunker« (miserable Bauqualität in einem grossen Abschnitt des Réduit) wurden 1949 neun Beteiligte verurteilt, doch der hauptverantwortliche Bauunternehmer führte wenig später wieder EMD-Aufträge aus. Die Mirageaffäre kostete 1966 Paul Chaudet (Generalstabschef, Flugwaffenchef und Bundesrat) den Arbeitsplatz; bei der Berner Finanzaffäre traf es 1985 die Regierungsräte Werner Martignoni und Hans Krähenbühl. Über die drei grossen Skandale Ende der 1980er Jahre stolperten Bundesrätin Elisabeth Kopp, Bundesanwalt Rudolf Gerber, Bundespolizeichef Peter Huber und EMD-Informationschef Hans Rudolf Strasser. Sogar Waffenschmied Dieter Bührle bekam für illegale Waffenexporte 1970 acht Monate bedingt und 20 000 Franken Busse aufgebrummt.

Die Strafen, meist milde, verkehren sich manchmal gar ins Gegenteil. Die beiden Verantwortlichen für Falschinformationen im EMD-Fichenskandal wurden auf der Karriereleiter nach oben versetzt, »derjenige mit dem grössten Vergehen gar auf den bedeutendsten militärischen Aussenposten der Eidgenossenschaft«: Peter Huber wurde Vizedirektor im Bundesamt für Ausländerfragen. Innerhalb der politischen Elite herrsche Übereinstimmung. Der Skandal als »Einbruch des Chaos« in die klinische Idylle der Schweiz sei eine »Angelegenheit unter Eliten«, ein Kampf um Positionen, ein Machtpoker. Aufgedeckt werde nur, was die Protagonisten aufgedeckt haben wollen. »Wer im Gruselkabinett der Skandale nach Wahrheit sucht, wird enttäuscht. (...) Politische Skandale sagen wenig über vorhandene skandalöse Zustände aus.«

Viele Skandale, »oft just die spektakulärsten, haben einen durchaus ambivalenten Charakter«, bemerkt Schriftsteller Urs Widmer im Vorwort. Weil es irgendwo in uns auch die »klammheimliche Bewunderung« gibt für die, die so unverfroren tun, »was wir nie zu tun wagten«. Sich an keine Gesetze zu halten, skrupellos Geld zu scheffeln. »Zu lügen, dass die Balken krachen.« In diese Leute projizierten wir bei aller gerechten Missbilligung auch unsere eigenen Hochstaplerträume. »Wie gern würden wir auch so was tun, und wie froh sind wir, dass wir, wenn der Skandal auffliegt und die Schuldigen dran sind, es nicht getan haben. (→ Fichen)

Heinz Looser/Christian Kolbe/Roland Schaller/Sandra Brutschin/Gregor Sonderegger/Christian Dütschler/Simona Gambini (Hg.): Die Schweiz und ihre Skandale, Zürich 1995.

Skisport

Die Schweiz, *die* Skination

Bald eher eine Segelnation. Seit dem Alinghi-Erfolg im America's Cup 2003 strömen die Schweizer in Segelkurse. Segeln gilt jetzt auch beim Volk als Sport, nicht mehr als »Rumsitzen« auf einem Schiff (Ruedi Christen, Generalsekretär von Swiss Sailing).

Der Skisport hingegen ist ein Trauerspiel. Seit dem Winter 1989/90 sind die Österreicher am Zug. Die Saison 2003/04 war die schlechteste seit über 30 Jahren. Die goldenen Schweizerzeiten? Zwischen 1982/83 und 1988/89 gab sich die Schweiz im Nationencup nur einmal geschlagen; die Männer gewannen 80, die Frauen gar 105 Rennen.

Nur am Fernsehen ist Skifahren Nationalsport Nummer eins geblieben. 1,23 Millionen verfolgten am 8. Februar 2003 die WM-Abfahrt der Männer in St. Moritz. Jahres-Zuschauerrekord unter den Sportsendungen. Ein Drittel weniger sahen das entscheidende Qualifikationsspiel zur Fussball-EM gegen Irland. Sportsoziologe Markus Lamprecht erklärt das Phänomen mit der »grossen Tradition«; Skirennen schauen auch Leute, die nicht zum Stammpublikum gehören – 45 Prozent sind Frauen.

Im November 2003 feierte der Schweizerische Skiverband »Swiss Ski« sein 100-Jahr-Jubiläum. 23 Präsidenten, über 60 Olympiasiege und Weltmeistertitel. 878 Vereine. In Glarus hatte Christof Iselin 1893 den ersten Skiklub gegründet. Nach den Erfolgen in Sapporo (1972) brachte die Kampagne »Blyb gsund, fahr Ski, tritt by« die »fast unglaubliche Zahl« von 30 000 neuen Mitgliedern und den »ersehnten Durchbruch« über die 100 000er-Grenze (Walter Lutz).

»Alles fahrt Schi, alles fahrt Schi, Schi fahrt die ganze Nation!« Das Volkslied des Luzerner Komponisten Hans Roelli (1889-1962) ist Schnee von gestern. Der Schweizer Wintertourismus stagniert seit Jahren. 18 Prozent der Bevölkerung fahren Ski – vermutlich irgendwo in Österreich. (→ Bahn)

Leon Sommer: »Jetzt gilt Segeln als Sport«, Coopzeitung Nr. 19, 7.5.2003. Markanter Rückschritt der Schweizer Alpinen, NZZ Nr. 62, 15.3.2004. Walter Lutz: Ein unaufhaltsamer Siegeszug, NZZ Nr. 49, 28./29.2.2004. Stefan Häne, Der Sturm auf die letzten weissen Gipfel, Tages-Anzeiger, 3.3.2004.

Sommerzeit

Die Umstellung spart Strom

Der Energieverbrauch ist eher gestiegen. Stromsparen war das Hauptargument für die Einführung der Sommerzeit im Jahr 1981. Die Rechnung ging nicht auf, die Bevölkerung vergnügt sich, geniesst die warmen Nächte – und fragt sich, wozu die Schweiz eine Sommerzeit braucht.

Marianne Siegenthaler: Es wird (Sommer-)Zeit, Brückenbauer Nr. 13, 23.3.2004.

Sonderfall

Die Schweiz – ein Sonderfall

Für Bundesrat Christoph Blocher das Erfolgsrezept schlechthin, für offenere Geister ein überholter Mythos. Abgesehen von ein paar Besonderheiten ist die Schweiz ein europäischer Normalfall. Ein »durch und durch europäisches Land, auch zur Zeit des Faschismus«, sagt Historiker Hans Ulrich Jost. Sie sei im Wesentlichen »immer aussenbestimmt« gewesen: angefangen bei den Soldverträgen im Ancien Régime über den Wiener Vertrag von 1815 bis heute.
Der streitbare Wirtschaftsprofessor Walter Wittmann bringt die Karriere des Sonderfalls auf folgende Kurzform: Er begann seinen Aufstieg unter »äusserem Druck« in den 1930er Jahren, wurde durch den Zweiten Weltkrieg entscheidend gefördert, entwickelte sich in der Nachkriegszeit weiter unter »innerem Druck«, erreichte in den 1970er Jahren seinen Höhepunkt und wurde in den 1980er Jahren definitiv zum Normalfall. Die Schweiz sei »in wichtigen Bereichen auf dem Weg zum negativen Sonderfall«.
Politikwissenschaftler Gerald Schneider sieht den Sonderfall »erschüttert« durch die anhaltende Wirtschaftskrise im letzten Jahrzehnt des 20. Jahrhunderts. »Zum ersten Mal seit Generationen schien es anderen entwickelten Industriestaaten wirtschaftlich besser zu gehen, und die Schweiz fand kein Rezept.« Das direktdemokratische System, der Föderalismus und die Neutralität hätten den Schweizer zu einer »allgemeinen Selbstidealisierung« geführt, meint Lorenzo Allio, Policy Analyst beim European Policy Centre in Brüssel.

»Im Laufe der Geschichte hat es uns oft genützt, ein Sonderfall zu sein«, schreibt der welsche Publizist Claude Monnier. Aber seit dem Ende des Kalten Kriegs ist er »ein bleischwerer Klotz an unserem Bein«. Er führt Cancún als jüngstes Beispiel an, die Verhandlungen der Welthandelsorganisation (WHO) im September 2003, in denen die Schweiz ihre hohen Zölle für ausländische Agrarprodukte verteidigte. Die Schweiz wolle eben »de Föifer, s Weggli und d Frau vom Beck«, nämlich »die Türen unseres Landes gleichzeitig weit offen und hermetisch verschlossen halten«.

Hugo Loetscher: »Wir hängen nun einmal an der Vorstellung vom Sonderfall, wonach man grundsätzlich zwischen der Weltgeschichte und der Schweizer Geschichte unterscheidet, als gäbe es in Historie und Schöpfung einen schweizerischen Ausnahmeartikel.«

»Die Schweiz – ein durch und durch europäisches Land«, Interview mit Historiker Hans Ulrich Jost, in: Rolf App/Urs Bader/Bruno Vanoni: Die Eidgenossenschaft in Jahrhundertschritten. Separatdruck St. Galler Tagblatt, St. Gallen 1991. Walter Wittmann: Helvetische Mythen, Frauenfeld 2003. Gerald Schneider: Vom Sonderfall zum Normalfall. Eine Einführung in die Aussenpolitik der Schweiz, Zürich 1998. Lorenzo Allio: Die Schweiz – ein geborener Aussenseiter, NZZ Nr. 138, 18.6.2003. Claude Monnier: Eine entzauberte Schweiz, Tages-Anzeiger 2.10.2003. Hugo Loetscher: Alphorn mit Bambus, in: Klara Obermüller (Hg.): Wir sind eigenartig, ohne Zweifel, München 2003.

Spar

Im Spar-Laden ist Einkaufen billiger

Es ist nicht billiger. Spar ist holländisch und heisst »Tanne«. Ein Detaillisten-Verbund, 1832 in Amsterdam gegründet mit dem Motto: Door Eendrachtig Samenwerken Profiteren Allen Regelmatig« – frei übersetzt: Vom gemeinsamen Handeln profitieren wir alle. Die Anfangsbuchstaben DE SPAR, auf Deutsch »Die Tanne«, ergaben Namen und Logo. Spar international vereinigt verschiedene unabhängige Organisationen und ist mit über 15 000 Supermärkten in 30 Ländern die weltweit grösste Detailhandelsorganisation dieser Art.

Die Wurzeln der Spar-Gruppe Schweiz reichen bis ins Jahr 1760 zurück, nach St. Gallen, wo die Vorgänger der heutigen Familienfirma ein Handelsunternehmen gründeten. 1989 erwarb die Bernag Ovag die Spar-Lizenz für die Schweiz. Die Gruppe umfasst mittlerweile 140 Spar- und Eurospar-Läden und ist als einziges schweizerisches Lebensmittel-Unternehmen international so breit abgestützt.

Sascha Gralak, Spar Schweiz, auf schriftliche Anfrage. www.spar.ch. www.spar.de.

Sparschäler

Rex – Inbegriff schweizerischen Designs

Er könnte schweizerischer nicht sein: einfach, handlich, billig. Erfunden hat ihn zwar ein Schweizer, allerdings mit böhmischer Abstammung: Alfred Neweczerzal. Funktional, technisch raffiniert, sachlich, das alles verkörpert Rex (Mod. Int. 11002), der Sparschäler aus dem Jahre 1947. Die Firma Zena in Affoltern, geführt vom Sohn des Urhebers, produziert jährlich 3 Millionen Sparschäler und exportiert etwa zwei Drittel in alle Welt. Seit Ende Dezember 2003 ist Rex auch als 15-Rappen-Briefmarke im Umlauf – Schweizer Design-Klassiker neben Landi-Stuhl und Bahnhofsuhr. Typisch schweizerisch ist auch die Herkunft des Erfinders. Was wäre die Schweiz ohne innovative Zuwanderer von Bally über Brown, Boveri, Maggi bis Bertarelli? Dank ihnen erblühte das arme Agrarland zum hochtechnisierten, internationalen Standort.

Spyri, Johanna

Heidis fröhliche Geistesverwandte

Die Zürcher Schriftstellerin Johanna Spyri (1827-1901) war keineswegs das fröhlich-fromme Bergkind. Auch wenn bis 1977 die Biografen das so darstellen. Leben wie Werk wurden früh auf ein Klischee reduziert, das sich, einmal positiv, einmal negativ gewertet, im Kern seit hundert Jahren nicht verändert hat. Zu Beginn des 20. Jahrhunderts lobte man sie für Tugendhaftigkeit und Gottvertrauen, während der Krisen- und Kriegsjahre für Heimatbewusstsein und Naturverbundenheit. In den 60er Jahren wurde sie als Frömmlerin und Weltfremde verstossen. Auch ihr angebliches Mutterglück ist ein Mythos, entstanden aus der Annahme, wer für Kinder und Jugendliche schreibt, sei auch eine erfüllte Mutter. In Wahrheit deprimierte sie diese Rolle, die sie in die häuslichen Wände verbannte. Sie war eine selbstbewusste Frau, eine Intellektuelle, eine prominente Persönlichkeit im gesellschaftlichen Leben Zürichs. Und nach dem Tod von Sohn und Gatten durchaus nicht einsam, wie die Biografen es drehten, sondern unternehmerisch und reiselustig wie nie zuvor. (→ Heidi)

Georg Escher/Marie-Louise Strauss: Johanna Spyri. Verklärt, vergessen, neu entdeckt, Zürich 2001.

Staatsdesign

Die Bundesverwaltung nutzt ein einheitliches Logo

Im Gegenteil. Ein Wildwuchs von über 60 Bundes-Logos! Bloss Bundesrat und Bundeskanzlei kennzeichnen ihre Schriftstücke mit dem klassischen Wappen; nicht einmal die sieben Bundesräte schreiben auf einheitlichem Briefpapier. 180 Jahre nach Einführung des Schweizerkreuzes ist die Situation paradox. Noch nie war so viel »Schweiz«: vom Wahlplakat bis zur Kaffeetasse, von Mütze und T-Shirt bis Unterhose und Schuhen. Im Volk ist das Schweizerkreuz populär wie kaum zuvor; kein anderes Staatswappen wird so häufig als Markenzeichen verwendet wie das Schweizerkreuz. Doch in der Bundesverwaltung droht es zu verschwinden.

Ein Team der Berner Hochschule für Künste schlägt ein neues Staatslogo vor, eine »optische Dachmarke«, die auf dem Schweizer Wappen basiert. Ein einheitlicher Auftritt erleichtere nicht nur die Kommunikation, sondern spare Millionen. Die Gestalter kritisieren auch die teilweise abstrusen Namen der Bundesämter: Armasuisse (ehemalige Gruppe Rüstung). fedpol.ch (neue Abkürzung des Bundesamtes für Polizei). IMES, Intégration, Migration, Emigration Suisse (das ehemalige Bundesamt für Ausländer).

Markus Häfliger: Logo-Wildwuchs soll gestoppt werden, NZZ am Sonntag, 12.10.2003. Die Eidgenossenschaft plant ein Comeback des Schweizerkreuzes, NZZ am Sonntag, 23.11.2003.

Steinbock

Er klettert seit je in den Schweizer Alpen

Er war Jahrhunderte ausgerottet. Der Steinbock (*Capra ibex*), Wappentier Graubündens und mit unseren Hausziegen nahe verwandt, verschwand um 1650 aus Graubünden, um 1850 aus seinem letzten Schweizer Revier im Wallis. Zum Verhängnis wurde ihm seine geringe Scheu und der Aberglaube, er sei so etwas wie »ein Medikamentenschrank auf vier Beinen« (Heinz Staffelbach). Die Hörner gegen Krämpfe, die so genannten Bezoarkugeln aus dem Magen gegen Gelbsucht und Melancholie. Steinböcke wieder anzusiedeln war schwierig; die einzige reinrassige Kolonie lebte im italienischen Gran-Paradiso-Gebiet – in einem geschützten privaten Jagdrevier des italienischen Königs Vittorio Emanuele. »Da half nur noch, Kitze illegal zu fangen und in die Schweiz zu schmuggeln«, berichtet Biologe Heinz Staffelbach. 1911 wurden Steinböcke im Pizol-Gebiet, ab 1920 auch im Nationalpark ausgesetzt, wo in den letzten Jahren zwischen 250 und 450 Steinböcke lebten. Die Zahl schwankt so stark, weil in Lawinenwintern viele Tiere umkommen. Eine der grössten Steinbock-Kolonien etablierte sich im Albris-Gebiet ob Pontresina. »Es geht ihr so gut, dass noch bis vor einigen Jahren bis zu 100 Tiere eingefangen wurden, um andernorts neue Kolonien aufzubauen.«

Heinz Staffelbach: Illegale Steinböcke, in: Aussichten im Schweizerischen Nationalpark, Zürich 2001. www.nationalpark.ch.

Steuerparadies

Die Schweiz, eine Steueroase

Ein Paradies für andere – ausländische Millionäre, internationale Konzerne, nicht für den Grossteil der Schweizerinnen und Schweizer. Einer durchschnittlichen Mittelstandsfamilie »fressen Steuern, Sozialabzüge und Krankenkasse heute vier Monatslöhne weg – Tendenz steigend« (Patrick Müller). Die Steuern und Abgaben kletterten zwischen 1990 und 2002 von 26,9 auf 31,3 Prozent des Bruttoinlandprodukts (BIP). Allein dieser Anstieg sei im internationalen Vergleich »weltrekordverdächtig«, schreibt die NZZ. Sämtliche »Zwangsabgaben« eingerechnet, erreiche die Fiskalquote gut und gern 50 Prozent des BIP.

Oase ist die Schweiz für globale Unternehmen, vor allem seit der Steuerreform von 1997, der Aufhebung der Kapitalgewinnsteuer auf die Veräusserung wesentlicher Beteiligungen an andere Kapitalgesellschaften. 55 Prozent aller Firmen, die einen Sitz in Europa suchten, wählten die Schweiz. Sie war nach dem Zweiten Weltkrieg schon einmal das Mekka für Multis: Entscheidend waren damals Neutralität, zentrale Lage und internationale Verbindungen. (→ Reichtum)

Patrik Müller: Das Paradies der anderen, Sonntagszeitung, 28.9.2003. Andreas Flütsch: Die Multis zieht es ins Steuerparadies Schweiz, Sonntagszeitung, 12.10.2003. Romeo Regenass: Das Steuerparadies Schweiz lockt, Tages-Anzeiger, 26.1.2004. Reinhold Gemperle: Gelobtes Steuerland Schweiz, NZZ Nr. 242, 18./19.10.2003. Höchste Zeit für eine fiskalpolitische Wende, NZZ Nr. 61, 13./14.3.2004.

Stürm, Walter

Der »Ausbrecherkönig« verkörperte die absolute Rücksichtslosigkeit

Die totale Freundlichkeit. Fremde Hunde wedelten, wenn er sich näherte. Rettete er sich in eine Hundehütte, kläffte der Hund die Verfolger an. Der Bankräuber verzichtete auf Gewalt, liess sich widerstandslos verhaften. Bei einer seiner acht Fluchten blieb er zurück, um einem Wärter, verletzt von einem Mitflüchtenden, die Hand zu verbinden. Sogar brave Schweizer schmunzelten, als er am

13. April 1981 in der Strafanstalt Regensdorf die Notiz hinterliess: »Bin Eier suchen gegangen.« Eine andere Episode zitiert der Journalist Alain Kessi: »Als ich früher einmal durch St. Gallen fuhr, las ich dort auf einer Mauer ›Freiheit für Walter Stürm‹, und wahrheitsliebend, wie ich nun halt mal bin, bin ich sofort zum nächsten Farbengeschäft gefahren, habe einen Spray gekauft und dann unter die Mauerinschrift gesprayt: ›I bi jo dusse.‹« [Ich bin ja draussen.]
Ein Ein- und Ausbrecher mit Stil. Ein Gentleman, der einer klugen Gerichtsberichterstatterin Rosenbouquets schickte und dem Gefängnispfarrer eine Postkarte aus dem sonnigen Süden. Einer bewunderten Frau auch mal einen Doppelliter Chanel No 5 schenkte. Ein Verkleidungskünstler. Ein Gehetzter, der auf seinen Fluchten über 50 Wohnungen einrichtete. Ein Meister in Sachen Eingaben, Strafanzeigen, staatsrechtlichen Beschwerden. Selbst kleinste Verfahrensfehler entgingen ihm nicht. Er schrieb Tausende von Beschwerden, in eigener Sache wie für Mithäftlinge. »Die Justiz zahlte es ihm mit überrissenen Strafen, Schikanen und Haftentlassungsverzögerungen heim« (Marianne Fehr). Ein Volksheld. Die Leute bewunderten seinen »frivolen Ungehorsam«, die Linken feierten ihn als »Ikone des Widerstands« (Reto Kohler). Der Kanton Jura musste 1991 eine neue Gefängnisverordnung erlassen, weil Stürm kritisierte, die bisherige widerspreche der Europäischen Menschenrechtskonvention.
1969 bis 1998 lebte Walter Stürm nie mehr legal in Freiheit. Müde vom Kämpfen, in Isolationshaft, stülpte er sich am 13. September 1999 einen Kehrichtsack über den Kopf.

Thomas Scheurer: Ausbrecherkönig im Hungerstreik, taz, 21.5.1987. Marianne Fehr: Der Balanceakt des Walter Stürm, Weltwoche Nr. 37, 1999. Alain Kessi: Walter Stürm, Einbrecherprofi und »Ausbrecher-König«, in: Klaus Schönberger (Hg.): Va Banque! Bankraub. Theorie, Praxis, Geschichte, Hamburg 2000. Reto Kohler: Stürm. Die Gesichter des Ausbrecherkönigs, Oberhofen 2004.

T

Taxi

Wie es den Kunden gefällt

Verrauchte, verdreckte Autos. Fahrer, die ungeniert Radio hören. Übermüdet sind. Sich weigern, das Gepäck in den Kofferraum zu laden. Kaum Deutsch sprechen. Die Stadt nicht kennen. Ein »desolater, ja ruinöser Zustand«, analysiert der Taxiverband der Stadt Zürich. Mindestens 150 der 1420 Taxis arbeiten mit illegaler Betriebslizenz, vermietet von Taxihaltern für 2500 bis 4000 Franken jährlich. In der Schweiz sei jeder zehnte Taxichauffeur mit »vorgeschobener« Lizenz unterwegs, schätzt der Schweizerische Nutzfahrzeugverband Astag. Das waren Zeiten, als Schaggi Streuli 1957 im Film »Taxichauffeur Bänz« stolz seine glänzende Karosse präsentierte.

Tell, Wilhelm

1. Der Nationalheld hat wirklich gelebt

Das glaubt im Frühjahr 2004 die Mehrheit der Schweizer Bevölkerung: 62 Prozent der unter 50-Jährigen, 50 Prozent der über 50-Jährigen (Link Institut). »Man glaubt bekanntlich nur, was man auch glauben will, und wahr, ganz und gar wahr, kann nur sein, was auch wahr sein soll«, schreibt Peter von Matt. Der politische Willen der Schweiz habe Wilhelm Tell am Leben erhalten. »Die unbestreitbare Wirklichkeit Tells ist seine Funktion im seelischen Haushalt der Nation.«
Im Weissen Buch von Sarnen (1470-1474) hielt der Obwaldner Landschreiber Hans Schriber die Legende erstmals fest. Er lehnte sich einer Überlieferung des dänischen Mönchs Saxo Grammaticus an, der die »Taten der Dänen« (um 1200) aufgezeichnet hat, darunter die Legende des Schützen Toko, der auf Be-

fehl von König Harald Blauzahn einen Apfel vom Kopf seines Sohnes schiessen musste. Eine Wandersage, »mit grosser Wahrscheinlichkeit war sie in ganz Europa verbreitet« (Barbara Piatti). Apfelschuss-Motive finden sich auch in isländischen, englischen, estnischen, finnischen Sagen. Die Erzählungen von Tell und Toko jedenfalls stimmen »bis in einzelne Züge überein« (Angelo Garovi).
Eine Kopie, die Heldentat des Urner Meisterschützen? Zweifeln war gefährlich. 1760 verbrannte der Scharfrichter in Altdorf die Schrift »Wilhelm Tell. Ein dänisches Mährgen«, 1752 anonym verfasst vom Berner Pfarrer Uriel Freudenberger, 1760 überarbeitet und veröffentlicht von Gottlieb Emanuel von Haller, dem Sohn des Dichters Albrecht von Haller. Dass der Henker auch dem Tell-Bearbeiter (»Grisler ou l'Helvétie délivrée«) Samuel Henzi in Bern 1749 »den aufgeklärten Kopf abschlug«, lasse eine »ungute Übereinstimmung von gesellschaftlicher Besitzstandwahrung und passendem Geschichtsbild« erahnen, bemerkt Historiker Reinhard Straumann. Als der Luzerner Joseph Eutych Kopp (1783-1866) mit den »Urkunden zur Geschichte der eidgenössischen Bünde« (1835) der »fröhlichen Fabuliertheit« aller Tell- und Gessler-Geschichten den »Todesstoss« (Peter von Matt) versetzte, wurde der quellenkritische Geschichtsforscher als Puppe auf dem Rütli verbrannt. Noch 1991, schreibt Peter Kamber, wurden »öffentlich geäusserte Zweifel anlässlich der Feiern zum angeblichen 700-jährigen Bestehen der freien Eidgenossenschaft« des Basler Historikers Werner Meyer mit Morddrohungen quittiert.
Zerrissen zwischen »den Parteigängern der Geschichte und den Gegnern des Mythos«, entzweite Tell auch die Intellektuellen, die Historiker vor allem, »in einem ebenso gelehrten wie endlosen Streit«, schreibt Jean-François Bergier. »Ein ebenso zwielichtiger wie schwankender Mythos: abwechselnd freiheitsberauschend, zusammenführend, rebellisch, konservativ, von der Linken an sich gerissen und von der Rechten einverleibt, kurz, ein vielfältig schillernder Mythos.« Wandelbar diene er den edelsten oder den zweifelhaftesten Anliegen (bis hin zum Terrorismus ...). Ein »unzerstörbarer Mythos«.
»Gute Geschichten haben ein erstaunlich zähes Leben«, konstatiert Peter von Matt. Aufschlussreich sei, dass diese »parareligiöse Mythologie« genau dann entstand, als die Schweizer keineswegs neutral sein wollten, sondern kräftig mit-

mischten und mitschlachteten in den europäischen Auseinandersetzungen, bis die »traumatische Niederlage« in Marigniano 1515 das »wahnwitzige machtpolitische Treiben« beendete. Im Übrigen habe die Tell-Legende im jahrhundertelangen Prozess der Überwindung feudaler Strukturen weit mehr demokratisch-liberalen Zielen als reaktionärer Verbissenheit gedient. »Sie war, so seltsam es tönen mag, ein Ferment der Modernisierung.«

2. Der Tell-Dichter Friedrich Schiller liebte die Schweiz

Schiller (1759-1805) war nie in der Schweiz, auch wenn ihn Bilder schreibend am Ufer des Vierwaldstättersees zeigen und ihm seine spätere Gattin Charlotte von Lengefeld die Ohren voll schwärmte. Schiller wehrte ab: »Ich mache den Schweitzern die Tapferkeit und den Heldenmut nicht streitig – nichts weniger. Aber ich danke dem Himmel, dass ich unter Menschen lebe, die einer so grossen Handlung, wie die That des Winkelried ist, nicht fähig sind. Ohne das, was die Franzosen férocité nennen, kann man einen solchen Heldenmut nicht äussern: die Heftigkeiten, deren der Mensch in einem Zustande roher Begeisterung fähig ist, kann man der Gattung bloss als Kraft, aber dem Individuum nicht wohl als Grösse anrechnen.« (März 1789)
Acht Jahre später schrieb ihm Goethe von seiner dritten Schweizerreise aus »diesem sonderbaren Land«, er sei »fast überzeugt, dass Tell episch etwas tauge, und es würde dabei, wenn es mir, wie ich vorhabe, gelingt, der sonderbare Fall eintreten, dass das Märchen durch die Poesie erst zu seiner vollkommenen Wahrheit gelangte, anstatt dass man sonst um etwas zu leisten die Geschichte zur Fabel machen muss«. Schiller stimmte zu, aus diesem »schönen Stoffe« öffne sich »ein Blick in eine gewisse Weite des Menschengeschlechts, wie zwischen hohen Bergen eine Durchsicht in freie Fernen sich auftut«. Goethe liess das Projekt liegen, doch das Gerücht »Wilhelm Tell in Weimar« verbreitete sich in ganz Deutschland. Schiller musste so oft dementieren, dass ihn schliesslich der Hafer stach; todkrank schon, begann er im Mai 1803 mit den Vorarbeiten. Am 17. März 1804 war Premiere.
Vor allem die Schweizer konnten es nicht fassen: »Man würde schwören, Schiller habe seines Lebens grössten Teil in Schwyz oder Uri gelebt, unter dem einfa-

chen, anmassungslosen und doch kraftvollen Hirtengeschlecht«, schrieb ein Kritiker. Und Gottfried Keller notierte, Schiller habe einen Tell geschrieben, »wie ihn kein Anderer geschrieben hätte, der die Schweiz wie seine eigene Tasche gekannt«.

Schillers wichtigste Quellen waren das »Chronicon Helveticum« des Glarners Aegidius Tschudi (1505-1572) und die »Geschichten schweizerischer Eidgenossenschaft« des Schaffhausers Johannes von Müller (1752-1809). Auch die »Schilderung der Gebirgsvölker der Schweitz« von Johann Gottfried Ebel (1764-1830), dem preussischen Arzt, der während zweier Jahre zu Fuss die ganze Schweiz durchwandert hat. Schiller tapezierte seinen Arbeitsraum mit Karten, darunter eine »genaue Special-Karte« des Waldstättersees.

Hundertfünfzig geografische Angaben – ohne Berge und Seen. Urs Widmer hat sie gezählt: »Schiller beglaubigte seine Erfindung vom Erreichen der Freiheit durch das Volk durch eine geradezu aufdringlich exakte Topografie.« Fehler? Nicht Schillers Schuld. Der Satz »Es führt kein andrer Weg nach Küssnacht« beruht laut Max Frisch auf dem Irrtum der frühen Chroniken, der Vogt habe in Küssnacht residiert; »tatsächlich spielte sich der Vorgang in umgekehrter Richtung ab.« Und Manfred Hoppe bemerkt, Schiller habe sich bei der Beschreibung des Surenen-Passes auf eine »irreführende Reisebeschreibung« verlassen und ihn mit »öden Eisfeldern« ausgestattet. Das Schauspiel sei jedoch eines der grössten Beispiele für »die wirklichkeitsbildende Kraft der Sprache«. Schiller habe damit etwas in der neueren Literatur »völlig Einzigartiges« geschaffen. »Er hat, indem er die amorphe Masse der geschichtlichen Ereignisse gestaltete und zur immer anschaubaren Gegenwart verdichtete, der Schweiz den Mythos ihrer Entstehung geschaffen.«

Hat es Wilhelm Tell als Person wirklich gegeben?, Coopzeitung Nr. 18, 28.4.2004. Peter von Matt: Triumph eines geschichtlichen Phantoms, NZZ Nr. 1, 3./4.1.2004. Peter von Matt: Bilderkult und Bildersturm. Eine Zeitreise durch die literarische und politische Schweiz, in: Die tintenblauen Eidgenossen, München 2001. Manfred Hoppe: Schillers Schauspiel »Wilhelm Tell«, in: du, Kulturelle Monatsschrift, August 1971. Barbara Piatti: Tells Theater. Eine Kulturgeschichte in fünf Akten, Basel 2004. Angelo Garovi: Das Weisse Buch von Sarnen, NZZ Nr. 39, 17.2.2004. Peter Kamber: Ach, die Schweiz ... Über einen Kleinstaat in Erklärungsnöten, Zürich 1998. Reinhard Straumann: Wilhelm Tell, ein immer nützlicher Idiot, Tages-Anzeiger 17.3.2004. Jean-François Bergier: Wilhelm Tell. Mythos oder Realität? Ein falsches Problem, in: Erwin Jaeckle/Eduard Stäuble (Hg.): Grosse Schweizer und Schweizerinnen, Stäfa 1990. Peter Fässler: Johann Gottfried Ebel als Reiseliterat. Neues Licht auf Schillers und Hölderlins Bild von der Schweiz, St. Gallen 1983. Urs Widmer: Die Topographie des »Wilhelm Tell«. Ein Lokaltermin mit Friedrich Schillers Drehbuch in der Hand, NZZ Nr. 267, 17.11.2003. Max Frisch: Wilhelm Tell für die Schule, Frankfurt 1971.

Tessin

1. Sonnenstube der Schweiz

Eine Romantisierung. Die Tessiner Wirklichkeit ist widersprüchlich. Raues Gebirge, entvölkerte Bergtäler, lange, harte Winter, tagelanger Regen, sintflutartig. Mildes Klima an den dicht besiedelten Seen. Sonne, Palmen, Kamelien. 2001 gab es in Locarno 2267 Sonnenstunden, doch es fiel auch am meisten Regen (1754 mm). Im Wallis (Sion) schien die Sonne 2016 Stunden – mit nur 650 mm Niederschlag.

»Aus dem finstern Tunnel in neues Licht und in eine andere Welt«: Schriftsteller Carl Spitteler fuhr in den »lachenden Süden«. »Plötzliches Italien«, notierte Franz Kafka. Wurde in den Zeiten vor dem Bahntourismus »die Bevölkerung der Täler ›ennet dem Berg‹ als arm, roh, rückständig und streitsüchtig beschrieben, galten die ›ticinesi‹ jetzt als fröhliches Volk mit sonnigem Gemüt« (Marco Marcacci).

Der Mythos der »Sonnenstube Tessin« entstand im frühen 20. Jahrhundert. Dem Schriftsteller Guido Calgari (1905-1969) war das Tessinbild vieler deutschsprachiger Touristen ein »Stachel im Fleisch« (Beat Hächler). Deren »kulturelle Arroganz«, aber auch »hymnische Tessinliebe« und »falscher Schmus«. 1936 schrieb er sich mit »Il vero Ticino« den Groll von der Seele. Vor lauter Begeisterung über die Landschaft bemerke niemand die Menschen »mit ihren Sorgen, ihrer Plackerei und ihren Hoffnungen«. »Das Tessin, der ›Sonnenbalkon‹ (noch so ein kitschiger Ausdruck) war entdeckt.« Übrig bleibe, die Tessiner zu entdecken. Calgari wettert gegen architektonische Beleidigungen, gegen die geschlossenen »Oasen des Deutschtums«, die »Sucht für Fremdländisches«, die »albernen Vergnügen« an diesem unechten »Tessin der Zoccoli, Lieder, Boccalini und blau-roten Gewänder«.

Das Tessin ist heute eine Agglomeration, malerischer Ferienort und dynamisch produktive Arbeitslandschaft. Weite Teile sind zersiedelt, manche zerstört. Von 1825 bis 1960 nahm der Bestand an Wohnbauten um 18 000, in den folgenden 30 Jahren um mehr als 43 000 zu. Jede vierte Wohnung ist eine Ferienwohnung. Architekt Mario Botta: »Wir haben eine Landschaft verbraucht, ohne in der Lage zu sein, ihr die Eigenschaften unserer Zeit zu verleihen.«

Bundesamt für Statistik: Statistisches Jahrbuch der Schweiz 2003, Zürich 2003. Marco Marcacci: Ferienland in Sicht. Beat Hächler: La Sonnenstube non esiste, in: Beat Hächler (Hg.): Das Klappern der Zoccoli. Literarische Wanderungen im Tessin, Zürich 2000. Roger Friedrich: Wie der Kanton Tessin »gebaut« wurde. NZZ Nr. 241, 17.10.2003.

2. Im Tessin wird Italienisch gesprochen

Mit einer Ausnahme: Bosco Gurin, der höchstgelegenen Tessiner Gemeinde. Aber was für ein Deutsch! Ein Rätsel für Sprachforscher. F.J. Ziegler wunderte sich bereits 1790 über das »ganz verfälschte Deutsch, das weder von Deutschen noch von Italienern verstanden wird«. Über hundert Jahre später notierte Angelo Nessi: Die Pomatter und Guriner »schwatzen in einer besonderen Sprache, die Dante zum Erröten und Goethe zum Weinen bringen würde«. Wie das einheimische Walserdeutsch klingt, zeigt Konrad Stamm an ein paar Beispielen: Härpäräbrij (Kartoffelstock), Hennuggapschu (Hühnerkäfig), Graagguhüazi (Pilze). »Hochmut kommt vor dem Fall«? »Hoo gsädlut, teiff ggaglut.«

Konrad Stamm: Gebremste Skizirkus-Pläne in Bosco Gurin, NZZ Nr. 224, 27./28.9.2003.

3. Tessinerküche? Risotto, Salami, Nostrano

Die echte Tessiner Küche hat mit der italienischen Küche weniger zu tun als mit derjenigen der deutschen und französischen Schweiz; das karge Alpenland bietet überall ähnliche Produkte. Grundlage der bodenständigen »cucina nostrano« ist nicht der aus Italien importierte Reis, auch nicht Ravioli, Spaghetti, Lasagne, sondern Polenta, Kastanien, Kartoffeln. Seefische, Geflügel, Wild. Das Tessin will übrigens als erster Schweizer Kanton seine Landwirtschaft gentechfrei halten.

Ornella Broggi (Hg.): Tessiner Küche. Mit einer Einleitung von Alice Vollenweider, Zürich 1997. Marianne Kaltenbach: Tessiner Küche. Rezepte, Geschichte und Geschichten, Aarau 2002.

Thurgau

Die Thurgauer gehören zur Langfingerzunft

Nicht die Thurgauer sind diebisch, ihre Vögte waren es. Doch die kuriose Verkehrung hält sich hartnäckig. »Il est Thurgovien, mais il ne le pratique plus«, pflegte Jean-Pascal Delamuraz, Bundesrat von 1984-1998, thurgauische Parlamentarier vorzustellen. Und im neuen Kantonsführer von Markus Schär ist zu lesen: »Der eingeborene Stamm Mostindiens besteht gemäss dem gängigen, auch im Kanton verbreiteten Vorurteil aus Menschen mit langen Fingern, kargen Gefühlsregungen und Untertanenmentalität.«

Der Ursprung des Missverständnisses: Alle zwei Jahre bekam der Thurgau einen neuen Landvogt, laut Historiker Ernst Herdi »von den VII Orten in vereinbarter Reihenfolge« gestellt. Die »knappe Besoldung« verleitete die Landvögte, ihr Einkommen zu »forcieren«; sie erhoben Ernennungs- und Hausiergelder, Bussenanteile, Lehentaxen, Siegelgebühren. Erliessen Verfügungen, um sie dann »gegen klingende ›Diskretionen‹ wieder aufzuheben«. Suchten im Notfall »die armen Leute – so hiess der Fachausdruck für die Untertanen – irgendwie künstlich hereinzuleimen«. Schickten Landsgerichtsknechte und sonstige Spitzel auf die Pirsch, wobei immer »etwas hangen blieb«. So hätten die Thurgauer alle zwei Jahre einen selbstherrlichen Landvogt reich gemacht.

Keine der »Gemeinen Herrschaften« war einträglicher als der Thurgau. »Hier konnte sich ein verschuldeter Zürcher Grossbürger oder ein Schwyzer Landedelmann jederzeit sanieren« (Fritz René Allemann). Johann Gottfried Ebel, reisender Arzt aus Preussen, empörten die »Unverschämtheiten und Ungerechtigkeiten« der Vögte, die ihr Mandat teuer erkauften und die »Sache des ehrwürdigsten Amts« einer »niedrigen Geldgierde« opferten. Nur der Thurgauer sei »ganz der Willkühr« des Landvogts ausgeliefert. Dieser habe »nicht bloss den Geist der Prozesse unter den Thurgauern angefacht, sondern bisweilen die schändlichsten Mittel angewandt, wohlhabende und reiche Einwohner zu gewissen Handlungen zu verführen, und sie alsdann von den im Voraus benachrichtigten Gerichtdienern überraschen und überfallen zu lassen, um ihnen hernach Geldstrafen auferlegen zu können«.

Umso ungerechter, dass die üblen Machenschaften nicht an den Ausbeutern hängen blieben, sondern an den Nachkommen der Ausgebeuteten. Immerhin ein Zeichen von Vitalität; der Thurgauer gilt ja bekanntlich als Langweiler. »Mein liebster Ort in der Schweiz«, beteuert Schriftsteller Peter Stamm, ein Thurgauer: »Ein Kanton ohne besondere Kennzeichen, dessen Hymne aus gutem Grund zu 50 Prozent aus dem Wort ›tralala‹ besteht.« Die Thurgauer, gute Staatsbürger, »folgen in Abstimmungen fast immer der Regierung, in der sie kaum je vertreten sind«...

Markus Schär: O Thurgau. Ein Kantonsführer für Fortgeschrittene, Weinfelden 2002. Ernst Herdi: Geschichte des Thurgaus, Frauenfeld 1943. Fritz René Allemann: 25 mal die Schweiz, München 1977. Johann Gottfried Ebel: Schilderung der Gebirgsvölker der Schweitz. Erster Theil, Leipzig 1798, Reprint, St. Gallen 1983. Peter Stamm über die Schweiz in: Merian Schweiz, Dezember 2003.

Toblerone

Die Schweizer Schokolade

Sie gehört dem US-Zigaretten-Riesen Philipp Morris (seit 2003 Altria Group Inc.). »Haben Sie sich nicht auch schon gefragt, ob dieser unvergleichliche Honig-Nougat-Milch-Geschmack wirklich noch genau derselbe ist ...? Diese Duftmischung aus schokoladebrauner Erdnähe und honigsüsser Solidität.« Der Zürcher Theatermann Patrick Frey ist skeptisch. Immerhin wird die Toblerone (135 Tonnen täglich) exklusiv in der Schweiz fabriziert, nicht mehr mitten in der Stadt, sondern in Bern-Brünn. Neun von zehn Stück gehen ins Ausland. Seit 1994 sind Form, Name, Verpackung gesetzlich geschützt.

»Mys Käthi schmöckt nach Schoggola, / es schafft bim Tobler z Bärn«, singt der Troubadour Bernhard Stirnemann in seiner Hommage auf die berühmteste Schokolade der Welt. Was der Appenzeller Jean Tobler 1867 als »Confiserie Spéciale« in Bern eröffnete, gipfelte 1908 in der zackigen Toblerone, zusammengesetzt aus Tobler und dem italienischen »torrone« (Nougat) – TоblerOne, sagen die Amerikaner. Ob Sohn Theodor Tobler ans Matterhorn dachte, als er die Schokolade in die unorthodoxe Form goss, bleibt im Dunkeln.

1970 fusionierten Tobler und Suchard. 1982 kam der Bremer Kaffeeröster Jacobs dazu. 1990 ging »Jacobs Suchard« an die Philipp-Morris-Tochter »Kraft Foods International«, bekam den Namen »Kraft Jacob Suchard«, seit Juni 2000 »Kraft Foods Schweiz«. Über all dies schweigt die Toblerone-Homepage. (→ Schokolade)

Eugénie Holliger/Christina Sieg: Swiss Standards. 100 Produkte und Objekte in der Schweiz, die als prominenter Teil für das Ganze stehen. Zürich 1994. Patrick Frey: Deutschland und wir, Tages-Anzeiger, 12.2.2004. Katrin Eckert/Marianne Schiess: Die schönsten Schweizer Liebesgedichte, Zürich 2004. www.toblerone.ch. www.kraftfoods.ch.

Tourismus

Das hohe Preisniveau ist schuld an der Krise

Nicht nur. Viele Probleme sind hausgemacht: veraltete Strukturen, verstaubtes Angebot. Die Branche, verwöhnt vom einstigen Erfolg, ist träge, profillos, zu wenig innovativ. »Sogar den Schweizern ist die Schweiz zu unfreundlich geworden«, bemerkt Kolumnist Paul Bilton, ein Engländer. An allen Ecken der Welt wächst die Konkurrenz. In den nächsten zehn Jahren werden rund 1000 der heute 5600 Hotels schliessen müssen, vermutet Jürg Schmid, Direktor »Schweiz Tourismus«.

Alpenländer sind ohnehin »touristische Auslaufmodelle«. Jedenfalls für Egon Smeral, Tourismusexperte am Österreichischen Institut für Wirtschaftsforschung. Er sagt der Schweiz harte Zeiten voraus. Die Pionierin des modernen

Tourismus auf dem Abstellgeleise? Schon 1900 zählte die Schweiz 12 Millionen Übernachtungen; noch in den 50er Jahren gehörte sie zu den fünf grössten Tourismusländern der Welt. In den 1990er Jahren sei der Marktanteil um etwa 40 Prozent geschrumpft, weiss Unternehmensberater Raymond O'Connor, gestützt auf Daten des »World Travel and Tourism Council«. Zwischen 1990 und 2003 fiel die Zahl der Logiernächte von 78 auf 64 Millionen.

Immerhin: 2002 stand die Branche mit 12,2 Milliarden Franken Umsatz auf Platz 3, zwischen Chemischer Industrie (44,8 Mrd.) und Uhrenindustrie (10,6 Mrd.) Ungefähr eine von zwölf arbeitenden Personen verdankt ihre Stelle direkt oder indirekt dem Tourismus. Heute geben Besucher in der Schweiz etwa gleich viel aus wie Schweizer Touristen im Ausland, bilanziert Peter Keller, Ressortchef Tourismus vom Staatssekretariat für Wirtschaft (Seco).

»Enjoy Switzerland«? »Schweiz Tourismus« will Boden gutmachen – in Zusammenarbeit mit Hotellerie, Gastronomie, Bahn und Fluggesellschaft. Es geht laut Jürg Schmid nicht nur »ums Anlächeln«, sondern, nur zum Beispiel, um bessere Beschilderung im Ferienort, bessere Zusammenarbeit der Hotels, Schulung von Taxifahrern und Bergbahnführern.

Qualität als einzige Chance für die Schweiz propagiert Hansruedi Müller vom Forschungsinstitut für Freizeit und Tourismus der Universität Bern. Knapp 2000 Betriebe erhielten bis anhin das Gütesiegel »Q«, gegen 300 Unternehmen allein im Kanton Wallis. »Wer nicht deutlich günstiger sein kann, muss überdurchschnittlich gut sein« (Claudia Baer). Zum Beispiel »Hof Weissbad« am Fusse des Alpsteins. Eine Auslastung von 95 Prozent – acht Jahre nach Eröffnung. Platz 8 unter den besten Vier-Sterne-Hotels 2002/2003, 15 von maximal 20 Gault-Millau-Punkten. Gütesiegel »Q«? Klar. Jeder der 157 Mitarbeiter ist ein Gastgeber.

Paul Bilton: Gastfreundschaft? Nicht in der Schweiz, NZZ am Sonntag, 19.10.2003. Reto Thöny: Das touristische Angebot der Schweiz ist verstaubt, Sonntagszeitung, 10.8.2003. Claudia Baer: »Die Schweiz ist teuer, aber nicht zu teuer«. Gespräch mit Jürg Schmid, Direktor Schweiz Tourismus, NZZ Nr. 144, 25.6.2003. Dauerkrise im Schweizer Tourismus, NZZ Nr. 31, 7./8.2.2004. Christina Leutwyler: Lächeln allein ist noch nicht kundenfreundlich, Tages-Anzeiger, 16.6.2003. Marcel Odermatt: Festgefahren im Hochpreisdilemma, Tages-Anzeiger, 15.5.2004. www.hofweissbad.ch.

U

Urbanität

Die Schweiz, ein alpines Land

70 Prozent der Schweizer leben in Städten und deren Agglomerationen – selbst die Hälfte der Alpenbewohner. Doch das Markenzeichen »Alpen« hat auch im 21. Jahrhundert Konjunktur. Lieblingsmotive auf touristischen Plakaten sind noch immer Seen, Wasserfälle, Kühe, Chalets, Berge. Ein Zug vielleicht, ein Dampfschiff, eine Bergbahn, ein Fahnenschwinger. Das Motto der Schweiz für ihren Gastauftritt an der Frankfurter Buchmesse 1998? »Hoher Himmel, enges Tal«. »Keine einzige grosse oder grössere Stadt liegt im engen Tal, und der Himmel ist so hoch wie überall«, bemerkt Hugo Loetscher, der in seinen Essays »Lesen statt klettern« belegt, dass der Ausbruch aus dem Alpinen in die Urbanität ebenso Tradition hat wie die Idealisierung der Hirten. Zum Beispiel der Oberwalliser Geissbub Thomas Platter (1499?-1582), der es satt hatte, seine Tiere »uff die hohen und grusamen Berg« zu begleiten, zwölfjährig die alpine Welt verliess, auf langer Wanderschaft manchen Beruf erlernte, dazu Latein, Griechisch, Hebräisch, den Reformatoren als Bote diente, schliesslich Rektor des berühmten Basler Gymnasiums wurde.
Genf, Basel, Zürich vor allem. Urbanität pur mit 500 Clubs, Bars, Discotheken. Seit 2004 gehört Zürich zur Allianz »Coolcapitals«, um Freizeittouristen aus den USA in die urbane Schweiz zu locken.

Hugo Loetscher: Lesen statt klettern. Aufsätze zur literarischen Schweiz, Zürich 2003. Pietro Bellasi: Tradition und Moderne in der Schweiz, in: Koordinationskommission für die Präsenz der Schweiz im Ausland (Hg.): Die Schweiz mit den Augen der anderen, Zürich 1992. Edgar Bonjour: Die Platter, in: Erwin Jaeckle/Eduard Stäuble (Hg.): Grosse Schweizer und Schweizerinnen, Stäfa 1990.

V

Vegetation

Eine reiche einheimische Flora begrünt die Schweiz

Ein Grossteil der Gewächse ist noch nicht lange da. Rund 12 000 fremde Pflanzen fanden seit der Zeit der Entdeckungen den Weg nach Europa. Fast alle Pflanzen sind »ehemalige Fremdlinge oder zumindest zurückgekehrte Klimaflüchtlinge«, erklärt der Biologe Bernhard Kegel. Ohne massive Einwanderung von Pflanzen und Tieren wäre Mitteleuropa und damit die Schweiz eine Wüstenei. Kein anderes Gebiet gemässigten Klimas habe trotz günstigsten geologischen Voraussetzungen eine so artenarme natürliche Vegetation. Die charakteristische Buche (*Fagus sylvatica*) zum Beispiel dominiert erst »seit 3000 bis 4000 Jahren« unsere Wälder und Parks, nicht länger als 30 bis 60 Baumgenerationen.
Die Botaniker unterscheiden zwischen indigenen (einheimischen) Pflanzen, Archäophyten (vor 1492, der Entdeckung Amerikas, eingeführt) und Neophyten (seit 1492). Einheimisch heisst nicht, »hier entstanden« und »schon immer hier gewesen«, sondern nur »ohne Zutun des Menschen nacheiszeitlich eingewandert oder zurückgekehrt, also maximal einige tausend Jahre früher als die ersten Archäophyten«. Einheimisch sind Birke, Salweide, Eberesche. Pflanzen (auch Tiere) gelten heute als heimisch, wenn sie sich in freier Natur und ohne menschliche Hilfe über mehrere Generationen als Populationen erhalten haben. Das heisst, wenn aus ihnen »etablierte Neophyten« geworden sind. Etwa die Kanadische Goldrute (*Solidago canadensis*), die Bahndämme und Brachen überwuchert.

Bernhard Kegel: Die Ameise als Tramp. Von biologischen Invasionen, Zürich 1999. René Staubli: Bärendienst oder Liebesdienst?, Tages-Anzeiger, 26.3.2004. www.cps-skew.ch.

Verein

Ein Auslaufmodell

Ein Zukunftsmodell. Ein Bindemittel der Gesellschaft. Für 80 Prozent der Schweizer Wohnbevölkerung gehört der Verein zum Leben. 41 Prozent im Alter zwischen 18 und 75 wirken in einem Verein aktiv mit (ohne Berufsverbände). Die Romands engagieren sich weniger, sind auch skeptischer, was die Zukunft dieser Institutionen betrifft. Dies zeigt die erste repräsentative, nationale Untersuchung, durchgeführt vom GfS-Forschungsinstitut Zürich im Juli 2003 für das Museum im Bellpark (Kriens), wo »Der Verein« Thema einer Ausstellung war. Kurator Hilar Stadler sieht den Verein als Instrument der Einmischung und damit als Zukunftsmodell. Als mobile, schnelle Eingreiftruppe, ad hoc zu gründen und nach Erreichen des Ziels wieder aufzulösen – oder, wie die Autoteilet-Genossenschaft »Mobility«, zum Unternehmen umzubauen. Auch als Integrationsbeschleuniger für Einheimische wie Ausländer. Ein »temporär genutztes Nest«, in dem das Verhältnis weder »so distanziert wie am Arbeitsplatz noch so intim wie in der Familie ist« (Nadine Olonetzky im Buch zur Ausstellung). Kein Zufall, wurden während der Industrialisierung und Zersiedelung so viele Vereine gegründet: »Erst im Verein findet das Land zusammen« (Christoph Fellmann).

»Treffen sich drei Schweizer, gründen sie einen Verein.« Das Bonmot kommt nicht von ungefähr: Die Schweiz gehört zu den Ländern mit der höchsten Vereinsdichte: Auf die 7,2 Millionen Einwohner etwa 100 000 Vereine. Eine Schätzung, da Vereine nicht registriert sein müssen.

Im 19. Jahrhundert erlangten gewisse Vereine »geradezu staatstragende Bedeutung«, schreibt Volkskundler Marius Risi. Sie organisierten das öffentliche Leben: Kunstvereine, Heimatvereine, Arbeitervereine. Mischten sich in die Politik ein. Prägten die Anfänge des Bankgewerbes (»Schweizerischer Bankverein«). Zehn Vereine auf 1000 Einwohner: Das war der Höhepunkt um 1900. Die Grossen der frühen Moderne, die Gesangs-, Schützen- und Turnvereine, »behaupten in der Schweiz der späteren Moderne ihren festen Platz«. Ob Singen, Turnen, Schiessen: Die »Eidgenössischen« sind noch immer Ereignisse. Auch die Aufführungen der rund 2500 Laien-Theatergruppen.

Es blühen die Kuriositäten: Die Verschönerungsvereine. Samichlaus-Vereine. Der »Verein zur Förderung des Ansehens der Blut- und Leberwürste«. Der berühmte »Chüngelizüchterverein«. Das Militär, das als »sinnloser Verein«, gar als »Trachtenverein« verspottet wird. Vereine, Inbegriff einer bünzligen Schweiz. Der Berner Troubadour Mani Matter (1936-1972) bringt die Zerrissenheit auf den Punkt: »mir hei e verein i ghöre derzue / und d'lüt säge: / lue dä ghört o derzue / und mängisch ghören i würklech derzue / und i stah derzue. (...) so ghör i derzue ghöre glych nid derzue / und stande derzue stande glych nid derzue / bi mängisch stolz und ha mängisch gnue / und das ghört derzue.« (→ Willensnation)

Gabriela Mattmann, Hilar Stadler (Hg.): Gleichgesinnt. Der Verein. Ein Zukunftsmodell. Buch zur Ausstellung »Der Verein. Ein Zukunftsmodell. Strategien der Kooperation«, Museum Bellpark Kriens, 29.11.2003 bis 11.4.2004, Zürich 2003. Christoph Fellmann: Die grosse Idee vom kleinen Glück, NZZ am Sonntag, 30.12.2003. Marius Risi: Alltag und Fest in der Schweiz, Zürich 2003. Hans Ulrich Jost: Zur Geschichte des Vereinswesens in der Schweiz, in: Paul Hugger (Hg.) Handbuch der Schweizerischen Volkskultur, Bd. 1, Zürich 1992. Basil Schader; Eidgenössische Festkultur, in: Paul Hugger (Hg.) Handbuch der Schweizerischen Volkskultur, Bd. 2, Zürich 1992. Der Verein, Reflexe, Radio DRS 2, 16.12.2003. Mani Matter: »Mir hei e Verein«, in: Mani Matter: Us emene lääre Gygechaschte. Berndeutsche Chansons, Zürich 2003. Abdruck mit freundlicher Genehmigung des Ammann Verlags.

Vermessung

1. Landesvermessung via Satellit ist unvergleichlich präziser als mit dem Theodolit

Der Unterschied beträgt winzige 6 Millimeter pro Kilometer, circa 2 Meter auf die 350 Kilometer von Genf an den Bodensee. Das Land, 41 284,2 Quadratkilometer gross, hat dabei einen halben Quadratkilometer »zugelegt«, informiert Daniel Gutknecht vom Bundesamt für Landestopografie. Die Schweiz ist seit langem berühmt für ihre genauen Karten, die Präzision der alten Geometer-Handwerker verblüfft dennoch. 90 Jahre liegen zwischen den beiden Vermessungen. 1903 (LV03) wurde mit Theodolit nach den Regeln der Trigonometrie gearbeitet (Richtungen und Höhenwinkel zwischen benachbarten Punkten), zwischen 1988 und 1995 (LV95) mit Hilfe von Satelliten des hochgenauen Global Positioning Systems (GPS) und digitalen Messgeräten, die ohne Sichtverbindung auskommen.

Daniel Gutkecht, Koordination Landesgrenzen, im mündlichen Gespräch. Hinweis aufs Stichwort: Roger Meier, Geograf, Baden.

2. Für alle Daten ist das Bundesamt für Landestopografie zuständig

Denkt der Laie. Wünschen sich die Fachleute. Es sind zu viele Stellen, zu viele Kriterien, zu viele Datensätze, die untereinander nicht kompatibel sind. »Allein in der Bundesverwaltung liegen Hunderte von Geodatensätzen aus unterschiedlichsten Bereichen, erstellt durch Dutzende von Amtstellen«, kritisiert Erich Gubler, Direktor des Bundesamts für Landestopografie. Unzählige Datenbestände liegen bei Kantonen, Gemeinden, Privatfirmen. Gegen hundert Informatiksysteme sind im Einsatz. Die Datensätze, mit Steuergeldern erhoben, verkörpern einen Wert von mehreren Milliarden Franken. »Braucht ein Bundesamt heute die Daten der amtlichen Vermessung für das ganze Land, müssen diese bei etwa 300 Stellen zusammengesucht werden, was jedes Mal 300 000 Franken kostet« (Walter Jäggi).

Im Gegensatz zu den EU-Ländern ist laut Erich Gubler eine Nationale Geodaten-Infrastruktur (NGDI) auf Bundesstufe »noch kein politisches Thema«, obwohl sie »künftig von vergleichbarer Bedeutung wie das Verkehrs- oder Kommunikationsnetz oder die flächendeckende Energie- und Wasserversorgung sein wird«. 2001 wurde die Geodaten-Strategie vom Bundesrat genehmigt, im Juni 2003 das Konzept der Umsetzung, allerdings mit der Auflage, diese »haushaltsneutral« zu gestalten. Das heisst, der Aufbau der NGDI wird acht Jahre dauern, doppelt so lang als geplant. Wesentlicher Bestandteil ist eine neue Verfassungsbestimmung (Art. 75a BV) für »Vermessung«, eine »moderne, tragfähige« Rechtsgrundlage. Die jetzige stammt aus dem Jahr 1935.

Erich Gubler: Stand der Nationalen Geodaten-Infrastruktur und des Impulsprogramms e-geo.ch, Géomatique Suisse 4/2004. Walter Jäggi: Mit Schweizer Landkarten einfacher Geld verdienen. www.swisstopo.ch.

Vogel

Vogel-Arten haben ihr konstantes Singprogramm

Über 60 Singvogelarten bilden Dialekte – auch der Kolkrabe. »Eine Analyse der Kolkrabensprache in der Region Bern ergab neben etlichen lokalen Dialekten über achtzig verschiedene Rufe«, schreibt Wissenschaftsjournalist Herbert Cerutti. Weshalb Singvögel Dialekte entwickeln, ist umstritten. Als Gemeinsamkeit bei Vogelpopulationen im selben Brutgebiet? Könnte sein. So erkennt ein Grauammer-Weibchen einen fremden Verehrer – und bevorzugt den Mann mit heimischem Akzent.

Erforscht ist der »Regenruf«, mit dem Buchfinken-Männchen in der Brunftzeit das Weibchen anlocken und das Revier abgrenzen. Der Dialekt wird einem Vorbild, meist einem Artgenossen, abgelauscht – die Voraussetzung dafür, dass sich Dialekte bilden. Einen Sprachatlas der Schweizer Regenrufe erstellte der Basler Ornithologe Martin Schwarz schon in den 1930er Jahren. Ein »hiid« war gängig in der Innerschweiz; »dschäd« hiess es im Gebiet der Hohen Winde im Solothurner Jura; ein »ürrr« erklang im Tessin und in Graubünden. Schwarz hörte auch aussterbende Dialekte. War früher ein »digitt« im Raum Basel neben anderen Dialekten heimisch, verschwand der Ruf. Um 1960 gab es in Basel nur noch einen Regenruf: »huit«.

Singvogelforscher sind zurzeit begehrt in den Neurowissenschaften, denn wie Kleinkinder zum Teil Wörter und Sprache ihrer Eltern imitieren und lernen, zwitschern Vogelkinder die Gesänge ihrer Eltern nach. Entscheidend, das zeigen jüngste Befunde, ist das gemeinsame »Sprach«-Gen Foxp2.

Herbert Cerutti: Wenn Elefanten weinen. 30 erstaunliche Tiergeschichten, Zürich 2003.
Christian Heuss: Wie Zebrafinken und Kleinkinder Melodien fürs Leben lernen, Tages-Anzeiger, 14.11.2003.

Volksinitiative

Die urdemokratische Institution ist ein erfolgreiches Instrument

Mögen weniger privilegierte Ausländer denken. Falsch. Die Erfolgsquote liegt unter zehn Prozent. »Ein Volk, das über die Abschaffung seiner Armee abstimmen kann, voilà! das ist erfreulich«, spottete das französische Satireblatt »Le Canard Enchaîné«. Theoretisch eine perfekte Einrichtung: »Es genügt, eine Idee zu haben, Bieridee, himmlische Erleuchtung, berechtigtes Anliegen ... die Qualität spielt keine Rolle«, und innert 18 Monaten 100 000 Unterschriften zu sammeln. »Um 500 000 Ausländer ohne Federlesens aus dem Land zu schmeissen (1972), während zwölf Sonntagen des Jahres den Autoverkehr auf eidgenössischem Hoheitsgebiet zu verbieten (1975) oder den Frauen die gleichen Bürgerrechte zuzugestehen wie den Männern (1976).«
Seit 1891, der Einführung der Volksinitiative, kam es zu 158 Abstimmungen. Nur 14 schafften die doppelte Hürde von Volks- und Ständemehr: Schächtverbot (1893), Absinthverbot (1908), Proporzwahl des Nationalrats (1918), Spielbankenverbot (1920), Staatsvertragsreferendum (1921), Kursaalspiele (1928), Rückkehr zur direkten Demokratie (1949), Preisüberwachung (1982), Schutz der Moore (1987), Atomkraftwerk-Moratorium (1990), Bundesfeiertag (1993), Alpeninitiative (1994), UNO-Beitritt (2002), Verwahrungsinitiative (2004).

Erik Emptaz/Pascal Dupont u.a.: Sonderfall Schweiz. Franzosen blicken auf Eidgenossen, Les dossiers du Canard, deutsche Version: Joseph Hanhart, Neu-Allschwil/Basel 1991. Madeleine Schneider, Bundesamt für Statistik, auf schriftliche Anfrage.

W

Wald

1. Der Schweizer Wald stirbt

In den letzten zehn Jahren wuchs die Waldfläche im Mittelland um ein halbes Prozent, in den Alpen um 7,6 Prozent. Um täglich zwei Fussballfelder im Kanton Graubünden. Der Gesundheitszustand des Waldes ist seit 1994 stabil. Das zeigt die Sanasilva-Inventur der Eidgenössischen Forschungsanstalt für Wald, Schnee und Landschaft (WSL). Jährlich sterben vier von 1000 Bäumen; einer von fünf weist eine Kronenverlichtung von über 25 Prozent auf. »Keine aktuellen Anzeichen dafür, dass der Wald unmittelbar in seiner Existenz bedroht wäre« (Norbert Kräuchi und Matthias Dobbertin, WSL). Aber er ist weniger vital, weniger stabil, anfälliger auf Sturm und Trockenheit. Im versauerten Boden wurzeln die Bäume weniger tief, und die hohe Stickstoff- und Ozonbelastung beeinträchtigt die Bodenfruchtbarkeit. »Lothar«, der am Stephanstag 1999 über die Schweiz fegte, wirkte allerdings nicht nur verheerend. Die Artenvielfalt nach erst vier Jahren ist beeindruckend; im jungen Wald wachsen mehr Laubbäume, er ist besser für Stürme gerüstet, weniger anfällig für Borkenkäfer.

Der Wald ist nicht tot umgefallen – das »Waldsterben«, kollektiver Alptraum der 80er Jahre, ein Irrtum der Forscher. Aber auch grünes Licht für Beobachtung, Forschung, Therapie. Die Hysterie der Wissenschaftler traf auf eine »gesamtgesellschaftliche Befindlichkeit«, schreibt Helmut Stalder; eine »Vermischung von Wissenschaft, Medien, Politik und Verwaltung« entstand. Was bleibt? Bei der Wissenschaft »ein unrühmliches Kapitel mangelnden Selbstzweifels, bei den Medien eine unbewältigte Altlast, bei der Umweltbewegung der Katzenjammer und bei der Strassenlobby die Schadenfreude«. Politisch ging es vorwärts: Tempolimiten, Abgasnormen, bleifreies Benzin, Katalysatoren, schwefelarmes Heizöl, Modernisierung der Bahn, »selbst das günstige Halbtaxabonnement wäre nicht oder erst viel später möglich geworden«.

2. Gemeinden mit viel Wald sind reich

Das war früher so. Heute ist mit Holz kaum Geld zu verdienen. Zu kleingewerblich ist die Holzwirtschaft, zu kleinflächig sind die Besitzverhältnisse. Gut ein Viertel des Waldes gehört 245 000 Privaten (2002). Die 2930 öffentlichen Forstbetriebe arbeiten seit Jahren defizitär: 21 Franken Verlust pro Kubikmeter Holz (2001). In den Schweizer Wäldern wächst doppelt so viel Holz nach, wie durch Rodungen genutzt wird. 30 Prozent der Schweiz sind bewaldet, davon gelten 88 Prozent als produktiv. In den vergangenen 150 Jahren hat die Waldfläche in der Schweiz um 30, in nicht bewirtschafteten Berggebieten um bis zu 50 Prozent zugenommen. Dies belegen Studien des Nationalen Forschungsprogramms »Landschaften und Lebensräume der Alpen«. Die Schweiz verfügt über einen der grössten Holzvorräte Europas. Trotz Protest der Umweltschutzorganisationen will nun die Waldpolitik, bisher stark vom Schutzgedanken geprägt, mehr Freiraum gewähren, vor allem das Rodungsverbot lockern – und die Produktion um 20 Prozent steigern. Die Branche bietet noch rund 94 000 Arbeitsplätze, etwa zehn Prozent gingen in den letzten sechs Jahren verloren.

Helmut Stalder: Die Karriere des Mythos »Waldsterben«. / »Nicht zweimal den gleichen Fehler«, Interview mit Mario F. Broggi, Chef der Forschungsanstalt für Wald, Schnee und Landschaft, Tages-Anzeiger, 26.8.2003. Martin Winkler: Sorge um die Vitalität der Wälder, NZZ Nr. 232, 7.10.2003. Forschungsanstalt für Wald, Schnee und Landschaft (WSL), www.wsl.ch. Helene Arnet: Der neue Wald ist sturmfester, Tages-Anzeiger, 11.3.2004. Beat Bühlmann: »Jeder kämpft um seine Existenz«, Tages-Anzeiger, 11.2.2004. Bundesamt für Statistik: Statistisches Jahrbuch der Schweiz 2003, Zürich 2003.

Wallis

Monokultur mit Fendant und Pinot noir

Im Wallis wachsen rund 50 Rebsorten; einige gehören zu den ältesten und seltensten. Weltklasseweine wie Arvine, Amigne, Humagne, die ausserhalb der Region schwer zu finden sind. Am Missverständnis sind Grossproduzenten schuld, die massenhaft Durchschnittswein in Literflaschen anboten und die Anpassung an veränderte Konsumgewohnheiten verschliefen. Es gibt zu viel Fendant und zu viel Pinot noir. Zusammen mit Gamay und Johannisberg machen sie fast neun Zehntel der Weinbaufläche aus. Das Wallis produziert jährlich zwischen 40 und 50 Millionen Liter Wein, 40 Prozent der gesamten Schweizer Produktion.

Wii-Grill-Fäscht

Party mit Wein und Gegrilltem

Gegessen wird ausgiebig, doch ums Grillieren geht es nicht, sondern um die »Gottesanbeterin« (*Mantis religiosa*), eine Fangschreckenart, von den Einheimischen kurzerhand Grille genannt. Das seltene Insekt ist hier Symbol für umweltschonenden Weinbau. Das Wii-Grill-Fäscht, die kulinarische Wanderung mit Sechs-Gang-Menü über alte Fuss- und Saumwege durch den höchstgelegenen Weinberg Europas, findet am ersten Samstag im September statt. Vom Vispertal erstreckt sich der Weinberg »Riebe« über steil aufsteigende Terrassen bis nach Visperterminen auf 1100 Meter über Meer. Dank Föhn und ausgeprägter Südwestlage gedeihen die Reben mitten in den Alpen.

Luc Hagmann: Wallis, Zürich 2003. www.visperterminen.ch.

Robert Walser

Der unpolitische Poet

Dass Robert Walser (1878-1957) die Verkörperung eines unpolitischen Autors ist, gilt selbst Liebhabern seines Werks für ausgemacht. Was sagt er selbst dazu? »Meiner Ansicht nach gibt es überhaupt nichts Unpolitisches«, bemerkt er in einem Mikrogramm-Text. Heimattümelei und ihre literarischen Ausdrucksformen verspottet er. Und die Schweiz mit ihrem Militärfimmel ganz besonders: »Mit kühler Empörtheit, die mich durchtanzt, durchlacht, die mir übrigens ganz und gar passt, weil sie eine sittliche Höhe darstellt, sage ich, dass in einem kleinen europäischen Land jährlich achtzig Millionen für Militärzwecke verausgabt werden. Schade um so viel Geld!«

Robert Walser: Europas schneeige Pelzboa. Texte zur Schweiz, hg. von Bernhard Echte, Frankfurt 2003.

Wildkatze

Lebt in Afrika, in der Schweiz gibt es höchstens verwilderte Hauskatzen

Es gibt die Wildkatze oder Waldkatze (*Felis silvestris*): Ursprünglich auch im Mittelland heimisch, lebt sie heute nur noch im Jura. Sie ähnelt einer getigerten Hauskatze, ist aber rund ein Drittel grösser und hat als typisches Merkmal einen kurzen, buschigen Schwanz mit dunklen Ringen und einem stumpfen, ebenfalls dunklen Ende. Die Wildkatze, in der Schweiz seit 1962 geschützt, bewohnt lockere Laub- und Mischwälder. Zu sehen bekommt man sie selten. Tagsüber ruht sie auf einem Felsblock, Baumstumpf oder dickem Ast, wird gegen Abend munter und jagt Nagetiere von der Maus bis zum Eichhörnchen, verachtet auch Vögel nicht und schlägt mitunter gar einen jungen Hasen oder ein Rehkitz.

Markus Kappeler: Die Wildkatze, Luzern 1988.

Willensnation

Die Schweizer haben das Schweizertum im Blut

Sie haben es, wenn überhaupt, im Willen. Anders als den Italienern oder Franzosen fehlt den Schweizern eine gemeinsame Mentalität, Kultur, Sprache. Eine Willensnation, klug zusammengehalten durch eine föderalistisch-demokratische Politik. »Der Triumph einer utopischen Idee über die Gegebenheiten«, wie Max Frisch es formulierte. Nach Adolf Muschg ist die Schweiz »keine Nation«, sie brauche auch keine zu werden: »Sie ist viel weniger, und viel mehr: ein ziviles Bündnis Verschiedener, geschaffen zum Schutz ihrer Verschiedenheit im Rahmen der Menschenrechte und der Menschenwürde.« Ohne »hartnäckige Selbstüberredung« wäre nicht zusammengewachsen, was gar nie zusammengehört hat, schreibt Peter Kamber: »Eine etwas pragmatischere Theorie besagt, dieser ominöse Wille erschöpfe sich weitgehend im gemeinsamen Geldverdienen.«

Wallis, Neuenburg und Genf kamen als Letzte endgültig zur Schweiz: 1815, beim Zusammenbruch des napoleonischen Regimes. Wie Genf mit seiner »Kantonswerdung« fertig wurde, untersuchte die Historikerin Irène Herrmann. Um ein »Schweizer Bewusstsein« zu entwickeln, wurde das Vereinswesen in den Dienst »der helvetischen Fraternité gestellt«, resümiert Christophe Büchi. Die Schüler büffelten Schweizer Geschichte und Deutsche Sprache. Doch in den ersten Jahrzehnten kam es immer wieder zu Tätlichkeiten zwischen Einheimischen und »Allemands«. Die Genfer wurden nicht »spontan schweizerisch«, eher zu Schweizern erzogen. Das erkläre auch, weshalb Genfer, die ostwärts fahren, manchmal »je vais en Suisse« sagen – heute noch.

1889 setzte die Schweizer Regierung den willkürlich gewählten 1. August 1291 als Ursprung der Eidgenossenschaft fest, um endlich einen Nationalfeiertag zu haben. Peter Kamber: »Der Rückgriff auf die fernstmögliche Zeit war alles andere als Zufall, denn der jungen Schweiz, 1848 nach dem Sonderbundskrieg zwischen katholisch-ländlichen und protestantisch-industrialisierten Kantonen entstanden, fehlte ausser den militärischen Schützen- oder folkloristischen Turnfesten jeder verbindende politisch-nationale Anlass.« Die nötige Einheit holten die Schweizer bei ihrem Gründungsmythos. Sie bedienten sich bei ihrem Schiller, schreibt Adolf Muschg: »Sie verwendeten ein Kunstwerk zur Einbildung einer Nation, die endlich einig, einig, einig war – wäre es kein Trauerspiel, man müsste es eine Seldwyler Geschichte nennen, wie sich die Schweizer mit ihrem ›Tell‹ übernahmen und zugleich von der eigenen Geschichte dispensierten, ›frei‹ sprachen.« (→ Vereine)

Christophe Büchi: Wie die Genfer schweizerisch wurden, NZZ Nr. 203, 3.9.2003. Irène Herrmann: Genève entre République et canton. Les vicissitudes d'une intégration nationale (1814-1846), Genève 2003. Gerda Wurzenberger/Nicole Schiferer (Hg.): Die Schweiz in der Vernehmlassung, Zürich 2003. Adolf Muschg: Ein Land kommt sich abhanden, in: Klara Obermüller (Hg.): Wir sind eigenartig, ohne Zweifel, München 2003. Peter Kamber: Ach die Schweiz ... Über einen Kleinstaat in Erklärungsnöten, Zürich 1998.

Wirtschaft

1. Die Schweizer Wirtschaft besteht aus Banken und Pharmakonzernen

99 Prozent aller Firmen (2001) sind kleine und mittlere Unternehmen (KMU) mit weniger als 250 Vollzeitstellen. Der Anteil ist seit 1985 unverändert. 88 Prozent der Betriebe beschäftigen weniger als zehn Leute, stellen aber über ein Viertel der Arbeitsplätze. Rund zwei Drittel aller Beschäftigten sind in KMU tätig, in wirtschaftlich weniger attraktiven Regionen fast 80 Prozent.

Bundesamt für Statistik: Statistisches Jahrbuch 2003, Zürich 2003.

2. Die Schweiz, Wohlstands-Weltmeisterin

Ein Sanierungsfall, behaupten die Pessimisten. Die Schweiz gehört noch zu den reichsten Ländern der Welt, trägt aber die rote Laterne unter den OECD-Staaten. In den 90 Jahren ist die Wirtschaft kaum gewachsen. »Die Schweizer werden nicht wirklich ärmer; es ist einfach so, dass andere Länder schneller reich werden«, kommentiert Barbara Beck im britischen Nachrichtenmagazin »The Economist« (13.2.2004).

Das Bruttoinlandprodukt (BPI) der Schweiz ist von 1870 bis 1990 im Durchschnitt um jährlich 1,9 Prozent gewachsen; das reale Pro-Kopf-Einkommen hat sich in dieser Zeit fast verzehnfacht. Zwischen 1970 und 2000 betrug das BPI teuerungsbereinigt nur noch 1,5 Prozent, 1 Prozentpunkt weniger als der Durchschnitt der EU-Mitglieder (Wachstumsbericht des Bundesrates). Im Frühjahr 2004 musste die Schweiz auf Platz 14 der wettbewerbsfähigsten Volkswirtschaften absteigen (International Institute for Management Development IMD, Lausanne).

Stagnierende Wirtschaft, steigende Staatsquote (Ausgaben in Prozent des Bruttoinlandprodukts), wachsender Schuldenberg (2003: 124 Milliarden), gefährdete Sozialwerke, schwindende Attraktivität im globalen Wettbewerb, absehbarer Wohlstandsverlust. Dass sich die »Wohlstandsillusion« dennoch hartnäckig hält, erschwert Politikern, Managern, Ökonomen das Reformwerk. Zum Beispiel Silvio Borner und Frank Bodmer von der Universität Basel. Die Schweiz sei freigebig bei den Sozialversicherungen, luxuriös bei den Gesundheitsausgaben, grosszügig bei der Bildung, verschwenderisch in der Landwirtschaft. »Grotesk«, dass der Staat für eine Milchkuh 4000 und für einen Primarschüler 12 000 Franken ausgebe, ein Zusammenhang zwischen Aufwand und Schulleistungen indessen nicht erkennbar sei. Teil des Problems sei das politische System – auch eine heilige Kuh.

Der Ruf nach Reformen wird zunehmend aggressiver: mehr Wettbewerb in der Binnenwirtschaft, Sanierung der Staatsfinanzen, Liberalisierung öffentlicher Monopole. Höhere Arbeitsproduktivität durch Innovation, Investition, Bildung, denn das Arbeitspotenzial ist kaum zu steigern: Die Erwerbsquote liegt in der Schweiz mit gut 81 Prozent über zehn Prozentpunkte höher als im EU-Durchschnitt, die Arbeitszeit ist eine der höchsten in Europa.

Marcel Speiser: »Nichts wahnsinnig Sensationelles«, Tages-Anzeiger, 13.2.2004. Marco Zanchi: Wegen Stillstand weniger Wohlstand, Tages-Anzeiger, 9.2.2004. Die Illusion vom Wohlstand ohne Wachstum, Tages-Anzeiger, 24.4.2004. Die Schweiz gehört nicht mehr zu den zehn Besten, Tages-Anzeiger, 5.5.2004. Meinrad Ballmer: Ohne Wachstum droht der Schweiz die Pleite, Tages-Anzeiger, 11.2.2004. Gerhard Schwarz: Ein bisschen Wachstum ist nicht genug, NZZ Nr. 25, 31.1./1.2.2004. Die Mär vom Wohlstand ohne Wachstum, NZZ Nr. 95, 24./25.4.2004. Silvio Borner/Frank Bodmer: Wohlstand ohne Wachstum – eine schweizerische Illusion, Zürich 2004.

3. Nullwachstum heisst: Schweizern gehen die Ideen aus

Die Schweiz hat an Innovationskraft verloren, ist aber immer noch erfindungsreicher als sämtliche Volkswirtschaften in der EU – vor Schweden, Finnland, Deutschland. Gut zwei Drittel der Firmen zählen laut Konjunkturforschungsstelle KOF an der ETH Zürich zu den Innovativen. Allerdings bringe dies nicht mal ein Viertel des Gesamtumsatzes, während finnische Unternehmen auf eine »innovative Umsatzquote« von etwa einem Drittel kämen, die Deutschen auf fast 30 Prozent.

Auch unternehmerisch schneidet die Schweiz nicht schlecht ab. Das GEM-Projekt (Global Entrepreneurship Monitor) untersuchte im Jahr 2002 37 Länder. Die Schweiz, erstmals dabei, liegt mit einem TEY (Total Entrepreneurial Activity) von 7,13 Prozent im Durchschnitt der OECD-Staaten. Trotz der Angst zu versagen, der Angst, etwas zu riskieren – der angeblich prägenden »Kultur des Lohnempfängertums«.

Beat Gygi: Schweizer noch Meister in der Disziplin »Innovation«, NZZ Nr. 100, 30.4./1./2.5.2004. Thierry Volery/Martina Jakl: Wie unternehmerisch ist die Schweiz?, NZZ Nr. 137, 17.6.2003.

4. Abzocker in den Chefetagen trüben die Arbeitsmoral

Auch wenn Barnevik, Bruggisser, Mühlemann, Hüppi & Co. in die eigene Tasche wirtschafteten: Im Jahr 2003 sind 68 Prozent der Arbeitnehmer motiviert und mit ihrem Arbeitgeber emotional verbunden (2002: 64 Prozent). Wichtiger als der Lohn sind ihnen Unternehmenskultur, der direkte Vorgesetzte, Arbeitsabläufe, Information und Kommunikation, das Team und die Zusammenarbeit. Die meisten arbeiten in kleinen und mittleren Unternehmen, wo die Lohnunterschiede geringer, das Vertrauen grösser ist. Am wenigsten Motivierte (62 Prozent) versammelt die Branche mit den grössten Leistungsprämien: Banken und Versicherungen. Das zeigt die Studie »Herz + Kopf + Portemonnaie: Die psychologische Verfassung der Schweizer Arbeitnehmer 2004«. Im Frühling 2003 befragte das Link-Institut für Markt- und Sozialforschung (Luzern) 1131 Arbeitnehmer in der deutschen und französischen Schweiz im Alter von 15 bis 74 Jahren. Am engagiertesten sind die ältesten Arbeitskräfte, am frustriertesten die jüngsten. Der Vergleich mit dem Ausland? 42 Prozent Motivierte in Spanien, 50 Prozent in Deutschland.

Michael Lütscher: Hauptsache Arbeit, Sonntagszeitung, 11.4.2004.

5. Schweizer zahlen pünktlich

47 Prozent aller Forderungen werden zu spät bezahlt (Deutschland 38, Österreich 42 Prozent). Statt 30 Tage müssen die Unternehmen im Schnitt 44 Tage auf ihr Geld warten. Das ermittelte die Firma »Intrum Justitia«. Nach 60 Tagen waren noch 22 Prozent der Rechnungen offen, 14 Prozent wurden erst nach 90 Tagen beglichen. Die Verzögerungen seien eher Kalkül als finanzielle Not: Über die Hälfte der Gläubiger meint, es mit »Zinslipickern« zu tun zu haben. Eine Be-

treibung gilt nicht mehr als Schande; die Zahl hat sich in den letzten 20 Jahren fast verdoppelt. 2002 wurden rund 2,3 Milliarden Zahlungsbefehle ausgestellt.

Andrea Martel Fus: Die Schweizer sind säumige Zahler. Die Zeche zahlt die Wirtschaft, NZZ Nr. 182, 9./10.8.2003.

Wochenzeitung

Der erfolgreichste Titel? »Schweizer Illustrierte«. »Weltwoche« ...

»Tierwelt«! Kein Klatsch, keine intellektuellen Höhenflüge, kein Hochglanz – farblose Biederkeit auf Ökopapier. Die Zeitschrift der Schweizerischen Gesellschaft für Kleintierzucht (SGK) im 114. Jahrgang glänzt mit Zuwachsraten wie kein anderes Medium. Die Auflage steigt jährlich, 2003 auf beglaubigte 71 867 Exemplare. Etwa 80 Prozent der 339 000 Leserinnen (44 Prozent) und Leser sind weder Geflügel- noch Chüngelizüchter, sondern Hausbesitzer, Bauern und Hobbybauern, Gartenliebhaber, Sammler. 89 Prozent lesen »Tierwelt« regelmässig. Jedes Exemplar bringt es auf eine Leserschaft von 5,4 Personen. Durchschnittliche Lesedauer: 60 Minuten. Von zwölf Nummern werden 11,7 gelesen.

Was interessiert am meisten? Die 140 Seiten Kleininserate in 17 Rubriken: Tiere, Häuser, Maschinen, Waffen, Fahrzeuge. »Zwei Weiher mit Fischerhütte« sind zu haben. »Attraktive Damen aus Osteuropa« oder das »Land-Ei, aber b'hübsch« ... (Nr. 20/2004) Laut Redaktion ein »Marktplatz von nationaler Bedeutung«. 15 Millionen Umsatz im Jahr 2002, davon 9 Millionen im Anzeigengeschäft. Die Überschüsse finanzieren das ganze Verbandswesen samt Weiterbildungs- und Jugendprogrammen und Hunderten von Ausstellungen. Eines »der einträglichsten Verlagsobjekte der Schweiz« laut Karl Lüönd, und www.tierwelt.ch eines der »wenigen rentablen Netzprojekte der Schweizer Verlagswelt«.

Karl Lüönd: Biedere, aber hoch rentable »Tierwelt«, NZZ Nr. 129, 6.6.2003. Tierwelt Nr. 20, 14.5.2004. www.tierwelt.ch.

Wolf

Eine Bestie

Ist er nicht. In den letzten 50 Jahren ist weltweit kein einziger Fall bekannt, bei dem ein Mensch von frei lebenden Wölfen getötet wurde. Wildbiologe Urs Tester, Artenschutzexperte bei Pro Natura, ist überzeugt, dass in den nächsten Jahren mehr und mehr Wölfe einwandern werden; nicht weil sich die Randgebiete entvölkert haben, sondern weil sich der Lebensraum zunehmend verbessert. »50 bis 100 Wölfe könnten durchaus in der Schweiz leben.« Aber wir seien weder emotional noch landwirtschaftlich vorbereitet. Jeder Versuch eines Wolfes, hier heimisch zu werden, endete tödlich.

Im 19. Jahrhundert ausgerottet, tauchten 1995 erste Tiere wieder in den Unterwalliser Alpen auf. Bekanntlich keine Vegetarier. Den Jägern ein Rivale, den Bauern ein Schafkiller, belebte der Wolf den Mythos von der Bestie. Ein Leichtes, Schafe zu reissen, die praktisch unbewacht auf den Alpen weiden.

Die Haltung der offiziellen Schweiz ist klar: Der Wolf als ehemals einheimisches Tier hat hier ein Lebensrecht. Das bekräftigte der Nationalrat im Juni 2003. Der Wolf ist geschützt, durch ein Bundesgesetz und internationale Abkommen wie die Konvention von Bern. Das »Konzept Wolf Schweiz« des Bundesamtes für Umwelt, Wald und Landschaft (Buwal) sieht jedoch vor, unter bestimmten Voraussetzungen, wie »untragbare Schäden«, den Kantonsbehörden den Abschuss zu erlauben.

Urs Tester kritisiert, dass das Buwal seine Konzepte »immer wieder auf Minderheiten abstützt« und den Volkswillen »missachtet«. Pro Natura fordert unbürokratische Entgeltung der Schäden, Massnahmen zum Schutz der Schafherden, mehr Information, um Vorurteile zu mindern. Unhaltbar sei auch das Argument, der Wolf sei volkswirtschaftlich fatal, eine Katastrophe für den Tourismus. In den Abruzzen oder im französischen Nationalpark Mercantour (keine 200 km von der Schweiz entfernt) wirkt der Wolf als touristischer Magnet.

In Italien, Spanien, Rumänien usw. lebt der Wolf in unmittelbarer Nachbarschaft der Menschen. Je weiter weg wir von ihm wohnen, umso gefährlicher beurteilen wir ihn; das zeigen Beobachtungen in Italien. Für Schweizer existiert das Tier vor allem in der Sagenwelt; unser Bild schwanke »zwischen Disney-Dschungelbuch und Rotkäppchen« (Urs Tester). Dabei fühlten sich Mensch und Wolf einst wesensgleich. Vor etwa 15 000 Jahren domestiziert, wurde er zum besten Freund des Menschen.

Die Rückkehr des Wolfes in der Schweiz, Pro Tier, Schweizerische Gesellschaft für Tierschutz, Zürich. Rebekka Haefeli: Grenzgänger auf leisen Pfoten. Auf den Spuren des Wolfes im Bündner Bergell, NZZ Nr. 161, 14.7.2001. Pro Natura Communiqués: So ist der Wolf in der Schweiz nicht geschützt, 3.7.2001. Bund führt Luchsjagd durch die Hintertüre ein, 22.3.2004, www.pronatura.ch.

Y

Yak

Die Schweiz, Land einheimischer Kuhrassen

Sie exportiert Braunvieh, Fleckvieh, Holsteinkühe. »In zwanzig Jahren werden in den Schweizer Alpen mehr Yaks als Kühe leben«, behauptet Daniel Wismer, der seit 1994 auf der Roti Flüo oberhalb Embd im Mattertal (Wallis) tibetische Hochlandrinder züchtet. »Mit dem Abbau der Subventionen wird das Interesse an Yaks steigen.« Die Alpen, »hoch, kalt, karg«, seien kein Ort für überzüchtete Kühe, sondern für wetter- und winterharte Tiere, »die am liebsten draussen stehen und doch die Weiden nicht zertrampeln«. Viel leichter als Kühe, fast so berggängig wie Geissen, brauchen Yaks weder Kraftfutter noch Antibiotika, fressen vier bis fünf Mal weniger als eine Kuh, sind gute »Schafweidennachputzer«, also exzellente Landschaftspfleger, und liefern erst noch proteinreiches, mageres Fleisch. Zusammen mit Sonja Mathis bewirtschaftet Daniel Wismer 34 Hektaren Land nach den biologischen Richtlinien der »Knospe«. Auf 1650 Metern, Bergzone 4. Harte Arbeit, aber mit Aussicht auf zehn verschneite Viertausender. Die Bergbauern führen ein Gästehaus, offerieren alpine Erlebniswelten. Auch Trekkings, mit Übernachtung im tibetischen Sonntagszelt und Tour auf das Schwarzhorn. Sechs Yak-Ochsen tragen das Gepäck auf 2500 Meter hoch. (→ Landwirtschaft)

Sonja Mathis: Wie aus dem Jugendtraum, Bergbäuerin zu werden, Wirklichkeit wurde, Dorfzytig Oberwil, 26.4.2004. Christian Kaiser/Simon Thönen: Ein kleines Tibet im Wallis, Beobachter, 30.5.2002. Christian Schmidt: Die Schweizer Berge, in: Pfrunder/Binder/König/Leimgruber/Treichler: Seitenblicke. Die Schweiz 1848 bis 1998 – eine Photochronik, Zürich 1998. www.yaks.ch.

Z

Zahnexpress

Dentistische Notfallstation? Mobiler Zahnarzt? Zahnradbahn?

Fahrten in ungarische Zahnkliniken. Der »Zahnexpress« ist ein Angebot der G&A Reisen – jeden Freitag, mit Luxusbus ab Basel, Bern, Olten, Luzern, Zürich, Winterthur, St. Gallen. Auch andere Car-Unternehmen sind darauf spezialisiert. Suchmaschine »Google« meldet 327 Treffer für »Zahnbehandlung in Ungarn«: Die meisten garantieren »CH-Standard«, »CH-Betreuung vor Ort« und zu Preisen »bis 80 Prozent günstiger als in der Schweiz.« – »Verbinden Sie Ihre Ferien mit einer Zahnbehandlung.« Oder umgekehrt.

Schweizer Zahnärzte sind teuer (ausser »approbierte Zahnärzte« in Appenzell Ausserrhoden), der Preisindex stieg seit 1990 um 27 Prozent. Die Schweizer geben europaweit am meisten Geld aus für ihre Zahnmedizin. Fachkräfte aus der EU werden den eingeschlafenen Wettbewerb beleben (seit 1. Juni 2004 dürfen sie uneingeschränkt praktizieren). Werner Fischer, Zürcher Kantonszahnarzt, rechnet innerhalb zweier Jahre mit 80 neuen Praxen im Grossraum Zürich; ein Zuwachs von 20 Prozent.

Christoph Schilling: Konkurrenz aus der EU zeigt Zähne, Beobachter, 13.5.2004.

Zauberformel

Politik im Banne der Zahlenmystik

Keine Zahlenmagie, sondern kluger Pragmatismus führte zur Zauberformel, zur Einbindung der Opposition in die Regierungsverantwortung. Der Prozess dauerte jahrzehntelang: 1891 wurde der erste CVP-Bundesrat gewählt, 1919 (nach Ein-

führung der Proporzwahl) der zweite. 1929 der erste SVP-Magistrat. Die SP musste bis 1943 warten, obwohl sie aufgrund ihrer politischen Stärke seit 1919 Anspruch auf zwei Sitze gehabt hätte. Doch erst 1959 kam die Zauberformel »durch eine Linksöffnung der CVP und eine rot-schwarze Allianz gegen den freisinnigen Widerstand« zustande (Urs Altermatt). Damals entsprach sie ziemlich genau dem Kräfteverhältnis. CVP-Generalsekretär Martin Rosenberg, der Zauberformel-Vater, wollte nicht nur eine »stärkemässige«, sondern auch eine »loyale« Zusammenarbeit, um »alle politischen Kräfte zum Wohle von Land und Volk« zu mobilisieren. Nicht selbstverständlich: Die Parteien »proportional zur ihrer Stärke an der Regierung zu beteiligen, war dem freisinnig dominierten Bundesstaat ein Jahrhundert lang fremd« (Bruno Vanoni). Wichtig, meint Wirtschaftswissenschaftler Hansjörg Siegenthaler, waren »die Voraussetzungen«, unter denen sich die Formel durchgesetzt hat. Die Sozialdemokratie »war zum verlässlichen Gesprächs- und Tauschpartner geworden; sie empfahl sich im Zeitalter des Kalten Kriegs als Garant des sozialen Friedens«.
Nach zwei SVP-Angriffen auf die Zauberformel (1999 und 2002) haben die Bundesratswahlen vom 10. Dezember 2003 die alte Ordnung gesprengt.

Markus Rohner: Hand in Hand – wie lange noch?, Interview mit Urs Altermatt, St. Galler Tagblatt, 1.10.2003. Bruno Vanoni: Die Zangengeburt der Zauberformel, Tages-Anzeiger, 17.10.2003. Hansjörg Siegenthaler: Mehr Argumente, weniger Ideologie, Tages-Anzeiger, 5.1.2004.

Zibelemärit

Monopol der Stadt Bern

Es gibt traditionsreiche Zwiebelmärkte in Biel, Lyss, Nidau (alle Kanton Bern), im thurgauischen Arbon. Es drohte Konkurrenz in Sitten, Schaffhausen, Bellinzona, ja sogar in Zürich. Die Stadt-Berner nehmen es gelassen. Ihr »Zibelemärit« ist der grösste, der prächtigste, der älteste. Am vierten Novembermontag 2004 findet das populärste Berner Volksfest zum 598. Mal statt.

Hans Erpf/Natalie Uhlmann: dr Zibelemärit und rund um die Zwiebel von A-Z, Münsingen-Bern 1990.

Zirkus Knie

Unser Nationalzirkus

Er hat deutsche und österreichische Wurzeln. Erst 1900 wird Ludwig Knie, Vertreter der dritten Generation, in Gerlikon bei Frauenfeld eingebürgert. Friedrich Knie, 1784 in Erfurt geboren, legte den Grundstein zur Zirkus-Dynastie. Er studierte in Innsbruck Medizin, verliebte sich in die feurige Kunstreiterin Wilma, gab das Studium auf und schloss sich 1803 der fahrenden Kunstreiter-Truppe an. Am 14. Juni 1919 eröffnete der »Grande Cirque Nationale Suisse« auf der Berner Schützenmatte seinen Betrieb.

Christoph Zweili: Knie wird nicht alt, St. Galler Tagblatt, 26.3.2003.

Zufriedenheit

Die Schweizer: ein Volk von Jammerlappen

Die glücklichsten Menschen der Welt. Behauptet das römische Sozialforschungsinstitut Censis, das in 40 Ländern den sozialen Zusammenhalt untersuchte. 94,5 Prozent der Eidgenossen nennen sich glücklich. Hinter den Schweizern die Amerikaner und Engländer, am Schluss die Italiener. Was die italienischen Medien bezweifelten: »Unsere Landsleute haben nun mal die Neigung zum Jammern ...«

Konkurrenz? Kaum. »Die Schweizer sind Weltmeister im Klagen, ohne zu leiden«, meint der Zürcher Soziologe François Höpflinger. »I cha nöd chlage«: ein Lieblingsstatement der Schweizer; das Bedauern ist unüberhörbar. Vielleicht, mutmasst der Journalist Marco Morell, »liegt der Grund im therapeutischen Effekt des Jammerns, weshalb die Schweiz bei Befragungen über das Glücksempfinden in verschiedenen Staaten regelmässig auf dem ersten Platz landet«.

Die Glücklichsten leben im Kanton Zug, dem finanzkräftigsten der Schweiz. Nur acht Prozent Unzufriedene. Fit sind sie auch; über zehn Prozent der Zuger Frauen treiben sechs und mehr Stunden Sport pro Woche. Für seine Gesundheitsstudie befragte der Bund 20 000 Schweizerinnen und Schweizer zu Arbeit, Gesundheit, Sexleben, Ernährung, sportliche Aktivität (2002). Mit über elf Prozent stehen die Solothurner bei den Übergewichtigen an der Spitze. Das erfreulichste Sexleben führen die St. Gallerinnen (fast 40 Prozent »sehr« Zufriedene). Die Westschweizer sind depressiver als die Deutschschweizer, und rund 30 Prozent der Genfer Frauen denken, sie hätten wenig Kontrolle über ihr Leben. Mit 88 477 Franken erzielen die Baselstädter das höchste durchschnittliche Pro-Kopf-Einkommen, trotzdem hadert jeder fünfte mit seinem Lebensstandard: Schweizer Rekord. Im Kanton Jura sind 16 Prozent völlig unzufrieden, im Tessin 14, in Genf 13 Prozent. »Man müsste glücklich sein in der Schweiz, und genau deshalb neigen die Schweizer zu einer diffusen Traurigkeit«, analysiert Sieglinde Geisel, die es auf Dauer in der Schweiz nicht aushält.

Bernhard Hülsebusch: Glückliche Schweizer, Tages-Anzeiger, 14.6.2003. Marco Morell: Ein Volk von Jammerlappen, Sonntagszeitung, 8.6.2003. Petra Wessalowski: Studie: Die glücklichsten Schweizer leben in Zug. / Der beste Sex in St. Gallen, die meisten Vegetarier in Basel, Sonntagszeitung, 25.1.2004. Sieglinde Geisel: »Auch ich dusche zuerst« oder Die Erziehung eines Volkes durch sich selbst, in: Gerda Wurzenberger/Nicole Schiferer (Hg.): Die Schweiz in der Vernehmlassung, Zürich 2003.

Zürich

1. Die Zürcher sind prüde, nüchtern und arbeiten bis zum Umfallen – Zwinglianer eben

Die Stadt bewilligt jährlich rund 500 Festivitäten. Die Streetparade versammelt bis zu einer Million lebenslustige Leute. Hunderte cooler Clubs, Bars, Diskotheken. Die Limmatstadt gilt als Metropole mit der weltweit höchsten Lebensqualität. Zürich »leistet sich die Ekstase« (Christian Seiler).

Zwinglis Zürich? »Das perfekte Alibi«, titelt die du-Nummer im Juli 2003. Zwar wirke der Zwinglianismus tatsächlich in den einen oder anderen Lebensbereich hinein, aber »mehr als eine historische Last« sei er zur »Ausrede« geworden (Christian Seiler). Für Schriftsteller Lukas Bärfuss ist die Stadt nicht mehr Zwinglis Zürich. »Das Treiben in meinem Viertel ist bunt und wild, ganz und gar nicht protestantisch.« In der Tat: Katholisch getaufte Einwohner sind heute in der Mehrheit. Der »protestantische Asketismus« lebt schon noch, meint Thomas

Haemmerli, »momentan idealtypisch inkarniert« durch Polizeivorsteherin Esther Maurer, stramm entschlossen, die »überbordende Festhütte Zürich an die Kandare zu nehmen«.

Christian Seiler: Doppelt so lustig. Lukas Bärfuss: Aber deshalb muss ich Huldrych Zwingli noch nicht mögen. Thomas Haemmerli: Mehr Feste, als man feiern kann, alle in: Zwinglis Zürich. Das perfekte Alibi, du, Die Zeitschrift der Kultur, Nr. 738, Juli/August 2003.

2. Zürich, Stadt mit dem fortschrittlichsten Marketing

»Downtown Switzerland« wird im Sommer 2005 mit bunten Teddybären verstellt. Aus Polyester, mit Bäuchlein und pummeligem Po: stehend, sitzend oder stehend mit Jungteddy, von Künstlern bemalt. Es begann 1986 mit 400 Löwen, Zürichs Wappentier, gefolgt von 815 Plastikkühen (»Land in Sicht«), die angeblich eine Million zusätzlicher Besucher nach Zürich lockten. 2001 der Flop mit Holzbänken aus Lothar-Sturmholz (»Bank-Art«). Nun also Bären, ohne Bezug zu Zürich, zur Schweiz – die letzte Bärin wurde 1904 im Val S-charl erlegt. »Die Teddys werden eine Attraktion, und sie tragen Zürichs Ruf in die Welt hinaus.« Das erklärt nicht die Tourismusdirektorin, sondern der Kulturchef.

Der »Teddy-Summer« der City-Vereinigung, Beispiel für den »Infantilismus Helveticus«? Globi, Heidi, Pingu, Teddy? Den Trend »zum Kindlichen, Verspielten und spassig Unverbindlichen« auch im öffentlichen Bereich beobachtet der Publizist Peter Lohri. Helvetische Ausprägungen sieht er im Kult um Skispringer »Gold-Simi«, im Pseudonym von Popstar DJ Bobo. In TV-Sendungen von SF DRS, »Meteo« zum Beispiel, bestückt mit Elementen, die früher »nur im Rahmen eines Kinderprogramms« denkbar gewesen wären. In der Sprache schliesslich: vom »Aperitiifli« und »Vorspiisli« bis zum »Tschüssli«. Die Rückkehr ins Kinderzimmer aus Angst vor einer immer »komplexeren und anspruchsvolleren Welt«. Teddy als Trost, weil Zürich, der Motor der Schweiz, zurzeit ein wenig stottert?

Peter Lohri: Kindliches als Megatrend. Symptome eines »Infantilismus Helveticus«, NZZ Nr. 289, 12.12.2003. Jürg Meier: Aus Polyester – aber herzig, NZZ Nr. 98, 28.4.2004. Janine Hosp: Bären erobern die Bahnhofstrasse, Tages-Anzeiger, 22.4.2004.

3. Zürich, die Römerstadt

Die Kelten waren auch da. Das brachten Grabungen der Stadtarchäologie am Rennweg (1997-1999) ans Licht. Die alte Streitfrage, ob Zürich nun auf die Römer oder Kelten zurückgeht, ist beantwortet. Ebenfalls abgeschlossen ist die Debatte über die Zahl der Befestigungsphasen im Mittelalter: Die Stadtmauern waren viel älter, als die Historiker bisher glaubten. »Die Stadt Zürich war keine ›bis ins 13. Jahrhundert offene, unbefestigte Stadt‹, wie es in den letzten Jahren gesichert schien und so auch in vielen Geschichtsbüchern nachzulesen ist. Es scheint sich im Gegenteil eine Kontinuität der Befestigung vom spätantiken Kastell bis zur bekannten Stadtbefestigung des 13. Jahrhunderts abzuzeichnen« (Dölf Wild, Leiter Stadtarchäologie). Spuren gibt es kaum; einzige Zeugen sind das Bauschänzli und der Schanzengraben. 1833 wurden die Mauern geschleift, das äussere Zeichen der ungeliebten städtischen Herrschaft.

Begleitpublikation zur Ausstellung »Stadtmauern – Ein neues Bild der Stadtbefestigungen Zürichs«, Haus zum Rech, 6.2. bis 30.4.2004, Zürich 2004.

4. Beliebteste Ansichtskarte? Zürich am See

Ein gefälschtes Sujet ist seit vielen Jahren die begehrteste Karte: Die Fotomontage der Stadt mit Eiger, Mönch und Jungfrau plus Matterhorn verkauft sich jährlich 20 000 Mal. Laut Photoglob AG, Marktleaderin mit über 20 000 Sujets, greifen die Touristen immer zu denselben Bildern. Etwa zur Aufnahme vom »Central« aus dem Jahr 1965. Ein einziges Motiv schaffte es mit jährlich 6300 Exemplaren zwischen Bergpanoramas, Gross- und Fraumünster: eine Luftaufnahme der Quaibrücke während der Street Parade.

Marcel Gyr: Platz 1: Zürich mit Matterhorn, NZZ Nr. 170, 25.7.2003.

Züri-Metzgete

Städtische Konkurrenz zur bäuerlichen Metzgete

Ein Welt-Cup-Rennen der Radfahrer. Keine Schlachtplatte, die im Spätherbst die Gourmets in die »Krone«, ins »Rössli« und »Schäfli«, in den »Engel«, den »Löwen«, den »Adler« zieht. 2003 wurde die 90. »Züri-Metzgete« (Meisterschaft von Zürich) ausgetragen: Es siegte Daniele Nardello vor Jan Ullrich.

Zwingli, Huldrych

Scharfmacher und Puritaner

Er legte zwar den Grund für das puritanische Zürich, aber »so richtig ungemütlich« (Susanne Heimgartner) wurde es erst nach seinem Tod. Der angeblich so sinnenfeindliche Reformator hatte immerhin Theatermusik für seine Grossmünster-Schüler komponiert. Und die als »zwinglianisch« verschriene Polizeistunde wurde Jahrhunderte später, 1914, eingeführt.

Druck von Ernst Würtenberger zum 400. Geburtstag Zwinglis

1506 zum Priester geweiht, zehn Jahre Pfarrer in Glarus, zwei Jahre in Einsiedeln, ab 1519 Leutpriester am Grossmünster Zürich. Oberhaupt des schweizerischen Humanismus, entwickelte sich Zwingli unter dem Einfluss des Erasmus von Rotterdam zum Reformator. Eine radikale Vision des christlichen Lebens im Kopf, träumte er von der Umwandlung des Einzelnen wie der ganzen Eidgenossenschaft und bezahlte den Traum auf dem Schlachtfeld von Kappel mit dem Leben.
Er war kein Kind von Traurigkeit, der Toggenburger Huldrych Zwingli (1484-1531). »Wenn ich kum, so wellent wir guter Dingen syn«, liess er Freund Glarean wissen. Seine Neigung zu Frauen war bekannt. Das Gerücht, in Einsiedeln die Tochter eines »mächtigen Bürgers« entjungfert zu haben, erklärte er mit der Missgunst der »bitterbösen Jungfrauenprüfer«. Das Mädchen war eine Dirne, rechtfertigt sich Zwingli in einem lateinischen Brief an Chorherrn Heinrich Utinger (Dezember 1518). Er habe zwar vor drei Jahren den Vorsatz gefasst, »es sei gut, kein Weib zu berühren. Das ist mir aber wenig gut gelungen.« In Glarus sei es ihm ein halbes Jahr geglückt, in Einsiedeln ein Jahr, »nicht länger, da ich eben in Einsiedeln niemand hatte, der diesen Vorsatz mit mir teilte, wohl aber nicht wenige Verführer – ach!« Einem seiner Lebensgrundsätze sei er immerhin treu geblieben: »keine Ehe zu verletzen (weil die Bettdecke, wie Jesaias sagt, zu kurz ist, um zwei Männer zugleich zu decken), keine Jungfrau zu verführen ... und keine Nonne zu entweihen.«
Zwingli, ein begabter Musiker, spielte viele Instrumente, darunter auch das »Rabögli«, eine mit drei Saiten bezogene, quintenweise gestimmte Taschengeige. »Dass ich musiziere, haben einige gegen mich vorgebracht; was sind das für unverschämte und ganz unverständige Esel! Bloss zu Nutz und Frommen meiner Häuslichkeit habe ich das bisher getan.« Die Kirchenmusik fürchtete er als Konkurrenz zum Wort.
Am 9. März 1522 war Zwingli Gast bei Buchdrucker Froschauer, der für seine Gesellen und die Anhänger Zwinglis ein Wurstessen veranstaltete. Zwingli ass nicht mit, verteidigte aber den Fastenbruch: »Willst du fasten, tue es; willst du gern das Fleisch nicht essen, iss es nicht, lass mir dabei aber den Christenmenschen frei.« Im selben Jahr heiratete Zwingli, machte dies aber erst 1524 öffentlich.

Schon in Einsiedeln hat er gegen Zölibat und Heiligenverehrung gepredigt. In Zürich liess er Bilder und Orgeln aus den Kirchen räumen, die Messe abschaffen, die Heiligentage, die Stifte und Klöster aufheben. Er installierte Ehegericht und Sittenmandat. Doch er war nicht der gnadenlose Bilderstürmer und lehnte weder die Heiligen noch deren Darstellung konsequent ab, nur den bigotten Umgang mit ihnen. »Zwingli schuf in den knapp dreizehn Jahren seines Wirkens in Zürich aus der unbedeutenden Stadt an der Limmat den revolutionären Kopf der Eidgenossenschaft, der weit über die Landesgrenzen hinausstrahlte« (Hansjörg Schneider).

Susanne Heimgartner: Schlachtordnungen des Puritanismus. Kleine Zürcher Sittengeschichte. Thomas Maissen: Wenn Götzen ihre Ohnmacht offenbaren. Hansjörg Schneider: Das Geschirr Gottes. Huldrych Zwingli, ein Porträt, alle in: Zwinglis Zürich. Das perfekte Alibi, du, Die Zeitschrift der Kultur, Nr. 738, Juli/August 2003. Fritz Büsser: Huldrych Zwingli, in: Erwin Jaeckle/Eduard Stäuble (Hg.): Grosse Schweizer und Schweizerinnen, Stäfa 1990. Fritz René Allemann (Hg.): Grosse Schweizer sehen sich selbst, Zürich 1978. Georg Finsler: Das Rabögli, in: Zwingliana Nr.1, Zürich 1901. Ortsmuseum Mollis (Hg.): Glarean (1488-1563), Mollis 1983.